디 아더 우먼

디 아더 우먼

에일렛 월드먼 지음 | 이정윤 · 신정훈 옮김

THE OTHER WOMAN

Ayelet Waldman

도서 출판 프리뷰

옮긴이 이정윤은 서울에서 태어나 이화여자대학교 신문방송학과를 졸업했다. 영국 공영방송(BBC)과 서독공영방송(WRK)의 현지 코디네이터 및 리포터로 활동했다. 베스트셀러 스파이 소설『룰스 오브 디셉션』시리즈를 우리말로 옮겼다.

옮긴이 신정훈은 서울에서 태어나 연세대학교 정치외교학과를 졸업하고 보스턴대 (Boston College) 정치학과에서 석사학위를 받았다.

이 책은 원작『사랑 그리고 여러 불가능한 소망들』(Love and Other Impossible Pursuits) 을 영화개봉에 맞춰 보급판으로 출간한 것입니다. 영화『디 아더 우먼』은 나탈리 포트먼이 주 연해『블랙 스완』과 함께 2011년 대단한 화제를 모은 작품입니다.

디 아더 우먼

초판 1쇄 인쇄 | 2012년 3월 23일
초판 1쇄 발행 | 2012년 3월 30일

지은이 | 에일렛 월드먼
옮긴이 | 이정윤 · 신정훈
펴낸이 | 이기동
편집주간 | 권기숙
마케팅 | 이동호 유민호
주소 | 서울시 성동구 성수동 2가 300−1 삼진빌딩 8층
이메일 | icare@previewbooks.co.kr
블로그 | http://blog.naver.com/previewbooks
홈페이지 | http://www.previewbooks.co.kr

전화 | 02)3409−4210
팩스 | 02)3409−4201
등록번호 | 제206-93-29887호

교열 | 이민우
편집디자인 | 에테르
인쇄제본 | 상지사 P&B

ISBN 978−89−972010−2−0 13840

잘못된 책은 구입하신 서점에서 바꿔 드립니다.
책값은 뒤표지에 있습니다.

윌리엄 솔 울프, 내가 청하지 않았지만 뜻밖에 찾아온 나의 은총이여

별일만 없다면 머리를 파묻은 채 종종걸음으로 걸으면 웨스트 81번가 놀이터를 무사히 지나갈 수 있다. 엘리베이터 안의 길쭉한 놋쇠 빛깔 화살표가 7층, 6층, 5층, 4층으로 깜빡이며 내려가는 걸 보며 마음의 준비를 한다. 가끔 엘리베이터가 멈추고 이웃 사람 하나가 탈 때도 있다. 그럴 땐 기대했던 고독의 껍질을 깨고 교양을 떨어 보일 수밖에 다른 선택의 여지가 없다. 솔질한 듯한 빨강 머리에 얼룩덜룩한 피부의 기타리스트이거나 골반에 걸친 구김 간 청바지에 윤기가 흐르는 가죽 코트를 입은 영화 제작자처럼 함께 탄 사람이 젊은 축에 속한다면 가벼운 목례만 해도 된다. 하지만 나이 든 사람들에겐 그 이상이 필요하다. 의식적으로 챙겨 입은 듯한, 블랙 울 망토 끝간 아래로 언뜻 보라색 주름자락이 보이는 보헤미안 풍 드레스를 입은 잿빛 은발의 중년 부인은 날씨나 로비에 깔린 오리엔탈 카펫의 오래된 자국, 심지어는 신문에 난 아트 섹션 일 면을 주제로 대화를 하려 한다. 참아 주기엔 너무나 벅찬 요구다. 그들 눈에는 왜 내가 바쁘다는 사실이 보이지 않을까? 자신들의 강박에 가까운 자기연민이 오히려 대화의 가능성을 먹어 치우는 소모적인 행위인 것을 왜 모르는지. 그들은 81번가 놀이터 바로 옆에 공원 입구가 있다는 것을 모르는 것일까? 단단히 준비한 채 정신을 가다듬고 귀를 멈추어 내 숨소리를 제외한 모든 소리를 차단하지 않으면 안 된다. 그렇지 않으면 손을 주머니에 넣고 헐벗은 잿빛 나뭇가지나 진흙과 잔디로 얽혀 있는 땅으로 시선을 향한 채 성큼성큼 걷는 대신에 새

된 아이들의 목소리가 머릿속을 파고들어 놀이터 입구 밖에서 내가 맥없이 쓰러질 수도 있단 걸 모르는 걸까? 정말 그럴 수 있다는 걸 모르는 걸까? 여자들은 이것저것 원하는 것투성이에, 죽은 은행원 남편과 뚱뚱하고 교활한 누군가의 지갑 사정에 대해 떠들어 댄다. 공화당이 선거에서 표를 훔쳤다느니, 팔레스타인에서 자살폭탄 테러가 있었다느니, 2동에 사는 카츠 부인이 지난 화요일 밤에 새로 온 도어맨 안토니가 데스크에서 졸고 있는 걸 봤다느니 어쨌느니 하는 따위의 이야기들로 그들이 정신을 산만하게 만들도록 내버려 둔다면, 나는 놀이터를 지나 뒤쪽 공원의 피난처까지 무사히 갈 수 없다. 왜 그걸 이해하지 못할까? 자신들의 목소리가 만들어내는 무지한 폭력과 웅얼거리는 내 대답을 집요하게 기다리며 루사이트 표 싸구려 합성수지 지팡이를 조바심 나게 두드리는 것 때문에 나는 이 도시에서 유일하게 거의 완벽한 평온함을 얻을 수 있는 그곳에 다다르지 못하게 된다. 그들은 왜 그걸 이해하지 못할까. 나보고 79번가 횡단도로를 따라 지저분한 돌담에 기대가며, 버스들이 뿜어내는 매연을 들이마시면서, 이리저리 내달리는 택시들을 피해 이스트사이드까지 걸어가라는 말인가? 아니면 택시를 타라는 말인가.

오늘은 천만다행으로 로비로 내려갈 때까지 엘리베이터가 비어 있었다.

"산보 잘하세요, 울프 부인." 이반이 열린 문을 잡아주며 인사했다.

우리 결혼식 다음날부터 죽 이랬다. 처음 몇 번은 내가 아직 미스 그린리프라는 것을 설명해 보려고 애썼다. 이반도 바보가 아니니 내 말을 알아들었을 것이다. 그러나 이반은 웃음 띤 얼굴로 끄덕이며 "물론이죠. 미스 그린리프"라고 대답하고 나서 다음날이면 또 "좋은 아침입니다. 울프 부인"하고 인사했다. 그래도 내가 잭과 처음 이사 들어온 날에 비하면 나았다. 그때는 "아, 저 에밀리아라고 불러 주세요" 정도로 우물쭈물 말했는데 이반은 심지어 웃지도 끄덕이지도 않았다. 두꺼운 검은 테 안경 너머로 나를 쳐다보며 마치 숙제를 잊어버렸다거나 더 심하게는 수업시간에 나쁜 말을 한 학생에게 몹시 실망한 초등학교 담임 선생님처럼 고개를 내저었다. 그러면서 "안 됩니다. 미스 그린리프"라고 말했다. 그게 다였다. "저는 그렇게는 부를 수 없습니다"라든가 "그러면 마음이 편치 않습니다"도 아닌 그저 "안 됩니다"였다. 물론 이반은 건물 안의 어떤 여자한테 도 성을 빼고 이름만 부르는 법이 없기 때문에, 이름을 불러 달라는 나의 제안은 듣기만 해도 깜짝 놀랄 말이었을 것이다. 오늘은 그에게 가볍게 웃어 보이며 목 례를 하고 문을 걸어 나와 공원 쪽으로 길을 건넜다.

2월은 일 년 중 가장 긴 달이다.

겨울이 너무 길어지다 보니 봄은 영영 오지 않을 것만 같다. 하늘은 잿빛이고 구름이 잔뜩 끼어 있다. 크리스마스카드 속의 함박눈이나 모든 것을 쓸어버리는 차가운 비가 시원스레 올 것 같은 날씨가 아니라, 눈을 단번에 녹여 버릴 따가운 바늘이 왕창 쏟아져 내릴 것 같은, 다시 말해 마치 진창눈을 내려토낼 기세로 도 시를 위협하는 그런 유의 구름이다. 인도는 거무칙칙하게 더럽혀진 눈 더미로 덮여 있어 인도에 내려설 때마다 러시안 룰렛같이 까딱 잘못하다간 얼음장 같은 구정물이 발목까지 차올라 양말과 바짓단을 적시고 깨진 얼음 조각들이 신발 안 으로 찔러 들어온다. 보통 때라면 나는 틀어박혀 지낸다. 난로에 불을 피우고 셔 닐 모포와 털양말로 몸을 싸맨 채 제인 오스틴의 책을 다시 꺼내 읽으면서 짧고 어두침침한 날들이 좀 더 빨리 지나가 버리기를 기다린다. 그러나 올해는 2월이 하루 빨리 오기를 기다리고 있다. 무자비하리만치 엄격한 2월의 뉴욕을 품에 안 고 싶다. 올해 내게는 2월이 필요하다. 1월의 끝자락인 지금조차도 도시는 마치 내가 우울한 것을 눈치채고는 "너도 그래?" 하고 말하며 자신의 연민을 증명하 려 드는 것 같다. 공원의 나무들은 유난히 헐벗어 보인다. 잎사귀만 없는 게 아 니라 잎이 새로 날 거라는 희망마저 영원히 빼앗긴 것 같은 생명력 잃은 나뭇가 지들이 음산한 하늘을 찌르듯 뻗어 있다. 잔디는 갈색으로 변해 한편으로 밀려 났고 대신 군데군데 개똥으로 얼룩진 얼음 진창이 들어섰다. 승마용 길과 저수 지를 따라 난 길은 진흙투성이에다가 여기저기 나무뿌리와 옹이들이 널려 있어 한때는 평편했을 길이 엉망으로 변해 방한복을 입고 뛰는 사람들을 툭하면 걸려 넘어지게 만든다.

　그러나 다이애나 로스 놀이터는 아이들로 가득했다. 뉴욕의 아이들은 정말 지독한 날씨일 때만 제외하고는 날씨와 상관없이 밖에 나가서 논다. 그 넓은 아파트에서조차 탈출하고 싶어 필사적인 보모와 엄마들 때문이다. 이런 날씨엔 그네가 방수 방한복 바지를 푹 적실 만큼 젖어 있고 비싼 재질로 푹신푹신하게 덮어씌운 바닥 덮개조차 넘어지면 뼈가 부러질 만큼 단단하게 얼어 있다. 아이들을 보호하려고 꼼꼼하게 신경 쓴 놀이터에 남아 있는 시소의 귀한 금속 부위는 너무 차가워서 아이들이 통통한 핑크빛 혀를 갖다 대면 금방 딱 들러붙어 버린다. 그걸 본 침착한 도미니칸 보모가 마시고 있던 스타벅스 모카커피의 마지막 남은 한 모금을 시소에 붙은 혀에다 부어 떼어내 준다. 그런 황량한 겨울날, 아이들은 아이들만이 낼 수 있는 찢어지는 듯한 비명소리를 질러대고 아이들만이 낼 수 있는 깔깔 웃음을 웃으며 놀고 있다. 걸음을 빨리 하자 볼품없이 펑퍼짐한 엉덩이 군살이 출렁거리고 뒤꿈치가 터벅터벅 땅에 닿을 때마다 뼈가 시큰해져 온다.

　아이들 소리가 공원에서 들리는 웅성임 속에 묻혀 사라지자 나는 얼른 속도를 줄여 숨이 찰 정도로 발걸음을 늦춘다. 여름의 센트럴파크 소리는 꼭 시골 같다. 새들이 시멘트바닥 위를 쉭쉭 달리는 스케이트보드 바퀴 소리와 경쟁하듯 짹짹거리고, 페루에서 온 거리의 악사들이 사이먼 앤드 가펑클이 부른 안데스 멜로디를 플루트로 연주하는 그런 시골이다. 벚꽃이 만발하고 십메도 잔디밭 옆 작은 언덕이 노란 수선화로 뒤덮이는 봄이면 센트럴파크를 사랑하기란 어렵지 않다. 여름이 되어 셰익스피어 가든이 활짝 핀 꽃들과 결혼식으로 가득하고, 개미취 꽃무리나 프리스비 원반을 쫓아다니며 노는 개들이 발에 차여 제대로 걸음을 옮길 수 없게 될 때에도 센트럴파크를 사랑하는 건 쉬운 일이다. 겨울이면 벌거벗은 느릅나무 아래 눈에 젖은 쇼핑몰 벤치에 빵부스러기 봉지를 들고 외롭게 모여 있는 선량한 할머니들 가까이로 비둘기 떼가 날아든다. 겨울이 되면 공원은 우리들 중 가장 진실한 사랑을 하는 사람들의 차지가 된다. 등나무에 주렁주

렁 달린 꽃들이나 진달래 만발한 언덕이 필요하지 않은 사람들, 눈 덮인 검은 회화나무와 진흙투성이 언덕, 앙상한 가지를 스치며 불어대는 바람 소리만으로도 충분한 그런 사람들만이 공원에 남는다. 나는 진정한 아름다움은 1백만 평이 넘는 이곳의 부지가 제공해 주는 일상으로부터의 탈출에 있다고 늘 생각해 왔다. 봄의 파스텔 빛 마디 그라스 축제와 여름 그리고 가을의 울긋불긋 불타는 단풍은 그저 시시한 소란일 뿐이다.

북쪽으로 방향을 틀어 저수지 길을 따라간다. 가는 길에는 놀이터가 하나 더 있는데 제법 떨어져 있어서 그 링컨 로그 놀이 건물과 울긋불긋한 미끄럼틀을 안 보고 지나갈 수 있다. 조깅용 유모차 부대 엄마들이 나오기에는 좀 늦은 시각이니까 운만 따라준다면 그이들을 완전히 피해갈 수 있을 것이다. 지난주 수요일에는 이른 오전의 신발 쇼핑으로 우울함을 날려 버리고, ㄴ와 같이 있으면 즐거울 것이라 믿는 친구 한 명을 만나기 위해 두어 시간 일찍 길을 나섰다. 물론 민디가 그렇게 직접 말을 한 건 아니다. 민디는 남편이 생일선물로 마놀라 블라닉 신발 한 켤레를 사줬는데, 남편이 사이즈를 잘못 사오는 바람에 그 가게에 10과 1/2 사이즈의 신발이 있는지 보러 가야 한다고 말했다.

그날은 이 저수지 수문실 옆에서 엄마들과 마주쳤다. 그 엄마들은 유모차 뒤에서 몸을 숙이고 산후 비만으로 살찐 엉덩이를 뒤로 쭉 내민 채 유모차 손잡이를 꽉 잡고 몸을 들썩들썩하면서 지나갔다. 가면서 750달러짜리 부가부 프록 유모차에 폭 싸인 채 꽥꽥거리거나 웃어대거나 아니면 자고 있는 아기들을 내내 어르고 달래고 있었다. 우리 아파트 복도 긴 테이블 바로 옆에 놓여 있는 실크 난꽃 무늬와 파란 데님의 유모차다. 엘리베이터를 기다리며 서 있을 때마다 하도 심하게 차여서 조금이라도 엘리베이터가 빨리 오라고 엄지손가락으로 버튼을 계속 누르게 만드는 바로 그 유모차다. 이 엄마 부대는 일사불란하게 한 몸처럼 오르락내리락 하면서, 내가 자기들 앞에 멈춰 서서 한 대 맞기라도 한 것처럼 으르렁거리는데도 누구 하나 말 한마디 꺼내지 않았다. 다들 나를 쳐다보고는 다시 자기들끼리 돌아봤지만 내가 울음을 터뜨렸을 때도 아무도 입을 열지 않았다. 내가 뒤돌아 길을 따라 첫 번째 놀이터를 지나고 두 번째 놀이터를 지나 센트럴파크 서쪽까지 뛰어갈 때까지도 입을 여는 이는 아무도 없었다.

오늘은 운이 좋다. 엄마들은 집에 있거나 퇴근 후에 마시는 커피 한잔을 나누고 있을 터이다. 이스트사이드의 승마길에 도착해서야 한 엄마를 만났다. 그녀가 너무 빨리 뛰어 지나가는 바람에 반짝이는 분홍색 조깅바지 속에서 헐떡이는 종아리 알과 바지와 색을 맞춘 털 귀마개가 덮인 귀를 못 볼 뻔했다. 둘을 태울 수 있는 조깅 유모차에 탄 아기들은 분홍색으로 상기된 코를 한 보라색 무더기 같이 보이는데 이내 지나쳐 갔다. 너무 빨리 지나가서 면도날에 살짝 베인 것처럼 순간적인 고통이 스쳐갈 뿐 그 이상은 아무렇지 않았다.

안전하게 그리고 온전한 정신으로 공원을 가로지른 다음 90번가에 다다라서 시계를 보았다. 제기랄. 또 늦었다. 92번가로 가서 다시 렉싱턴 가까지 건너가야 하는데 겨우 5분밖에 안 남았다. 결리는 옆구리를 틀어쥐면서 걸음을 더 빨리한다. 코트 뒷자락이 다리 위로 펄럭여서 다른 쪽 손으로 코트를 여미려고 최대한 애를 썼다. 단추를 잠글 수도 있지만 내 두툼한 몸체 때문에 단추가 터져나간다면 끔찍한 일이다. 새 겨울 코트를 살 정도로 허영심은 많지 않지만 매서운 습기는 두꺼운 스카프로 막아내고 코트 단추는 풀어두는 정도의 눈치는 갖고 있다. 한 달만 지나면 못 입을 옷 한 벌을 사려고 수백 달러를 쓰고 싶지는 않다.

하얀 철책과 시멘트 화분을 뛰어 돌아가 보안 창구에 신분증을 보여주고 금속 탐지기를 지나 엘리베이터 앞에서 발을 동동 구른다. 그때서야 비로소 내가 다시는 안 늦으려고, 그래서 캐럴린이 잭한테 전화를 걸어 내가 기분 내키는 대로 게으름을 부리면서 자기 아들과 자기가 신성하게 생각하는 모든 것들을 무시한다고 한바탕 설교를 늘어놓을 또 다른 구실을 주지 않기 위해서 내 시계를 15분 당겨 맞춰 놓았다는 사실이 기억났다. 걱정과 조바심이 유일하게 내게 생기를 불어넣어 주고 있었던 것처럼 갑자기 맥이 탁 풀어졌다. 승강기가 도착할 때쯤 나는 쥐방울만 하게 쪼그라들어 92번가 Y에서 가장 쪼그맣고 초라한 몰골이 되어 있다.

여자들이 우르르 승강기에 따라 오른다. 두 명은 임신 중이다. 또 한 명은 아이를 작고 하얀 고정 장치가 앞쪽에 장식된 검은색 가죽 캐리어에 태워 앞쪽으로 매고 있다. 마지막 여자는 내 아파트 옆에 놓여 있는 것과 똑같은 부가부 유모차를 들이민다. 아이러니하게도 센트럴파크의 아이들이 없는 장소를 훤히 꿰고 있는 내 전문지식에도 불구하고 나의 최종 목적지는 호탕이 뱃속이다. 나의 목적지, 내 여행의 종착지는 92번가 Y 유치원이다.

만일 공원에서 이 여자들과 마주쳤더라면 나는 아마도 기겁을 했을 것이다. 센트럴파크는 내 피난처이고 아기 엄마 부대에 침범을 당하면 나는 분노로 무너져 내린다. 그러나 유치원에서라면 질적으로나 양적으로 어느 정도 고통에 익숙해져 있다. 여기에선 그저 불편하고 불행한 정도일 뿐 그 이상은 아니다. 우유를 빠느라 발그레해진 아기의 뺨을 보면 눈물이 나는 건 예삿일이다.

엘리베이터 안의 여자들이 건성으로 목례를 건네며 내 존재를 인정한다. 내가 이런 냉랭함을 용인해 주는 이웃들에게 건네는 정확히 그런 목례다. 같은 식으로 답례를 해주면서 내 시선은 우리가 6층으로 올라가고 있음을 알리며 깜빡이는 승강기 문 위의 단추에 고정되어 있다.

유치원 복도는 언제나처럼 화사하게 색칠한 아이들의 그림으로 장식되어 있는데 그림은 유대교 휴일에 따라 바뀐다. 지금은 유대교 식곡일인 투브시바트 축제 기간이어서 아이들은 갖가지 나무 그림을 그려 놓았다. 복도에는 유치원이 자랑하는 학생 대 교사의 비율이 전시되어 있다. 확실하고 인내심 있는 지도, 독창적이고 사려 깊게 교육되는 창의성, 예술학교에 필적할 정도로 많은 예술비품 예산을 쓴다는 사실을 자랑하는 것이다. 나는 그림들을 죽 들러보며 윌리엄이 그린 것이 있는지 살펴보았다. 제 나이에 비해 노련한 예술가가 바로 윌리엄이다. 아이는 제 엄마의 기민하고 섬세한 손가락을 물려받았다. 그는 대개 물고기나 문어, 이빨이 많이 난 상어, 뱀장어 따위의 바다풍경을 그린다. 윌리엄이 가장 최근에 그린 그림이 교실 밖에 걸려 있다. 보아하니 식목일 그림을 제대로 그리지 못한 아이는 윌리엄뿐이다. 처음에는 그저 빨간 크레용으로 마구 칠해놓은 것인 줄로 생각했는데 몸을 구부려 좀 더 자세히 살펴보니 도화지 제일 아래쪽에 무지개 빛깔의 열대어 한 마리가 그려져 있다. 열대어는 황새치에게 찔려 배에 구멍이 난 채 옆으로 누워 있다. 그림 전체를 덮고 있는 빨간색은 열대어의 상처에서 뿜어져 나온 피다. 그림은 일종의 비유로 열대어는 영토와의 연관성을 제대로 깨닫지 못한 유대인들을 나타내려고 그린 것 같다. 하지만 내가 보기에는 그런 것 같지가 않았다.

월리엄의 코트와 모자를 옷걸이에서 집어 들고 빨강 반 앞에서 문이 열리길 기다렸다. 올해 월리엄은 빨강 반이다. 작년에는 파랑 반이었고 재작년에는 오렌지 반이었다. 지겹지도 않은지 우리에게 줄곧 말하는 것처럼 오렌지 반은 월리엄이 제일 좋아했던 반이다. 분명히 오렌지색은 좀 더 흥미로운 색이다. 월리엄이 좋아하는 많은 것들이 오렌지색이다. 그렇다고 실제 오렌지를 말하는 건 아니라서 설명하기가 간단치가 않다. 월리엄이 과일을 싫어하는 건 아니다. 맛있는 금귤, 특히 말린 금귤을 좋아한다. 그러나 월리엄이 좋아하는 것들이란 사프란으로 향을 낸 파에야, 왕 나비, 북아일랜드와 시러큐스대 농구팀의 오렌지맨들, 그리고 특히 도로 표지용 원뿔이다. 월리엄은 이런 것들에 대해 얘기하는 걸 좋아한다. 또 여러 종류의 드로마이오사우루스과 공룡들, 특히 드로마이오사우루스와 벨로시랩터의 같은 점은 무엇이고 다른 점은 무엇이라든가, 자기를 따라다니는 악령은 무엇인지(물론 황금나침반의 주인공 윌 페리 같은 고양이다), 명왕성이 정말로 카이퍼 띠의 일부로 재분류되는 것이 옳은지(월리엄은 안 된다고 생각한다. 월리엄은 명왕성이 부당하게 이름을 빼앗겼다고 생각한다. 1930년 2월 18일 클라이드 톰보가 발견한 이래 행성이었기 때문에 명왕성은 행성으로 남을 자격이 있다는 것이다) 같은 문제에 대해 토론하는 것을 좋아한다. 월리엄은 다섯 살이지만 때때로 예순둘 먹은 애 할아버지 같은 소리를 하는데 모든 사람들이 월리엄의 이런 말투가 너무 귀엽다고 생각한다. 어느 모로 봐도 월리엄의 조숙함은 사람의 마음을 사로잡는다.

하지만 나는 아니다. 나는 도저히 월리엄의 언행을 참을 수가 없다.

대체 어떤 사람이 순진무구한 아이에게 이런 식의 감정을 느낄 수 있는 걸까. 아무리 그 아이가 어른에게 '트러보이(travois)' 같은 단어의 발음이 틀렸다고 지적해 주고, 치즈케이크 한 조각을 거의 반쯤 먹었을 때 내 비만지수를 정확하게 계산해 내고, 재미삼아 놀려보려고 하면 발그스름한 뺨의 유치원생이 아니라 여드름 난 청소년처럼 능글맞게 받아치는 그런 아이라도 말이다. 나는 어른이고, 그렇기 때문에 이 아이가 아무리 별나다 하더라도, 그리고 비록 이 아이의 가정을 깨뜨린 죄는 지었지만 이 아이를 사랑할 수 있어야 옳다.

나는 윌리엄의 보온 도시락 통을 열고 상한 우유와 플라스틱 냄새를 맡기 싫어 숨을 참으며 반만 먹다 남은 내용물을 쓰레기통에 버렸다. 엄마들이 나를 쳐다보고 있다는 걸 순간 깨달았지만 이미 늦었다. 그 엄마들 중 누군가가 내가 윌리엄이 남긴 음식이 무엇인지 주의 깊게 살펴보지도 않고 도시락 통을 비워 버렸다는 걸 캐럴린에게 고자질할 게 틀림없다. 벌점 추가. 나를 신뢰할 수 없다는 증거가 하나 더 생긴 것이다. 의도하지 않게 아기 캐리어를 한 엄마와 눈이 마주친다. 나는 얼굴이 빨개지는데 그 엄마는 아니다. 그녀는 뒤돌아서 뺨을 아기 머리 위에 올려놓는다. 나는 내 뺨 아래로 그 아기의 부드러운 피부를 느끼고 내 입술에 닿는 아기의 머리카락 한줌과 가녀린 머리뼈 아래서 깃털처럼 가볍게 뛰는 맥박을 느낄 수가 있다. 정신을 차리고는 윌리엄의 핏빛 가득한 그림을 자세히 살펴보기 위해 돌아선다.

보모와 엄마들로 복도가 슬슬 붐비기 시작했다. 교실 문이 열리며 교사 한 명이 얼굴을 살짝 내밀었다. "노라 보모 되시는 분 계신가요?" 그녀는 빨간 머리를 한 통통한 아이를 복도로 내보낸다. 복도로 이어진 노란색, 보라색, 빨간색 교실 밖에선 서로 나누는 인사가 일종의 안무 동작처럼 펼쳐진다. 아이들은 차례차례 기다리고 있던 여자들을 향해 반색을 하며 뛰쳐나온다. 여자들은 일제히 무릎을 꿇으며 아이들을 안아 올린다. 이제 윌리엄이 나올 차례다. 빨강 반 교실 문가에 선 윌리엄은 삼삼 초콜릿 아이스크림콘을 연상시키는 보모가 조그만 주근깨 소녀를 양 팔에 끌어안는 동안 참을성 있게 기다린다. 자기 몸의 축소판과 같은 모양을 한 보모의 머리는 작은 소녀를 들어 올리자 탑처럼 흔들린다. 윌리엄은 반친구가 흔들어대는 발을 슬쩍 피하곤 내 앞으로 왔다. 나는 몸을 숙여 아이를 한 팔로 서툴게 끌어안았다. 순간 아이 몸이 굳었지만 곧 내 포옹에 자신을 맡겼다.

"오늘은 아줌마가 왔네요?" 그가 말했다.

"수요일이잖니."

"그러네요."

다섯 살짜리 꼬마 입에서 나온 말이 '그러네요'라니!

"자, 이리와." 나는 이렇게 말했다. "어서 가자." 얼른 이 조그만 몽뚱아리들의 압박에서 벗어나야 한다. 아이들의 땀내에 섞인 시큼한 우유 냄새와 유아용 샴푸에서 나는 딸기 향이 풍겨왔다. 아이들의 끈적끈적한 손과 핑크 빛 뺨이 내 다리를 에워싸듯 지나갔다. 손톱으로 칠판을 긁어대는 소리보다 더 듣기 싫은 것은 작은 운동화 고무창들로 바닥을 찍찍거리며 걷는 소리다. 순간 스파이더맨이 그려진 런치박스에 걸려 발을 헛디디면서 복도에 떨어져 있는 방수용 양털 부츠 한 짝을 발로 걷어찼다. 아이들의 머리통이 내 허리 밑으로 지나갔다. 손바닥으로 부드러운 아이들의 머리카락을 쓰다듬고 돌돌 말아보고도 싶다. 지난달 윌리엄의 노트를 런치박스에 처박은 채 집으로 가져온 게 생각난다. 지금쯤 벌레가 생겼을지도 모르겠다.

"윌리엄, 어서 가자." 생각보다 더 큰 목소리로 재차 말했다. 학부형 두 명이 눈썹을 치켜세우고 굳은 입 모양새로 정색을 하며 쳐다보았다. "이러다 늦겠다." 난 어깨를 으쓱하며 중얼거렸다. 변명이라도 하듯이. 그러한 변명이 캐럴린에게 전화할 일을 막아줄 듯이. 이건 무책임한 게 아니다. 학대도 물론 아니다.

코트 지퍼를 올려 주는 동안 윌리엄은 가만히 서 있다. 아이의 턱 아래로 모자 끈을 단단히 맸다.

"벙어리장갑은 어쨌어?"

주머니에서 장갑을 꺼낸 아이는 야들야들한 두 손에 끼워 넣었다. 왼쪽 엄지가 있어야 할 곳을 거부하듯이 다른 손가락들과 함께 끼워져 있다. 잠시 동안 난 엄지손가락이 제자리에 가도록 장갑을 이리저리 돌려보았다. 하지만 곧 포기했다.

"이제 됐다." 거짓 미소를 짓는다.

잠시 나를 쏘아보던 윌리엄은 엘리베이터로 향했다. 아이의 엄마가 교실 밖 비품 벽장에 두고 간 보조 의자를 챙기는 사이, 윌리엄은 엘리베이터 문이 닫히는 걸 보며 날 기다렸다.

"놓쳤잖아요."

"10달러 걸게. 또 금방 올 거야."

윌리엄에 대해 이런 감정을 갖게 될 줄은 몰랐다. 난 내가 이 아이를 사랑할 거라 믿었다. 아이 아버지를 너무나 사랑하는 내가 그의 아이 또한 사랑하는 것은 당연했다. 난 몹시 원했다. 윌리엄이 날 좋아해 주길. 나는 잭과 만난 지 6개월이 지났을 무렵 동거를 시작했고, 동거하기 몇 주 전에 잭은 나와 윌리엄의 첫 만남에 찬성했다. 좀 더 일찍 날 소개시킬 수도 있었겠지만, 잭은 적어도 캐럴린에게 만남의 시기에 대한 결정권과 통제권을 남겨 주려 했고, 그래서 우리 만남을 잠시 미루기로 했던 것이다. 캐럴린에게 모든 선택권을 넘겼더라면 윌리엄은 아빠와 한 침대를 쓰고 있는 여자에 대해서 평생을 모르고 살았을 것이다. 그게 오히려 더 나았을지도 모르겠다. 이 문제로 잭은 전처와 마지막 대화를 나눴는데 그 자리에서 무슨 이야기가 오고갔는지 나는 모른다. 그렇게 해서 토요일 오전 센트럴파크 동물원에서 잭과 윌리엄, 나의 3자 대면이 이루어졌고, 그 첫 만남을 위해 잭이 치른 대가가 무엇인지도 나는 모른다.

아이 아빠와의 첫 데이트 때보다 아이와의 첫 만남을 앞두고 더 마음이 떨렸다. 서로의 눈을 마주할 첫 순간이 너무 중요하게 와 닿았다. 지하철을 타고 시내로 향하면서 이동하는 내내 그 순간을 계속 머릿속에 그려보고 있었다. 9월인데도 찌는 듯이 무더워서 마치 8월의 인디언서머를 연상케 하는 날이었고 지하철 플랫폼은 찜통이었다. 허파와 콧구멍 안으로 액체화된 먼지들이 들러붙어서

마치 대기의 모든 미립자들이 내 숨통을 꽉꽉 내리누르는 것 같았다. 나는 스터
이브샌트 마을의 내 아파트에서 업타운 행 열차를 탔고, 시원하고 상쾌한 에어
컨 바람 속에 겨우 두 정거장을 지났을 뿐인데, 59번가에서 열차 문이 열렸을 때
에는 내리기가 정말 싫었다.

　잭과 윌리엄은 동물원 입구에서 날 기다리고 있었다. 잭은 애를 목말태우고
있었는데 세 살짜리 아이의 다리가 아빠의 허리 절반쯤까지 내려와 달랑대고 있
었다. 잭은 참 잘생겼고 내 아버지처럼 탄탄한 체격의 남자다. 그의 키는 기분에
따라 167㎝에서 170㎝ 사이를 맴돈다. 낙천적이고 활발한 성격을 가진 그는 행
복해할 때는 키가 더 커진 것 같아 보인다. 그러다 간혹 침울해할 때면 마치 사
라지길 바라는 사람처럼 웅크려 몸을 작아 보이게 한다. 언젠가 그는 내게 끌린
이유 중 첫 번째가 작은 체구에도 불구하고 늘 당당한 모습을 하고 있어서라고
말했다. 사실 나는 당당하게 보이기 위해 항상 애를 썼다. 윌리엄의 유치원에서
내가 얼마나 소심하게 구는지 그는 모른다.

　잭의 어머니는 시리아계 유대인이고 그의 외모는 그런 외가를 닮았다. 그는
쪽 곧은 콧대에 섬세한 콧방울을 가졌고, 머리는 검은색에 가깝고, 암청색의 눈
을 하고 있다. 사람을 뚫어질 듯 바라보는 예리하면서도 동시에 벨벳처럼 부드
러운 눈이다. 그런 눈은 한 번도 본 적이 없는지라 나는 그를 처음 본 순간부터
그 빛깔이 그만의 색깔인지 혹은 아이에게도 물려주었는지 늘 궁금했다.

　윌리엄의 눈동자는 평범하고 흔히 볼 수 있는 그런 파란색이다. 잭은 조깅과
등산을 좋아한다. 키는 작지만, 아니면 키가 작기 때문에, 그는 매우 튼튼하다.
근육은 매끈하면서도 단단하고 허리는 날렵하다. 정장을 입은 그의 모습은 참
멋있다. 담백하면서 무의식적으로 드러나는 우아함과 단정함을 가진 사람이다.
그는 옷차림에 거의 관심이 없지만 더블재킷만은 입질 않는다. 더블재킷을 입으
면 자기가 난쟁이처럼 보인다고 한다. 우리가 만나기 몇 주 전, 로스쿨을 갓 졸
업하고 당장 입을 제대로 된 옷 한 벌 없던 시절, 할인매장에 쌓여 있던 슈트와
드레스 더미에서 쇼핑을 하던 내가 건진 옷이 검은 색 타하리 더블코트 원피스

였다. 더블재킷에 대한 그의 철학을 듣고 나서부터는 나도 그 원피스만 입으면 오즈의 마법사에 나오는 난쟁이족 먼치킨 배역에 오디션을 보러 가는 사람이 된 듯해서 다시는 꺼내 입지 않았다. 결국엔 복지연금 대상자 신세였다가 취업해서 출근하게 된 여성들에게 옷을 제공하는 복지단체에 그 원피스를 기부해 버렸다.

녹아내릴 듯한 열기 속에서 힘들게 나의 애인과 그의 아이 쪽으로 걸어가는데, 잭은 윌리엄의 발을 잡고 겁주듯이 슬쩍슬쩍 튕겨내며 장난치고 있었다. 중심을 잡으려고 아빠의 머리카락을 움켜잡고는 환희에 차 내지르는 윌리엄의 비명소리가 들렸다. 그렇게 끔찍하게 덥지만 않았더라도, 아마 돌아서서 여섯 블록 떨어진 시원한 지하철역으로 도로 뛰어들어가 버렸을 것이다. 여름의 끝자락에 놓인 햇살 가득한 그날 아침, 동물원 앞 델라코르테 시계 아래서 두 사람은 너무나 행복해 보였다. 여기에 엄마라는 존재만 있었다면 흠잡을 데 없이 축복받은 가족의 모습이었을 것이다. 하지만 그 엄마는 83번 거리 모퉁이의 5번가 1010번지 자기 아파트에서 휴지로 눈물을 닦아내고 있을 것이다. 어쩌면 신경안정제 아티반이나 자넥스를 의사가 처방해 준 것보다 두 배나 많이 입 안에 털어 넣고 있을지도 모를 일이었다. 어쩌면 한때 완벽한 삼인방이었던 자기 가정을 파괴한 배신의 증거를 찾으려고 오래된 사진과 편지를 훑어 보고 있을지도 모른다. 그 엄마는 가고 없고, 그 자리에 대신 내가 들어와서 기대에 부푼 미소를 입가에 머금은 채 땀에 젖은 한 손에 구겨진 FAO 슈워츠 장난감 가게 쇼핑백을 들고 서 있다. 자기 가정을 완전히 철저하게 파괴시킨 범인이 나라는 사실을 잊어버리게 하려고 뇌물을 들고 온 것이다.

너무도 쉽게 잭과 사랑에 빠졌던 터라 그의 아들을 사랑하는 것도 문제없을 거라 믿었다. 아이 역시 내게 호감을 보일 거라고 속단하진 않았다. 나도 그 정도로 어리석진 않다. 시간이 걸리겠지만 결국에는 아이의 마음이 열릴 것이라고 생각했다. 몇 주, 몇 달, 아니 몇 년이 걸리더라도 내가 쏟을 애정의 힘으로 아이와의 거리를 좁히고 아이의 의심과 분노를 무너뜨릴 거라고 믿었다. 아이도 결국 나를 좋아하게 될 것이고, 언젠가는 자신의 삶과 마음속 깊숙이 나의 애정이

스며들어 있음을 깨닫게 될 것이라고 믿었다. 어쨌든 겨우 세 살짜리 꼬마아이 아닌가. 금세 아이는 나 없이 살아왔던 생활을 잊게 될 거라고 믿었다. 나를 친엄마처럼 사랑해 주진 않을 테지만 대신 큰누나처럼, 믿고 신뢰할 친구처럼 바라봐 줄 것이다. 아이는 내 단짝친구이자 공모자, 내 첫 아이가 되어 줄 거라고 생각했다. 난 늘 아이들을 좋아했다. 십대 시절엔 인기 있는 베이비시터이자 인정받는(그리고 팁으로 받는 수입도 짭짤하던) 캠프 카운슬러였다. 그리고 내 앞에 나의 헌신을 받을 권리가 충분히 있는 아이가 나타난 것이었다. 내가 사랑하는 사람의 아이였다. 어떻게 사랑하지 않을 수 있단 말인가?

나를 본 잭이 윌리엄을 어깨에서 풀쩍 내려주었다. 긴장으로 잭의 목소리가 갈라졌다. "윌, 이분이 에밀리아란다."

나를 보고 땅바닥에 벌렁 드러누워 사지를 버둥거리며 울부짖기라도 했더라면 나로서는 다루기가 더 수월했을 것이다. 얼굴을 찌푸리거나 등을 홱 돌려 버리고, 나아가 내게 발길질이라도 했더라면 나는 잭에게 이해한다며 윙크를 하고 나서 동물원으로 앞장서 줬을 거다. 아이가 울음을 터뜨리며 엄마 보고 싶으니까 집에 가자고 조르기라도 했다면, 사려 깊고 동정어린 손길로 애인을 토닥이고 그 둘을 보내줬을 수도 있다.

그게 아니라 윌리엄은 가늘고 연약한 손을 뻗으며 "만나서 반갑습니다"라고 했다. 난 불편한 미소를 지으며 아이의 손을 잡아주었다. 아이의 손가락은 시원하면서도 약간 촉촉했고 손톱은 물어뜯은 흔적 없이 잘 손질되어 있었다.

"나도 만나서 반가워." 나는 이렇게 말한 다음 이어서 "네게 줄 게 있단다"라며 아이에게 쇼핑백을 건네주었다. 아이는 쇼핑백을 열어 플로시 천으로 만든 공룡인형을 끄집어냈다. 윌리엄이 공룡을 좋아한다는 사실과 그래서 가장 좋아하는 장소 역시 자연사박물관이란 사실을 내게 미리 귀띔해 주었던 것이다.

세 살짜리 아이는 공룡인형을 들어 안으면서 이렇게 말했다. "테로포드는 발가락이 세 개밖에 없어요."

나는 조그만 앞발을 대롱거리면서 웃고 있는 그 생물체를 쳐다봤다. 초록색 바탕에 벨벳 소재의 파란색 물방울무늬 인형이었다. "아주 진짜처럼 만든 것 같지는 않구나." 나는 이렇게 말했다.

"괜찮아요. 고맙습니다." 윌리엄은 공룡을 아빠에게 건네주었고, 잭은 옆구리에 인형을 끼고는 내게 사과하듯 웃어 보였다.

안됐다는 표정으로 윙크를 해줄 기회였지만 그럴 마음이 나질 않았다.

"10시 30분이 다 되어 가는 걸." 잭이 이렇게 말했다. "펭귄 먹이 주는 걸 놓칠 수는 없지." 그러고는 앞장서서 동물원 안으로 들어갔다.

윌리엄을 데리고 92번가 Y 유치원 바깥에서 택시를 잡는 일이란 언제나 불가능에 가깝다. 여기에 강의를 하러 오거나, 아주 가끔이긴 하지만 아침에 윌리엄을 유치원에 데려다 주려고 왔다가 갈 땐 이런 일을 겪지 않는 걸로 봐서 이건 위치 때문이 아니다. 이게 다 빌어먹을 어린이용 보조 의자 부스터 시트 때문이다. 택시 기사들은 내가 뒷자리에 보조 의자를 끼워 넣고, 아이를 거기에 앉히고 도착해서는 또 그걸 꺼낸다고 실랑이를 벌이느라 몇 분씩 허비할 거라는 사실을 아는 것이다. "택시비를 더 낼 것을 약속드립니다"라고 쓴 팻말이라도 가지고 다니고 싶은 심정이었다. 그게 아니면 "이 봐요! 당신네들 못지않게 나도 이게 싫다고요. 애 친엄마가 우겨대는 걸 어쩌겠어요. 5달러 더 낼 테니 제발 차 좀 세우고 태워 주실래요? 제발?"이라고 써 붙이든가.

측은한 마음에서였는지, 아니면 주머니 사정이 급했는지는 모르지만, 연파랑 터번을 두른 시크교도 택시 기사가 차를 세워 주었다. 난 뜯어낼 기세로 차 문을 열어젖히고는 윌리엄의 런치박스와 내 지갑을 차 안에 던져 넣었다. 윌리엄의 보조 의자에는 착용 벨트 다섯 개가 달려 있어서 차의 안전벨트를 이용해 부착하도록 되어 있다. 얼마 전에는 윌리엄이 유아용 보조 의자를 졸업할 때가 되어서 잭에게 웹사이트에서 찾은 보조 의자 사진을 보여주었다. 아이가 앉는 자리만 높여 주어서 자동차에 달린 안전벨트로도 아이를 고정시킬 수 있도록 만든

제품이었다. 그 보조 의자를 사용하면 유치원으로 출발할 때나 도착했을 때 3분씩 아낄 수 있을 것이고 택시기사들도 우리를 덜 피할 것 같았다. 잭이 캐럴린에게 그 이야기를 꺼냈을 때 그 여자의 반응을 본 사람들은 내가 애를 차량 앞 범퍼에 매달자고 제안한 줄 알 것이다.

보조 의자 설치를 마치고 윌리엄에게 말했다. "됐다. 어서 타."

윌리엄은 눈 무더기에 반쯤 파묻혀 있는 굳은 똥 덩어리를 보느라 정신이 없는 척하며 시치미를 뗐다.

"윌리엄, 어서."

"똥이 몇 도에서 어는지 궁금해요."

"윌리엄!"

"원래 똥은 따듯하잖아요. 근데도 아이스캔디보다 빨리 언다는 거 아세요? 뜨거운 물이 찬물보다 빨리 언데요. 사람들은 찬물이 더 빨리 언다고 생각해요. 그게 어는 온도에 더 가까우니까요. 하지만 사실은 안 그래요. 뜨거운 물이 더 빨리 얼어요."

"기사 아저씨 기다리시잖니." 터지기 일보 직전이다. 2초만 더 지나면 아이를 집어 들고 택시 안으로 머리부터 내던질 생각이었다.

"증발작용 때문이래요. 뜨거운 물이 더 빨리 증발하거든요."

"윌리엄, 얼른 타."

윌리엄은 한숨을 내쉬며 말했다. "아기 의자엔 타기 싫어요.'

"얼른 타라고 했어!"

"아기 의자에 타긴 싫단 말예요." 마치 다른 아이들이 하는 걸 보고 와선 따라 하는 것처럼 이번에 더 큰 소리로 대꾸한다. 다른 아이들의 경우에는 이렇게 하니 되더란 걸 보고 배운 게다. 다른 애들의 엄마들이 제발 소리만 지르지 말라며 애들이 아무리 이상한 요구를 하더라도 뭐든지 들어주는 걸 봐 왔던 것이다.

"이건 아기용 의자가 아냐." 난 이를 갈며 대꾸했다. 악 다문 턱이 아파왔다. 윌리엄 때문에 턱관절증이 시작된 건 아니다. 실은 아이 아빠를 만나기도 전에 생긴 병이다. 래드클리프 도서관의 흉물스러운 나무 의자에 웅크리고 앉아서 다이어트 콜라와 레이즈네츠만으로 버티면서, 그리고 끊임없이 이를 갈면서 시험 준비를 해야 했던 로스쿨 시절에 얻은 병이다. 지금 생각해 보니 그때 그 의자의 헤진 천 커버가 오렌지색이었던 것 같다.

하지만 내가 마우스가드를 사용하기 시작했던 이유는 분명 윌리엄에게 있다. 나도 미친 건 아니다. 아이가 일부러 내게 이걸 강요한 게 아니란 건 나도 알고 있기 때문이다. 하지만 나는 윌리엄이 이 가는 소리 때문에 그 누렇게 바랜 플라스틱 조각을 잘 때 틀림없이 착용하라고 내게 요구할 거라고 생각했다. 다섯 살 밖에 안 된 아이가 자기 아빠와 내가 높다란 슬레이 베드 위에서 무슨 짓을 하는 건지는 몰랐을 것이다(모르기를 바라지만). 하지만 나는 제 아빠에게 오럴 섹스를 해주고 싶을 때마다 그 누렇게 바랜 플라스틱 조각을 입에서 빼내, 침 범벅이 되어 미끈거리고 은근히 고약한 냄새를 풍기는 그것을 침대 탁자 위에다 올려놓아야 했다.

"아기 의자가 아니야." 내가 재차 말했다.

택시 기사가 경적을 울려서 윌리엄과 난 택시 안으로 뛰어들었다.

"에이, 참" 하고 말하며 윌리엄이 발을 들어올렸다. 얼어 있던 개똥을 밟아 물렁하고 역겨운 속 부분이 발에 묻은 것이다.

"이런 세상에, 윌리엄." 택시기사에게 "죄송합니다"라고 사과하면서 윌리엄의 다리를 잡아 발을 인도에 문지르며 똥을 최대한 털어 냈다. 그리고 나서 아이를 보조 의자에 앉혔다. 보조 의자의 버클을 채운 다음 반대편 문으로 뛰어 돌아갔다. 차 문을 세차게 열자 자동차 경적 소리가 빵빵 하고 울렸다.

"미쳤어요, 아가씨!" 하고 누군가 소리를 지른다. "죽으려고 환장했나!"

어깨너머로 내가 막 연 택시 문을 하마터면 날려 버릴 뻔했던 차를 보았다. 사과인지, 아니면 뭐라고 하거나 말거나인지 애매하게, 알아보는 사람 마음이지만, 어깨를 한 번 으쓱하고는 택시 안으로 미끄러져 들어가 문을 쾅 닫았다. 백미러 속의 나를 시크교도 택시기사가 보고 있다. 그의 두 눈에 슬픔이 가득하다.

도어맨처럼, 남편처럼, 모두 그렇듯이, 그 역시도 내게 실망했을 것이다.

"센트럴파크 웨스트 81번가로 가 주세요."

공원을 지나갈 무렵 택시 안이 따듯해지자 목에 걸친 스카프를 풀었다. 윌리엄과 난 서로 아무 말도 하지 않았다. 우리는 좀처럼 대화하지 않았다. 아이는 자기 쪽 창밖을, 난 내 쪽 창밖을 본다. 역겨운 냄새가 스멀스멀 콧구멍을 간질이기 시작했다. 윌리엄의 신발에 묻은 개똥이 녹기 시작한 것이다.

Chapter 3

동화책 올리비아에서 하얀 새끼돼지는 잠을 자지 않아도 아무 문제가 없는데도 낮잠을 자야 한다. 그러나 윌리엄은 낮잠을 잘 의무가 없다. 윌리엄의 엄마는 윌리엄의 상상력이 너무 '활발하기' 때문에, 너무 똑똑하고 너무 창의적이고 너무 지능이 높기 때문에 지속적인 자극이 필요하고, 그러니 낮잠을 자라고 강요할 수는 없다고 선언해 놓았다. 캐럴린이 그런 칙령을 내릴 수 있었던 것은 윌리엄의 활발한 어린 자아를 고양시키는 역할이 자신의 몫이 아니기 때문이 분명했다. 윌리엄은 잭이나 내가 맡고 있지 않을 때는 항상 보모인 소냐와 함께 있었다. 소냐가 쉬는 날은 매주 수요일과 격주 주말로 정해져 있는 아이의 양육권 조정일 때뿐이다. 그런 날 소냐는 퀸스 중심가로 가서 슬리보비츠를 마시거나 외줄 악기 거슬을 연주하고, 아니면 크로아티아 갱들이 운영하는 총기 가게에 가서 빈둥댔다. 하여간 요즘 크로아티아 달마티아 지방 출신 이민자들이 어퍼 이스트사이드에서 과도한 특권을 누리며 사는 다섯 살배기 꼬마들의 요구와 변덕을 들어 주는 일에서 쉬는 날에 하는 여러 가지 일들을 하는 것이다. 사실 나는 소냐에 대해서는 크로아티아의 어느 지방 출신이라는 것과, 한번은 잭에게 전쟁 전에 자기 조상 중 한 분이 유대인이었다고 말한 적이 있다는 것 외에는 실제로 아는 것이 전혀 없다. '전쟁 전에는 유대인' 이었다는 말이 무슨 뜻인지는 잘 모르겠고, 소냐가 미국에서 얼마나 살았는지도 모른다. 한번 흘낏 본 적이 있지만 부엌 옆에 붙은 그 작은 방에 있지 않을 때는 소냐가 어디서 사는지도 모른다. 잭의 집에서 회사 직원들 회식이 있던 날 화장실을 찾다가 우연히 그 방을 봤을 뿐이다. 캐럴린이 잭을 내쫓기 며칠 전이었고 프리드먼 태프트사 잭의 사무실에 놓여 있는 사무용 책상 뒤 검정색 에런 의자에서 내가 잭과 섹스를 나누기 전의 일이었다. 그 책상은 잭이 파트너가 되기로 하고 코너 쪽 사무실을 배정받고 사무실 꾸밀 돈을 받은 날 캐럴린이 직접 남편한테 골라 준 것이었다.

소냐가 수요일만 빼고 매일 방과 후 윌리엄을 돌보고, 수요일에는 내가 윌리엄을 돌보니까 캐럴린은 자기 아이와 오후 내내 놀아주는 것이 얼마나 힘든 일인지 알 리가 없다. 어번베이비닷컴 사이트에 소개된 것을 보니 닥터 캐럴린 솔은 다른 의사들에게 절대로 대신 전화를 받게 하지 않고 자기 손으로 직접 아이를 받아내는 뉴욕에서 몇 안 되는, 어쩌면 유일한 산과 전문의라고 되어 있다. 한밤중이든, 주말이든, 아니면 크리스마스 아침이든 상관없이 연중 언제라도 낸터켓으로 가 가족과 함께 보내는 매년 8월 3주간만 제외하고는 언제나 자기가 직접 아이를 받는다는 것이었다. 이런 사실은 그녀를 매우 바람직하고 믿음직스러운 의사로 만들지만, 동시에 어느 정도 덜 바람직하고 덜 사랑스러운 아내로 만들었다. 물론 덜 사랑스러운 아내라는 평가 부분은 어번베이비닷컴 사이트에 들어 있지 않다. 이따금씩 일이 없는 주말, 아이를 받으러 병원에 불려가거나 위험한 산모의 경과를 보기 위해 호출 받지 않을 때, 캐럴린은 윌리엄과 몇 시간이고 함께 있는 시간을 갖는다. 아들과 그런 시간을 보낼 거리는 나보다 더 많이 갖고 있을 것이다. 사전을 처음부터 끝까지 읽으면서 단어들에 대한 설명이 제대로 된 것인지를 놓고 따지면 아들만큼 신이 날 거다. 우리가 해가 뜰 때부터 정오까지의 시간을 부를 때, 적합한 단어인 "오전"보다 "아침"이라는 단어를 더 많이 사용하고 있다는 사실에 대해 아들만큼이나 당혹스러워할 것이다. 모자는 부엌 찬장에 돋보기를 연방 들이대고 모든 음식 겉봉에 적혀 있는 원재료 함유량을 훑어보며 밀, 유당 그리고 절대 먹어서는 안 될 경화식물유의 걱정스러운 분자들을 찾아낼 거다. 캐럴린은 틀림없이 이런 걸 좋아할 것이다. 그게 아니라면 30분도 못 견디고 소냐를 부를 것이다. 왜냐하면 그렇지 않을 바에야 TV라는 확실한 구세주를 아이가 못 보게 금지시키는 일은 절대로 하지 않았을 것이기 때문이다.

나는 이렇게 보내는 오후에 대해 불평은 거의 하지 않는다. 결국 내가 부족해서 그런 것 아니겠는가? 만일 시간을 보낼 수 있는 멋진 방법들, 예를 들어 각설탕을 가지고 수학적으로 정교한 후버댐 축소 모형을 짓는다든가, 색맹인 아이들을 치료하는 데 이용되고 곰돌이 자전거를 탈 수 있게 가르치는 데 도움이 되는 유전자 조작 외눈박이 초파리를 기르는 프로그램을 시작한다든가 하는 방법들을 찾아놓았다면 좀 더 나은 새엄마가 될 수 있지 않았을까. 종종 잭에 대해서 어떠한 불평도 하지 않겠다고 맹세하게 만든 우리 엄마에게 푸념을 늘어놓는다. 투덜대기는 하지만 난 엄마를 믿는다. 엄마 자신도 새엄마이시다. 엄마는 내게 있어서 새엄마의 모델인데 이는 사실 엄마의 성공적인 노력 때문이라기보다는 오히려 엄마가 재난에 가까운, 서사적이고 극적인 실패를 했기 때문이다. 언니들은 친엄마에게서 버림받고 아빠한테 맡겨져서 서툴고 마지못해 하는 보살핌을 받은 지 일 년 뒤, 우리 엄마를 만난 그 순간부터 엄마를 싫어했다. 엄마는 여덟 살과 열 살 난 루시와 앨리슨을 돌보고, 이 애들을 밴드 연습장에 데리고 다니고, 치과에 예약을 하고, 도시락을 싸고, 빨래를 해주고, 만점짜리 철자 시험과 SAT 성적표를 냉장고 문에 붙여 놓는 일을 헌신적으로 했지만, 언니들은 엄마에 대한 마음을 절대로 바꾸지 않았다. 엄마를 끊임없이 비난했고, 엄마에게 자기들의 마음이 그렇다는 걸 끊임없이 얘기했다.

사실 언니들은 우리 부모님이 30년에 가까운 모진 세월을 함께 보낸 다음 이혼하자 정말 마음의 위안을 느낀 나머지 두 분의 이혼이라는 재앙에 자신들의 잘못이 있었다는 걸 기꺼이 인정하기까지 했다. 루시는 내게 "옆에 있어 주길 절대로 바라지 않던 두 아이를 돌보는 건 너희 엄마에게 절대 쉬운 일이 아니었을 거야"라고 말했다. 그러면서 내게 엄마가 이혼 후에 살이 좀 많이 찌셨는지 묻고는 아빠의 새 애인을 만나 봤느냐고 물었다. 루시는 아빠의 새 애인이 "정말 멋지고 아름답고, 진짜 날씬한" 여자라며 웃어댔다.

이런 이유로 나는 윌리엄과 보내는 시간이 나를 너무 지치게 만들어서 머릿속까지 지끈거린다는 사실을 잭에게는 알리지 말라던 엄마의 충고를 따랐다. 나는 매일 오늘이 윌리엄과 내가 마술처럼 마음이 통하게 되는 날일 거라는, 그리고 우리가 서로 같은 언어를 사용하고 있다는 걸 깨닫게 되는 날일 거라는 우스운 상상을 해보곤 한다. 또 다른 상상이라면 젊고 쾌활한 컬럼비아대 학생 한 명을 구해서 내가 영화를 보러 간 사이에 오후 동안 윌리엄과 놀아줄 수 있게 한다는 것이었다. 내가 직장에 다닐 때 윌리엄은 수요일이면 소냐와 함께 제 엄마 집으로 가 있다가 잭이 퇴근할 때 데리고 왔다. 그러다가 내가 직장을 그만둔 다음부터는 소냐가 하루 쉴 수 있도록 수요일 일정을 조정했다. 그렇다 하더라도 그녀한테서 쉬는 날을 뺏는 건 정당하지 않은 것 같았다. 특히 잭에게는 절대도 내가 기괴하고 용납할 수 없을 정도로 그의 아이를 사랑하는 능력이 없다는 사실을 숨기기로 결심한 이상은 더더욱 그랬다.

"이베이가 뭔지 알아요?" 윌리엄이 내 생각을 끊으며 물었다. 언제나처럼 우리는 낮잠을 자는 대신 과자를 먹고 있다. 윌리엄은 무지방, 무유지 셔벗이 담긴 자기 그릇에 숟가락을 넣어 휘휘 젓고 있다. 애 엄마 말에 따르면 윌리엄은 당을 흡수하지 못하는 유당불내증이다. 그래서 두유를 마시고 두부와 셔벗을 먹는다.

"응." 나는 대충 대답했다.

"내 친구 베일리네 아빠가 이베이에서 물건을 팔아요."

"흠."

"베일리가 그러는데 자기 아빠가 오래된 물건들을 꺼내서 이베이에서 판대요. 더 이상 필요하지 않은 건 다요. 베일리의 오래된 자전거나 자기 아빠가 대학 때부터 가지고 있던 스키 같은 거요."

고개를 끄덕이지만 그다지 주의를 기울이지는 않았다.

"에밀리아?"

"응, 윌리엄."

"베일리네 아빠가 이베이에서 돈을 많이 번대요. 아주 많이요."

"잘됐네."

"이베이에 들어가 본 적은 있어요?"

한숨을 쉬며 윌리엄을 쳐다보았다. "아니, 없어."

"한번 들어가 봐야 할 거예요."

"아니면 그냥 베일리네 아빠한테 물어볼 수도 있지. 필요하다고 하면 분명히 나한테 오래된 스키 한 쌍을 파시겠지."

윌리엄은 눈썹을 찡그린다. "아니요, 아니요. 내 말은 에밀리아가 물건을 팔아야 한다고요. 베일리네 아빠처럼 돈을 벌려면요. 오래된 물건들 없어요?"

"너희 아빠 스키를 팔 수는 있겠네. 아니면 그냥 한 짝만. 그건 어때? 뷜클 스키 하나. 2년 된 거고. 폴은 한 개야."

윌리엄은 고개를 내젓는다. "그건 말이 안 돼요. 스키 한 짝만 사는 사람은 없을 걸요. 그 아기 물건들을 팔아야 해요."

나는 대답하지 않았다. 식탁 맞은편에 앉은 채 커피 잔을 너무 꽉 쥐어서 손가락 밑에서 커피 잔이 부서지지 않는 게 신기할 정도다.

"그 아기침대는 팔 수 있어요." 윌리엄이 말했다. "그 침대는 1311달러예요." 윌리엄은 물건 값이 얼만지 아는 걸 좋아한다. "그러니까 우리가 그걸 이베이에서 팔면 2000달러는 받을 수 있을 거예요. 아니면 어쩌면 만 달러를 받을지도 몰라요."

"아니, 그렇게 못 받아." 내가 말했다.

"이베이에서는 그렇게 돼요." 윌리엄은 참을성 있게 말했다. "더 이상 필요 없는 물건을 가져 오면 사람들이 돈을 많이 주고 사요."

나는 윌리엄의 머리 꼭대기를 쳐다봤다. 윌리엄은 캐럴린의 연한 갈색 머리카락을 물려받았지만 캐럴린의 머리카락이 불가사의할 정도로 광채가 나며 한 올도 끝이 갈라지지 않은 채 부드럽게 흩날리며 어깨까지 내려와 있는 반면, 윌리엄은 한쪽은 삐죽 곤추서고 다른 쪽은 눌려 있는 뻗친 머리카락들로 가득하다. 가늘고 기름기 많은 머리카락 사이로 노란 부스럼이 보인다. 윌리엄에게는 잭이 지루성 두피염이라고 부르는 게, 아마 캐럴린이 그렇게 부르겠지만, 있어서 매일 밤 우리가 베이비오일을 머리에 발라 문질러 주고 가는 빗으로 그 얇은 조각들을 떨어내기 전에 부드러운 솔빗으로 머리를 살살 빗겨 줘야 한다. 잭이 이런 증상에 대해 이야기할 때면, 나는 애를 요람에다 재우기에는 너무 크다고, 그리고 내가 보기에 윌리엄은 그저 머리에 비듬이 많은 것이라고 말하고 싶은 걸 참기 위해 입술을 꽉 다물어야 한다.

"이베이에서 그 아기침대로 만 달러를 받을 수는 없단다." 내가 말했다.

"그 유모차도 팔 수 있어요. 제 생각에 5000달러는 받을 거예요."

"윌리엄. 이베이는 그런 식으로 안 돼. 마술인 줄 아니. 사고 싶은 게 있어야 사람들이 돈을 걸지. 875달러면 새로 살 수 있는 유모차에 수천 달러를 거는 사람은 없어." 이를 너무 악물어서 턱의 통증이 귀 뒷부분을 타고 올라가 관자놀이를 지나 정수리까지 올라가서 뭉친다.

"베일리네 아빠는…."

"그냥 네가 베일리네 아빠 말을 잘못 알아들은 거야. 아니면 베일리가 자기 아빠 말을 잘못 알아들었거나."

윌리엄이 얼굴을 찡그리며 대꾸한다. "베일리를 알지도 못하잖아요. 베일리네 아빠도요."

"아기 물건들을 파는 얘기는 하고 싶지 않구나. 윌리엄."

"그래도 그게 이베이예요. 필요하지 않은 물건을 파는 거라고요. 아줌마는 그 아기 인형들이나 아기 옷하고 기저귀들이 필요 없잖아요. 아줌마가 사놓은 그 이상한 아메리칸걸 인형은 아직 포장도 안 뜯었잖아요. 그 멍청한 사만다는 이베이에 올려야 해요."

이제는 더 이상 참을 수가 없다. "시끄러워, 윌리엄. 그냥 입 좀 다물어." 식탁에서 벌떡 일어나는 바람에 의자가 바닥에 나동그라졌다. 그걸 쳐다보며 벌써 죄책감이 들고, 내가 왜 그랬는지 화가 났다. 가끔은 윌리엄이 캐럴린의 작은 대변자나 지휘봉 같다. 자기들의 낮은 눈높이를 만족시킬 때까지, 내가 형편없는 인간이란 것을 다시 한 번 자인해 보일 때까지 윌리엄은 나를 찌르고 자극한다. 이 아이가 일부러 나를 함정에 빠뜨리려는 것은 아니라고, 결점과 무능함을 드러내 보이도록 나를 일부러 몰아붙이는 것은 아니라고 스스로를 타일러 본다. 그냥 어린 아이 아닌가. 그럼에도 캐럴린과 나 두 사람 모두 이 애를 필요 이상으로 큰 아이 취급을 해왔다.

바닥에 쓰러진 의자와 자기 의자에 앉아 있는 윌리엄을 내버려두고 주방에서 나왔다. 거실 아래쪽에 있는 작은 침실, 집을 지을 때는 가정부용으로 만들었던 그 방 문 앞에 멈춰 섰다. 방은 이끼 색으로 가장자리는 연분홍 장미 모양이다. 내가 직접 칠해 모서리 부분이 들쭉날쭉해서 꼭 헤진 것처럼 보인다. 자세히 보면 장미 모양들이 휘어져서 벽을 지나 방 주위를 비뚤게 내려와 창문 왼쪽 부분에 다다르면 오른쪽에서 보다 4센티 정도나 내려와 있는 걸 알 수 있다. 이게 너무 신경에 거슬려서 다시 칠을 할까 생각도 해보고, 애초에 돈을 주고 사람을 사서 제대로 칠했더라면 좋았을 걸 하는 생각도 든다.

문가에 기대서서 손가락으로 부드러운 배를 눌러본다. 혹시 아직도 부풀어서 충혈되어 있지는 않은지 자궁을 더듬어 찾아본다. 젤리 케이크 같은 허리 살을 만져 보고 검지와 중지로 배꼽 바로 아래를 누른다. 고통이 느껴지고 그래서 감사하다. 모든 것이 원래대로 돌아가고 다 사라지거나 지워져 버려서 그 일이 있었다는 유일한 증거가 서툴게 칠해놓은 벽 위의 휘어진 무늬뿐이라고 생각해야 했다면 정말 싫었을 것이다.

벽 가장자리 무늬에 시선을 둔 채 방의 다른 부분은 쳐다보지 않았다. 한 쪽은 꽃이 너무 활짝 펴서 투실해 보이는 장미꽃 무리 무늬에, 반대쪽은 깅엄 체크무늬로 된 분홍 이불이 깔려 있는 말도 안 되게 비싸게 주고 산 아기 침대는 쳐다보지 않았다. 배꼽 부근에 조그만 구멍이 나 있는 기저귀들을 깔끔하게 쌓아놓은 기저귀 테이블과 죽은 뱀처럼 코드가 감겨 있는 아기용 물티슈 온열기, 기저귀 발진 연고와 베이비 로션 통도 외면했다. 판매원이 자기도 본 적이 없는 정말 희귀한 제품이라며 권해서 산 아주 연한 분홍빛의 아트 & 크래프트 문양 앤티크 오리엔탈 카펫도 쳐다보지 않았다. 아기 선물이라며 엄마가 특별히 주문해서 사다 놓은 크림색 가죽 시트와 같은 색 발받침이 달린 그네 흔들의자도 외면했다. 아버지는 우리에게 5000달러짜리 저축 채권을 즈셨다. 이제는 있지도 않은 누군가의 이름으로 된 저축 채권으로 도대체 무엇을 해야 한단 말인가?

입술을 핥아 짠맛을 느끼고서야 비로소 너무 울어 콧물까지 흐르고 있다는 걸 깨달았다. 소매로 얼굴을 훔치고 주방으로 돌아갔다. 내가 다시 한 번 내 자신이 사악한 새엄마란 것을 증명했다는 사실, 입 닥치라고 말했던 것과 아이 앞에서 우는 꼴을 보여줬다는 것을 제 엄마한테 말하지 말라고 윌리엄을 설득해야만 한다.

내가 사귀어 본 유부남은 잭이 처음이다. 나는 유부남을 만나는 여자들은 잔인하고 무책임하며, 여성 전체를 배신하는 짓이라는 생각을 갖고 있다. 더 심하게는 그들이 바보라고 생각한다. 자기가 꾄 유부남으로부터 충실함을 바란다면 그건 자기기만 행위이다. 아내를 속인 남자는 반드시 다른 여자도 속일 것이다. 정절은 타고난 성격에서 비롯되는 특성이지 그때그때 상황에 따라 나타나는 특성이 아니다. 그것은 기질의 문제이지 환경의 문제가 아니다.

우리 관계도 너무 뻔한 스토리로 시작됐다. 그가 파트너로 있는 로펌의 젊은 어소시에이트가 나였고 그는 내 상관이었다. 출장 여행지였던 캘리포니아 오클랜드에 있는 클레르몽 호텔 3층의 내가 묵었던 방문 앞에서 첫 키스를 했다. 전에도 말했듯이 처음 사랑을 나눈 곳은 그의 사무실이었다. 내 나이 서른에 그를 만나기 시작했고 잭은 코앞에 닥친 사십 대의 나이를 받아들이느라 힘들어하고 있었다. 잭에게 난 빨간색 포르셰 같은 존재였다.

내가 그를 사랑한다는 점을 제외하고는 세상 모든 일이 모두 구질구질하고, 꼴사납고, 지저분하고도 수치스러웠다. 누구든 나와 같은 사랑을 한다면 길에서 낯선 사람을 붙잡고 자기 연인이 얼마나 멋있는지 떠들어대야 정상이 아닌가라는 생각을 했다. 그 정도로 나는 그를 사랑했다. 혹시라도 그에게 무슨 일이라도 생길까 봐 끊임없이 걱정이 됐다. 정말이지 그 사람을 솜이불로 꼭 싸서 내 주머니 속에 안전하게 넣어 다니고 싶었다. 내 눈앞에 있어야만 그 사람이 비행기 추락사를 당하거나, 택시에 치이거나, 심지어는 볼링공이 건물지붕에서 떨어져 두 개골이 짓이겨질 위험 등에서 벗어나 온전하게 있을 것 같았다. 너무 사랑해서 나는 그를 통째로 집어삼키고 싶었다. 살짝 굽은 엄지발가락부터 시작해서 높게 올려 붙은 귓불까지 말이다.

이제껏 나는 이런 감정을 믿어 본 적이 없었다. 전에도 사랑에 빠졌다고 속단한 적은 있었다. 모세 이삿짐센터에서 일하던 이스라엘 남자가 있었는데 한때는 그와 결혼하고야 말겠다고 확신하기도 했다. 로스쿨 오리엔테이션 때 같은 그룹에서 만난 남자도 있었는데, 그 남자가 백인 여성과의 결혼이 정계 진출에 치명적인 요소라고 확신만 안 했더라면, 그와 결혼했을지도 모른다(그는 모카 색 피부의 아내와 뉴욕 주 제19지역구 하원의원으로 얼마 전 워싱턴에 입성했다). 그 외에도 너무 많아서 성적 자유분방함이 다시 한번 트렌드가 된 요즘 기준으로 보면 나야말로 진정한 트렌드 세터일 것이다. 하지만 잭을 처음 본 순간부터 지금까지 계속되는 이런 감정을 전에는 비슷하게라도 가져 본 적이 없었다. 그가 내게 관심을 가져 주기 2년 전부터 나는 그에게 빠져 있었고, 그가 내 몸을 만지기 시작한 것은 그러고 나서도 1년이나 더 지나서였다.

잭을 처음 본 건 프리드먼 태프트 메이베리 & 스테인에 첫 출근하던 날이었다. 나는 인사 담당자의 안내를 받으며 홀을 지나 배정받은 사무실로 가고 있었다. 사무실은 눈꺼풀이 무겁게 내려앉아 나른한 표정의 젊은 예일대 졸업생인 나와 같은 1년차 어소시에이트 변호사와 함께 쓰도록 되어 있었다. 그는 로펌에서 하는 일에는 별 관심이 없어 보였고 점심식사는 길게, 퇴근은 일찍 하던 사람이었지만, 나중에 가서는 의외의 탐욕스러움과 타고난 거짓말 솜씨로 상대편 변호사조차도 혀를 내두르게 만든 여러 건의 텔레커뮤니케이션 합병을 성사시킨 대가로 역대 최연소 파트너 변호사가 되었다. 나는 인사 담당자를 따라가면서 그녀의 슬리퍼 뒤쪽으로 튀어나온 발뒤꿈치를 쳐다봤다. 슬리퍼가 너무 작았고, 걸을 때마다 발바닥에 부딪쳐 딸깍거렸다. 난 또렷한 눈을 가진 적극적인 사람, 그리고 내 여섯 자리 수입에 아무 불만이 없는 사람으로 보이려고 최대한 애를 썼다. 우드 패널로 격조 있게 꾸며진 로비, 무덤덤한 표정으로 사람을 반기는 안내원, 긴 현관 복도, 탈의실보다 약간 큰 게 꼭 네모난 크로스 퍼즐을 연상시키는 정사각형 사무실들이 늘어서 있었다. 그 안에 들어앉은 세련된 정장 차림의 변호사들이 가식적인 자상함으로 무장한 상관들에게 근면성실함을 보여주고자 활짝 열어젖혀 놓은 문들이 날 얼마나 우울하게 했는지 모른다.

로스쿨을 시작할 때 나는 미래에 대한 명확한 계획을 세워놓지 않았고, 로스쿨 3년이 끝나갈 때조차도 내 야망은 별반 혼란 상태에서 벗어나지 못했다. 지금 이 순간까지도 아버지가 변호사라는 사실 이외에는 내가 왜 변호사가 되었는지 잘 모르겠다. 아버지가 변호사란 사실은 나를 법조계로 끌어들임과 동시에 내가 그쪽을 피하려고 하는 이유가 되기도 했다. 아버지가 당신의 직업에 불만을 가지셨던 것도 아니다. 오히려 당신의 직업에 철저하게 만족하신 분이었다. 아버지는 내가 자란 동네 가까운 곳, 뉴저지의 17번 국도 바로 옆에 있는 사무실이 딸린 한 회사에서 부동산 관련 법률 쪽 일을 하시고 한때는 뉴저지 주 변호사협회 회장을 지내시기도 했다. 이 직업에 대한 나의 반발심은 아버지가 자기 직업에 만족하셨는지 여부와는 관계가 없다. 그보다는 어린 시절 불면증에 시달리던 나를 확실하게 잠들게 만들어 준 방법이 바로 아버지가 맡은 거래에 대해 함께 이야기하는 것이었다는 사실과 관련이 있다. 내게 다른 직업을 택하도록 유도한 더 큰 동기는 내 언니인 앨리슨이 맨해튼의 법률사무소 항소법원 변호사라는 사실이다. 그들은 앨리슨이 곧 법관으로 임명될 거라고 말한다. 그들이라 함은 앨리슨 언니와 우리 아버지를 가리키는 말이다.

앨리슨 언니나 아버지와는 달리 나는 대학을 졸업한 다음 곧바로 로스쿨로 가지 않았다. 몇 년간 여행을 다니고, 야망이나 재능이라고는 별로 없는 대학 졸업생들이 뉴욕에 첫발을 들였을 때 찾는 어정쩡한 예술 분야 일자리를 전전한 다음에야 나는 로스쿨입학시험(LSAT)을 봤다. 장난삼아 봤던 것 같다. 어쩜 침대 대용으로 쓰는 접이식 소파에서 일어나지 않고도 커피 메이커를 켤 수 있는 코딱지만 한 아파트에서 사는 게 지긋지긋해서 시험을 봤을 것이다. 아니, 더 솔직히 말하면 내가 왜 그 시험을 봤는지 모르겠다. 그럼에도 불구하고 시험은 잘 봤고, 앨리슨 언니보다도 더 잘 봤다. 그 다음에는 로스쿨을 갈 수밖에 없었다. 공익과 관련된 법을 공부하겠다는 모호한 목표를 갖고 시작했지만, 유일하게 조금이라도 관심을 가진 분야는 형사법이었고, 능력으로 똘똘 뭉친 언니만큼 해낼 자신은 눈곱만치도 없었다. 로스쿨 3년째 되는 해 가을 취업을 위해 면접을 보러 다닐 무렵, 난 직장 생활이 어차피 단조롭고 지루할 바에야 수입이라도 짭짤해야 한다고 결심했다. 결국 프리드먼 태프트에서 일하게 됐고, 덕분에 맞지도 않는 신발을 신고 복도를 누벼대는 인사 담당 여자의 뒤를 졸졸 따라다니게 된 것이다.

그녀는 잭의 사무실 밖에서 신발을 잃어버렸다. 어떻게 하다 신발을 차 버리고 그 위로 걸려 넘어진 것이다. 너무 가까이 붙어 따라가다가 나도 하마터면 쓰러진 그 여자 위로 걸려 넘어질 뻔했다. 난 복도에 세워둔 원목 누드 여인상의 받침대를 움켜쥐며 겨우 중심을 잡았다. 조각상이 앞뒤로 흔들렸고, 순간 원목 조각상의 여인과 나, 둘이서 인사 담당 여자를 덮치는 게 아닌가 하는 생각이 들었지만 그런 일은 일어나지 않았다. 조각상은 받침대에 단단히 붙어 있었고 중심을 되찾은 나도 넘어지지 않고 서 있었다. 그러곤 이내 넘어지지 않은 걸 후회했다. 어디서 나타난 훈남 한 명이 그 인사 담당 여자의 옆에 구부리고 앉아 그 여자의 발을 손으로 감싸주는 것이었다.

"내가 꼭 쥐면 아픈가요?" 하고 그가 말했다. 그 남자의 등 근육 때문에 셔츠의 부드러운 흰색 천이 팽팽해졌다. 그녀의 발을 손바닥에 올리고 조심스레 들어 올리자 그의 셔츠에 팽팽한 탄력이 생기는 게 보였다. 나는 다가가 무릎을 꿇고, 가슴과 배가 그의 등에 닿도록 내 몸을 기대며 두 손을 양 옆으로 밀어 넣어 허리를 감싸고 싶은 강한 욕구를 느꼈다.

"아." 인사 담당자가 찡그리며 작은 비명을 질렀다. 내숭 떨기는.

"이거, 삔 거 같네요." 그가 말했다.

그는 여자의 발을 바닥에 조심스레 내려놓으며, 앞을 가린 머리 가닥을 후 불어 넘기고는 여자의 허리를 감쌌다. 당시 그는 흘러내리는 부드러운 머리 스타일을 하고 있었다. 여자를 안아 일으켜 세운 다음 반은 끌고 반은 안 듯해서 사무실 안으로 데리고 갔다. "마릴린" 하고 그가 불렀다. "얼음 좀 구할 수 있는지 알아봐 주겠어요?"

비서의 책상은 그 남자 사무실 밖 복도에 있었다. 비서는 자리에서 일어나며 내게 물었다. "신발 참극이네요. 프랜시스가 당신을 어디로 데려가려다 저렇게 된 거죠?" 서둘러 얼음을 가지러 갈 생각은 없는 것처럼 보였다.

"아, 네. 내가 쓸 사무실로 안내 중이었어요."

"잠깐만 혼자 계셔 줘야겠군요. 성함이 어떻게 되시죠?"

"에밀리아 그린리프. 새로 온 어소시에이트입니다."

"배정받으신 사무실이 몇 호실이시지요?"

손에 든 폴더를 내려다봤다. 코드번호, 내선번호, 이메일주소와 함께 사무실 번호가 적혀 있었다. "1818요"라고 나는 말했다.

"아, 이중생활" 하고 그녀가 말했다.

"네?"

"방 번호 말이에요. 그게 그런 뜻이죠." 평가하듯 날 쳐다본다.

"유대계 맞죠, 아닌가요?"

"맞아요."

"마릴린 누델만이라고 합니다."

"난 신앙심이 깊다거나 그런 건 아니에요."

내 말에 비서는 어깨를 으쓱해 보인다. "따라 오세요. 사무실로 안내해 드릴게요."

마릴린은 지금도 잭의 비서다. 그녀는 내 결혼식에 와서 호라 춤을 추고, 적어도 메이플라워호의 12대 손인 캐럴린 솔보다는 내가 더 '유대인'이라는 점에는 만족하고 있지만, 아직도 날 충분히 '유대인스럽다'고 생각하진 않는다. 마릴린이 보낸 선물들만 봐도 그렇다. 예를 들자면 매년 신년제 로시 하샤나를 앞두고는 히브리 달력을, 유월절에는 과일 젤리 한 상자, 하누카 때는 조그만 금화 주머니를 준다. 이런 선물을 보낼 때는 작은 쪽지에 설명을 한 줄 적어 보내는데 금화를 보낸 의미나 밀가루를 넣지 않고 만든 캔디를 주는 의미를 네가 어떻게 알겠느냐는 취지 같았다. 소극적인 공격의 의미가 담겨 있는 것 같지만 난 그런 도전을 기꺼이 받아들인다. 난 삭스 가게에서 산 캐시미어 스웨터, 코치 상표의 서류가방과 지갑 세트, 엘리자베스 아덴에서 하는 일일 피부 관리 패키지와 같은 호화스러운 선물을 사서는 크리스마스 이브에 그녀에게 선물로 주라고 잭에게 갖다 준다.

이토록 조용한 신경전은 영원히, 아니 적어도 마릴린이 그만두는 날까지 계속될 것이다. 이는 사무실 앞에서 신발 없이 자빠져 있던 프랜시스 드파르쥐 뒤에 서 있던 나를 잭이 알아채지 못했던 그날 이후, 그리고 3년 간 내가 보낸 신호의 몸짓에 마침내 잭이 굴복한 어느 날 저녁부터 시작된 것이다.

오후 6시쯤이었다. 나는 잭이 유대인이라는 점을 빗대 그를 "주(Jew)욕 변호사"라고 한 번도 아니고 두 번씩이나 부른 적이 있는 텍사스 판사에 대한 기피신청 절차를 지원하는 브리핑 자료를 작성하고 있었다. 이게 프리드먼 태프트에서 일한 3년 동안 잭이 내게 준 첫 업무는 아니었다. 지난 한 해 동안에는 중요치 않은 리서치 프로젝트 몇 건, 그리고 신입 1년 차도 잘할 만한 비망록 작성 따위의 일거리들을 받았지만, 나는 잭과 일할 기회만 보면 달려들었다. 이번 브리핑 자료 작성이야말로 나의 능력을 약간이나마 보여줄 수 있는 기회였다. 서류 작성에는 자신 있었기 때문이다. 비록 제대로 된 자료조사와 치밀한 법률 지식에 비할 수는 없지만, 재판에서 이기는 논리와 판사를 하품 나게 만드는 논리의 차이는 스타일에 있다는 걸 로스쿨에서 배웠다. 그 텍사스 법원 판사를 설득하기 위해 브리핑 자료를 작성하는 건 아니었다. 그 판사는 매일 아침마다 검은색과 흰색 법복 중 어느 쪽을 입을지 고민할 인간이다. 그런 인간이 볼 때는 나도 또 한 명의 "주욕 변호사"일 뿐이다. 나는 항소법원에 제출하기 위해서, 그리고 잭에게 주기 위해서 브리핑을 작성했다. 내가 쓴 브리핑은 이해하기 쉽고 예리했다. 그 고집불통인 판사를 토막내서는 관련 판례의 십자가에 묶어 피흘리게 하고 화형에 처했다. 게다가 재미있게 썼다.

잭의 책상 앞 의자에 앉아서 그가 내가 준 서류를 읽는 것을 지켜봤다. 초반엔 무덤덤하게 읽던 그의 입가 한 쪽에 연한 미소가 번졌다. 잭은 자두 빛깔 립스틱을 바른 양 아주 붉은 입술을 가졌다. 한겨울이면 그의 입술은 스키를 타서 갈라지고 하얗게 각질이 일어나지만 말이다. 잭의 윗입술은 끝부분부터 말려 올라가고 미소는 오른쪽 입가부터 번진다. 희미한 미소로 그의 입술이 한 번 그리고 다시 살짝 움직였다. 끝까지 읽고 나더니 잭이 소리 내어 웃었다.

"정말 좋은데요." 그가 말했다.

"고맙습니다."

"이거 보면, 깁스 판사가 난리 좀 치겠어요."

나는 아주 창백하고 주근깨가 많은 피부에 쉽게 얼굴이 빨개지는데 얼룩덜룩해지는 게 예쁜 홍조는 아니다. 얼굴이 빨개지고 있다는 걸 알고 있는 것 자체가 내가 얼마나 흉해 보이는지를 의식하게 만들어서 얼굴은 점점 더 빨개지는데 급기야는 간혹 옆 사람이 혹시 약이라도 필요한 것 아니냐고 물어볼 지경에까지 이른다. 잭은 자기가 한마디 던진 칭찬이 내 몸에 일으키는 파장을 지켜보았다. 잭의 시선이 내 셔츠의 목에 파진 홈을 훑고 지나갔다. 그날 나는 빳빳하게 다려 목 양쪽으로 깃을 세운 흰색 면 블라우스를 입고 있었다. 그 덕에 목이 훤히 드러나서, 그날 아침 나를 새침한 섹시함을 풍기는 여자로 만들었다. 그의 시선에 내 목은 충혈된 심혈관이 만들어내는 불꽃놀이가 펼쳐지는 한 폭의 캔버스처럼 되고 있었다.

"진짜 좋다는 뜻이오." 잭이 말했다.

"알아요." 내가 대답했다.

내 목을 살펴보던 잭의 표정에 뭔가 변화가 일었다. 마치 달아오르기 시작하는 것 같았다. 지금은 그의 얼굴이 빨개졌던 거라는 걸 알지만, 그때 나는 그런 얼굴 색조의 변화가 뭘 의미하는지 이해할 수 있을 만큼 그의 피부에 대한 해부학적 조예가 깊지 못했다. 잭은 자기 어머니의 올리브 빛깔 얼굴색을 물려받았고, 얼굴을 붉힐 때 나만큼 빨개지지는 않는다. 대신 얼굴 피부 밑에 윤기 흐르는 구릿빛이 돈다. 이것은 미세한 변화라서 처음 보는 사람이라면 그가 더욱 멋지고, 생기 있고, 활기차 보인다는 느낌만 갖게 된다. 잭은 부끄러워하거나 당황할 때 빛이 난다.

"그냥 몇 가지 적어 놨어요." 그가 말했다.

잭은 사무실 반대쪽 벽에 놓여 있는 검은색 보조책상 위에 서류를 펼쳤다. 그 책상은 항상 좀 낮아서 불편한데, 그가 적은 것을 가까이서 보기 위해 허리를 약간 숙여야 했다. 책상 표면은 아주 광을 잘 낸 나무 재질이어서 우리가 나란히 서자 마치 거울을 보는 듯 우리 모습이 또렷하게 반사되었다. 나는 내 셔츠 안을 볼 수 있었다. 내 가슴 한 쪽이 앞으로 쏠려서 거의 젖꼭지가 보일 만큼 브라 컵 바깥으로 삐져나와 있었다. 잭은 내 왼편 약간 뒤쪽에 서서 오른손을 주머니에 넣은 채 왼손으로 페이지를 한 장 한 장 넘기고 있었다. 그가 말해 주어서 지금은 그때 그가 발기된 걸 숨기려고 엄청나게 애쓰고 있었다는 걸 안다.

나는 검은색 미니스커트를 입고 있었는데 꼴사나울 만큼 짧지도 않았지만 가톨릭 학교 원장 수녀님의 검사를 통과할 만큼 길지도 않았다. 치마 밑에는 스타킹을 신고 가터벨트를 차고 있었다. 그때가 7월이나 8월이었다면 너무 더워서 이런 구식 스타일의 란제리를 입고 있었던 거라고 주장했을지도 모른다. 뉴욕에서 여름에 팬티스타킹을 입으면 곰팡이 감염이 생길 수도 있다고 말이다. 사실 내가 가터벨트를 하는 이유도 그 때문이다. 그러나 그때는 3월이었다. 마지막 남은 잔설을 뚫고 크로커스 새순이 막 고개를 내밀고 있었다. 내가 가터벨트와 스타킹을 신은 이유는 혹시 잭을 유혹할 수 있을까 하는 환상에 사로잡혀 있었기 때문이다. 그런 환상을 갖고 스타킹을 신기는 했지만 그렇다고 계획적으로 그렇게 한 건 아니다. 내게 그런 용기가 있을 거라고는 상상도 못하고 살았다.

책상 위로 몸을 낮게 숙이고 그가 표시해 놓은 문장을 다시 검토했다. 내 문장이 이상하다는 점에는 동의하지만 잭이 수정해 놓은 것은 더 이상하다고 생각했다. 왼손으로 뺨을 괴고 그가 써놓은 것보다 더 나은 문장으로 고쳐 쓰고, 다음 문단에서 불필요해진 부분에 줄을 그었다. 그 순간 스커트가 말려 올라가서 허벅지 뒤쪽 살에 깊이 파고들어 있는 가터벨트의 검은 끈이 확실히 드러난다는 사실을 깨달았다. 그래서 스타킹 윗부분이 느슨해지며 부드러운 하얀 살결이 몇 센티 정도 훤히 드러나 보이고 있다는 사실도 알았다. 나는 순간 멈칫했다. 펜은 종이 위에서 계속 움직였다. 잭의 코에서 뿜어져 나오는 거친 숨결을 들을 수 있었다. 내 자신을 말릴 새도 없이, 지금 벌이는 일의 결과를 생각해 보기도 전에, 나는 한 발을 아주 살짝 반대쪽으로 옮겨 다리를 벌리고 그의 바지 모직 면이 내 허벅지에 쓸리는 게 느껴질 때까지 살짝 몸을 뒤쪽으로 기댔다.

잭이 같이 밀어왔다. 이건 마치 중학교 시절 수백만 년이 지나도 총각딱지를 떼지 못할 게 틀림없다는 걸 절망적으로 알고 있는 여드름투성이 소년의 희망 없이 딱딱해져 있는 그 부분에 부비부비를 하던 금요일 저녁 댄스파티 같았다. 단지 부비부비가 아니라 부드럽고 집요하게 눌러오는 압박만이 있다는 사실만 다를 뿐이었다. 그리고 사람들이 훤히 볼 수 있게 열려 있는 바로 그곳에서 하마터면 잭과 섹스를 할 뻔했다는 사실만 다를 뿐이었다.

복도 쪽으로 돌아서는데 문가에 손잡이를 잡은 채 마릴린이 서 있었다. 나와 눈이 마주치자 그녀는 닫히는 소리가 확실히 나도록 문을 꽉 닫아버렸다.

창자가 비틀리는 듯한 죄의식이 느껴졌다. 마치 내가 그의 아내와 아이에 대한 생각은 눈곱만큼도 없이 잭을 유혹하고, 추적하고, 총으로 쏴 맞혀서 내 어깨에 들쳐 멘 것 같은 기분이었다. 하지만 그건 사실이 아니었다. 그래도 매 순간 그들에 대한 생각이 떠나지 않았다. 죄의식에 괴로웠고, 그들로부터 잭을 뺏어오고 싶어서 가슴 앓고 조바심 내는 자신이 미웠다. 이는 단지 유부남을 유혹하는 게 나쁜 행동이라는 생각 때문만이 아니라, 캐럴린과 윌리엄의 심정이 어떨지를 정확히 알고 있었기 때문이다. 자기를 배신해서 버리고, 오직 욕망만 좇아 더 젊고, 더 입맛에 맞는 대상을 찾아 가 버린 남자를 옆에서 지켜봐야 하는 기분이 어떨지 나는 잘 알고 있었다.

루시 언니가 아버지가 저지른 갖가지 불륜에 대해 말해 주기 전에 이미 난 그 사실을 모두 알고 있었다. 사실 루시가 모르는 아버지의 비밀도 알고 있었는데 내가 그걸 말해 준다면 아마도 루시는 놀라 자빠질 듯한 반응을 보일 게 틀림없었다. 엄마가 내가 자란 집의 안방 화장실에 있는 연한 쪽빛 변기에 당신의 분노를 구역질로 토해낼 때 난 그 뒤에서 엄마의 머리채를 잡고 있었다. 산부인과 의사를 찾아간 엄마가 검진대에 누워서 오십 평생을 살면서 오직 한 남자하고만 관계를 해온 자기가 HIV 검사를 신청하게 된 이유를 울지도 않고 설명하시는 동안 병원 대기실에 앉아 있던 사람도 나였다. 그보다 10년 전에 내게 건전한 성관계의 중요성에 대해 설교를 늘어놓으며 헤르페스 치료제인 조비랙스를 처방해 준 바로 그 의사였다. 아버지가 엄마를 떠나신 게 아니라는 사실을 아는 사람은 오직 나뿐이다. 내 언니들도 아니고 부모님의 친구들도 아니며, 내가 알기로는 할머니도 아니고 아버지의 법률 파트너들도 아니다. 아버지는 러시아 출신 스트립걸에게 일 년에 오만 달러씩을 갖다 바쳤고 그 사실을 알고 난 엄마가 아버지를 내친 것이었다. 내가 안다는 것은 아버지도 모른다. 내가 안다는 걸 아버지에게도 비밀로 했고 어느 누구에게도 그 얘길 꺼내지 않았다. 내 모든 것을 털어놓는 잭에게도 말하지 않았다. 나로 인해 아버지의 불륜은 비밀로 지켜졌고, 그 대가마저도 고스란히 내가 치르고 있다. 남편과 아버지가 함께 있는 것을 보면 침묵을 통해 공모한 내게도 아버지의 더러운 죄가 옮겨 붙은 듯한 역겨운 기분이 든다. 나도 내가 왜 잭에게 말하지 않는지 모르겠다. 잭이 우리 부녀를 보고 역겨움을 느낄까 봐 두려워서 그런지도 모른다. 아니, 어쩌면 내가 사랑하는 사람은 그토록 혐오스러운 행위들을 으히려 별로 대수롭지 않게, 늘 있는 일이라고 생각할까 봐 두려워서 그랬는지도 모른다.

모든 남자들이 다 그런 건가 두렵다. 아내와 딸들은 절대 모르는 비밀의 지하세계가 있을지도 모른다. 모든 남자들이 뉴저지의 싸구려 저질 나이트클럽에 모여, 막 십대를 벗어나 핑크빛 궁둥이에 여드름 흔적이 아직 흐 게 남아 있는 여자애가 비위생적인 폴리에스테르 G스트링 줄팬티만 걸친 채 가늘고 긴 허벅지를 쩍 벌려대는 걸 구경하고 있는지도 모른다. 어쩌면 남자들은 하나같이 어두운 방에 앉아 자기 딸보다 어린 여자애의 포동포동한 몸을 좀 더 자세히 보려고 손가락을 꼼지락거리며 안달내고 있을지도 모른다. 또 어쩌면 누런 금 목걸이를 살찐 목에 두른 남자에게 몇 백 달러를 건넨 다음 삼류 호텔로 가서는 콘돔을 사용하지 않는 대가로 추가 비용을 내고, 심지어 아내와 딸은 상상도 못할 짓에 또 추가로 돈을 내는 걸 지극히 당연하게들 생각하는지도 모른다.

내 아버지는 단순 정신병자 사이코인지도 모른다. 아니, 그게 맞는 것 같다. 미친 사람으로 여기는 편이 더 마음 편하다. 아버지는 엄마를 침실 다섯 개짜리 튜더 양식 풍 집안에 내팽개쳐 비참하고 우울하게 만들어놓고 떠났다. 엄마는 와인 스프리처에 얼굴을 묻고 울면서 몇 년 사이에 군살로 몸매를 망가뜨리지 않았더라면 아버지가 안 떠났겠니 하고 내게 물었다. 그런 아버지와 일말의 관계라도 유지하기 위해선 그를 정신병자로 치부하는 편이 더 낫다. 아버지와 같은 정신병자들만이 그딴 식으로 행동한다고 생각해야 내가 남편을 믿고 사랑할 수 있을 것 같다. 그게 성도착증이건 성집착증이건, 정신질환 통계연감에 보면 아버지한테 해당되는 목록이 분명 있을 것이다.

그렇다. 난 배신과 그에 따르는 아픔을 목격했다. 그 아버지에 그 딸이라는 사실을 증명한 것 같아 부끄럽고 창피했다. 잭의 사무실 캐비닛으로 몸을 수그리자 잭의 빳빳한 성기가 내 엉덩이를 밀어붙였다. 마릴린의 두 눈에 비친 혐오스러운 내 모습을 미처 생각해 보기도 전에 이미 내 마음 한편에서는 캐럴린과 윌리엄에게 지금 하는 일들에 대해 수치심과 미안함을 느꼈다. 그럼에도 불구하고 나는 너무 행복했고 잭이 보여준 명백한 열정의 증거에 너무 황홀했으며 그런 나머지 그 사람의 아내와 아이에게 내가 안겨 줄 불행에 대한 생각은 밀어내 버렸다. 내가 열정의 원자폭탄이라면 그 두 사람은 히로시마와 나가사키였다. 자비고 뭐고 생각할 여유가 없었다. 꼭 이겨야 할 전쟁을 눈앞에 둔 것이었다.

Chapter 5

잭이 집에 왔을 때 윌리엄은 자기 방어서 메가바이오니클을 가지고 놀고 있었다. 윌리엄은 폭력적인 성향의 그 레고 장난감이 7세에서 12세 아동용이란 사실을 내게 두 번씩이나 상기시켰다. 그리고 난 아이의 훌륭한 솜씨에 놀라움과 감탄을 보이면서도 잘난 체하는 사람은 남들이 좋아하지 않는다는 점을 상기시켜 주었다. 나는 부엌에서 쿠킹호일과 카드보드지 용기에 담겨 있는 테이크아웃 음식들을 꺼내 저녁 식사 준비를 했다. 이번에도 용기 하나가 허술하게 포장되어 타이거슈림프 용기에서 흘러나온 센 카레 소스가 비닐봉지 바닥을 흥건히 적셔 놓았다. 기름기가 코코넛밀크에서 툰리돼 나와 있고 땅콩소스 덩어리는 손가락에 들러붙는다. 손을 씻는다고 싱크더 앞에서 세제를 반병 가까이 쓰고 난 다음에야 비로소 내가 하는 짓이 꼭 맥베스 부인 같다는 생각이 들었다.

나는 엄마한테서 요리를 배웠다. 엄마는 요리 솜씨를 타고나셨다. 엄마는 어린 소녀 적에 가족 식사로 먹을 쇠고기 가슴살 스테이크에 맛을 돋우어 줄 향신료를 넣는 것에서부터 시작해 매주 금요일이면 새로운 잉어 요리법도 선보였고, 얼마 안 가서 버터를 많이 쓰는 줄리아 차일드식 프랑스 요르도 만들어냈다. 내가 제일 아끼는 책 두 권은 오래돼서 종이가 너덜너덜해진 엘리자베스 데이비드의 '프랑스 시골요리와 이탈리아 요리법'이다. 대학에 들어갈 때 엄마가 선물로 주신 것이다. 엄마는 자기 손으로 직접 만드는 부르고뉴 와인을 넣은 닭고기 꼬꼬뱅이나 세이지와 프로슈토를 얹은 로마식 채끝 등심구이 대신 내가 기숙사 식당 밥으로 연명하는 것을 항상 맘에 걸려 하셨다. 엄마가 차려주는 모든 야채 요리는 씹을 때 이빨 끝에서 살짝 아삭거렸고, 혀끝에서 녹아야 하는 종류의 야채는 정말 맵시 있게 녹았다. 엄마는 자기 세대 대부분의 유대인 소녀들처럼 삶은 닭고기와 카샤를 주식으로 하는 환경에서 자랐고, 요리의 암흑기였던 70년대에 우리를 키웠음에도 불구하고 단 한 번도 회색 페이스트에 그린빈을 얹어 주거나 식탁에 인스턴트 양파 수프믹스나 레몬 젤로를 내놓으신 적이 없다. 직접 허브와 채소를 키웠고 몇 시간을 운전해서 품질 좋은 토마토를 구하러 갔으며, 모렐 버섯을 판다는 소문을 들으면 어딘지 찾으러 다니셨다. 결혼만 안 했더라면 20세기 후반기쯤에는 미국 요리에 전환을 가져온 선구적인 요리사가 되셨을지도 모를 일이다. 전문적인 조리실의 활력을 버텨내실 만큼만 젊으셨더라도 이혼한 뒤에 레스토랑 하나 개업하셨을지 모른다. 상상만 해도 즐거운 일이다. 엄마는 다시 학창시절로 돌아가 도서관학 석사를 마저 마쳤더라면 얼마나 좋았을까라는 말을 하신다.

엄마의 요리 실력에는 못 미치지만, 잭의 입장에서 보면 내가 그를 위해 만들어 준 첫 요리는 뜻밖의 성찬이었다. 그의 아파트에는 주방기구도 제대로 없었기 때문에 내가 쓰던 포트와 프라이팬을 직접 가져가야만 했었다. 난 후추, 오이, 바질을 곁들인 차가운 옐로 토마토 수프, 아티초크, 그린 올리브, 세이지를 넣은 송아지 미트볼, 그리고 간단한 아루굴라 무화과 샐러드를 만들고 디저트로 메이어 레몬 케이크를 구웠다. 그가 지켜보는 가운데 길고 하얀 에이프런을 두르고 머리는 똬리를 틀어 묶고는 부엌에서 부산을 떨며 요리를 했다. 그는 키친 카운터에 걸터앉아 발사믹 식초를 묻힌 빵 쪼가리, 올리브, 바삭하게 구운 야채 끄트머리, 휘핑크림 따위를 내가 주는 대로 넙죽넙죽 받아먹었다. 난 숲 속의 마녀였고 잭은 자진해서 헨젤이 되어 주었다. 그가 절대 살이 찌지 않는다는 점과 사람을 잡아먹는다는 이야기는 동화 속 이야기일 뿐이라는 점은 예외로 하고 말이다.

지금은 요리에서 손을 놓은 지가 몇 달이나 됐다. 그래도 장은 틈틈이 본다. 며칠 걸러 한번씩은 페어웨이에서 물이 오른 야채, 숙성이 잘된 부드러운 치즈, 진붉은색 연어 그리고 유기농 통닭으로 장바구니를 가득 채우곤 한다. 잭에게 요리를 해주고 싶다. 그가 좋아할 만한 음식들로 혀를 즐겁게 해주고 배를 가득 채워 주고 싶다. 멋들어진 프라이팬, 르 쿠르제 오븐기 그리고 노스 캘리포니아 리조트 요리강좌에 휴가 삼아 다녀오신 엄마가 사다 준 피자 조리기구가 있지만 이젠 그것들을 쳐다보고 싶지도 않다. 푸성귀는 시들해지고, 생선이나 고기는 썩기 시작한다. 냉장고 안에서 썩어 가는 내용물들은 격주로 오는 청소업체가 버려준다.

잭이 열쇠를 돌려 아파트 문을 연 다음 잠시 멈칫한다. 나는 그가 고개를 들어 혹시나 집 안에서 타라곤, 타임, 버터와 와인이 어우러진 냄새, 톡 쏘는 레몬 제스트 향이 나는지 보기 위해 킁킁거리고 있다는 걸 안다. 아니면 또 엠파이어 쓰촨 레스토랑에서 시킨 프린세스 프론 요리 냄새든가.

"나 왔어요, 여보." 잭이 부엌으로 들어오며 말했다. "저녁 준비 중이네. 뭐 도와 줄 거라도 있어?"

"아뇨, 다 해가요." 난 고개를 들어 그의 키스를 받으며 말했다. "오늘은 둘이 뭐 했어?"

"뭐, 알잖아요. 고무밴드와 칵테일 젓는 막대로 저온 핵융합 발전소를 지었죠."

마지못해 웃어주는 잭을 보자 아이의 조숙함을 가지고 농담한 내 자신이 미안했다. 복도에서 우당탕 거리는 소리가 들리더니 윌리엄이 부엌으로 뛰어 들어와 바닥을 미끄러지며 가로질러 아빠한테로 곤두박질친다. 얼굴을 아빠의 배에 묻고는 앞뒤로 비비며 "아빠, 아빠, 아빠 보고 싶었어요!"라고 소리치며 반겼다.

"나도 보고 싶었어, 우리 장군." 윌리엄을 두 팔로 안으며 잭이 말했다. 마음 따스해지는 광경이란 걸 안다. 이럴 땐 두 손을 꼭 모아 잡고 아이를 향해 부드럽게 미소를 지어 보여야 한다는 것도 안다.

"오늘 저녁은 뭐야?"하고 잭이 내게 말한다.

"태국 음식."

"좋지" 하며 그가 말하는데 그렇게 말하지 않았으면 좋겠다. 대신에 젠장, 에밀리아, 하루 종일 일하고 왔어, 요리 좀 해주면 누가 잡아가기라도 한대? 라고 말했으면 좋겠다. 자기가 열심히 일하는 동안 도대체 하루 온종일 뭘 하는 거냐고 물어봐 주었으면 좋겠다. 하지만 그는 내게 지나치게 자상하고 최근에 겪은 내 아픔을 지나치게 배려해 준다. 그런 자상함 때문에 내가 더 제멋대로 군다는 사실을 그가 스스로 깨닫게 되기를 바라는 것은 잘하는 게 아니다.

"에밀리아 아줌마가 나한테 입 닥치라고 그랬어요." 윌리엄이 말했다.

잭이 윌리엄을 도로 내려놓고 우리 둘을 번갈아 본다. "무슨 소리 하는 거야?"

나는 테이크아웃 봉지로 몸을 돌려 종이 뚜껑이 덮인 호일 접시를 마저 꺼내며 "직접 물어봐요" 하고 말했다.

잭이 아들 옆에 수그리고 앉는다. "윌리엄?"

"에밀리아 아줌마한테 이베이가 뭔지 가르쳐 주려고 했어요, 아빠. 근데 아줌마가 입 닥치라고 그랬어요."

"윌리엄이 아기 물건을 전부 이베이에 팔자고 우겨대잖아." 내가 말했다. "유모차랑 아기 침대랑 아메리칸걸 인형 말이야."

"뭐라고?" 잭이 말했다. "윌리엄, 어떻게 된 건지 말해 봐." 언성을 높이지 않으려고 애쓰는 게 보인다. 그리고 화를 억누르는 그의 모습에 쾌감마저 느꼈지만 곧 어린 아들과 아빠 사이의 갈등을 부추겨 놓고 좋아라하는 속 좁고 유치한 내 모습에 후회를 한다.

"꼭 그 물건들을 팔아야 하는 건 아니에요." 윌리엄이 말했다. "안 쓰는 물건이면 전부 다 괜찮대요. 내 메가 블록을 팔아도 돼요. 그거 이제 안 가지고 놀아요."

잭이 머리에 손을 넣어 쓸어 넘겨 주면서 부드러운 소리로 말했다. "우리 아들, 갑자기 이베이는 왜?"

"아기 물건은 다 팔자고 그랬다니까." 내가 말했다. "아기 물건은 옷이건 장난감이건 다 이베이에 경매로 올리고 싶다지 않아요."

잭이 내 팔에 손을 얹는다. "잠깐만 기다려 봐 줄래, 괜찮지?" 다시 윌리엄을 쳐다보며 묻는다. "아들, 정말로 아기 물건은 다 팔고 싶다고 그랬어?"

잭이 나를 믿지 못하고 싸움을 중재하는 투로 말하는 걸 믿을 수가 없다.

윌리엄의 속눈썹에 눈물방울이 맺혔다. "나도 이베이 해보고 싶었어요. 그래서 그냥 우리가 안 쓰는 물건이 뭔지 말해 본 거예요. 아기는 죽었으니까 자기 물건이 필요 없을 거라고 생각했어요. 에밀리아를 화나게 하려고 그런 건 아녜요."

잭이 나를 올려다본다. 내 얼굴이 확 달아올랐다.

"에밀리아는 화난 게 아니란다." 잭이 말했다.

"아니요, 에밀리아는 화났어요."

"아가, 에밀리아는 화 안 났어."

아니, 나는 화가 났다.

"에밀리아는 아기 생각만 하면 너무 슬퍼서 아기 물건 얘기도 하기 싫은 거야. 우리 아들 말대로 이젠 아기 물건들은 쓸 데가 없지만 그렇다고 이베이에 팔진 않을 거란다."

"미안해요, 아빠." 참았던 눈물을 터트린 아이가 잭의 배에 머리를 파묻고 흐느낀다.

"괜찮아, 우리 아들." 아이를 안아주며 잭이 말했다. "괜찮아, 아들이 다른 사람 기분 나쁘게 하려고 그런 건 아니란 거 다 알아."

"그런 거 아니었어요. 기분 나쁘라고 한 말이 정말 아녜요." 윌리엄이 울면서 말했다. "그냥 이베이가 해보고 싶었어요."

"아빠도 알고, 에밀리아도 알아. 여보, 안 그래? 에밀리아도 미안해하고 있어." 잭은 이렇게 말했다. 그러고는 윌리엄의 머리 너머로 날 쳐다보며 격려와 부탁이 뒤섞인 미소를 지어 보인다.

그래요, 미안해요. 미안하고 말고요. 아주 많은 것들이 미안해요. 당신 아들에게 한 치의 오차도 없이 내 마음이 꿰뚫릴 수 있다는 게 미안해요. 그러한 사실을 이겨내기는커녕 애 어른 구분하지 못해서 미안해요. 아기는 죽었고 나한테는 분노와 죄의식으로 범벅이 된 혼란만 남아서, 그래서 부가부 프록 유모차를 이베이에 팔아서 떼돈을 벌자는 저 순진한 생각에 마냥 웃어줄 수 없어서 미안해요. 모든 게 미안해요, 잭. 내가 얼마나 미안해하는지 당신은 몰라요. 내가 왜 이토록 미안해하는지 만약 당신이 안다면 그래도 나를 사랑해 줄까요?

세 잎 클로버 무늬 초록색 도자기 접시들을 꺼내면서 나는 말했다. "파타이에 라임 넣을 사람?"

밤이 되자 잠자리에서 잭이 말했다. "윌리엄은 자기가 무슨 말을 하는지 잘 몰라."

"나도 알아요."

"그냥 이 모든 걸 어떻게 받아들여야 할지 알고 싶어 애쓰는 정도일 거야."

"알아요."

"녀석도 아이 생각이 날 거야."

나는 대답을 하지 않았다. 대신 아이의 이름을 머릿속에 떠올렸다. 임신한 지 채 몇 주도 되지 않아, 잭에게 임신 사실을 알리기도 전에 나는 아이 이름을 지어놓았다. 잭은 내게 자기 친할머니 얘기를 해주었다. 그분은 어렸을 때 마르세유를 떠나 미국으로 건너오셨는데 돌아가실 때까지 억센 프랑스 억양을 쓰셨다고 했다. 할머니 얘기를 하면서 잭은 할머니가 좋아하셨을 거라는 프라다 스카프를 내 목에 둘러주었다. 부자는 아니었지만 안목이 있고 밝은 색을 좋아하셨다고 했다. 우리는 노부에서 값비싼 점심식사를 마치고 바니스까지 기분 좋은 산책을 꽤 오래 했다. 그날은 우리가 처음으로 사랑을 나눈 지 일주년이 되는 날이었다. 처음에는 바로 그 에런 의자에서 우리가 벌인 곡예를 재현하면서 일주년을 기념하는 것은 어떻겠냐며 서로를 유혹했지만 결국 괜히 마릴린의 예민한 성격을 건드리지 말고 서로에게 후한 선물을 사주는 것으로 대신하기로 했다. 잭의 손가락에는 다음 달 내 월급을 뭉텅이로 잘라갈 짙은 갈색 가죽 재킷이 담겨 있는 옷가방이 걸려 있었고, 나로 말할 것 같으면 서너 개의 검정색 가방을 한편으로 치운 다음 잭이 긴 에메랄드 색 실크 스카프를 능숙한 솜씨로 내 목에 둘러주었다.

"당신 할머니 이름을 따서 아기 이름을 지어야 할까 봐요." 거울 속의 내 모습에 감탄하며 나는 말했다.

"으음?" 제대로 못 들은 척하며 잭이 대답했다.

"내 말은 만일 언젠가 우리 아기가 생긴다면 말예요."

잭은 내 손끝을 자기 손에 꼭 쥐면서 말했다. "아기는 가져야지. 음…. 언젠가는. 다만 지금 당장은 말고. 괜찮지, 자기?"

나는 아무 말도 하지 않았다.

"아직 이혼 절차도 다 안 끝났고, 윌리엄도 우리가 같이 사는 것에 대해 아직 적응을 못하는 것 같고, 게다가 자기도 아직 아기인걸."

뮤지컬 배우처럼 웃으며 긴 손톱으로 그의 뺨을 쓸어내리면서 "아, 내 사랑. 이미 늦었어요! 당신은 이제 아빠가 되는걸요"라고 노래를 불러 주었더라면 좋았으련만. 지난 뒤에야 깨닫는 어리석음이여. 대신 나는 주체 못할 정도로 훌쩍이며 눈물을 한바탕 쏟았고, 잭은 크레디트카드 결제 시간도 기다릴 수 없어 현금으로 값을 치르고는 나를 데리고 서둘러 가게에서 나왔다. 그 바람에 프라다 스카프에는 반짝이는 눈물자국이 길게 남았다.

8개월 후 우리의 딸이 태어났다.

아주 건강한 아기였고 산모 도우미의 말에 따르자면 쉽게 별 탈 없이 태어났다고 했다. 내 생각은 좀 다르다. 긴 진통을 겪었던 내 친구들은 내가 엄마가 되기 위해 겪었던 일 중 이 부분에 대해서는 별 동정심을 느끼지 않는다. 특히 한 친구는 틈만 나면 짜증나는 과장을 섞어 44시간의 진통을 겪었다며 탄식을 한다. 그러나 다른 부분에 대해서는 동정심이 지나쳐서 대부분이 내게 전화조차 할 엄두를 내지 못한다. 아기 얘기 자체를 삼간 채 그저 내 안부를 묻거나 "잘 견디기를" 혹은 "좀 낫니"같이 모호하고 간략한 인사말만 이메일로 보내온다. 솔직히 말해 누가 이들을 비난할 수 있을까? 나도 고약한 일을 당해 잔뜩 슬픔에 젖어 있어 광섬유 전화를 통해서도 그 우울함이 전염될 것 같은 친구한테는 전화를 걸고 싶지 않을 것이다. 입장을 바꿔 생각해 보자. 나라면 나 같은 일을 당한 친구에게 과일 바구니와 함께 동정 어린, 그렇다고 지나치게 감상적이지는 않은 위로 카드를 보내는 것 외에 그 이상 다른 무엇을 해줄 수 있을까? 나는 불과 9시간의 산고 끝에 아이를 낳았다. 원래는 산통 시간의 대부분을 우리 아파트에서, 욕조에서, 산모 도우미 펠레시아가 가져다 준 운동할 때 쓰는 큰 보라색 공 위에서 쿵쾅거리며 보내려고 했다. 출산 준비 교실에서 호흡법을 연습하는 동안 산고 체험을 해보라며 병원에서 준 차가운 얼음 덩어리를 앞에 두고도 나는 너무 차분했다. 연꽃잎들이 내 머리 위에서 떠도는 장면을 그리면서 코로 숨을 들이쉬고 입으로 내쉬는 복식호흡을 문제없이 했다. 하지만 실제로 첫번째 진통이 닥치자 비명을 지르며 숨을 할딱거리기 시작했다.

이반이 우리 미스터 앤드 미시즈 울프 부부에게 건네는 인사와 11월은 항상 실제 체감온도보다 더 춥기 때문에 집으로 돌아올 때는 아기에게 꼭 따뜻한 옷을 입히라는 애정 어린 당부를 뒤로하고 우리는 병원으로 향했다. 공원을 통과해 지나가는 택시 안에서 나는 머리를 잭의 무릎 위에 뉘었다. 잭은 내가 머리가 아플 때면 해 주던 대로 손끝으로 눈가를 부드럽게 토닥여 주었다.

"키스해 줘요." 내가 말했다.

잭은 몸을 숙여 내 입술에 자기 입술을 눌렀다. 그의 입술은 조금 부르터 있었다. 앞으로 남은 시즌에는 스키를 타러 가기 힘들 거라는 걸 알기 때문에 마지막으로 스키장에 다녀온 까닭이다. 그의 거친 아랫입술을 핥아 보았다. 잭이 내게 다시 키스한 바로 다음 진통이 또 시작됐다. 몸을 빼내려고 했지만 잭이 그렇게 내버려두질 않았다. 진통이 계속되는 내내 잭은 내게 키스를 계속했다. 그의 혀는 내 혀 위에서 움직였고, 배 주위에 맴도는 통증이 쾌락인지 고통인지 알 수 없을 때까지 내 입술을 파고들고 핥았다.

우리 아기는 요크 애비뉴에 있는 뉴욕 장로교 병원에서 태어났다. 만약에 내

뜻대로 했더라면 마운트 시나이 병원에서 태어났을 것이다. 아기를 받은 의사는 플래처 브루스터 선생님(어번베이닷컴에는 브루스터 플래처 선생님이라고 잘못 나와 있다)이었고 그는 카트만두의 거리에서 잘라놓은 소 발 위에 넘어지면서 부러진 내 이를 고쳐 준 네팔인 의사를 제외하면 진하게든 아니든 내 몸의 일부라도 만져 본 첫 번째 유대인 아닌 의사였다. 나는 비 유대인 의사나 내 아버지 같은 유대 쇼비니스트에게 어떤 편견도 가지고 있지 않다. 하지만 미신인 줄 알면서도, 그리고 분명 틀린 일인 줄 알면서도 만일 내 의사가 아브라모비츠나 코언 같은 이름이고, 내가 마운트 시나이 병원에서 아이를 낳고, 그런 이교도 병원에서 이교도가 내 몸을 만지도록 맡겨두지 않았더라면 내 딸이 아직도 살아 있을 거라고 믿고 있다.

지금 마운트 시나이 병원에는 닥터 캐럴린 솔이 산부인과 시술을 하고 있다.

침대에서 잭 옆에 누워 아기의 이름을 조용히 불러본다. 입술을 움직이지만 잭이 못 듣게 소리는 내지 않는다.

이사벨.

잭이 한숨을 내쉰다. "윌리엄도 슬퍼해." 그가 다시 말한다.

"알아요."

잭은 두 팔로 팔베개를 하고는 천장을 쳐다본다. 나는 그의 왼쪽 귀 너머로 난 흰머리를 세어 본다. 가끔은 소리 내어 세어 보는데 그럴 때면 화난 시늉을 하는 걸로 봐서 그걸 별로 좋아하는 것 같지 않다. 자기가 나보다 열 살이나 연상이라는 걸 생각나게 만드는 모양이다.

"음." 잭이 부드럽고 허스키한 목소리로 말했다.

"알아요." 내가 말했다.

"뭐를 안다는 거지?"

"아기 방을 치워야 한다는 걸 안다고."

잭은 아무 말도 하지 않았다. 내가 가끔 자기 생각을 어떻게 읽어내는지, 자기가 생각하고 느끼는 것을 심지어 자기 자신도 모르는 사이에 내가 어떻게 아는 건지 궁금해했지만 이제는 오래 전에 포기했다. 나는 그거 그가 나의 바스헤르트, 다시 말해 나의 운명이기 때문이라고 설명했다. 나는 그를 처음 본 순간부터 그것을 알았다. 미드라시라는 유대 전설에 따르면 사람이 태어나기 전에 천사가 일생을 여행시켜 주면서 결혼하기로 되어 있는 사람을 보여준다고 한다. 그러고 나서 천사는 그 사람의 인중을 내리쳐서 코와 입 사이에 살짝 골을 남기고는 자기가 본 것을 잊어버리게 만든다. 그렇지만 완전히 잊어버리게 하는 것은 아니다. 흔적이 남아 있기 때문에 일생을 살아가다가 운이 좋아서 자신의 바스헤르트를 우연히 마주치게 된다면 그 순간 상대방을 순식간에 알아볼 수 있게 된다. 버건디 색 카펫 위에 무릎을 꿇고 악녀 마담 드 파지의 발을 손에 쥐고 있는 잭을 본 순간, 나는 그가 나의 바스헤르트라는 걸 알았다. 그를 알아본 것이다.

"한 번에 다 내다 버리지는 못해요"라고 내가 말했다.

"괜찮아." 잭이 대답했다.

잭이 내 목 아래에 살며시 팔을 받쳐 주고 나는 그의 부드러운 잠옷 면 소매에 뺨을 비빈다. 잭은 윌리엄이 우리 집에서 잘 때만 잠옷을 입는다. 나는 안 입는다. 처음에는 입어 보려고 했지만 밤새 몸을 틀고 돌아눕고 하다 보면 잠옷이 매듭이 되어 나를 묶어 버리는 통에 언제나 자는 동안 결국 잠옷을 벗어던지고 말았다. 지금은 침대 모서리에 나이트가운을 걸쳐 두고 윌리엄이 자다가 우리를 부르거나 우리 방으로 건너오면 얼른 집어 머리 위로 걸쳐 입는다.

"죽은 애의 신전 같은 걸 꾸며놓은 건 아니야." 내가 말했다.

"알아. 음."

"그냥…. 아직은 좀 그래."

"알았어."

"입 닥치라고 한 건 미안해."

잭이 화제를 돌린다. "오늘 윌리엄 데리고 오기 전엔 뭐했어?"

나는 어깨를 으쓱해 보였다. "별거 없어. 신문 읽고, 아버지랑 얘기 좀 하고."

"그린리프 노인네는 어떠셔?" 잭이 말했다. 잭과 아버지는 서로 이렇게 부른다. 그린리프 노인네와 울프 노인네. 추측건대 아버지가 나와 잭의 나이 차이가 너무 많이 나는 데 진저리를 치며 우리 관계에 무척 화를 내셨기 때문에 이런 호칭이 시작되었던 것 같다. 아이러니한 건 아버지 자신이 당신보다 14살이나 어린 여인과 결혼을 했고, 그리고 나선 기껏해야 스물한 살이나 될까 말까 한, 처음에는 아버지에게 반한 것처럼 보였던 어린 여자와 바람이 났으면서 우리에게 화를 내셨다는 사실이다. 내가 앞의 사실을 꺼내자 (스스로에게 다짐한 것처럼 말을 조심하면서 뒤의 경우는 입에 올리지 않았다) 아버지는 당신들의 결합이 이혼으로 끝나 버렸고 그래서 나도 그런 사실에서 교훈을 얻어야 할 거란 점을 내게 상기시키면서도 내 말에 일리가 있다는 걸 마지못해 시인하셨다. 나는 아버지께 그래도 두 분이 삼십 년이나 함께 사시지 않았느냐는 말씀을 드렸다. 그 스트리퍼 얘기는 목구멍까지 올라왔지만 다시 한 번 가까스로 참았다. 그리고 나서 아버지는 잭을 만났고 만나자마자 그를 마음에 들어 하셨다. 아버지는 잭을 "노인네"라고 부르며 놀렸다. 둘 다 서로를 마음에 들어 해서 잭 역시 그 농담을 맞받았다. 이렇게 해서 그린리프 노인네와 울프 노인네가 된 것이다. 두 사람은 아이들처럼 서로 짓궂게 장난을 치고 자기들끼리 말장난을 하며 웃어댄다. 이런 두 사람의 사이가 고맙긴 하다. 물론 아버지와 함께 있을 때면 나는 그린리프 노인네가 자기 쌈짓돈 대부분을 술 장식 달린 속옷을 입고 몸을 꼬아대는 스트리퍼한테 쏟아부었다는 사실을 남편이 알면 무슨 말을 할까 상상하느라 온통 정신을 팔게 된다.

"그린리프 노인네는 잘 계셔." 내가 말했다. "아버지랑 루시 언니가 한바탕 했대."

"뭣 때문에?"

"나도 잘 몰라. 사실 제대로 듣지는 않았거든. 루시가 얄미운 짓을 했겠지 뭐."

내가 언니들 특히 루시한테는 너그럽지 못하다는 걸 나도 안다. 그렇지만 언니들이 엄마에게 한 짓을 단 한 번이라도 용서해 본 적은 없다. 수많은 세월 동안 언니들이 한 끔찍한 행동들을 생각하면 만약에 그들이 사과한다 해도 내가 받아줄 수 있을지 잘 모르겠다. 둘 중 하나라도 뉘우침으로 받아들일 만한 행동을 할 일이 없을 것이기 때문에 이런 맹세를 지킬 일도 없을 테지만 말이다. 그렇지만 내 마음 한 구석에는 언젠가 언니들이 자기들의 행동을 뉘우치고 나한테가 아니라 엄마한테 직접 미안하다고 말하면 좋겠다는 바람을 갖고 있다.

갑자기 루시에게 티파니 아기 은그릇과 큐리어스 조지 접시 세트를 받고서 고맙다는 인사를 안 했다는 게 생각났다. 이런 경우는 어떻게 하는 게 예의일까? 편지를 보내야 하나? 그렇다면 뭐라고 써야 하지? 선물 감사히 잘 받았습니다만 아기가 쓰지 못하게 돼서 유감입니다? 선물을 돌려줘야 하나? 선물을 준 사람이 그게 받는 사람의 기분을 좋게 하기 위해 하얀 리본 장식 달린 하늘색 포장 상자에 넣어 웃기지도 않은 프리미엄을 붙이는 상점에서 비싸게 주고 산 물건이라는 사실을 티내기 위해 엄청나게 정성을 기울인 경우에는? 에티켓을 가르쳐 주는 미스 매너에게 자문을 구해야 할지도 모르겠다. 분명 이런 문제로 고민하는 사람이 내가 처음은 아닐 것이다. 내일 아기와 사별한 엄마들의 모임 같은 웹사이트를 찾아봐야겠다. 아마도 누군가가 이런 질문에 대해 답글을 달아 놓았을 것이다.

보통 나는 도시 곳곳에 있는 다양한 격려 모임뿐만 아니라 이런 종류의 웹사이트를 가급적 피한다. 사별한 엄마들과 모여 있는 것은 내게 위로가 되지 못한다. 애를 잃지 않은 엄마들과 같이 있을 때와 마찬가지로 기분만 더 우울해진다. 잭을 제외하면 아직 부모가 되어 보지 못한 혹은 앞으로도 아이를 가질 가능성이 없는 사람들 하고만 그나마 참고 같이 있을 수 있다. 게이로 독신 선언을 한 사이먼 같은 친구가 그렇다. 한번은 잭이 나더러 '유산과 아기 사별'을 겪은 부모들을 위한 지원 모임에 나가 보라고 설득한 적이 있다. 나는 그에게 사랑하는 사람을 잃는 고통을 겪은 사람들 대부분이 사별 모임에 참석하거나 슬픔에 대한 카운슬링을 받을 필요는 없을 뿐더러, 거기서 얻는 것도 없다는 연구가 실린 타임지 기사를 얘기해 주었다.

"당신 어머니하고는 전화했어?" 그가 물었다.

고개를 끄덕였다. 말할 필요도 없다. 엄마하고는 매일, 어떤 때는 하루에도 몇 번씩 전화를 한다. 특히 이사벨이 죽은 이후로 요즘에는 항상 그렇지만 엄마는 내 걱정을 하실 때는 더더욱 자주 전화를 하고 나는 엄마의 주요 관심사가 되어 버렸다.

잭은 뒤로 기대며 자기 쪽 침대등을 껐다. 그러고는 주춤주춤 손을 침대 너머로 움직여서 임신으로 피부가 느슨해지고 얇아져서 말랑해진 내 가랑이 사이를 새끼손가락으로 훑으며 따라 올라가다 엉덩이에 슬쩍 올려놓는다.

몸이 긴장으로 굳어졌다. "나 책 좀 읽어도 돼?" 내가 말했다. "아직 별로 안 피곤해서."

"그럼, 당연하지." 그는 실망하는 기색이 역력해서 웃기기까지 했다. 꼭 레이저 총을 기대하면서 크리스마스 선물을 열었는데 책이 들어 있는 걸 본 다섯 살짜리 꼬마 같다.

불쌍한 잭. 내 생각에는 자기보다 열 살이나 어린 여자와 결혼하면서 잭은 펜트하우스 기고란에 장문의 편지를 써야 할 법한 삶이 펼쳐질 거라고 기대했을 것이다. 일 년 반가량 그의 밤은 손톱 밑과 입 한쪽이 부르트도록 땀에 젖고 노곤해지고 기운이 빠질 정도로 사랑을 나누는 향연의 시간이었다. 아마도 그는 이런 삶이 영원할 거라고 생각했을 것이다. 아마도 이런 생활을 유지하려면 비아그라를 부지런히 먹어야 할 것 같다고 생각했을지도 모른다. 그렇지만 사실 가벼운 애정 표시 이상을 잭에게 허락한 지 벌써 두 달 반이 넘었다. 이사벨이 태어난 날부터 두 달 반이다.

나는 책을 읽었다. 삶이 고급식당과 화랑 오프닝, 퇴폐 클럽과 마약으로 뜨겁게 점철되는 젊은 뉴요커들에 대한 소설이다. 요즘에는 이런 종류의 책이 아니면 읽을 수가 없다. 아기가 나오지 않는, 출산과 관련된 건 아무 것도 나오지 않는 그런 책. 잭이 잠든 걸 확인하고 나서 몇 분 정도 더 기다린 다음 책에 손가락으로 읽은 자리를 표시한다. 페이지 끝을 접어놓은 다음 책을 소리나지 않게 침대 스탠드 옆에 올려놓고는 조용히, 아주 조용히 우리 결혼생활의 가장 친밀하고 비밀스러운 물건들을 넣어 두는 작은 서랍을 열었다. 콘돔, 윤활제, 끝부분에 은색 구슬이 달린 파란색 바이브레이터, 잭의 눈썹 사이나 내 유두 주변에 나는 털을 뽑을 때 사용하는 족집게, 성냥갑 속에 숨겨져 있는 마리화나 담배 한 개비 그리고 사진 봉투 하나.

아기를 낳기 한 주 전에 나는 잭에게 디지털 카메라를 한 대 사 줬다. 그는 몇 달 동안 내가 아기 낳는 모습을 비디오로 찍겠다며 아기 머리를 밀어내기 전에 결장의 내용물을 배출하는 내 다리 사이를 어떻게 확대해서 찍을 건지 이야기해대며 짓궂게 놀렸다. 나는 말뿐인 협박이라는 걸 다 안다고 말했다. 캠코더는 캐럴린이 이혼하면서 가져가고 없었다. 스틸 카메라도 캐럴린이 가져가 버렸고, 내가 가진 유일한 카메라인 수동식 니콘 F3는 잭이 다루기엔 너무 복잡했다. 결국 그는 내가 원했던 만큼 그리고 그 사람도 우리 아기가 남기고 갈 유일한 흔적이 사진이란 걸 진작 알았더라면 찍었을 만큼 그렇게 많은 사진은 찍지 못했다.

이사벨 그린리프 울프가 담긴 사진은 정확히 열일곱 장이다. 잭은 이사벨이 죽기 전에 사진을 업로드해서 온라인 사진 인화 서비스에 배달을 주문했던 것이 틀림없다. 사진이 우편함에 도착한 날 나는 그에게 말하지 않고 몰래 그것들을 챙겨놓았다.

첫 번째는 이사벨의 얼굴 사진이다. 힘쓰느라 얼굴빛은 보라색이고, 눈은 감겨 있고 뺨은 부풀어서 보조개가 잡혀 있고 한쪽 눈은 베르닉스로 덮여 있다. 얼굴 말고는 아직 내 뱃속에 들어 있다. 이 사진을 찍자마자 잭은 카메라를 도우미인 펠리시아에게 건네주고 브루스터 선생님 옆에 무릎을 꿇고 앉았다. 그러고는 시키는 대로 의사선생님 손 위에 양손을 벌려 얹고 쫙 편 손바닥으로 이사벨을 잡았다. 차가운 공기와 아빠의 따듯한 손길을 느끼자 내 딸은 쥐어짜듯 울음을 터뜨렸는데 브루스터 선생님이 수건으로 감싸 내 배 위에 올려놓자마자 울음을 그쳤다. 펠리시아가 아기를 데리고 가서 몸무게와 치수를 재기 전에 잠시 동안 젖을 좀 빨게 해야 한다고 했다. 이사벨은 마치 평생을 젖을 빨아온 것처럼, 아니면 자신의 소유물이라고 여겨온 그 가슴 위에 입을 가져다 댈 기회를 내 몸 안에서 조바심 내며 기다려 왔던 것처럼 찰싹 달라붙었다.

이사벨의 몸무게를 재는 사진이 두 장 있는데 그 중 한 장에는 전자 눈금으로 7파운드 9온스라고 찍혀 있는 게 보인다. 건강하고 좋은 몸무게다. 평균이며 완벽한 몸무게. 브루스터 선생님이 아기를 붙잡고 있는 사진이 한 장 있고, 간호사들이 안고 있는 사진이 한 장 있다. 펠리시아와 찍은 사진도 있다. 흐리게 나온 잭의 사진과 태어난 지 한 시간 정도 후에 보조 간호사가 이사벨에게 첫 목욕을 시키는 사진도 있다. 병실에서 아기를 안고 있는 좀 더 또렷하게 나온 잭의 사진이 있다. 잭은 웃음으로 입이 찢어져서 광대뼈가 얼굴 양 끝에 올라붙어 있다. 이사벨은 한쪽 눈은 뜨고 한쪽 눈은 감고 있는데 자세히 보면 사진 오른쪽 한 구석에 연두색 아크릴 병원 양말을 신고 있는 나의 부은 발이 보인다. 이 사진이 내가 가지고 있는 우리 셋이 같이 나온 유일한 사진이다.

병원 침대에 누워 있는 이사벨과 내가 나온 사진이 세 장이다. 내 머리카락은 감지 못해서 베개에 납작하게 눌려 길게 늘어져 있다. 얼굴은 동그랗고 피부는 부기로 팽팽하다. 몸 전체가 마치 압축 공기 탱크에 달아서 거의 터질 때까지 펌프질을 해놓은 것처럼 부풀어 있다. 반면에 이사벨은 막 태어난 것 치고는 꽤 예쁘다. 두 뺨은 포동포동하고 머리는 귀 위에서 말려 있는 부드러운 짙은 색 머리카락들이 솜털처럼 덮고 있다. 잭은 내게 윌리엄도 정확히 이런 머리칼을 가졌었는데 두 살이 되자 다 빠지더라고 했다.

이사벨은 작은 자주색 입술을 가진 게 잭을 꼭 닮았다. 어떤 아기들은 속눈썹이 없이 가는 눈을 하고 있는데 이사벨은 눈이 둥글고 눈동자는 남청색이다. 나는 그렇다는 걸 알고 있다. 잭과 펠리시아는 아기 눈 색깔은 변하기 때문에 정확히 말하기 힘들다고 했지만 나는 대충 알 것 같았다.

나머지 사진들은 집에서의 첫날이자 유일한 날을 보내는 이사벨의 사진들이다. 요람에서 잠든 사진, 소파 위에서 천을 갈아 놓은 베개에 기대 있는 사진, 기저귀대 위에서 기저귀도 안 찬 맨 궁둥이에 끈적끈적한 까만 똥이 묻어 있어 내가 혀를 내밀고 눈살을 찌푸리며 보기 흉한 얼굴로 닦아내고 있는 사진, 기저귀 대 위에서 한 사이즈 정도 큰 깨끗하고 산뜻한 새 기저귀를 차고 있는 사진, 베이비 샤워 파티 때 받은 양털모양 매트 위에 누워 있는 사진, 우리 침대 위에 있는, 너른 하얀 바탕 위에 조그만, 마치 어떤 징조처럼 너무 조그마해서 그렇게 텅 빈 공간에서는 그리 오래 남아 있을 것 같지 않은 무시할 수 있을 만큼 작은 점처럼 보이는 이사벨의 사진.

이 사진을 보면서 눈물이 고이고 목이 막혀 오는 걸 느끼던 그때, 나는 잭이 아까처럼 묵직하게 내 옆에서 잠들어 있지 않다는 것을 깨달았다. 그는 여전히 누워 있었지만 그한테서 나오는 기운을 느낄 수가 있었다. 눈을 돌려 그의 얼굴을 바라보았다. 그는 두 눈을 뜬 채 나를 쳐다보고 있었다. 사진들이 내 손에서 떨어져 침대보 위에 흩어지고 침대에서 사라지는 그 마지막 이사벨 사진이 제일 위쪽으로 떨어져 내린다.

"그 사진은 싫어." 잭이 말했다. "보고 있는 것도 힘들어."

잭이 손을 뻗어 사진 더미를 추스르다 이사벨과 내가 있는 병원 사진 하나를 끄집어낸다. 서로 쳐다보는 옆모습 사진이다. 나는 아기의 팔 아래로 엄지손가락을 끼워 넣고 양 손의 네 손가락으로 머리를 받치고 엉덩이 쪽은 팔꿈치를 구부려 안고 있다. 우리는 똑같이 생긴 두 줄 턱이 있다. "이게 내가 제일 좋아하는 사진이야." 잭이 말했다. "그리고 자기가 이사벨 기저귀를 갈아주는 사진하고. 그 두 사진은 액자에 끼워서 내 사무실 책상에 올려놨어."

"사무실에 이사벨 사진을 가져다 놨다고?"

"응."

"나는 몰랐네. 그런 얘기 안 했었잖아."

"물어 보지도 않았잖아."

나는 그에게서 사진을 뺏어서 다시 한번 본다. "나 뚱뚱하게 나왔는데."

"방금 아기를 낳은 사람처럼 보이는걸."

당연히 그 말에 울음이 터진다. 잭에게 뭔가 해달라고 강요하려는 것은 아닌

데 그는 몸을 움직였다. 몸을 일으키고는 나를 안아주고 내 머리를 가슴에 기대
준다.

"왜 나한테 화를 안 내?" 그의 가슴에 난 털에 코를 훔치며 엉엉 운다.

"뭣 때문에?"

얼굴을 그의 가슴에 밀어 넣는다.

"뭣 때문에, 에밀리아. 당신한테 화를 왜 내?"

"그…. 사진들 몰래 빼돌린 거 말이야."

"그냥 한 세트 더 주문해서 사무실로 배달시켰는걸."

그의 가슴에서 머리를 뗀다. "그렇지만 그 사진들을 내가 가지고 있다는 걸
말 안 했는데 화 안 났어? 서랍에 숨겨 놨는데 화 안 났어?"

잭은 침대등 위의 휴지 한 장을 뽑아 내가 자기 가슴에 묻힌 콧물을 닦아낸
다. "당연히 화 안 났지."

"왜? 화나는 게 당연한데."

"꼭 내가 화냈으면 하는 것처럼 들리네."

나는 다시 뺨을 그에게 기댄다. 너무 따뜻하고 가슴에 난 털이 내 피부를 간
질인다.

잭이 내 이마에 키스를 한다. "사진 중에 한두 개 골라서 확대하게 나한테 줄
래? 좋은 액자 두 개 정도 구해서 어디 걸어놓으면 좋지. 여기나 아니면 거실
에."

"말도 안 돼." 내가 말했다. "내 말은…. 아직은 좀 그래. 아직 마음의 준비가
안 됐어."

그의 한숨 소리가 거의 안 들릴 만큼 작게 나온다.

"내가 그 아이 사진을 평생 걸고 싶지 않은 게 아니고. 그냥, 알잖아. 아직은
좀 그래."

"알았어."

"지금은 그냥 나 혼자만 가지고 있어야 할 것 같아서. 다른 사람 게 아닌 나만

의 걸로." 그리고 곧 내가 방금 무슨 말을 한 건지 깨달았다. "그리고 당신 것이기도 하고. 당연히 당신 거지."

"물론이지."

나는 사진 더미를 다시 한번 집어 들고 한쪽 구석에 내 발이 찍힌, 잭과 이사벨의 사진이 나올 때까지 죽 훑어보았다. "이 사진 좋아해?"라고 물어 보았다.

"별로." 그가 말했다. "애 눈이 꼭 뽀빠이가 한쪽 눈만 찡긋 하고 있는 거 같아."

"그래도 당신은 잘 나왔는걸." 손가락으로 사진 속 그의 미소를 만져본다. "행복해 보여."

"행복했지. 이사벨이 태어난 날하고 윌리엄이 태어난 날이 내 생애에서 제일 행복한 날이었는 걸."

내가 대답했다. "나도 행복했어."

"알아, 음. 알아, 당신도 그랬던 걸."

한참을 그렇게 보낸 다음에야 우리는 잠이 들었다.

이튿날 사이먼을 꼬드겨 일하러 가지 말고 영화나 보러 가
자고 했다. 그가 이런 유치한 일로 시간을 허비할 만큼 한가한 사람이 아니란 것
쯤은 나도 알고 있다. 사이먼은 노동 전문 변호사이지만 그건 미국자유인권협회
에서 자신을 채용해 줄 때까지만 하는 일이다. 그는 몇 년째 협회에 빈자리가 생
길 때마다, 심지어 출산에 관한 여성의 선택권 프로젝트에서 나온 자리까지 분
야를 안 가리고 무조건 지원해 왔다. 한편 지금의 노동조합 측 노동 관련 회사에
서는 능력을 인정 받아 조만간 법률 파트너로 지정될 예정이지만 그는 지금 하
는 일을 무척 싫어한다. 사이먼은 재치 있고 부지런하며 집중력 또한 대단하다.
자기가 경멸하는 일에 대해 그가 보이는 열성 때문에 나는 죽은 아기 일을 가지
고 그와 만나는 것이다. "이건 불공평해, 에밀리아." 사이먼이 말했다.

　"나도 알아." 나는 이렇게 말했다. "안젤리카에서 상영한대. 캄보디아 영화
고, 3시간 30분짜리래. 더블 에스프레소는 내가 쏠게."

　동방에서 온 침울하고 지루한 이 작품은 오스카 상 후보작에 올랐음에도 불
구하고 오전 11시부터 극장에 와 있는 사람은 우리밖에 없었다. 영화가 지나치
게 암울한 나머지 사이먼이 대신해서 자막을 넣기 시작한다.

　"오, 저런, 저런" 하며 사이먼이 걸쭉한 남부 사투리로 자막을 읽는 흉내를 낸
다. 사이먼은 가끔 자신이 앨라배마나 미시시피 출신인 양 가장한다. 그는 그레
이트넥에서 자랐다. 사이먼이 지껄였다. "이런 불결한 킬링 필드에서는 머리를

깨끗하게 유지하기 힘들어!"

아주 오랜만에 킥킥대느라 목구멍이 간질거리는 게 느껴진다.

"거기 자네, 총 가진 놈! 어이! 컨디셔너 가지고 있나? 폴 미첼 작은 병? 컬링 밤 같은 거라도? 정말 이렇게 시체만 보기는 처음이네."

나는 결국 웃음을 터트리고 말았다. 영화에 등장하는 여자가 총기를 휘두르는 군인에게 떠밀려 강에 빠지기 일보 직전이다. 사이먼은 자기 나름대로 지껄이는 대사 읽기를 계속한다. "하늘에 맹세코, 앞으로는 세수하고 머리 세팅을 하기 전에는 절대로 이렇게 멀리 오지 않을 거야!" 보다 못한 내가 사이먼의 옆구리를 찌르며 말했다. "그만 좀 해. 집단 학살 장면이야." 간만에 너무 심하게 웃었는지 작은 일을 보고 싶어졌다.

"아니, 우리가 보고 있는 건 형편없는 영화의 한 장면이야." 사이먼이 대꾸했다. 그러고는 입을 다물었다. 나는 스크린을 올려다봤다. 여자는 강물에 빠졌다. 수면 위로 떠오른 그녀의 머리와 눈가에도 물이 흐른다. 영아의 시체들이 그녀를 에워싼다. 생명을 잃은 두 눈을 뜬, 벌거벗은 영아들이 물속에서 이리저리 떠밀리며 떠다닌다. 그것들을 밀쳐내며 공포와 메스꺼움에 떠는 그 여자는 비명을 지르고 울부짖으며 발버둥을 치고 있다.

"젠장." 사이먼이 말했다. "나가자."

"싫어."

"빨리 나가자, 에밀리아. 저런 것까지 봐서 뭐해."

사이먼과 난 실랑이를 했다. 거지 같은 영화를 본 적은 많지만 우리가 상영 도중 뛰쳐나온 적이 언제 있었냐며 사이먼에게 따졌다. 우리는 이 뉴욕이란 도시에서 상영된 아시아 영화 중에서 지루하기 짝이 없는 영화는 모두 다 봤다. 그에게 그런 영화 제목을 읊어댔다. '홍등을 올려라', '그린 파파야 향기', '그린 파파야를 올려라', '홍등의 향기 II'. 우리는 일부러 그 끔찍한 영화들을 자청해서 봤고 영화가 시작해서 쓰디쓴 결말이 나기까지, 그리고 마지막으로 제작진 이름이 화면에 소개될 때까지 자리를 지켰다. 그런데 지금 여기서 나갈 수는 없지.

자존심 상하게 말이야.

사이먼은 한쪽 팔로 날 안아 일으키며 말했다. "갑시다, 아가씨." 그러고는 날 극장 밖으로 잡아끌었다.

로비로 나와서 코트를 입고 스카프를 챙겼다. 사이먼은 검은색 롱코트를 새로 장만했다. 한 바퀴 돌려 어깨에 코트를 두르는 사이먼의 모습이 평소답지 않게 조신해 보인다. 사이먼의 옷들은 전부 검은색, 회색, 아니면 흰색이다. 그의 아파트는 전부 회색으로 꾸며져 있다. 자신의 단조로운 색감 능력에 대해 사이먼은 자기가 색맹인 탓이라며 변명한다. 물론 사이먼은 색맹이 아니다. 게이답지 않게 유달리 스타일에 대한 센스를 타고나지 못했을 뿐이다. 사이먼은 창백하게 마르고 여윈 스타일이다. 두 눈은 갑상선에 문제 있는 사람처럼 돌출되어 있다. 탈모가 진행 중인 그는 남은 머리를 두개골 라인까지 다 드러날 정도로 매우 짧게 다듬고 다닌다. 그럼에도 여전히 전체적으로 풍기는 음울한 느낌마저 매력인 사이먼은 미남에 속한다.

"이제 뭐할까?" 내가 물었다.

"신발 쇼핑?"

"왜 다들 나만 보면 신발 타령이야." 내가 물었다. "민디도 자기랑 마놀로 블라닉 매장에 가자고 하더니. 다들 왜 신발에 돈을 써야 내 기분이 좋아질 거라고 생각해?"

"너 신발 보는 거 좋아하잖아."

"그래. 그렇지만 난 스시도 좋아해. 그렇다고 캘리포니아롤이 내 개인사를 해결해 줄 것도 아니고. 제인 오스틴 소설도 좋아하지만 '오만과 편견'을 읽는다고 아이 잃은 슬픔에서 벗어날 수 있는 건 아니잖아."

"넌 날 좋아하잖아. 그리고 네가 날 통해서 아기 잃은 슬픔에서 좀 벗어났으면 하고." 사이먼은 이 말을 하면서 내 얼굴을 피한다. 대신에 격자무늬 스카프를 코트 깃에 두어 번 감으며 자기 목을 내려다보았다. 눈물로 글썽이는 내 눈을 못 본 것 같다. 보고서도 말을 하지 않은 것인지도 모른다. 아니, 어쩌면 그의 두 눈이 눈물에 가득 찬 것인지도 모르겠다. 한 손을 그의 코트 주머니에 부드럽게 넣으며 말했다. "그래, 신발 보러 가자."

"그래도 신발 쇼핑이 민디가 추천한 방법보다는 나은 것도 같고." 내가 제일 즐겨 가는 신발가게가 있는 업타운 쪽으로 걸어가며 내가 이렇게 말했다.

"그게 뭔데?"

"추모의 걷기." 어깨를 들썩이며 내가 말했다.

"무슨 걷기?"

나와 다르게 민디는 보기에도, 그리고 실제로도 그 슬픔 치유 모임을 전적으로 받아들였다. 지난 2년간 세 번의 유산을 겪은 민디는 지금도 임신을 계속 시도하는 중이다. 정기적으로 슬픔 치유 전문 상담사를 만나고, 하나도 아니고 두 개나 되는 불임 극복 리스트에 적극적으로 이름을 올려놓았다. 임신을 위한 눈물겨운 노력이 구구절절 담겨 있고, 바이올린 콘체르토와 날개 달린 아기천사 클립아트로 꾸민 웹사이트를 민디가 아직 만들지 않은 것은 오로지 내 비웃음을 살까 봐 겁나서일 것이란 생각이 가끔씩 든다. 센트럴파크에 나온 아기들을 볼 때 내가 어떤 감상에 빠지는지를 잘 아는 민디는 그런 내 기분을 이용해서 요즘 자신이 푹 빠져 있는 프로그램에 동참시켰다.

"너한테 지금 가장 필요한 건" 하고 민디가 말했다. "우리 같은 사람들이랑 공원에서 어울리는 거야."

"우리 같은 사람?"

"우리랑 비슷한 경험을 겪은 사람들 말이야. 공원을 점령한 그 밉상스러운 유모차 부대한테서 우리만을 위한 공간을 되찾자는 거지."

"공원을 되찾자"는 민디의 계획에는 그룹 산책이 포함된다. 이 연중행사는 보통 10월에 이루어진다. 10월은 다름 아닌 로널드 레이건 전 대통령에 의해 '전국 유산 및 영아 사망 추모의 달'이라는 칭호를 받는 애매한 영예를 누리고 있다. 그 한 달만큼은 유산, 자궁외 임신, 사산아, 신생아 사망 등 다양한 원인으로 잃은 아이를 추억하고 기리는 것이다. 10월에 복이 터졌다. 금년에 우리는 운

좋게도 뉴욕 걷기 지부 설립자 아들의 죽음을 기리기 위해 열리는 두 번째 그룹 걷기에 초청받았다.

"자궁외 임신이 뭐가 떠들 일이라고 기념행사까지 한다는 거야?" 내가 물었다.

"에밀리아, 그렇게 못되게 말하지 마." 민디가 말했다. "그 여자는 애 둘을 유전성 신장 질환으로 잃었단 말이야. 첫아이를 8년 전 2월 29일에 잃었대. 올해는 윤년이라 특별한 걷기 행사를 마련해서 죽은 애를 추모하는 거야."

점잖은 꾸지람에 당황한 나머지 마지못해 민디와 추모의 걷기에 참여하는 데 동의해 버렸다.

"너한테도 도움이 될 거야." 민디가 말했다.

"그럴 일은 없을걸." 나는 대답했다.

"혹시 나도 같이 가 줬으면 해?" 사이먼이 장난스레 묻는다.

"아니, 절대로."

신발가게에서 나는 신지도 않을 것 같은 빨간 가죽 부츠를 사고 사이먼은 흰색 단화를 샀다. 사이먼도 꼭 신고 다니려고 사는 건 아닌 듯했다. 단지 같은 디자인을 신고 있던 가게 점원이 사이먼을 귀엽다는 둥, 길고 우아한 사이먼의 다리에 하얀 단화가 너무 잘 어울린다는 둥 부추기는 바람에 산 것이다. 그 점원이 발 사이즈와 페니스 크기는 비례한다는 상투적인 호객행위용 농담을 언제 꺼낼지 기다렸지만 그럴 필요도 없었나 보다. 이미 그 점원은 사이먼의 발등 마사지를 해주고 뒤꿈치를 눌러주며 일종의 발 서비스를 해주고 있었다. 점원이 더 큰 사이즈를 찾으러 창고로 간 사이 내가 말했다. "잭의 할머니가 노동절 지낸 후에 흰색 신발 사는 걸 찬성하셨을는지 모르겠네."

"잭의 할머니?"

"응, 멋쟁이 이사벨 할머니."

못내 슬픈 표정으로 사이먼이 눈가를 살짝 찌푸리자 눈썹이 비둘기 날개처럼 오므라든다. 슬픈 피에로처럼 사람을 우울하게 하는 표정을 지어 보이다니. 친구지만 발로 차 버리고 싶어진다. "아기 이름이 그 할머니한테서 받은 거였어?" 그가 말했다.

"응"이라는 짧은 대답으로 그의 말을 끊어 버렸다. 그래서는 안 되는 걸 알면서도 하나라도 더 팔아먹으려는 신발 점원의 상술에 놀아나지 말라는 말을 사이먼에게 해주고 싶었지만 참았다. 사이먼은 나의 제일 친한 친구일 뿐 아니라, 이제는 서서히 나의 유일한 친구가 되어 가고 있기 때문이다. 나는 우리 사이가 멀어지길 바라지 않는다. 앞으로 임신한 친구나 애를 가진 친구들과 친하게 지낼 일은 없을 것 같다. 민디마저도 내겐 버겁다. 민디는 우리가 아픔과 고통을 같이 나누는 자매회 일원이라 생각하고 그런 우리가 뭉쳐서 유모차와 부푼 배를 내세우며 공원을 휘젓고 다니는 여자들에게 떨떠름한 표정으로 맞대응하길 바랐다. 같이 있는 순간마다 언젠가는 민디에게 정말 개뿔도 모르면서 가만히 좀 있으라고, 변기에 떠 있는 DNA와 핏덩어리는 생명이 아니라고 말해 버릴 것만 같아 겁난다. 다리 사이로 한때 임신의 증거였던 잔여물이 흐르는 경험을 하는 것도 죽은 자기 자식을 팔에 안고 있는 것에 비하면 아무 것도, 정말 아무 것도 아니라고 말해 버릴지도 모르는 내 자신이 두렵다. 그런 발언이 우리 우정에 도움이 될 리가 없기 때문이다.

내 주변에서 아이를 가질 가능성이 거의 없는 사람은 사이먼뿐이고, 그래서 간혹 내가 이사벨의 이름을 꺼낼 때 그가 저 말도 안 되는 슬픈 표정을 보이며 가식을 떨더라도 그와 가까이 지낼 수 있는 것인지도 모른다. 게다가 사이먼은 나를 좋아한다. 그리고 어쨌든 이사벨을 위해서 울어 준 친구다. 아마도 혈연관계가 없는데도 이사벨을 위해 울어 준 사람은 사이먼이 유일할 것이다. 내가 원하는 방향으로 슬픔을 표출해 내지 못하는 것은 그의 탓이 아니다. 오히려 그런 것을 기대하는 내 탓이 더 크다.

점심식사를 하는 동안 주로 사이먼이 말을 하고 난 조용히 듣기만 했다. 이것은 우리 사이에 흔치 않은 광경이다. 대개 우리는 농담과 대화를 되받아쳐 가면서 떠든다. 대개 우리는 하나의 팀이 되어 서로 상대의 말을 잘 들어 준다. 마치 에밀리아 그린리프와 사이먼 파고 토크쇼 시간같이 된다. 로스쿨 입학 첫 해에 같은 섹션에 속한 학생들끼리 만든 스터디 그룹 미팅에서 서로 처음 알게 되었고 그 순간부터 지금까지 우리는 늘 그래 왔다. 난 그 스터디 그룹에서 오래 버티질 못했다. 거기 사람들은 내가 어울리기에는 지나치게 성실하고 지나치게 심각한 사람들이었다. 그룹을 탈퇴했던 내게 사이먼은 그 해 학기 내내 스터디 그룹 내의 규칙뿐 아니라 노이로제에 걸린 스터디 멤버들이 계약법 수업에서 배운 내용을 토대로 만든 정식 서면 계약서마저도 어겨 가며 스터디 그룹에서 공부한 자료를 몰래 건네주곤 했다.

사이먼이 시저 샐러드를 집었다. 내 몫을 다 먹은 나는 스위트 포테이토 프라이를 추가로 주문했다.

"다음 주가 걱정이야." 사이먼이 말했다.

"왜?"

"총각 파티가 또 있어. 사람들은 게이가 되는 순간부터는 그 끔찍한 행사에서 해방될 거라고들 생각하는데 정말 몰라서 하는 소리야. 대학 동창이 결혼할 때마다, 테킬라 슈터나 마시며 불쌍한 러시아 여자애가 애꿎은 봉을 끼고 빙빙 도는 걸 봐야 한다니까. 에밀리아, 그런 여자애들은 거의 홀랑 다 벗고 나오는 거 모르지? 내가 그때마다 망원경이랑 면봉만 챙겨 다녔으면 지금쯤 산부인과 레지던트가 돼 있을걸."

방금 먹은 시저 샐러드가 목에서 다시 넘어올 것 같다. 웨이트리스가 가져온 스위트 포테이토 프라이를 힐끔 쳐다보았더니 깎아놓은 머리카락을 쌓아 놓은 것 같다. 바싹 말라 비틀어 죽은.

"왜 그런 데는 규제를 안 당하는 거야. 이해가 안 가." 사이먼이 말했다. "숨어서 하는 것도 아니야. 그냥 클럽 안에서 여자애들이 바로 오럴섹스를 해 주고 있다니까. 더 기가 막힌 건 정말 앞뒤 안 가리고 나한테까지도 달려들어. 몰다비아에서 온 시골뜨기 십대 여자애한테 '호모 섹슈얼'이란 단어나 설명하고 있어야 하니 나도 참 처량하지. 결국 제발 하지 말라고 달래가며 오히려 웃돈까지 줘야 했다니까."

　아무런 대답도 못하겠다. 정말 아무 말도 못하겠다. 아버지가 자기와 사랑에
빠졌다고 주장하던 러시아 출신 스트리퍼 생각이 떠오른다. 아버지는 일 년 가
까이 매주 월요일마다 뉴저지주 플레인필드에 사는 그 여자를 만나러 다녔고,
그 여자와의 교제를 위해 매주 월요일 아침 9시 정각에 시티즌스 퍼스트 내셔널
뱅크의 차량용 창구에서 1000달러를 인출했다. 만일 내가 엄마한테 온라인 뱅
킹의 쏠쏠한 재미를 알려드리지만 않았더라면 엄마는 평생 아버지의 비밀거래
에 대해 모르셨을 것이다. 그 거래들이 그렇게 규칙적이고 액수가 딱 떨어지지
만 않았더라도 엄마는 여태껏 모르고 계셨을 수 있다. 경쾌한 인터넷 접속음과
함께 화면에 잔고 숫자가 다운로드 되면서 엄마는 점점 더 어리둥절해지셨다.
마침내 엄마는 러다이트 운동 정신에 입각하여 컴퓨터를 포기하고 오래된 은행
계좌 통지서를 모두 찾아내 평생 처음으로 그것들을 읽어보았다. 그러고 나서야
비로소 엄마는 그 잘난 변호사이자 변호사협회 회장이고 올해의 북부 뉴저지 부
동산 소송 전문 변호사로 두 번이나 뽑힌 남편을 둔 자기가 다른 친구들은 매년
다녀오는 크루즈 선박 여행 한번 못 가고, 다이어트를 위해 개인 트레이너를 고
용하거나, 벌써 몇 년째 타고 있는지 모르는 고물 혼다 어코드 대신 새 차를 구
입할 여유도 없이 산 이유를 알게 되셨다. 처음에는 아버지가 도박에 빠져서 돈
을 날린 것이라고 생각했다. 엄마는 아버지에게 은행 계좌 통지서를 보이며 지
금이라도 도박중독 치유 프로그램에 가입하라고 애원했다. 엄마가 내게 말해 주
신 대로라면 두 분은 그날 다투느라 밤을 꼬박 새웠다고 한다. 그리고 새벽녘에
야 아버지는 처음으로 고백을 하셨다. 경마와 카드에 돈을 날린 것이 아니고 애
틀랜틱시티에 가지도 않았다는 말을 한 것이었다. 그 돈은 옥사나를 위한 것이
었다.

　내 상상 속의 옥사나는 높고 둥근 이마에 곱슬곱슬한 머리를 돌돌 말아 올리
고 벌에 쏘인 듯 부푼 입술을 하고 있다. 아버지 말로는 나보다 약간 더 어리다
는데 과연 그럴까 싶고, 내 생각에는 어려도 한참 어린 십대 여자애일 것 같다.

아버지와 그 러시아 창녀가 함께 있는 것을 상상하면 난 늘 포르노에 가까운 괴상망측한 트리플 러츠 점프를 하는 커플을 떠올렸다. 그 여자의 이름이 나디아나 올가였다면 피겨 스케이트보다는 뒤로 재주넘는 체조 묘기나 이단평행봉이 더 잘 어울리겠지만 말이다. 무엇보다 제일 한심한 건 그 옥사나라는 여자가 자기를 사랑한다고 한 아버지의 주장이었다. 아버지가 엄마에게 들려준 이야기에 의하면 그 여자는 아버지를 여러 고객 중 한 명이 아니라 남자친구, 연인, 즉 특별한 사람, 가능만 하다면 결혼하고 싶은 남자로 생각한다는 것이었다. 아버지는 해가 떠오르는 청명한 가을 아침, 나무들이 다채로운 색으로 물들어 있고 아침 공기에 다가오는 겨울 냄새가 물씬 풍길 때 이 이야기를 엄마에게 했다. 그리고 아버지는 출근을 했고 엄마는 내게 전화를 하셨다. 나는 포트 오소리티에서 버스를 타고 한 시간 조금 더 걸려 집에 도착했고, 토하는 엄마 뒤에서 내내 뒷머리를 잡아 주어야 했다. 그러고는 아버지 짐 싸는 엄마를 도와드렸다. 나는 엄마가 마음을 바꿔 먹기라도 할까 봐 팔짱을 낀 채 엄마를 노려보았다.

"삼십 평생을 같이 살아왔어." 엄마가 말했다. 엄마는 울 스웨터를 손에 든 채 안방 침실 앞에 서 계셨다. 집안에서 입는 하우스 드레스는 단추가 잘못 채워져 한쪽 끝이 귓가 근처에 올라붙어 있고 엄마의 작고 통통한, 파란 힘줄이 솟아 있고 분홍색 매니큐어로 다듬어 놓은 두 발은 맨발이었다.

"이십구 년이잖아요." 내가 말했다.

"거의 삼십 년이지."

"그 삼십 년을 같이 살면서 엄마를 몇 년간 속여 온 거야?"

"난들 알겠니." 엄마는 스웨터들을 옷가방에 넣으면서 사이사이 포장 종이를 끼워 놓으셨다. 난 그 포장 종이들을 빼내 둘둘 말아서 휴지통에 던져 버렸다. 아버지의 속옷 서랍을 열고 심호흡을 한 번 한 다음 안에 있는 속옷을 여행용 짐가방에 통째로 던져 버렸다.

"네 아버지 말로는 그 러시아 여자도 자길 사랑해 준다더라."

"퍽도 그렇겠네." 내가 말했다. "그럼 다른 러시아 여자들은 없었대요? 그럼 그 여자들도 다 아버질 사랑했대요?"

엄마가 아버지에게 짐을 어디로 갖다 놓을 건지 알려주는 내용의 이메일을 쓰는 동안 난 곁에서 엄마를 지켜봤다. 그러고는 짐 가방을 차에 싣고 아버지 직장에서 그다지 멀지 않은 곳에 있는 루트 17번가 라마다 인에 짐을 가져다놓고 왔다. 모텔 방을 아버지 이름으로 등록하고 결제를 하기 위해 엄마의 신용카드를 내준 다음에 고등학교 시절부터 해온 대로 엄마의 서명을 위조해서 사인했다. 집에 돌아와 보니 엄마는 하우스 드레스를 입은 채로 현관마루에 서 있었다.

"에밀리아, 내가 잘하는 건지 모르겠다." 엄마가 말했다.

손 안의 키 뭉치를 만지작거리며 문 앞에 서 있던 내가 말했다. "아빠를 다시 받아들이면 난 엄마 용서 안 할 거야. 알았어? 엄마."

창백하고 멍한 얼굴로 엄마는 나를 물끄러미 쳐다보았다.

"아" 하며 엄마는 잠시 비틀거렸다. 견디기 힘들어하는 게 눈에 보였다. 또 절대 입 밖에 내지는 않았지만 무슨 말을 하려고 하는지도 눈에 보였다. 내 기분이 어떻고 어떤 상상을 하든지 아빠가 배신한 건 엄마지 내가 아니라는 말이었다.

"너무 미안해요." 나는 이렇게 말하고는 달려가 엄마를 두 팔로 감싸 안았다. 내게 축 늘어져 기댄 엄마의 몸은 마치 새어나온 절망감이 피부와 옷을 모두 적셔놓은 듯 촉촉하고 부드러웠다. "나한테 무슨 그런 말할 권리가 있다고요. 죄송해요." 정말이었다. 내게 그럴 권리가 없다는 것을 안다. 하지만 그때 안 그러셨더라면 난 엄마를 용서하지 않았을 것이다. 그리고 나 못지않게 엄마도 그럴 거라는 사실을 알고 계셨다.

소호 카페에서 사이먼이랑 마주 앉아 있는 내내 나의 머릿속에는 아버지와 그 젊은 러시아 스트리퍼의 이미지가 떠나지 않고 계속 맴돌았다. 누렇게 얼룩져 처져 있는 아버지의 벗은 등이 생각났다. 모난 데 없이 부드러운 얼굴선을 가진 그 여자가 아버지의 어깨너머로 근심과 지루함에 문 옆의 시계를 거듭 확인한다. 아버지가 너무 오래 끌면 돌아가서 처벌을 받을 게 틀림없기 때문이다. 나의 상상력이 이토록 생생하고 세밀한 것은 어쩌면 그동안의 므분별한 텔레비전

시청과 꾸준히 읽어온 거친 삼류 소설 그리고 프로이트의 긴 진료 소파에 앉아 족히 20년은 치료를 받아야 할 엘렉트라 콤플렉스 탓이라는 걸 나는 안다. 그리고 사이먼처럼 아버지도 예민한 성격의 남자란 것을 나는 안다. 아버지가 자존심을 유지하는 게 어떻게 가능할 수 있는 걸까?

"에밀리아?" 사이먼이 말했다.

"응? 뭐라고 했어?"

"내 말을 듣고는 있는 거야?"

"아니, 미안해."

"열여섯 살짜리가 랩 댄스 추는 얘기 말이야."

"나 속이 매슥거려."

"알아. 정말 역겨운 일이야. 그런 일이 있는 동안 경찰은 도대체 뭣들 하고 있는 거야? FBI는 또 뭘 하고 있는 거고? 마리화나를 의학용으로 쓰는 합법적 사용 등록자들이나 덮치지. 자궁암 걸린 늙은이들이 집 뒤뜰에서 키우는 대마 잎의 위험으로부터 세상을 지키겠다고? 법무부가 소위 부분적 낙태 금지에 호의적인 법정 의견서를 작성하느라 들이는 돈과 시간을 우리가 절대 잊어서는 안 된다고." 사이먼은 양 손가락으로 따옴표 표시를 해보이며 말을 이었다. "뇌수종에 걸린 아기들을 가진 여자들이 감옥에서 충분한 대가를 치러야 한다는 건 확실히 해둬. 우리는 개 같은 나라에서 살고 있는 거라고. 그거 알아?"

사이먼의 목소리는 점점 더 커졌다. 평소 그는 차분한 사람으로 냉소적인 위트를 큰 소리보다는 숨죽인 목소리로 구사하는 편이다. 그렇지만 부당함을 보고 화가 치밀거나 정치적인 의견을 말할 때면, 사이먼은 누구 못지않게 흥분해 버린다. 목소리 높여 흥분하고 있는 사이먼이 조용하게 있는 나를 가려 주길 바라면서 계속 말을 이어가도록 놔둔다. 왜 사이먼에게 아버지 이야기를 꺼낸 적이 없는지 정말 내게도 그건 미스터리다. 잭에게 비밀로 해온 것은 오히려 더 쉽게 이해가 간다. 잭은 결국 아버지를 볼 일이 자주 있는 데다, 함께 시간을 보내야 하고 좋아하는 시늉을 해야 하기 때문이다. 사이먼도 우리 아버지를 본 적은 몇 번 있었지만 결과는 그다지 좋지 않았다. 본인은 아니라고 우기겠지만, 그리고 누군가가 자신에게 그렇다는 비난을 하면 상대방 얼굴에 주먹을 들이대며 화를 내겠지만, 민주당을 오랜 세월 지지해 왔고, 한때는 젊은 사회주의자 협회 회원이었으며, 성적 유희와 향락을 즐기는 우리 아버지는 한마디로 동성애 혐오자이다. 고종 사촌 세스는 우리 집에서 바로 한 동네 건너에 있는 페이론에서 살았고 그래서 어린 시절에도 종종 만나곤 했는데, 가족 모임에 올 때마다 거의 항상 아이라인을 하고 가죽 골반 바지를 입고 나타났다. 그런데 유일하게 아버지만이 이런 세스의 행동에 해명을 요구하셨다. 그걸 보고 결국 아이린 고모가 약간 모자란 아이에게나 쓸 법한 말투로 "우리 세스는 여자 아이보다 남자 아이들을 더 좋아해요"라고 해명했다. 그 말을 들은 아버지는 얼굴이 하얗게 질린 채 언변 좋은 혀가 입천장에 달라붙어 떨어질 줄 몰랐다. 그날 이후로 아버지가 세스를 포옹해 주는 것을 본 기억이 없다. 그리고 아주 드물긴 했지만 사이먼과 만날 일이 있어도 그와 악수하는 일은 어떻게든 피하셨다. 아버지의 이 비열한 비화를 알면 사이먼은 쾌재를 부를 것이다. 내가 왜 사이먼에게 그 이야기하는 걸 꺼리는지 모르겠다. 난 왜 신의라는 걸 모르는 인간을 위해 이처럼 신의를 지키려는 것일까?

그와는 대조적으로 내 앞에 앉아 있는 이 남자는 신의를 빼면 시체인 사람이다. 십년 동안 사이먼은 나의 가장 든든한 친구였다. 심지어 내가 너무나도 고약하게 심통을 부린 지난 몇 달 동안에도 그는 내 곁을 지켜주었다.

"사이먼." 내가 말했다. "사이먼, 너한테 할 말이 있어."

"뭔데?" 내 목소리에 담긴 긴박함을 알아챈 듯 사이먼이 얼굴을 찌푸리며 반응을 해준다.

"사이먼, 넌 내 가장 친한 친구야. 그리고 나 널 사랑한다.'

"그리고?"

"그리고? 그게 다야. 그게 내가 너한테 하고 싶었던 말이야."

"그게 다라고? 그래, 네 마음 나도 알지, 여자 친구. 나도 널 사랑해." 그렇게 말하며 내가 주문한 스위트 포테이토 하나를 집어 들더니 아이올리 소스에 찍어서 자기 입에 쑤셔 넣는다.

"넌 나한텐 과분해. 네가 준 만큼 난 네게 해준 게 없어."

"제발, 또 왜 그래. 내가 그 못된 남자들한테 당하고 있을 때 날 구해준 것도 너였잖아." 사이먼이 진저리를 치며 말했다. "크리스토퍼 그 지독한 인간한테서 내 물건들을 다 받아온 게 누구였는데? 그때 난 뭐하고 있었는지 기억 안 나? 엘리베이터 안에서 벌벌 거리면서, 열림 버튼만 죽어라 눌러대고 있었잖아."

"그 남자는 좀 아니었어."

"내 말이 그 말이야! 네가 나 대신 그 인간 아파트에 밀고 들어가서 내 검은색 한로 박서 브리프 두 벌이랑, 디젤 청바지 그리고 내 칫솔까지 도로 챙겨와 줬잖아. 그것도 모자라서 내 것도 아닌 샴푸까지도 덤으로 챙겨 왔지. 그나저나 그 샴푸 끝내주더라. 나 아직도 그 브랜드 샴푸만 써. 범블 앤드 범블이라고, 더럽게 비싸. 거의 모낭 한 개당 1달러 50센트씩 받아먹는 것 같아."

사이먼이 화제를 돌리려고 하지만 난 멈추지 않았다. "이사벨이 죽었을 때부터 넌 내게 참 큰 위안이 돼 주었어."

"계속 이렇게 감상적으로 굴 거야? 디저트 없이 버틸 수 있는 드라마는 이 정도까지야. 여기 파이가 정말 놀랍도록 맛있다던데."

"너 파이 좋아하지도 않잖아. 아는 사람 중에서 파이를 싫어하는 인간은 너랑 윌리엄밖에 없다고."

"우리 꼬마 윌리엄은 어떻게 지내? 요샌 뭐한대? 대학입학시험 준비라도 시작한 건 아니지? 아님 설마 의대 지원 준비 중?"

날 생각해 주는 사이먼은 윌리엄을 가지고 일부러 비아냥거린다. 사실 사이먼은 윌리엄을 좋아한다. 편안하게 아이를 대하는 사이먼을 보면 샘이 나기도 한다. 그가 집에 놀러오면 그 둘은 거의 예외 없이 자신들이 공유하는 작가 필립 풀먼에 대한 평가를 가지고 열띤 토론에 임한다든가, 윌리엄의 방에 처박혀서 레고로 정교하게 만든 우주를 감상한다. 사이먼은 윌리엄에게서 자기 어린 시절의 일면을 보고 있는 건 아닌가 하는 느낌이 든다. 그 역시 다루기 힘들고 조숙하면서 자기 또래의 애들과 있는 것보다 어른들과 있는 게 훨씬 편안했고, 그래서 토성의 위성들 궤도가 바뀌는 건 설명할 줄 알면서도 놀이터에서 다른 아이들한테 정글짐에서 함께 놀자는 말은 차마 못 꺼내는 그런 아웃사이더였을까.

"윌리엄이야 잘 있지." 그러면서 사이먼에게 이베이 사건을 들려주었다.

"세상에나"라고 그가 말했다. "네가 고생이다. 악몽이 따로 없니." 사이먼은 스파클링 워터를 한 모금 마시며 말했다. "장담하건대 윌리엄은 그냥 단순히 돈 좀 벌어보고 싶었던 걸 거야. 나도 어릴 적엔 늘 돈 벌 방법 좀 찾아보려고 그랬거든."

"그 애가 무슨 돈이 필요해. 그 애 엄마가 필요하단 건 다 갖다 주는데."

"그래도, 돈은 돈이잖아. 사실 나도 할머니가 생일선물로 용돈을 주겠다고 하시면 1달러짜리 지폐로 달라고 그랬어. 두툼하게 말이야. 그냥 가지고 있기만 해도 좋았거든. 침대 위에 펼쳐놓고 그 위에서 구르고 싶은 심정이었지."

"그런 생각을 갖기엔 너무 어린 나이잖아." 나는 이렇게 쏘아붙였다.

"누구, 윌리엄이? 어리긴 뭐가 어려, 여친아. 네 의붓아들은 말이야, 우리보다도 성숙해."

어김없이 수요일은 돌아왔다. 오늘은 비까지 내려 아이를 데리러 유치원에 마중 나가는 일이 평소보다 더 번거롭게 느껴지지만 그 대신 센트럴파크는 텅 비어 있을 테니 그나마 다행이다. 어릴 적 아버지와 함께 처음으로 갔던 센트럴파크는 기이한 적막감을 안고 있었다. 목가적인 은둔을 말하는 게 아니다. 80년대 초반에만 해도 공원은 방치된 공간 그 자체였다. 터틀 폰드는 빈 맥주 캔으로 가득했고, 만약 그 이름처럼 십메도에 진짜 양떼들이 있었다면 놈들은 초록 풀보다는 흙먼지나 먹고 살아야 했을 정도였다. 중년의 아버지는 옛 추억 속의 공원 산책로와 운동장을 그리워하셨다. 따라서 그곳이 더럽고 다 쓰러져 가는 장소로 변모했다 해도, 그리고 그런 이유 때문에 아버지의 공원 방문은 어떤 면에서는 성지 순례를 도는 것과 비슷했다. 아버지는 어퍼 웨스트사이드에서 자랐고 어린 시절에 가족 여행이라고는 일 년에 한 번 캐츠킬로 가는 것이 전부였다. 여름 내내 센트럴파크가 어린 시절 아버지의 유일한 놀이공간이었다. 6개월에 한 번 정도, 줄 서서 반값 극장표를 산 다음 일요일 점심 공연이 시작될 때까지 한두 시간 남으면 아버지는 우리를 블루밍데일이나 고담 북마트보다는 공원에 데려가셨다. 엄마는 공원 나들이를 내켜하지 않았다. 엄마는 그곳에서 강도나 젊은 마약상이라도 마주칠까 봐 걱정했다. 엄마가 근거 없는 걱정을 한 것만은 아니다. 당시 공원은 지금보다는 훨씬 음산한 곳이었고, 그 젊은 놈들은 부유해 보이는 백인 남자가 모피코트를 두른 아내와 흰색 타이츠를 입고 메리 제인 샌들을 신은 어린 딸을 데리고 나오면 거의 협박조로 물건을 팔아먹으려고 했을 가능성이 컸기 때문이다. 마약 따위를 사려고 거기에 온 건 아니라는 정도는 알면서도 그렇게 했을 것이다. 그럼에도 불구하고 난 아버지와 함께하는 공원 산책이 참 좋았다. 아버지는 형제들이나 친구들과 야구를 하며 놀던 운동장이 어디였는지 알려주셨다. 또 바비 핀켈만이란 친구가 1946년에 주조된 캐나다 은화를 묻어두었던 나무 아래의 장소를 기억해 내고는 발끝으로 그곳을 헤쳐 보이기도 했다.

한 열 살이 됐을 무렵 아버지는 나를 할렘 미르에 데리고 가셨다. 아버지와 단 둘이서 갔고, 엄마가 같이 가지 않았던 이유는 잘 기억이 안 나지만 아마도 감기에 걸렸거나, 혹은 두 분이 싸웠거나, 그것도 아니면 엄마가 드림걸즈를 보러 가는데 별 흥미가 없으셨던 게 아니었을까 싶다. 정말 놀라운 모험이었다. 회색 하늘은 곧 비를 뿌릴 듯이 위협하고 있었고, 지린내에 찌들고 온갖 낙서들로 뒤덮여 있던 보트 하우스는 마치 타버린 감옥선 같았다. 이전에는 할렘에 가 본 적이 없었고, 그래서 그곳을 까맣고 무서운 사람들이 가득한 어둡고 무서운 동네라고만 상상해 왔다. 아버지는 내가 떨고 있다는 사실조차 인정하려고 들지 않으셨다. 아버지는 가파른 편암과 높은 지대에서 자라는 여러 종류의 나무들을 보여주며 나를 호수까지 데리고 갔다. 미르 주변으로 나를 데리고 가서는 암석 절벽과 높은 경사에서 자라던 다양한 종류의 나무들을 보여주셨다. 아버지는 간혹 지나가는 사람들에게 스스럼없이 미소를 지어 보이셨다. 심지어는 구겨진 종이봉투에 싼 술병에서 와인을 홀짝대며 취해 있는 늙은 주정뱅이한테도 아버지는 미소를 보이셨는데, 이제 와서 깨닫는 거지만 그건 말뿐인 자유주의자가 마음이 불편해져서 의식적으로 베푸는 아량 같은 거였다. 그 당시엔 아버지가 인종 평등의 전도사처럼 느껴졌다. 두려움이 어느 정도 진정되고 나자 야만적인 문화의 파괴 현장 너머로 공원의 가장 북쪽 끝 부분이 간직하고 있는 야생의 아름다움이 눈에 들어왔다.

뉴욕으로 이사 와서는 혼자 공원을 산책하기 시작했다. 공원이 쇼핑 카트를 밀고 다니는 부랑자들과 목에 두꺼운 금목걸이를 하고 마약 거래를 하던 젊은 흑인들이 차지해 버린 도시 황무지에서 비싼 망원경을 들고 솔새를 찾아다니는 중년 부인들과 입 큰 배스를 낚으러 온 흑인 노인네들로 가득한 목가적인 야생 공간으로 서서히 바뀌기 시작하던 무렵이었다. 당시에는 내게도 래스커 링크에서 연못으로 이어지는 러빈 골짜기처럼 공원의 좀 더 고립된 곳을 찾아 스스로 길을 만들며 걷고 싶어 하는 용기 있고 모험심에 찬 무언가가 남아 있었다. 루디 줄리아니 시장의 재임 기간 이후부터는 심지어 램블 지역까지도 사람들이 밀고 들어와 버렸다. 골수 진보주의자라면 누구도 자기 손으로 줄리아니 시장에게 투표했다는 말을 하지는 않겠지만, 그가 사실상 범죄 없는 도시를 만들어가는 것을 보며 마지못해서라도 존경심을 표하지 않을 수는 없을 것이다. 한때는 익명의 즉석 야외 만남에 관심을 두는 남자들이 포인트에 이르는 길목까지 어슬렁거리며 돌아다녔다. 그곳에서 사람들은 지상의 쾌락을 좇느라 새들이 부르는 노랫소리에는 관심도 두지 않았다. 하지만 지금은 이곳도 누구나 찾는 공간이 되었다. 지금도 그런 남자들이 있기는 하지만 (특히 성적 향락을 좇는 영혼이 한 명 있었는데 나도 그 사람 옆에 접는 의자를 펼 뻔한 적이 한두 번이 아니다. 자갈길이나 통나무도 그에겐 불편하지 않은 모양이었다) 이제는 관광객 무리들, 점심을 먹는 회사원들, 느릿느릿한 나이 지극한 시민들, 나무 종류 리스트 판을 들고 다니는 초등학생들도 함께 있다. 하지만 지금도 겨울이나 비오는 날 그곳으로 가면 어느 정도의 고립감을 찾을 수 있을 만큼은 내게 운이 따라준다.

엘리베이터에는 나만 있는 것이 아니었다. 하지만 합승한 사람 둘 다 내게 신경을 쓰기보다는 서로의 존재에 더 몰두해 있었다. 기타리스트의 손은 여자의 청바지 뒤로 가 있었고 낄낄대는 여자의 노란색 비옷은 허리까지 말려 올라가 있었지만 난 정면을 응시한 채 못 본 척해 주었다. 로비에 도착해서 내릴 무렵에 기타리스트는 여자의 엉덩이를 살짝 꼬집은 다음에야 여자 몸에서 손을 뗐다. 두 남녀를 못 본 척해 주는 데 정신 팔린 나머지 정작 공원을 가로질러 가기 전에 해야 할 마음의 준비를 미처 못 했다. 다행히도 예리하고 차가운 바늘 같은

빗방울이 떨어지고 있었다. 극성스러운 뉴욕의 꼬마들이라지만 이런 날씨에까지 나와 놀지는 않을 것이다.

이반은 우산을 펴서 내게 씌워 준 다음 택시를 잡아 주려 휘파람으로 신호를 보냈다. 내가 그냥 걸어가겠다고 말하자 이반은 얼굴을 찡그려 보이더니 안에 우산 남은 게 있다고 했다. 내 긴 레인코트에 붙어 있는 헐렁한 후드를 그에게 보여주었다. 무릎까지 오는 고무장화를 신은 발도 한 쪽 들어 올려 보였다. 귀엽고 발랄한 느낌을 주는 표범 무늬 장화다. 이 장화를 현관 벽장에 거의 처박아 두다시피 한 이유는 몇 달간 침울했던 나와 극도로 상반된 디자인이 마음에 거슬려서였다. 암담한 내 상태를 증명하겠다는 일념 하나 때문에 쓸 만한 신발 한 켤레를 신지 않고 버릴 정도의 심리상태는 아니었던가 보다. 게다가 이 장화만 있으면 오래 전부터 하고 싶었던 대로 길이나 도로에 한눈 팔 필요 없이 공원을 가로질러 가 볼 수 있을 것이고, 따라서 램블 지역을 뚫고 진흙탕, 나뭇가지들 그리고 물웅덩이를 철퍽철퍽 지나갈 수도 있을 것이다. 몇 해 전에 산책로를 걷던 중에 나무로 만든 조그만 구조물을 본 적이 있었는데 그 장소를 어떻게든 다시 찾아볼 생각이었다.

호수까지는 길을 따라 가고 아잘레아 연못 근처에서부터는 길을 벗어나 덤불을 비집고 들어갔다. 길을 헤집고 나아가며 처음엔 이토록 대담한 나 자신이 스스로도 기특한 생각이 들었다. 하지만 겨울 덤불 안쪽에는 사람이 지나간 자그마한 흔적도 남아 있지 않았고 바람에 쓰러져 길이 난 곳도 없어 결국 길을 잃고 말았다. 축축한 대지에도 불구하고 내 발 아래에 있는 메마르고 황량한 겨울 덤불은 우지직 소리를 내며 바스러졌다. 비에 가려 먼 곳은 잘 보이지 않는다. 떨어지는 빗소리에 모든 소리가 묻혀 버려서인지 평소에 뒤편 도로에서 웅웅 거리며 들리던 공원 뒤 길가의 차량소리들도 들리지 않았다. 다행스럽게도 나 혼자였다. 마치 애디런댁 마운틴 부근 혹은 애팔래치안 트레일의 어느 외딴 곳까지 온 것 같은 기분이 들었다. 이끼와 축축한 바위들을 잡고 튼 암석을 타고 넘으며 미끄러지지 않도록 부츠 속의 발가락을 조심스레 땅에 내려 놓았다.

갑자기 반대편에서 무엇인가가 움직이는 것이 내 시야의 끝자락에 잡혔다. 난 이미 정상까지 올라온 상태였고 올라온 길을 다시 기어내려 갈 생각이었지만, 바닥이 미끄러워 쉽게 내려가기가 힘든 상황이었다. 그러다 털썩 미끄러지며 주저앉아 버렸고 꼬리뼈가 예리하게 아파왔다. 쓰레기 봉지 한 개는 팔이 나오도록 양쪽에 구멍을 낸 다음 몸에 걸치고 또 다른 한 개로는 가면처럼 구멍을 낸 다음 머리에 쓴 남자가 분노로 일그러진 입술 사이로 누렇게 썩은 치아와 길고 시퍼런 혀를 보이며 땅을 박차듯이 내게로 달려들었다.

비명을 지른 그 순간, 센트럴파크에서 조깅을 하다 연쇄 살인범에게 강간과 폭행을 당해 두개골이 짓이겨진 이후 아무런 미래도 없었으나 다시 읽고 걷기 위해 벌인 자신과의 투쟁을 소재로 자서전을 써서 베스트셀러 작가가 된 어떤 여자 생각이 떠올랐다. 그 불쾌한 인간이 실성한 표정에 터진 입술을 움직이며 잿빛 얼굴과 어두운 눈매로 나를 노려보았다. 내 레오파드 무늬 부츠를 본 그 인간은 으르렁거리며 뒤로 주춤했다. 난 뒤로 물러나려다 오히려 앞으로 넘어지며 그 부랑자의 발등에 고꾸라졌다.

그 인간이 소리를 지르며 손을 내게로 뻗었다. 손톱은 길고 때가 끼어 시꺼멓다.

대부분의 사람들은 용감한 행동이 필요한 경우에 순간적으로 끌어낼 수 있는 정신적인 담력이 자신에게 내재되어 있다고 믿지만, 과연 그런 것들이 요구되는 상황과 맞닥뜨려 보기나 할까. 어느 누구 하나 자신이 사실은 진짜 겁쟁이가 되어 버릴 수도 있다고 믿으려 들진 않을 것이다. 한마디로 우리는 모두 네덜란드 오펙타 회사의 선반 뒤 은신처에 숨어 있던 안네 프랑크에게 음식과 공책을 몰래 갖다 주던 미프 기스와 다를 게 없다. 용기란 대개 그렇듯이, 자기 확대 혹은 강화의 한 형태이다. 인생을 살며 내가 보인 용기 있는 행동은 하나같이 자아도취라는 뿌리를 갖고 있다. 자신이 용기 있는 사람으로 보이고픈 욕망 그리고 다른 사람들에게 용맹한 사람으로 인식되기 위하여, 그리고 미프와 같은 사람들과 용감한 지하당원들 앞에 서더라도 스스로 당당할 수 있기 위해서 말이다. 8번가에 있는 어느 레스토랑 바깥에서 남편한테 얻어맞고 있던 여자를 보고 내가 달려가 구해 준 일도 마찬가지다. 한껏 흥분한 나는 타고 있던 택시를 세운 뒤 문을 열어 얼른 그 여자를 태워 줬다. 용기란 충동적이고 허무한 것이다. 용기 있는 사람들은 자신에게 닥친 위험의 정도를 파악하거나 이해하지 못 한다는 소리가 아니다. 대신 그들은 그런 계산을 하지 않겠다고 의식적으로 결심을 한다.

난 두 발로 벌떡 일어서며 최대한 큰 소리로 "꺼져!" 하고 소리 질렀다.

그 인간은 비명을 지르며 몸을 돌리고는 덤불을 향해 쏜살같이 도망쳐 버렸다.

난 바위로 미끄러지며 철퍼덕 주저앉았다. 그리고 다시 일어나서는 반대 방향으로 내달렸다. 뒤엉킨 덤불 사이로 밸런스드록이 보였다. 덤불을 헤치고 나왔더니 나는 편암의 평평한 면이 뒤집힌 채 정상을 향하고 있는 거대한 편석인 밸런스드록 뒤쪽에 있었다. 편석에서 다른 방향으로 4피트 정도 껑충 뛰어내린 다음에 내게 익숙한 곳인 러브 보트하우스가 다시 보일 때까지 있는 힘껏 빨리 뛰었다. 그 황량한 숲을 둘러보고 나서야 안전하다는 생각에 안도감이 들고 눈물을 글썽이며 몸을 굽혀 손을 무릎에 가져다 대 보았다. 이어서 그 이상한 인간과 최대한 멀어지고 싶은 마음에 곧장 이스트 드라이브와 79번가 방향에 있는 횡단보도까지 달렸다. 5번가에 도착했을 무렵에는 두렵던 마음이 분노로 바뀌었다. 저런 인간이 감히 남 쉴 공간에서 맴돌고 있다니. 공원에서 한 시간 정도 혼자 있으려고 했는데 형편없는 주제에 사람을 소스라치게 하는 부랑자의 훼방으로 공원에서 내몰리고 말다니. 그 더러운 정신병자에게 화가 났고 센트럴파크에게도 화가 났다. 실성한 거지를 내게 베푼 것과 똑같은 자치와 호의로 감싸 주다니. 이곳의 수호 분수인 에인절 오브 워터스 스스로 자신이 얼마나 불성실하고 또 못 믿을 존재인지를 증명해 보인 것이다. 무언가를 사랑하는 우리의 감정은 왜 이토록 배신 앞에서 보호받지 못하고 무력한가?

빨강 반 복도 앞에 낯선 여자 한 명이 서 있었다. 처음 보는 얼굴이지만 유모는 아닌 게 확실하다. 그 여자는 분명 아이의 엄마다. 아이의 엄마와 아이에 대한 사랑이 곧 직업의 일부인 유모들을 구분하기란 너무나 쉽다. 엄마가 유모보다 제 자식을 사랑한다는 소릴 하려는 게 아니다. 난 많은 유모들이 열린 마음으로 맹렬하게, 너무 노골적이어서 걱정될 정도로 자기가 맡은 아이를 사랑하는 것을 많이 보았다. 그와 같은 헌신의 대상이 다른 사람의 뜻에 의해서, 경제적 힘으로 인해, 혹은 완전한 이기주의나 심술에 의해서 손도 대지 못하게 된다는 것은 무서운 일이 아닐 수 없다. 하지만 아이를 사랑하는 정도를 기준으로 유치원에 오는 여자들 중 누가 엄마이고 누가 유모인지 알아보는 것은 아니고, 대신 신분과 나이를 어림잡아 보고 언뜻 내비치는 자신감의 정도를 통해 알아볼 수 있는 것이다. 금발에다 켄들, 케이드, 그리고 애미티란 이름을 가진 아이들을 돌보는 흑인 여성들을 보면 그들이 유모란 사실을 바로 알 수 있다. 92번가 Y 유치원은 유대계 아동들을 위한 유치원임에도 불구하고 '다양성'을 자랑한다. 반마다 코코아 빛깔의 꼬마들이 한두 명은 있다. 사실은 유모랑 있는데도 모두들 그 아이들이 엄마랑 같이 왔다고 생각을 할 것이다. 유치원 복도에서 자행되고 있는 인종차별 아파르트헤이트로 인해 누가 엄마이고 누가 유모인지를 구분하는 일은 쉬워진다. 변호사나 투자금융 전문가와 같은 직종의 엄마들을 제외하고는 막 신고 나온 것 같아도 실은 네 자릿수의 가격을 자랑하는 신발을 신고 나오는 등 잔뜩 신경 써가며 일부러 '주부스러운' 차림을 한 대부분의 엄마들보다는 유모들이 훨씬 맵시 있게 입는다. 엄마들은 부산하고 정신없어 보이지만 유모들은 유능하고 차분한 모습이고 그 중 일부는 지분해하는 것도 같다. 자기들끼리 그룹을 만들고 무리지어 있는데 유모들 그룹의 웃음소리는 나긋나긋하다. 엄마들 그룹의 목소리는 쩌렁쩌렁 울리다 못해 서로 속닥거리는 소리조차도 다 들린다. 유모들은 말씨가 더 얌전하고 서로 반기며 기쁘게 인사를 주고받는다. 그러면서도 되도록 조용하게 다른 사람에게 방해가 되지 않으려 배려를 해준다.

새로 온 아이의 엄마는 내 또래로 주위의 다른 엄마들보다 젊은 것 같다. 그 여자도 나처럼 그룹에서 약간 떨어져 있는데, 엄마 그룹을 향해 알아챌 수 없을 만큼 조금씩 다가가고 있는 게 보였다. 나와 눈이 마주치자 그 여자는 미소를 지었다.

"안녕하세요." 그 여자가 말을 꺼냈다.

누군가 내게 말을 걸어 주었다는 사실에 놀란 나머지 답례를 하기도 전에 말부터 더듬는다. 빨강 반에는 새엄마를 둔 아이가 한 명 더 있긴 하지만 그 여자는 주홍글씨를 달고 이곳까지 차마 오질 못하는 것 같다. 남편의 아이를 데리러 오는 여자는 내가 유일하고, 그런 이유로 캐럴린을 오렌지 반 시절부터 알던 유치원 여자들은 전부 합세하여 나를 왕따시키고 있다. 그들은 나와 말을 섞지 않고, 나를 보면 뒷걸음질을 치고, 자기 아이가 내 근처에 있는 것도 용납하지 않는다. 내 몸에 손을 대면 병이라도 옮는 것처럼, 마치 불륜이 전염병이라도 되는 듯 말이다.

"막 이사 왔어요." 그 여자가 말했다. "난 에딕 브레넌이에요. 프리다 아세요? 제가 엄마예요. 로스앤젤레스에 살다 막 왔어요."

"아" 하고 나는 얼떨결에 대답했다. 나는 엄마 그룹에서 한 명이 다가와서 에딕을 자신들의 무리로 데려가 버리거나, 말을 나눌 상대가 못 되는 여자라며 에딕에게 고자질이라도 할까 봐 눈치를 봤다.

"전 에밀리아라고 해요." 이 소중한 기회를 놓치고 싶지 않은 마음에 윌리엄과 나의 관계에 대해서는 언급을 안 했다.

"에이(A)자로 시작하는 에밀리아요?"

"아니요, 이(E)자요."

"특이한 경우네요. 그렇게 말해도 되는 거죠, 맞죠?"

"그럼요. 어, 아니 제 말은⋯."

"이사 오니, 날씨 적응부터 일이네요." 에딕이 말했다. "전 주로 카 서비스를 불러서 아이를 픽업해 가요. 이 날씨에 택시를 잡으려고 시도한다는 것 자체가 말이 안 되죠."

"따님 이름이 프리다세요?" 내가 말했다.

"아이(i)자만 들어가요." 에딕이 말했다. "프리다 칼로처럼요. 나도 알아요, 칼로란 이름이 너무 상업화되고 너무 흔한 이름이 되어 버렸다고 생각하시죠? 지금은 시시한 페미니즘을 상징하는 여자로까지 떨어졌다는 말이에요. 미술계가 오래 전에 정체성의 정치학을 초월한 것도 사실이고요."

"음⋯" 하고 난 웅얼거린다.

"그래도 한때는 프리다 칼로에 푹 빠져 있었죠. 미대 신입 여학생이라면 한번씩 다들 그러잖아요. 저는 비구상만 다루지만 그래도 프리다의 작품을 여전히 참고하곤 하죠." 그 여자는 '작품'이란 단어를 쓰면서 양 손가락으로 인용문 표시를 한다. "요즘엔 정말 다양한 아티스트의 작품에서 영감을 얻어요. 존 커린의 작품이나 필립 로카 디코르시아란 사진작가에 혹시 관심이 있으세요?"

"프리다는 봤어요." 나는 이렇게 말했다. "꽤 끔찍하던걸요." 그러곤 얼굴을 붉혔다.

"아, 영화요? 전 안 봤어요." 에딕이 말했다. "전 영화엔 영 관심이 없어요. 영화 속의 단선적인 서술이 저한텐 좀 벅차서요."

그때 누군가가 내 팔꿈치를 건드려 움찔했다. 윌리엄의 보모인 소냐였다. 그녀는 무릎까지 오는 블랙 코트에 인조가죽 부츠를 신고 있었다. 드라마틱한 분위기의 블루 색상 아이섀도와 진한 립스틱으로 정성스레 화장을 하고 나왔다. 소녀의 그런 모습은 처음 봤다. 평상시 소녀는 오늘처럼 스프레이로 굳힌 웨이브가 아니라 고무줄이나 헤어밴드를 이용해 단정하게 빗어 묶은 머리를 하고 있다.

"오늘 쉬는 거 아녔어요." 당황해서 물었다. "오늘 내가 윌리엄을 픽업하는 날로 알고 있는데요, 아닌가? 내가 실수로 착각한 건 아니죠?"

"솔 박사님께서 이걸 전해 주라 하십니다." 소녀가 내게 약 봉투를 건네준다. 안에는 분홍색 물약이 담긴 병이 들어 있다. "귀 질환 약요."

"아니, 캐럴린은 아침에 윌리엄 가방 안에 넣어뒀으면 될 걸 왜…."

"지시사항을 전달하라고 하셨어요. 아주 구체적인 사항입니다." 소녀는 영어를 잘한다. 특히 그녀의 단어 실력과 문장 구성력은 거의 완벽에 가깝다. 내가 만난 동구 출신 택시 운전기사나 잭과 같이 살기 전에 매일 가서 아침식사를 사 먹던 스터이브샌트타운 베이글 가게의 청년과는 다르다. 현재 시제와 명령어만 아는 게 문제이긴 하다. 나는 그녀가 다른 동사 시제를 사용하는 것은 본 적이 없다. 난 소녀와 만난 적이 몇 번 없지만 소녀와 몇 백, 몇 천 시간을 같이 지낸 잭도 못 들어 보기는 마찬가지라고 했다. 소녀는 윌리엄이 여섯 살이었을 때, 그리고 캐럴린이 다시 직장으로 복귀했을 때부터 아이의 보모로 일하고 있다.

"그래도 오늘은 쉬는 날이잖아요." 내가 재차 말했다. "쉬는 날인데도 캐럴린이 심부름을 시키는 건가요?"

소녀는 털북숭이 조랑말을 타고 스텝지대와 삼림을 누비며 약탈을 하던 선조로부터 물려받은 슬라브 특유의 널찍하고 평평한 얼굴을 가졌다. 그녀는 아몬드 모양의 두 눈을 깜박였는데 그때 경멸 섞인 냉소가 긴 입가에 재빨리 스쳐 지나갔다. 너무 짧은 순간에 일어난 일이라 정말 그랬는지조차 확실치 않고 어쩜 나 혼자의 상상일 수도 있었다. 소녀와 나, 우리 둘은 같은 편이라는 것을, 두 사람 모두 닥터 솔이라는 강력한 존재의 희생양이라는 점을 보여주면서 환심을 사 보려고 한 노골적인 시도였기는 하지만 설마 진짜로 비웃은 것은 아닐 것이다.

나로 인해 상처 받은 쪽은 바로 캐럴린이다. 그런 그녀가 내게 분노를 뱉어내고 양심을 느껴 그 분노의 화염을 자기가 사는 5번가에서부터 내가 사는 81번가로 품어댄다 해도 그건 당연한 처사라며 스스로 골백번도 더 다짐하고 되새겼다. 하지만 여전히 한 줌밖에 안 되는 항생제를 보내며 구체적인 보관법까지 자기 심복을 통해 보내야만 직성이 풀리는 그 심보에는 울화통이 치밀었다.

"아이에게 하루 세 번 식후에 약을 먹이세요. 차갑게 보관하시고요. 그렇다고 냉장고에 넣어두면 안 됩니다."

"냉장고에 안 넣고 어떻게 차갑게 보관하죠?"

소냐는 어깨를 으쓱해 보였다.

"솔 박사님께서는 이번에 미스터 울프가 아이를 데려다 주실 때에는 윌리엄의 옷가지들을 좀 깨끗이 빨아 잘 접어 보내달라고 하세요. 지난번처럼 가방에 처박아 보내지 마시고요."

"정말, 듣다 보니 너무하네. 우선, 애 옷을 그냥 주말에 보내주거나 하면 될 걸 가지고 꼭 매주 목요일마다 보내라는 소리부터 말도 안 돼. 게다가 애 옷을 가방에 처박아서 보낸 적도 없고. 세탁 건조기에서 바로 꺼내서 너무 급히 개다가 그런 걸 수도 있고⋯."

손짓으로 막아서며 소냐가 말했다. "미시즈 그린리프, 전 말씀을 전해 드릴 뿐입니다. 제가 솔 박사님을 대신하는 것도 아니고 말씀 드린 게 제 의견도 아니에요. 저한테 언성을 높이실 필요는 없답니다."

"아니, 내가 언제 목소리를 높였다고."

"이렇게 사람이 많은 장소에서 저한테 언성을 높이시다니요."

소냐는 나보다 어리다. 아마도 20대 후반 정도일 것이다. 그럼에도 그녀는 내가 막돼먹은 아이처럼 굴었다는 느낌이 들게 만든다.

"미안해요." 나는 부드러운 목소리로 말했다. "난 그냥⋯. 미안해요."

그녀는 고개를 끄덕여 보였다. "윌리엄만 보고 나면 바로 가야 합니다. 잊지 마세요. 하루에 세 번. 차갑게. 하지만 냉장 보관은 안 되고요."

"알았어요." 나는 따라 해 보였다. "차갑게, 냉장보관은 하지 말고, 잘 접어서, 꾸겨 넣지 말고."

　소녀가 고개를 끄덕해 보였다.

　둘이서 동시에 빨강 반 교실 문을 응시했는데 아직 닫혀 있었다. 엄마들이 문 앞에 가까이 다가서 있고 에덕도 그 무리에 껴 있다. 미소를 지어 보였더니 그녀가 외면했다. 누군가가 나에 대해 말을 해준 것이다. 그게 아니라면 소녀와 나의 대화를 엿듣고 스스로 상황을 판단한 것일 수도 있다. 어찌 되었건 에덕과 내가 비구상 회화나 단선적인 서술에 대해 이야기를 나눌 일은 앞으로 없을 것이다.

유치원 앞에서 택시를 잡기란 불가능에 가깝다. 비오는 날에는 더더구나 그렇다. 택시 기사들에게 흠뻑 젖은 채로 비닐로 싸맨 이 거지 같은 부스터 시트를 들고 서 있는 나와 윌리엄의 모습이 악몽에서나 나올 법한 승객들로 보일 만도 하다. 나는 지나다니는 차들 때문에 흙탕물을 뒤집어쓸까 봐 조심하면서도 어떻게든 택시를 잡아 보려고 도로로 들어갔다 나왔다를 반복했다. 택시만 보였다 하면 신호 라이트가 꺼져 있거나 '예약 차량' 표시를 한 택시라도 미친 듯이 손을 흔들었다. 결국 난 윌리엄에게 말했다. "파크 애비뉴로 가 보자. 거기선 좀 잡힐지도 모르니까. 거기는 택시가 양 차선으로 다 다니잖아."

우리는 비를 피해 고개를 숙인 채 서쪽으로 향했다. 윌리엄은 너무도 차분한 색깔의 우비를 입고 있었는데 이렇게 입고 다니는 아이는 처음 본다. 다른 아이들은 대개 밝은 노란색 레인코트나 진홍색 방수복 또는 보라색 긴 우비를 걸치고 다닌다. 윌리엄은 앞을 버클로 잠근 녹색의 밀리터리 레인코트를 입고 있다. 그나마 밑단이 오리모양으로 장식되어 있고 따뜻해 보이기도 하니 다행이다. 나는 얇은 레인코트 안에서 추위로 떨었다. 두꺼운 울 스웨터와 실크 내의를 입었는데도 얼어 죽을 지경이었다. 윌리엄의 장화도 역시나 초록색인데, 그냥 낡은 일반 장화인 것을 보니 발만큼은 나 못지않게 시릴 것이었다. 파크 애비뉴에 도착했고 택시들이 양방향으로 다니긴 했지만 우리를 태워 줄 차량은 한 대도 안 보였다. 우산을 챙겨오지 않은 나 자신에게 저주를 퍼붓고 싶었다. 우산도 없는 애를 얼음장 같은 비를 맞으며 서 있으라고 강요해서 애가 감기까지 걸리게 했다며 전화로 잭에게 욕을 퍼부어 대는 캐럴린의 모습이 눈앞에 어른거렸다. 최악의 그림은 급성 폐렴으로 인공호흡기를 차고 있는 윌리엄과 혼수상태에 빠진 아이 위에 쓰러지듯 엎드려 있는 잭과 캐럴린의 모습이다. 다른 아이 앞에서 가까스로 절망감을 추스른 두 사람은 비틀거리며 서로 끌어안는다. 이런 일이 벌어지도록 우리는 도대체 뭘 하고 있었던 거지? 어떻게 해서 우리 아이와 가정도 하나 못 지킨 거야? 그리고 두 사람은 윌리엄이 낫기만 한다면 평생 충실하게 결혼 생활을 하겠다고 다시 약속하는 것이다.

우리는 북쪽으로 가는 차량을 마주보고 걸으며 다운타운을 향해 움직였다. 그렇게 해서 물에 흠빡 젖은 다른 택시 사냥꾼들을 따돌리려고 했다. 90번가와 파크 애비뉴 사이 코너까지 서 있다 보니 더 이상은 못 참겠다 싶어졌다.

"버스 타고 가자." 내가 이렇게 말했다.

"버스요?" 윌리엄이 말했다.

"버스 탄 적이 없다거나 하는 소릴랑은 하지 말아 줄래."

"버스 타 봤어요."

"그래, 다행이다."

"겨울엔 말고요. 독감 시즌엔 타 본 적 없어요. 엄마는 겨울에는 대중교통을 이용하지 않는 편이 더 좋다고 하셨어요."

다른 쪽 엉덩이 위에 부스터 시트를 옮겨서 받혀 올리면서 아이를 물끄러미 쳐다보았다. "그렇다고 엄마가 비오는 날 이렇게 밖에 마냥 서 있길 바라시는 건 아니잖아."

"그러니까 아까 카 서비스를 부르셨어야죠."

그렇다. 카 서비스를 진작 불렀어야 했다. 다섯 살짜리 꼬마도 아는 사실이다. 그런 생각을 나는 미처 하지 못했다. 나는 카 서비스를 애용하는 뉴요커가 되질 못 했다. 나는 지하철을 타거나 길가에서 택시를 잡는 평범한 뉴요커에 지나지 않는다. 뉴저지에 가는 경우를 제외하고는 버스조차 잘 타지 않았다.

"네 블록만 가면 되는데. 버스 정거장까지 딱 5분 거리야."

"시내 횡단 버스는 86번가에나 가야 있어요."

"그래, 얼른 가 보자."

"에밀리아 아줌마?"

"왜?"

"르 팽 쿼티엔이 매디슨 77번가에 있어요."

"르 뭐?"

"르 팽 쿼티엔요. 내가 제일 좋아하는 카페요. 소냐가 가끔 데려가 줘요. 매디슨 77번가 쪽에 있다고요."

"근데?"

"우리가 아는 한, 뉴욕에서 유일하게 유제품을 넣지 않은 컵케이크 파는 카페예요."

"윌리엄, 비가 이렇게 오는데, 우리 둘 다 살 속까지 함빡 비에 젖었잖니. 유제품 안 넣은 컵케이크 먹자고 열서너 블록을 더 걸어가고 싶진 않단다."

울음을 터트린 것은 아니지만 아이의 코가 비와 추위 때문이라고 하기 힘들 정도로 새빨개졌다. 아랫입술을 툭 내미는 모습을 보자니 갑자기 윌리엄이 꼬마 아기처럼 보였다. 원래 아기다. 미안한 마음이 들었다. 난 입에 담지 못할 정도로 잔인하고 지독한 여자다. 아이답게 컵케이크 먹고 싶다는 것은 당연하다. 언제부터 이렇게 되어 버린 것일까? 애정으로 돌봐야 할 아이에게 도리어 컵케이크 먹을 기회나 뭉개 버리려 하다니.

"약속한다면." 내가 말을 꺼낸다, "버스 탈 때 투정부리지 않는다고 말이야."

윌리엄은 오른쪽 입가가 올라가더니 생긋 웃었다. 우리는 77번가와 매디슨을 향해 할 수 있는 한 최대로 빨리 뛰었다. 윌리엄의 부스터 시트와 런치박스가 우리 사이에서 계속 덜거덕거렸다.

카페는 프랑스 시골 분위기가 나도록 꾸며져 있었다. 온화하고 버터처럼 부드럽게 왁스칠을 한 오크 바닥재에 벽은 적갈색으로 칠해져 있고, 룸 한가운데에는 전원풍의 테이블이 놓여 있고 그곳에서 이미 몇 쌍의 엄마들, 아이들, 유모 그리고 그들이 데려 온 꼬맹이들까지 두툼한 화이트 색상 도자기 잔에 담겨진 핫 코코아나 커피를 입김으로 불며 마시고 있었다. 빨강 반 엄마는 아니지만, 92번가 Y 유치원에서 본 것 같은 낯익은 얼굴들도 있었다. 두 여자가 비를 막아 줄 플라스틱 시트로 감싼 유모차를 옆에 세워둔 채 사이드 테이블에 앉아 있었다. 유모차 속의 아기들을 보면 이사벨도 살았으면 저 또래일 텐데 하는 생각이 날까 봐 두려워 유모차 안을 들여다보지 않고 지나가려고 애를 썼다. 대신 윌리엄을 단체 테이블 한쪽 끝으로 데려갔다. 종업원이 오자 나는 에스프레소 그리고 윌리엄을 위해서는 두유로 만든 핫 코코아를 먼저 주문했다. 그러자 윌리엄이 자기는 유제품을 첨가하지 않은 컵케이크를 달라고 했다. 그러면서 웨이트리스에게 자기는 유당불내증이 있기 때문이라고 설명했다. 그것은 다시 말해 우유 알레르기가 있다는 뜻인데, 우유를 마시거나 버터를 먹으면 배탈과 발진이 난다는 것이었다.

잭과 연애 시절 초반 이처럼 우유 알레르기의 다양한 순열에 대해 몰랐던 난 윌리엄에게 레몬 리코타 케이크 한 조각을 먹인 적이 있다. 아이는 기뻐하며 먹었고 아무런 탈도 없었다. 하지만 실수를 알아차린 나는 윌리엄에게 그것이 두부 레몬 케이크라고 둘러댔다. 그런 이유로 그 케이크 사건에 대해서 입도 뻥긋할 수 없었고, 윌리엄의 유당불내증은 아이와 캐럴린의 머릿속에서만 존재한다는 사실을 증명했다며 자랑할 수도 없었다. 2년이나 지난 지금도 아이가 사실을 모르길 바랐다. 내가 자기를 속였다는 사실을 말이다. 웨이트리스가 아직 서 있기에 난 내가 먹을 컵케이크도 하나 더 주문했다.

"우유 안 넣은 거로요?"

"아니요, 레귤러 스트로베리 맛으로요."

윌리엄은 컵케이크를 먹을 때 보통 아이들이나 내가 하는 것처럼 프로스팅부터 핥아 먹지 않는다. 페이퍼 컵을 떼어내 가며 신중하게 한 입씩 고르게 원을 만들면서 베어 먹는다. 부스러기가 테이블 위에 떨어지면 침을 묻힌 손가락으로 부스러기를 눌러서 치워가면서 말이다.

내가 주문한 컵케이크는 노란 빵에 핑크색 프로스팅이 얹어져 있고, 여태 먹어 본 것 중에서 내 인생 최고의 '완소' 컵케이크였다. 스트로베리 프로스팅을 천천히 핥으며 맛을 음미했다. 혀에 와 닿는 바닐라와 딸기 맛의 조화, 버터같이 부드러운 프로스팅의 질감에 매혹된 나머지 테이블 저쪽 끝에서 모유 수유를 하고 있는 여자를 의식할 겨를도 없었다.

컵케이크 대하는 서양인의 의식 구조가 그러하듯 윌리엄의 이성을 주관하는 좌뇌도 마비되어 버린 것 같고, 나보다도 빨리 먹어치운 아이는 멍한 표정으로 나를 응시하고 있다. 뭔가를 거슬려하는 눈치다.

"우유를 안 넣은 컵케이크 중에는 핑크 아이싱이 있는 게 없어요." 윌리엄이 말했다.

"그러게 말이야." 내가 대답했다.

"바닐라랑 초코만 있어요."

"유제품을 안 넣은 컵케이크에는 핑크 아이싱을 얹을 생각을 아예 안 했나 보구나. 빵 굽는 사람에게 메모라도 남겨 두자꾸나. 여기 펜 줄게. 네가 메모 남겨 볼래?"

"어쩌면." 윌리엄이 말했다. 입술을 핥으면서 내 컵케이크를 뚫어져라 쳐다보고 있다. 아이가 너무나 따져 대는 바람에 내 입맛이 달아나 버렸고 따라서 단단히 먹었던 마음까지 풀어져 버렸다.

"한 입 먹어 볼래?"

"네." 윌리엄이 말했다. "근데 전 유당불내증이잖아요."

"나도 알아, 윌리엄. 종업원 언니도 윌리엄이 유당불내증인 걸 알고. 카운터 언니도 윌리엄이 유당불내증인 걸 알고. 이 카페 안의 모든 사람들이 다 알고 있단다. 하지만 이 컵케이크를 한 입 먹어 본다고 죽거나 하지는 않을 거란다. 어쩜 아무렇지 않을지도 몰라."

"그럼 아주 조금만 먹어 볼래요." 윌리엄이 대답했다.

아이에게 컵케이크를 건네주었다. 프로스팅 절반은 내가 핥아먹은 상태였고 아이는 신중하게 내가 아직 입을 대지 않은 반대쪽으로 컵케이크를 돌렸다. 양 손으로 컵케이크를 받쳐 들고 조심스럽게 아주 조금만 맛을 본다. 치즈 한 덩어 리를 애지중지 들고 있는 만화 속의 생쥐 같아 보였다. 그런 다음 컵케이크를 다 시 내게 건네주었다.

"고마워요." 아이가 말했다.

"천만에."

"맛있어요."

"정말 그렇지?"

"제 생각에는 우유를 안 넣은 컵케이크보다 더 맛있는 것 같아요."

"정말?"

"아, 우유를 안 넣은 컵케이크도 맛이 있어요. 정말 맛있어요. 전 그냥 아줌마 가 고른 게 조금 더 맛있는 것 같다고요. 아주 조금 더요. 왜냐하면 딸기 맛이니 까요." 아이의 얼굴에 근심이 떠오른다. "그게 아님 버터 때문이거나요."

"버터 없인 못 살아."

윌리엄은 한숨을 내쉬었다.

저쪽 끝 테이블의 아기가 모유를 먹고 난 다음에 크게 트림을 하고 지켜보던 아기의 엄마가 웃음을 터트렸다. 그걸 보며 터져 나오는 울음을 겨우 참았다. 컵 케이크에 관해 그토록 흥겨운 대화를 나누다가 한순간에 펑펑 눈물을 쏟고 싶은 마음으로 바뀔 수 있다니 놀랍다는 생각이 들었다.

윌리엄이 그 아기를 쳐다보았다. "아기가 몇 살일지 궁금해요." 윌리엄이 큰 소리로 말했다.

아기의 엄마가 대답을 했다. "이제 4개월 됐단다."

"그것보단 커 보여요." 윌리엄이 말했다. "나이에 비해서 애기가 큰 건가요?"

아기 엄마가 웃으며 내게 '아이가 참 조숙하군요' 하는 표정을 지어 보였다. 같이 웃어 보이려고 했으나 그렇게 되지가 않았다.

"아기가 큰 편이긴 하단다." 아기 엄마가 말했다.

생각에 잠긴 윌리엄이 핫 코코아를 한 모금 삼켰다. 그러고는 "에밀리아, 이 사벨은 진짜 사람이 아니었다는 거 알아요?"

"뭐?" 난 속삭이듯 되물었다. 속삭이지 않으면 소리라도 지를 것 같았기 때문 이다.

"아직 사람이 아니었대요. 유대 법에서 그러는걸요. 유대 법에서는 생후 8일 이 되기 전의 아기는 사람이 아니래요. 이사벨은 이틀 만에 죽었잖아요. 그 말은 이사벨은 사람이 아니었다는 소리죠. 유대 법에 따르면요."

"그런 소리는 어디서 들은 거니?"

윌리엄은 컵케이크의 가장자리를 핥고 있다. "우리 엄마가요. 이사벨을 생각 하면 약간 슬프다고 엄마한테 말했어요. 더 오래 알고 지냈다면 더 슬펐을 테니 까 그만큼은 말고 아주 약간요. 살아 있어서 진짜 내 여동생이 됐더라면 슬펐을 만큼은 말고요. 그러니까 엄마가 유대법에 따르면 아기가 아직 사람이 아니라는 걸 말해 줬어요. 그래서 별로 안 슬프더라도 미안해할 필요는 없는 거래요."

이건 캐럴린의 생각이야. 나 스스로에게 말한다. 이건 아이의 생각이 아니야.

"이사벨도 사람이었어." 나는 말했다. "이사벨도 윌리엄 못지않게 모든 면에 서 하나의 생명이자 사람이었던 거야."

나의 흥분한 모습, 떨리는 목소리, 오크 테이블로 튀겨 묻은 내 침 자국에도 윌리엄은 전혀 당황하지 않는다.

"내가 그런 게 아니라요. 유대법에서 그렇다고요. 엄마가 그러는데, 장례식을 치러 준 것도 신기했대요."

이사벨은 퀸스 외곽에 있는 린든힐 공동묘지에 묻혔는데 그곳은 원래는 어른 하나가 차지할 만한 자리에 두세 명이 묻힐 수 있을 정도로, 작은 구획의 공간만 차지해도 충분한 그런 사람들을 위한 곳이었다. 이사벨이 죽고 나흘 지나서야 장례를 치렀다. 유대법에서 아무리 인간의 신체에 대한 신성모독이라고 여기며 즉각 매장해 줄 것을 요구할지라도 뉴욕시에서는 건강하던 신생아가 별 다른 이유 없이 사망했을 경우에는 반드시 검시 절차를 거칠 것을 요구하고 있다. 하지만 뉴욕시 공시소의 업무가 많이 밀려 있던 터라 이사벨의 장례는 윌리엄이 그토록 들먹여대는 유대법에 따르자면 한참이나 늦은 죽은 지 나흘 지나서 치러야 했다.

나는 장례식에 선글라스를 쓰고 갔다. 햇살은 눈부시고 울어서 퉁퉁 부은 눈은 아팠다. 이미 그 나흘 동안 집안에 틀어박혀 논스톱으로 울었다. 아파트의 커튼과 블라인드는 모조리 치고 지냈다. 오전 늦게 내리쬐는 무자비한 퀸스의 햇살 때문에 뒷목에서부터 편두통이 스멀스멀 올라왔다. 묘지 가까이까지 차를 타고 갔기 때문에 걸을 일은 별로 없었다. 부모님, 언니들이 데리고 온 형부와 아이들, 잭의 어머니, 친구들, 직장 동료들이 모두 와 있었다. 수십 명의 사람들이 한때는 풀빛 잔디가 깔려 있던 땅 한 조각을 파서 만든 조그마한 구덩이를 에워싸고 있었다. 식이 시작된 후에도 사람들은 계속 왔고 차 문을 쾅 닫는 소리가 들릴 때마다 난 자지러지게 놀랐다.

누가 불렀는지 우리 결혼식 주례를 섰던 여자 랍비가 장례식을 진행했다. 나는 장례식 진행을 누구에게 맡길지 생각할 정신도 없었다. 내가 입은 옷은 5분 정도 생각한 끝에 평범한 검은색 정장 치마와 스웨터를 걸쳐 입고 나온 것이다. 그러면서도 누가 내 딸아이를 위해 진혼곡 카디시를 불러 줄지는 미처 챙기지 못했던 것이다.

타운 카가 공동묘지 문 앞을 통과해 들어갈 때까지만 해도 잭은 용케 눈물을 참고 있었다. 그 전까지 잭은 아이와 사별한 엄마를 위로해 주는 남편이자 충복으로서의 역할에 단연코 충실해 주었고, 그러다 보니 자신의 슬픔을 돌아볼 시간은 없었던 것이다. 내 절망과 슬픔은 모든 것을 삼켜 버렸다. 내 슬픔이 모든 것을 뒤덮은 나머지 잭에게는 따로 슬퍼할 여지를 만들어 주지 않았던 것이다. 그는 내 슬픔의 언저리에서 자신의 슬픔을 낚아채야 했다. 잭은 사흘 밤낮으로 나를 달래 주고, 진정제와 수면제를 먹여 주고, 소프트 티슈를 몇 번이고 사다 주며 엄마가 가져오신 음식을 앞에 두고도 먹지 못하는 내 곁에 있어 주었다. 퀸스 릿지우드의 초록 언덕에 들어서자 잭은 더 이상 억지로 참지 않고 울기 시작했다.

남자다운 눈물이 아니었다. 금욕주의자의 눈에서 마지못해 흘러나온 눈물이 아니었다. 밀어닥친 감정에 그의 몸까지 떨리는 것이 보였다. 차에서 내려 비어 있는 직사각형 흰 관을 보더니 잭은 통곡을 하기 시작했다. 금색 손잡이가 달린 민무늬의 하얀색 관을 내리기 시작했는데, 그 관은 두 팔로 안아 가슴에 품을 수도 있을 것같이 아주 작고 가벼웠다. 그때 잭은 대성통곡을 하고 있었다. 슬픔의 무게에, 마음속 깊이에서부터 그대로 보여주는 그 육중한 감정에 주위의 사람들, 지인들, 가족들, 그의 파트너와 직원들은 안절부절못했다. 여자들이 울기 시작했고 남자들은 한 쪽씩 발을 바꿔 들어 올렸다. 그 순간 이상한 일이 벌어졌다. 잭의 흐느낌으로 인해 붓고 시큰거리던 내 가슴에서 젖이 흘러 버린 것이다. 수유패드 속속들이 젖이 스며들어 브래지어 속의 가슴을 간질였고 입고 있던 검은색 터틀넥 울 스웨터에 원형 얼룩자국으로 남았다.

더 이상은 일 분도 못 버티겠다는 생각이 들 무렵, 내가 뒤돌아 도망가 버리려고 하던 찰나에 윌리엄이 달려가 잭의 다리에 매달려 안겼다.

"아빠." 윌리엄이 말했다. "아빠, 울지 마요. 울지 마세요."

"오, 하느님." 잭이 말했다. 그는 윌리엄을 안아든 다음 꼭 껴안고 앞뒤로 흔들었다. "윌, 아빠는 너무 슬프단다. 아빠는 너무너무 슬프단다."

윌리엄이 말했다. "슬퍼하지 마세요, 아빠. 내가 아빠를 사랑하잖아요. 아빠 너무 사랑해요."

"생후 이틀 된 아기가 아직 사람이 아니라고 생각하는 건 아주 보수적인 정통파 랍비들뿐이야." 아버지인 잭을 달래주던 아이의 모습이 떠올랐기 때문에 내 마음을 진정시켜야 한다는 생각이 들었고, 그래서 난 아이에게 그렇게 대답해 주었다. "그런데 우린 개혁파를 믿어. 개혁파 유대인들은 아기는 태어난 순간부터 하나의 생명이자 사람이라고 믿는단다."

아이는 남은 코코아를 쭉 마시며 곰곰이 생각하는 듯했다.

"난 정통파인 것 같아요." 아이가 대답했다.

"그렇지 않아." 그 말에 내가 이렇게 대꾸했다. 윌리엄을 한 대 후려치고 싶어졌다. 하얀 내 손마디로 들고 있는 이 하얀 머그잔으로 저 입을 찍어 버리고 싶었다. "넌 유대인도 아니잖니. 네가 유대인이 되려면 너희 엄마도 유대교를 믿어야 해. 근데 엄마는 감리교회에 다니시잖니."

"그럼, 난 반은 감리교 그리고 나머지 반은 정통 유대교 할래요."

"가자." 내가 말했다.

나오니 비가 멈춰 있었다. 손을 흔들자마자 바로 택시가 잡혔다. 정통 유대 감리교도인 양아들이 믿는 하느님이 우리에게 화끈한 기적을 내려 주신 거다.

택시 문을 열고 부스터 시트 커버부터 벗겼다.

"아기 의자에 앉기 싫어요." 윌리엄이 말했다.

"아기용 의자가 아니래도." 이 아이가 이 망할 놈의 부스터 시트에 앉든 말든 별 상관을 안 한다는 사실을 깨닫고 무한한 해방감마저 느꼈다. 다섯 개의 멜빵이 다 채워져 있든 말든, 택시 뒷좌석에서 드럼 속 로또 공처럼 이리저리 치이거나 말거나 관심도 없다.

"트렁크 열어 주세요." 기사에게 말한 다음 트렁크 안에 들어 있던 오래된 뉴욕 자이언츠 경기장 담요랑 경광등 세트 박스 옆에다가 부스터 시트를 던져 넣었다.

"어서 타." 윌리엄에게 말했다.

아이의 눈이 커졌다.

"타라고!"

"부스터 안 하고요?"

"왜, 갑자기 부스터에 다시 앉고 싶어진 거니?"

"아뇨, 아니요!"

가는 내내 윌리엄은 기뻐서 어쩔 줄 몰라 하면서 좀처럼 가만히 있지를 않았다. 아이는 뒤쪽 유리창을 보려고 무릎을 구부린 채 뒤로 허서 앉아 있다. 메이플 나무를 지나쳤다느니, 어떤 아줌마가 큰 회색 개를 데리고 가고 있는데 아마도 러시아 울프하운드나 스코틀랜드 디어하운드 같다느니 연방 떠들어 댔다. 반면에 나는 입을 꽉 다문 채, 기사에게 차를 세우라고 소리 지른 다음 윌리엄을 안전하게 부스터 시트에 다시 앉히고 싶은 욕구를 참고 있었다.

집 앞에 도착한 우리를 위해 이반이 문을 열어 주고 윌리엄은 택시 안에서 껑충 뛰어나왔다.

"저 이제 부스터 시트가 필요 없어졌어요." 아이가 이반에게 자랑했다.

"그것 참 잘됐군." 이반은 장갑을 낀 한 손으로 아이의 머리를 보듬으며 말했다.

우리 둘만 엘리베이터에 남게 되자 내가 말을 꺼냈다. "윌리엄, 내가 널 부스터 시트를 안 한 채 차에 태운다고 말하고 다니면 도로 시트에 앉힐 거야. 네가 서른 살이 될 때까지 거기에 앉게 만들 거라고."

"그렇게는 못하실 걸요." 윌리엄이 대꾸를 했다. "그건 6이나 60용이에요. 6살이거나 60파운드인 아이용이란 말예요."

"그래 그건 6살과 60파운드가 맞아." 나도 응수했다. "그리고 넌 무지 말랐잖니. 네가 60파운드가 넘으려면 아마도 엄청 오랜 시간이 걸릴 걸. 몇 년도 더 넘게 말이야."

윌리엄은 생각에 잠겼다. 열쇠로 아파트 문을 열고 있는데 아이가 다시 입을 열었다. 아이는 음모를 꾸미는 미소를 희미하게 띠고는 이렇게 말했다. "아무한 테도 얘기 안 할게요."

다음날 저녁 캐럴린이 전화를 걸어왔다. 전화벨이 울리는 순간 그녀라는 것을 알았다. 왜냐하면 밤 10시였고 그렇게 늦은 시간에 전화를 할 만한 사람은 캐럴린뿐이었기 때문이다. 사이먼도 있지만 목요일이고 목요일 저녁에 그는 호스피스 자원봉사를 나간다. (사이먼이 매우 이타주의적이긴 하지만 선한 마음으로 그 자원봉사를 하는 것만은 아니다. 그는 사내들을 만나려고 그 일을 한다. 물론 죽어가는 남자들을 말하는 것은 아니다. 그 정도로 망가진 인간은 아니다. 그는 봉사활동을 오래 하다 보면 언젠가는 매력적인 게이 아들이 위안을 받으려고 자기에게 마음을 열 것이라고 확신하고 있는 것이다.) 전화가 울릴 때 잭은 샤워를 하고 있고, 처음에는 그냥 자동응답기가 받게 할까 하는 생각도 해보았지만 난 캐럴린이 남기는 메시지가 싫다. 삐 소리가 날 것이고 그 다음에 그녀는 말하기 전에 한참을 뜸들이다가 서론도 없이, 누군지도 밝히지 않고 대뜸 "잭, 빨리 전화 줘요" 하고 말할 게 분명하다. 물론 그녀라는 건 목소리만으로도 알 수 있지만 "나 캐럴린이에요"라고 말하면 어디가 덧나나? 물론 전 남편의 집에 나라는 존재가 있다는 사실을 인정하는 것이 고통스러울 거란 점은 이해한다. 하지만 이 집 자동응답기의 메시지를 들을 사람이 잭밖에 없다는 식으로 흔부로 행동하는 것에 난 짜증이 난다. 더 성질나는 건 그동안 진짜 급한 용무로 전화한 경우가 없었단 사실이다. 어떤 위기상황을 원인으로 하든 잭이 자신의 전화에 바로바로 연락을 주길 바라는 것은 정당하지 못하다.

"엿이나 먹어라." 혼잣말을 하면서 세 번째로 벨이 울릴 때 수화기를 들었다.

"여보세요." 내가 말했다. 예의 침묵이 흘렀다.

"잭하고 통화하고 싶은데요." 캐럴린의 목소리는 정말 냉랭하고 밉살맞다. 어번베이비닷컴 사이트를 서핑하는 여자들이라면 죄다 캐럴린이 정말 따뜻한 사람이고, 분만실에서 그녀가 산모에게 준 위안과 부드러우면서도 확신에 차 있는 그녀의 모습들에 대해 이야기를 주고받는다. 뉴욕에 캐럴린 솔과 동명이인의 산부인과 의사가 있는 건 아닌지 의심이 들 때가 한두 번이 아니었다.

"잘 지내요, 캐럴린?" 내가 말했다.

"잘 지내냐고요? 내가 어떻게 지낼 거 같아요? 지금 당신의 가학성 행동들 때문에 벌어진 일로 이 난리잖아요. 한마디로 잘 지냈단 소리를 주고받을 일은 없네요."

그 조그만 밀고자가 날 고자질했구나.

"그런 걸 가지고 학대라고 말하는 건 아닌 것 같은데요."

"호, 그래요? 아이가 호흡기 감염에 걸렸는데 학대가 아니라고 생각하신다 이건가요?"

"잭 바꿔 드리죠."

"잠깐만요. 아직 얘기 안 끝났어요. 당신 속셈이 뭔지는 모르겠지만 당신한테도 언젠가 자식이 생겨서 당신 자식이 비가 쏟아지는 날 낯선 사람한테 이끌려 시내를 쏘다녀야 하는 꼴을 좀 당해 봤음 하네요. 그래야 당신도 내가 지금 어떤 일을 겪고 있는 건지 어렴풋이나마 알 테니. 자기 아이가 고생하는 걸 봐야 그게 어떤 건지 이해될 테니까 말예요."

나한테 성깔을 부려대는 태세가 아주 장난이 아니다. 나 역시도 얼마든지 성깔을 보여줄 수 있다. 캐럴린에게 당신 말이 맞는다고, 내 자식은 자다가 죽었으니 자식이 고생하는 걸 보는 부모의 심정을 이해 못 한다고 쏘아 줄 수도 있었다. 마음 같았으면 칙칙한 초록색 비옷을 입히고 고무장화를 신겨서 쏟아지는 빗속에 거리로 얼마든지 내보내도 좋으니 잠시만이라도 내 애를 되돌려 받을 수만 있다면 무슨 짓은 못하겠냐며 쏘아붙일 수도 있었다. 캐럴린이 죄책감으로 불편함을 느끼게 해버린다면, 그녀가 지난 2년간 내게 했던 그대로만 해버린다면 정말 통쾌할 것 같았다. 그렇지만 나는 그녀가 화난 게 그저 비 때문이지 유당이 든 컵케이크나 부스터 시트에 대해서 알고 있는 것처럼 보이지는 않아서 마음이 많이 놓였고, 그래서 그저 "미안해요"라고 말하고는 전화기를 욕실로 가져갔다. 잭이 샤워기를 끄고 욕실 매트 위에 서서 몸을 닦고 있었다. 그에게 수화기를 건네주었다.

"캐럴린이에요." 나는 이렇게 말했다.

그는 한 손에 타월을 든 채 다른 손으로 전화기를 들었다. 나는 욕실에 선 채로 거울에 서린 김 위에 손가락으로 그림을 그리며 그가 하는 소리를 들었다.

"나요." 잭이 말했다.

그녀의 날선 목소리가 들리기는 했지만 무슨 말을 하는지는 들리지 않았다. 나는 동그라미, 두 눈, 코 그리고 화나서 찡그린 얼굴을 그렸다. 그러고는 선으로 죽죽 그린 사람의 머리 위에 삐죽한 머리카락을 그려 넣었다. 청진기도 그려 보지만 잘 안 됐다.

잭을 쳐다보며 속삭이듯 말했다. "우산을 깜빡 잊어 버렸어요."

그는 한숨을 내쉬었다.

나는 몸을 그림 쪽으로 돌리고 못마땅한 시선으로 바라보았다. 내 짧은 실력으론 더 낮게 그릴 수는 없겠다 싶었다. 대신 잭의 수건을 받아 반으로 접어서 수건걸이에 걸었다.

"내가 보기엔 당신이 과잉반응을 하는 거야." 잭이 전화기에 대고 말했다.

그의 뒤에 가서 어깨 너머로 거울을 보았다. 내가 그린 화난 캐럴린 얼굴 선 때문에 김이 지워진 자리에 잭의 모습이 조금 비춰졌다.

"우리 둘 다 유치원이 세균 배양접시라는 걸 알잖아, 캐럴린. 당신 의사잖아. 당신도 애가 다른 애들한테서 감기가 옮은 거지 바깥에서 비를 맞아서 그런 게 아니란 걸 알잖아."

나는 그의 어깨 너머로 거울 오른 편에 선을 하나 그렸다. 남편에게 한 점 주는 것이었다.

"그래, 그건 내가 이 사람한테도 얘기할게. 다시는 그런 일이 안 생길 거야."

나는 손바닥을 세워 그 선을 지워 버렸다.

잭이 잠시 조용히 있더니 이렇게 말했다. "내 생각엔 당신이 오해한 것 같아."

"뭔데요?" 내가 입모양으로 물었다.

그는 고개를 저었다. "그럼, 애가 잘못 알고 있는 거겠네. 그리고 어쨌든 무슨 상관이야. 이미 끝난 일이잖아. 이미 벌어진 일인 걸. 게다가 당신도 그때 애가 가도 좋다고 동의했고. 그 정신과 의사도 동의했고. 당신이 의사한테 전화했고 의사도 윌리엄의 치료 과정의 일부가 될 수 있겠다고, 그래서 애한테도 좋을 거라고 말했잖아."

"뭔데요?" 내가 다시 물었다.

그는 조용히 하라며 한 손을 올렸다. 그의 몸을 아래로 훑어보았다. 그의 그곳이 샤워 후라 이완돼서 늘어져 있고 그 아랫부분이 달랑 매달려 있다. 그곳을 부드럽게 손에 쥐었다. 잭이 내 손목을 잡으며 고개를 가로저었다.

욕실에 잭을 남겨둔 채 혼자 침대로 가서 누웠다. 그가 따라와 여전히 캐럴린과 통화를 하며 내 옆에 걸터앉았다. 거의 20분이나 통화가 계속되고 통화가 끝날 무렵 나는 무슨 말이 오고갔는지 대충 파악했다. 오늘 우리랑 지낸 윌리엄이 콧물을 훌쩍이며 집에 돌아갔는데, 재채기를 하고 콧물을 가구에 닦으면서 새로 태어난 아기와 아기 장례식에 대해 나와 나눈 이야기를 제 엄마한테 했다는 것이다. 윌리엄은 화가 나 있었고, 아니면 캐럴린이 멋대로 아이가 화가 난 것이라고 단정해 버린 것인지도 몰랐다. 그래서 캐럴린은 아이의 주치의에게 전화를 걸었고 주치의인 앨러튼 박사는 돌이켜 생각해 보니 이사벨의 장례식에 참석했던 것이 윌리엄에겐 정신적인 충격이었던 것 같다고 말했다. 그리고 가뜩이나 부모의 이혼으로 마음의 평정을 잃어 약해진 상태에서 그것 때문에 아이의 마음이 더 혼란스럽게 된 것 같다며 캐럴린의 생각에 공감을 표했다. 캐럴린은 린든힐 묘지에서 1984년 8월 17일에 태어나 그해 10월 1일에 죽은 플로라 말레이 모스코비츠와 엘룸 6번가 5759번지에서 태어나자마자 세상을 뜬 세바스티앙 야콥 힐만 바움 사이에 묻히는 이사벨을 윌리엄이 보도록 한 사실에 대해 잭과 내게 엄청 화를 냈다.

이사벨이 죽은 날 아침의 캐럴린은 놀라웠다. 그녀는 동정심으로 가득했고 친절했다. 그녀는 어번베이비닷컴 사이트에서 여자들이 그녀에 대해 칭송하던 모습을 전부 보여주었다. 처음에 잭이 그녀에게 전화를 걸어 이사벨 소식을 꺼내자 캐럴린은 슬퍼하며 울어 주었다. 정말 안된 일이라고, 우리가 얼마나 가슴이 아플지 상상하기도 힘들다고, 심지어는 잭더러 자기가 보내는 위로를 내게 전해달라고 말했다. 그 소식을 윌리엄에게 전한 사람도 캐럴린이었고, 누가 보더라도 캐럴린은 바르게 행동했다. 간략하며 진지하게, 그리고 아이에게 감정을 표출할 여유를 충분히 제공하면서.

그날 저녁 다시 전화벨이 울렸다. 캐럴린은 내가 어느 정도 상심하고 있는지 알고 싶어 했다. 윌리엄의 주치의가 아이가 행여 적절하지 않은 정도의 감정 수준에 노출될까 봐 걱정하더라는 것이었다. 그때 나는 베개에 대고 소리를 지르는 내 입을 막으려고 애쓰던 사이먼과 민디 사이에 끼어 침대에 누워 있었기 때문에 그 전화를 받지 못했다. 하지만 부엌에 계시던 아버지가 그 대화를 엿듣고 말았다. 그리고 잭은 대화 내용을 숨기기에는 너무 피곤하고 지쳐 있었으며 절망에 차 있었고, 결국 위스키를 가득 채운 술잔 너머로 잭은 아버지께 캐럴린이 한 말을 이야기해 버렸다. 보기 드문 두 사람의 화해 분위기에서 아버지는 그걸 엄마에게 속삭였고 엄마는 내 침대 바닥에 널려 있는 휴지들을 주워서 쓰레기봉투에 던져 넣으면서 캐럴린의 잔인한 이기심에 속삭이는 듯이 저주를 퍼부으면서 그 이야기를 내게 전해 주셨다.

그날 이후로 며칠간 캐럴린이 얼마나 자주 전화를 했는지는 알 수 없다. 하지만 종종 잭을 찾아 아파트를 비틀거리며 돌아다니다가 부엌이나 자기 방에서 의자에 웅크리고 앉아 전화기에 휘감긴 채 수화기 건너편의 비난에 찬 불평을 들으면서 정신 나간 사람처럼 눈가를 비비며 눈물을 훔치고 있는 그를 발견하곤 했던 건 분명하다. 유치원 선생님들이 다른 아이들에게 무슨 말을 했는지, 윌리엄이 금요일마다 가는 피아노 레슨에 가야 하는지, 장례식 당일 아침에 애가 생일파티에 갈 수 있겠는지, 애가 장례식에 참석을 하기는 해야 하는 건지, 시바에 가는 게 과연 합당한지, 어쨌건 우리가 순번을 한 번 빠뜨렸으니 잭이 자기한테 한 주를 빚진 건지 따위를 놓고 논쟁이 계속되었다. 사실 나는 윌리엄이 장례식이나 시바에 오든지 말든지 관심도 없었고 여차하면 잭에게 이런 내 마음을 털어놓으려고 했었다.

우리는 거실에 앉아 있었다. 난 소파에 몸을 파묻고 찻잔으로 손을 녹이고 있었다. 아파트는 이사벨이 죽은 후 며칠 동안에 비해 찾는 사람들이 줄었다. 친정 아버지는 사무실 일을 점검하러 가셨고 언니들은 아이들을 돌보러 집으로 돌아갔다. 잭의 어머니는 눈을 좀 붙이러 호텔로 돌아가셨다. 민디는 대니얼과 자기 집에 있었고 사이먼과 엄마만 남았다.

잭이 전화기를 들고 거실을 지나가면서 내게 좀 어떤지, 아픈 게 견디기 힘든 정도인지 아니면 그냥 너무 아픈 정도인지 묻는 양 눈썹을 으쓱였다.

"잭." 내가 말했다.

그는 수화기를 가리켰다.

"잭!" 나는 좀 더 큰소리로 불렀다. "난 상관 안 한다고 좀 말해 줘."

"에밀리아, 아가. 그만하렴." 엄마가 말하셨다.

"잠시만." 잭이 말하고는 손으로 수화기를 가렸다. "자기야, 뭐라고? 뭐 필요한 거 있어? 내가 뭐 좀 가져다줄까?"

"그만하래도." 엄마는 나한테만 들리게 살짝 속삭이셨다.

나는 빨갛게 부어오른 두 눈을 잭에게 찡그려 보였다.

"허니?" 그가 말했다.

나는 눈을 감아 버렸다. "아무것도 아니에요. 그냥, 알잖아. 가능하면 빨리 끝내요."

그는 고개를 끄덕였다. "금방 끝내고 올게."

그날 밤, 수화기를 내려놓고 샤워를 마치고 타월을 몸에 두르고 나타났을 때 잭은 몸에서 활기가 모두 사라지고 녹초가 되어 있었다. 그는 입을 벌린 채 구부정하게 침대 가장자리에 걸터앉았다. 캐럴린이 잭의 내면에 자리한 늙은 자아를 끌어내는 데 성공한 것이다. 그것은 마치 더 어린 여자의 몸을 통해 젊음을 되찾는 그가 너무도 미운 나머지 마네킹 인형으로 만들어 버린 것 같았다. 그 혐오감을 반영해 잭을 부두교 인형으로 만들어 놓고는 구부정한 그의 몸을 통해 나와 그의 관계가 근본적으로 부조리하다는 것을 의인화시켜 놓은 것이다. 그녀는 잭을 늙은이로 만들어 버렸다.

나는 잭의 손목을 잡아 침대 위 내 옆에 끌어다 눕히고는 그를 안고 내 몸으로 그의 몸을 감쌌다. 나는 옷을 입은 채로 옷 벗은 그의 몸을 안는 게 좋다. 그럴 때는 나 자신이 어떤 식으로든 강하고, 힘세고, 심지어 위험스럽다는 느낌이 든다. 나는 그를 밀어 눕히고 위에 올라타서 그의 허벅지를 벌린 다음 내 청바지의 거친 솔기로 그의 그곳을 눌렀다. 살짝 몸을 흔들면 내 가랑이 아래서 그의 움직임이 느껴진다.

그가 두 손으로 내 허리를 잡으며 말했다. "당신 이제야 흥분한 거야, 에밀리아?"

"아니." 나는 아플 정도로 그를 강하게 눌렀다. 그가 아픈지 찡그린다.

"부탁 하나만 들어줘, 허니." 그가 말했다. "비 오면 택시 좀 타."

"택시 잡으려고 노력했어. 내가 다섯 살짜리 꼬마를 데리고 비 맞는 걸 즐긴다고 생각해? 택시를 잡을 수 없었다고."

"그러니까 전화로 택시를 불렀어야지."

"재밌네. 윌리엄도 그렇게 똑같이 말하던데."

잭이 웃으며 말했다. "똘똘한 녀석."

나는 웃지 않았다. "비오는 날에는 택시 잡는 것만큼이나 택시 부르는 것도 힘들어. 내가 유치원에서 윌리엄 데리고 오는 방식이 싫으면 당신이 직접 데리고 와요."

"난 못 하는 거 알잖아. 나는 일해야 하잖아."

'나는' 이란 단어가 미묘하게 강조되었던가? 은근히 비난조가 들어 있었던가?

"개 같은." 내가 내뱉었다.

"뭐? 뭐라고 했어?"

"나도 다시 일할 거야. 그냥 시간이 좀 더 필요한 거라고."

"에밀리아, 왜 나한테 그러는 거야? 당신이 일을 하느냐 마느냐에 대해선 아무 말도 안 했잖아. 당신이 직장으로 돌아가든 말든 나한텐 별 상관이 없어. 나는 그냥 내가 일 때문에 윌리엄을 못 데리고 온다는 말을 한 것뿐이야. 당신이 더 이상 하기 싫으면 예전처럼 소냐를 보내면 되는 거야."

입안에서 말이 달콤하게 맴도는 게 느껴졌다. 그래, 그렇게 해요. 나도 더 이상 그 애랑 같이 있고 싶지 않으니 그렇게 해요.

그 말이 너무 달콤하게 맴돌아서 잭이 내가 그 말들을 입안에서 굴려 맛보고 있다는 걸 알아차릴까 봐 지레 걱정이 될 지경이었다.

"당연히 내가 데리고 오고 싶지." 나는 이렇게 말했다. "난 그냥 망할 우산을 잊고 나온 것뿐이에요. 아, 정말."

잭의 턱 옆 근육이 꿈틀거린다. 흥분하지 않으려고 무척 애를 쓰고 있다. "애 의사가 걱정하고 있어."

"캐럴린이야 그렇게 말했겠지."

"캐럴린이 거짓말쟁이는 아니야, 에밀리아. 캐럴린은 여러 모로 꼬여 있긴 하지만, 강박에 가까울 정도로 정직한 것도 사실이야."

그에게 지금 키스를 하면 너무 속보이는 짓일까 궁금하다. 지금 순간 키스로 표현되는 훤히 보이는 구질구질한 질투가 그에게는 너무 매력 없게 느껴져 마침 내 내 혀를 즐기려던 찰나의 환희를 오그라들게 하는 건 아닐까 싶어서 망설여 진다. 나는 그의 입술에 가볍게 키스했다. 그리고 혀는 내 입안에 잘 갈무리해

됐다.

그의 턱이 긴장을 풀고 내 입술 아래 그의 입술에서 잠시 부드러움이 느껴졌다. 그런 다음 그가 말했다. "앨러튼 박사는 윌이 외상 후 스트레스성 장애를 겪고 있을지도 모른다고 생각하고 있어."

"윌리엄은 외상 후 스트레스성 장애를 겪는 게 아니야."

잭이 주먹으로 눈을 비볐다. "아, 이런. 아, 이런. 불쌍한 녀석."

"아이는 괜찮아, 잭. 윌은 괜찮아." 몇 년 만에 처음으로 윌이라는 이 애칭을 사용했다. 윌을 처음 만났을 때, 나는 제일 좋아하는 부티크에서 어울리지 않는 옷을 시도해 보거나 특이한 신발 한 켤레를 신어 볼 때 했음 직한 그런 방식으로 그 애칭을 시도해 봤다. '누가 알아. 어쩌면 이 감청색 클록 신발이 나한테 어울릴지. 지금까지는 은색 끈 샌들만 신는 여자였는지 모르지만 그건 내가 그동안 너무 보수적이었던 거고, 너무 소심해서 몰랐던 건지도 몰라.' 그렇게 '윌'이란 애칭을 한 번인가 두 번 정도 불러봤지만, 막상 내 입에서 나오면 뭔가 어색하고 어울리지 않았다. 그래서 난 다시 윌리엄으로 부르기 시작했고, 우리 사이는 수수한 검정색 펌프스 신발처럼 격식을 차린 관계로 돌아갔다.

"미안해, 음. 자꾸 성질 부려서 미안해요." 눈물을 닦으며 잭이 말했다. 날 옆으로 내려 눕힌 다음 한 팔로 내 몸을 감쌌다.

"자꾸 화 낸 적이 언제 있다고요. 당신이 그러기나 하나?"

아무런 대답이 없다. 나는 일어나서 옷을 벗어 방구석에 있는 프렌치 스타일의 소형 팔걸이의자 위에 던져 놓았다.

침대보 속으로 미끄러져 들어가 그를 보며 돌아누웠다. 나를 알기 시작한 때부터 그는 쭉 선명하고 자연스러워 보이는 붉은 호박 빛깔인 내 머리카락에 입술을 맞추었다. 머리가 세기 전 앨리슨 언니의 머리색이자 들은 바로는 그녀의 엄마, 즉 내 아버지의 첫 아내 머리 색상과 같은 색이다. 걔네들 엄마가 내 아버지와 이혼할 때 언니들은 네 살과 여섯 살이었고 아버지가 자기들을 완전히 버릴 때도 몇 살 더 먹지 않았다. 어린아이가 얼마나 정확하지 색깔을 기억하는지에 대해서는 좀 의문스럽고, 특히 해당되는 사람에 대한 감정이 아주 복잡한 경우에는 더더욱 그럴 것이다. 그래서 나는 내 머리색이 진짜로 애너베스 기스킨과 같은 색인지 잘 모르겠다. 유일하게 남아 있는 어릴 적 언니들과 그 여자의 사진은 흑백이고, 그 여자가 나중에 이미 서른이 다 된 친딸들과 다시 연락을 주고받기로 한 무렵 그 여자의 머리는 백발이 다 되어 있었기 때문이다. 어쨌든 나는 빨강 머리에 주근깨 피부이고 그래서 앨리슨 언니의 적갈색 곱슬머리를 샘내곤 했다. 범블 앤드 범블에 약간만 의지하면 그런 머리쯤은 금방 내 것이 된다는 것을 깨달았을 때까지는 그랬다. 아무튼 내 머리는 빨간색이고, 염색약 한통으로도 바꿀 수 있는 머리색을 가지고 개인의 성격 전체를 판단하고 나서는 엉터리 짓에서 못 벗어나서인지, 나 역시 짙은 머리색을 하고 태어난 이사벨을 보고 흠칫했던 것이다.

손을 잭의 배 위로 미끄러지듯 올리자 그가 신음소리를 냈다. 그렇지만 좋아서 내는 신음이 아니다.

그는 한 손을 뻗어 내 손을 멈추고는 말했다. "여보, 내가 이런 말을 한다는 게 나도 믿어지지 않지만, 오늘밤은 나 못할 것 같아. 윌리엄 때문에 너무 놀랐나 봐. 미안해. 괜찮겠어?"

잭의 배 위에 놓인 그의 손바닥 아래로 손을 편히 맡기며 군살이 있나 없나 느껴보며 지그시 누른다. "당연하지." 이렇게 말하니 긴장은 풀렸지만 그것도 잠시였다. 지난 3개월간의 사막 같던 성생활 끝에 내가 먼저 접근했는데 거절을 하신다? 지난 3개월간 눈 감아 준 줄도 모르고 나 모르게 샤워실에서 혼자 해결하더니 이제 와서는 내 손길을 거부하겠다고? 우리가 함께 산 지 2년이 조금 못 미치는 시간 동안 잭이 섹스를 거절한 건 이번이 처음이었다. 우리가 만난 이후 첫 섹스에서부터 그것은 우리 둘의 관계에서 가장 중요한 중심 중 하나이자 모든 것의 균형을 이루는 지렛대 같은 것이었다. 그렇다고 우리의 사랑이 흔히들 육체적인 열정은 중요한 게 아니라고 말하는 커플보다 깊이가 덜하고 덜 진실하다는 소리가 아니다. 수도원장 아벨라르와 수녀원장 엘로이즈는 서로에게 성경을 읽어주고 시나 지어 바치는 플라토닉한 연인으로 머무는 것에 만족하지 못했다. 그 반대였다. 그들은 서로의 순결한 육체를 황홀하게 탐닉하며 파문의 위험을 무릅쓰고 교회의 권위에 맞서다 끝내 정욕의 이름으로 자신들의 고환을 희생시켰다. 뭐, 엄밀히 말하자면 남자의 고환이겠지만. 잭과 나 역시도 마찬가지다. 순결한 육체라는 부분만 제외하면 말이다. 그리고 거세 부분도 제외하고. 그리고 파문 부분도. 물론 윌리엄이 정통파 유대교로 개종하는 더 성공이라도 한다면, 크라운 하이츠에 있는 정통파 유대인들과 합세해서 자신의 삶을 망쳐놓은 주범인 우리부터 교단에서 몰아내려 들지도 모를 일이지만.

우리가 성적인 것을 중시하는 관계로 발전해 나간 데에는 말할 것도 없이 잭과의 섹스를 거부했던 캐럴린과 관련이 있다. 윌리엄이 태어나기 전부터 캐럴린은 유대인 특유의 리비도에 사로잡혀 그녀의 늘씬하고 멋진 몸에 속을 태우던 잭의 접근을 거부했다. 그래서 항상 잭과는 팔 길이만큼의 거리를 유지했다. 2년의 결혼생활 끝에 윌리엄이 태어났고, 결혼하기 전에도 2년간 동거를 했지만, 그 4년 동안 관계를 가진 적은 정말이지 몇 번에 불과해서 잭은 섹스한 것을 매번 일일이 기억할 수 있을 정도라고 했다. 윌리엄이 태어난 이후로는 사랑을 나눈 적이 없기 때문에 아무 기억이 없다고 했다. 그녀가 임신한 것을 끝으로 두 사람은 섹스를 하지 않았다.

잭은 내게 말하기를, 캐럴린은 잭이 섹스를 요구하는 것을 경멸했고, 그런 잭 자체도 경멸했다고 한다. 캐럴린은 그럴수록 잭이 한심해 보인다고 말했다는 것이다. 그녀가 왜 사랑을 나누길 거절하는 거냐고 묻자 잭은 아이를 낳고 난 후에 직장과 윌리엄을 돌보는 일로 몹시 지쳐서 그런 것 같다는 것이었다. 그러면 그 전에는? 캐럴린은 잭을 사랑했지만 그의 몸의 뭔가가 그녀에게 불쾌감을 주었다고 했다. 그리고 그건 잭의 작은 체구 탓이라며 캐럴린이 고백을 한 적도 있다고 했다. 캐럴린은 잭이 마치 자기 몸 위에서 총총거리는 다람쥐 같다고 했단다. 내 생각에는 사실은 쥐라고 말하고 싶었던 것 같지만, 캐럴린드 차마 그런 비유를 들 만큼 몰인정하지는 않았던 게 아닐까.

잭이 오래 전에 이 모든 것을 이야기해 주었을 때, 그리고 우리가 처음으로 사적인 관계를 시작했을 때, 즉 내가 그의 삶에 대해 자세히 알고 싶어서 그리고 그의 모든 비밀들을 들어주는 사람이 되고 싶어서 그의 결혼생활에 대해 계속해서 캐묻던 그 시절에, 얘기를 듣고 난 나는 잭의 몸을 발목부터 머리 꼭대기까지 핥아 주었다. 나는 그의 몸 위에 걸터앉아 팔로 그의 목을 감싸며 그는 내가 본 가장 아름다운 남자라고, 튼튼하고 강하며 너무 섹시해서 회사 편지지에 적힌 그의 이름을 보기만 해도 나를 젖게 만든다고 그의 귀에 속삭였다. 바로 잠시 후 호텔 베개와 침대보가 바닥에 팽개쳐 있는 맨 침대 위에 땀에 젖어 기진맥진한 채 함께 누워 있으면서 나는 대체 왜 그런 여자랑, 그를 갈망하지 않던 그런 여자랑 결혼했냐고 물었다.

그는 잠시 생각하더니 어깨를 으쓱이며 말했다. "서로 사랑했으니까."

이제 나는 그의 늘어진 물건 바로 윗배에 손을 얹어놓고 그의 옆에 누워 있다. 나도 캐럴린처럼 섹스에 냉담하고 내 남편에게 별다른 감흥을 느끼지 못하고, 한때는 모든 것이었던 열정에 무관심해져 버린 것은 아닌가 싶어 두려웠다. 더 무서운 것은 남편을 눈곱만치도 원하지 않던 그 여자가 이제는 그 남편이 나를 전혀 원하지 않게 만드는 게 아닌가 하는 것이었다.

"잭?"

"왜."

"다시는 아이를 빗속에 데리고 나가지 않는다고 약속할게."

"응, 고마워."

"전화로 택시를 부른다고. 우산을 다시는 잊어 먹지 않겠다고 약속할게."

"고마워."

"사실, 작은 플라스틱 재질의 우비랑 보닛도 같이 맞춰 입을까 해요. 접으면 주머니에 쏙 들어가는 그런 거 있잖아. 윌리엄하고 소나기가 쏟아질 기미만 보여도 그걸 입고 나가려고."

그가 건성으로 웃는다.

"당신 것도 하나 사 줄까? 당신도 작은 방수용 보닛을 쓰면 정말 멋져 보일 거 같아."

"그래, 그럼 하나 사줘."

그에게 부드럽게 키스하며 그의 입술 사이로 혀를 던져 넣었다. 그러고는 이렇게 말했다. "더 잘할게, 잭. 약속해."

"그럴 거라는 거 알아." 그는 이렇게 말하며 나를 자기 팔에 포근히 안았다.

한 주 건너 한 번씩 윌리엄이 우리와 함께 지내는 주말이면 잭은 사무실에 나가지 않는다. 잭은 거의 강박증에 가깝게 그의 소송 건이나 화상 회의, 증언 청취, 선서 증언 등을 세심하게 조율하는데, 격주로 돌아오는 금요일 정각 다섯 시에 윌리엄을 데리고 오고 싶어서 그러는 것이다. 그러나 이번 금요일 저녁에는 5번가 1010번지 예전 아파트 복도에 어색하게 서서 윌리엄이 스테고사우루스 책가방에 필요한 것들을 다 챙겨 넣었는지를 확인하고 있어야 할 시간에 잭은 휴스턴의 조지 부시 국제공항에 있었다.

"이해가 안 가." 난 그에게 말했다. "거기 텍사스라며. 거기 무슨 눈이 있다고 갇혀?"

"내가 눈에 갇힌 게 아니라 여기로 오는 비행기가 덴버에서 눈에 갇혀 있다고. 그리고 내일 아침까지는 다른 비행기 편이 없대. 당신이 윌 좀 데리고 와 줘."

나는 사이먼과 민디를 만나 영화를 보기 위해서 택시를 잡아탔고, 이미 공원을 지나 시내로 향하는 중이었다. 그 둘은 내가 저녁식사 자리에 참석해 주길 바라지만, 저녁식사란 곧 대화의 시간을 의미하고 내 턱은 마구 떠들어 대기엔 너무 지쳐 있었다. 게다가 오늘 오후에는 페어웨이의 수입 치즈 상점 앞에서 임신한 두 여자가 자기들 배꼽이 튀어나온 모양을 비교하고 있는 걸 봤고, 늘 그래왔듯이 난 울어버렸다. 혼자 좀 있고 싶었다.

"윌리엄을 '데리고 오라'는 게 무슨 말이에요? 나는 윌리엄을 데리러 가면 안 되잖아. 그 인간 아파트론 못 간다고요. 그 인간이 있는 건물 로비에도 못 가고. 5번가에 가는 일 자체가 금지라고."

"올라가지 않아도 돼. 그냥 도어맨한테 윌리엄 때문에 왔다고 말만 해. 캐럴 린이 애를 내려 보낼 거야."

"안 그럴걸. 완전히 기겁을 할 거라고. 나보고 애한테 호흡기 감염이나 걸리게 만든 가학성 잔소리쟁이라잖아. 기억 안 나?"

"당신이 캐럴린을 볼 일은 없을 거라니까. 게다가 다섯 시도 아니고. 어쨌든 그 사람한테 메시지는 이미 남겨놨어."

"퍽이나 도움이 되겠네. 소냐한테 좀 데리고 오라고 해봐."

"오후 내내 소냐나 캐럴린하고 연락이 안 돼. 그러니 당신이 좀 가 줘야 할 거야, 에밀리아."

"부재중 메시지라도 남겨 놨어야지?"

"당연하지. 여러 번 남겼어. 그런데도 전화가 안 와."

"하지만 난 지금 영화 보러 가는 중이란 말이에요." 대답을 들을 가치도 없는 말이었고 아무 대답도 못 건졌다. 야비하달 정도로 마지막 발악을 시도했다.

"내가 계속 소냐한테 연락을 해보는 건 어떨까? 아니면 커럴린한테라도. 그러다 보면 둘 중 하나랑은 연락이 닿겠죠."

"난 지금 이 빌어먹을 휴스턴에 갇혀 있다고, 응? 최대한 빨리 갈게. 아침에 일어나자마자 제일 먼저 갈게. 열 시까지. 아니면 늦어도 정오까지는 갈게. 제발 이 부탁 하나만 좀 들어줄 수 없을까? 캐럴린한테 가서 윌리엄을 집으로 데리고 오기만 하면 되잖아? 당신이 원하면 애한테 그냥 DVD 하나 틀어 주면 되잖아. 비디오 투 고에 전화해서 마이크로코스모스 DVD 갖다 달라고 해 봐."

"윌리엄은 텔레비전 못 보게 돼 있잖아. 텔레비전은 아이들이 주의력결핍장애에 걸리거나 폭력적인 성향을 지니게 된다며."

"에밀리아, 제발!" 이사벨이 죽은 뒤 처음으로 그의 목소리가 높아졌다. 그걸 보니 통쾌했다. 드디어 그의 지칠 줄 모르는 참을성을 시험한 것이다. 침착하고 사랑이 담긴 마음으로 배려만 해왔던 잭이 드디어 동요한 것이었다.

"미안해요." 내가 말했다. "내가 데리고 올게. 당연히 내가 가야지."

"제발 늦지 말아 줘."

그의 부탁 속에 캐럴린의 잔소리가 메아리처럼 묻어났다.

"지금 바로 그리로 갈게."

"사랑해, 응."

"행선지가 바뀌었네요." 택시 운전기사에게 말했다. "다시 좀 올라가야겠어요. 이스트사이드 5번가 82번 거리로 가 주세요."

전화를 끊고 나서야 비로소 잭이 오늘 밤, 아니면 내일 아침까지 집에 없을 거란 사실을 깨달았다. 오전 내내 윌리엄하고 어떻게 같이 있어야 하나? 침대에서 혼자 하룻밤을 더 보내야 한다니 그게 더 싫다. 요샌 자기 전에 앰비언 두 알을 꼭 복용하는데 오늘밤을 버티기엔 양이 너무 많은 건지 아니면 좀 모자란 건지 대중을 못 잡겠다. 한밤중이나 심지어 가장자리가 죄의식으로 물든 어스름한 새벽녘에 깨어날 위험을 감수하기는 싫다. 이사벨은 새벽녘에 죽었다. 아니 그건 사실이 아니다. 이사벨이 죽었다는 사실을 내가 새벽녘에서야 안 것이었다.

나는 택시 차창 너머로 공원의 어두운 나무들을 바라보면서 우리가 집에서 한 가족이었던 그날 밤을 생각해 보았다. 병원에서 아기를 데리고 온 흥분이 가라앉은 다음 우리는 좀 일찍 잠자리에 들기로 했다. 잭이 이사벨이 탄 그네 의자를 흔들어 주는 동안 난 샤워를 했다. 뜨거운 물줄기 아래 서 있자니 통증이 밀려오면서 젖꼭지 부분이 쓰려왔고 아랫부분과 옆 부분이 무르고 멍울져 있던 젖가슴이 단단해지기 시작했다. 물 밖으로 나올 때 즈음에는 가슴이 큼지막해져 있었는데 둥그렇고 무겁게 거추장스러운 것이 마치 살로 만든 천으로 덮어놓은 볼링공 같았다. 젖꼭지는 엄지손가락만 하게 길고 두툼해져 있었다.

"젖이 나오려나 봐." 나는 잭에게 소리쳤다. "그리고 너무 아파."

나는 앨리슨 언니가 준 수유구멍이 있는 흰색 면 나이트가운을 입고 이사벨이 있는 방으로 갔다. 잭은 아기의 입에 자기 새끼손가락을 가져다 대고 있었다. 그는 나를 보며 미소를 지었다. 벨벳 같은 그의 눈 가장자리는 주름져 있었고 입술은 아기 입술과 똑같은 모양이었다. "잘됐네. 이 아가씨가 배가 고프거든." 그가 말했다. "제 엄마를 벌써부터 찾네." 펠리시아가 가르쳐 준 대로 우리는 병원에서 아기에게 어떤 젖병도 못 물리게 했다. 이사벨은 태어난 뒤로 설탕물 한 모금조차 입에 대지 않은 것이다. 아기가 입 안 가득 넣은 것은 모두 내 가슴에서 나온 것이었다. 순수하고 황금빛 나는 초유였다.

아기를 잭에게서 받아들고 침대로 데리고 갔다. 나이트가운을 벗고 침대 안으로 들어가서 펠리시아가 준 수유 지침서대로 자세를 잡은 다음, 병원에서 이미 해봤는데 너무나 쉬웠던 젖먹이기 준비를 했다. 이사벨과 난 환상의 젖 먹기 짝꿍이었다. 너무 쉬웠고, 너무나 자연스러워서 흠 잡을 데가 없다며 펠리시아는 자기 수유 도우미 앨범에 넣겠다고 사진을 찍어갔을 정도다. 그런데 이제 이사벨은 자기 입술을 내 튀어나온 젖꼭지에 부딪치면서 꼭 드럼같이 생긴 내 젖꽃판에 입을 대려고 애를 쓰다가는 울어 버렸다. 그 후 세 시간을 이사벨에게 이 가슴에서 저 가슴으로 바꿔가며 물려도 보고 '모유 수유 바이블'과 '수유하는 엄마의 동반자'와 같은 책들을 뒤적여 가며 가슴 조직을 부드럽게 하느라 손으로 계속 젖을 주물렀다. 펠리시아의 자동응답기와 라 레체 리그 핫라인에 울먹이며 메시지들을 남기고, 뜨거운 물로 샤워도 해보고 따뜻한 압착기와 얼음 팩으로 가슴을 눌러도 봤다. 이사벨은 계속해서 한때는 따뜻한 위안이 졸졸 흘러나왔지만 이제는 울혈이 맺혀 고통만 주는 부분과 고군분투하고 있었다. 딱딱해진 가슴은 아기의 접근을 불허했다. 꼭 끌어안고, 행복하게 쫀 붙어서 젖을 빨게 해주는 가슴이 아니라 얼굴을 부딪쳐 울음을 터트리게 하는 가슴이 돼 버린 것이다. 11시쯤에는 아이보다도 내가 더 크게 울고 있었고, 새벽 1시가 다 돼서 잭이 라 레체에 소개된 수유 상담가와 통화가 되어 1000달러를 드리겠으니 제발 곧장 와달라고 부탁했다. 그 여자는 아침에 일어나자마자 오겠다고 약속하면서 나더러 더운 물로 목욕할 것을 권했다.

새벽 1시 45분에 젖과 눈물로 물이 뿌옇게 될 정도로 목욕을 마치고 났더니 그제서야 이사벨이 젖을 물었다. 아기는 십분 후에도 여전히 젖을 빨고 있었다. 잭이 말했다. "좀 뒤로 기대도 될 것 같은데."

"조용히 해요." 내가 속삭였다.

우리는 침대 가장자리에 걸터앉아 있었다. 나는 등을 구부린 채 왼팔로 이사벨을 높이 떠받치고 있었다. 오른손으로는 내 젖가슴을 눌러 아기의 작은 콧구멍에서 떼어놓고 있었다. 아기는 입을 크게 벌린 채 한 모금 빤 다음 잠시 입술을 모았다가 삼킬 때는 꼴깍이면서 리듬감 있게 젖을 빨고 있었다. 우리는 꼼짝도 않고 거의 20분을 그렇게 있었다. 그러더니 갑자기 아기가 젖가슴에서 입을 뗀 채 마구 울어 대기 시작했다. 난 아기를 반대쪽으로 급히 옮겨서 이번에는 오른 팔로 아기를 받치면서 반대 방향에서 아까와 똑같은 자세를 취했다. 끙끙대면서 자리를 잡더니 아기는 행복한 듯 꼴깍이기 시작했다. 몇 분 있다가 나는 천천히 침대머리로 움직였다. 아기가 움직이거나 뒤척이는 게 느껴지면 얼른 멈추었다.

"팔 밑에 베개라도 받쳐 줄까?" 잭이 속삭이며 물었다.

나는 고개를 가로저었다. 아주 천천히 침대머리에 기대면서 반쯤 누웠고, 이사벨은 옆에서 내 팔오금에 웅크린 채 매트리스에 뉘어져 있었다. 나는 계속해서 왼손으로 가슴을 눌러 아기 코에서 떼어놓고 있었는데, 이는 내가 왼쪽 팔꿈치를 공중에 든 채 뒤집어 누워 있는 자세였단 소리다.

"정말 괜찮아?"

"난 괜찮아요." 내가 속삭였다. "불 좀 꺼줘요. 아기가 잠든 것 같아."

우리가 잠에서 깼을 때는 세 시간이 흐른 뒤였다. 내 오른팔 안에서 이사벨은 내 몸 가까이 안긴 채 아까처럼 누워 있었다. 내 왼팔은 내 허리춤으로 척 떨어져 있었다. 이사벨은 내 가슴에서 떨어져 나갔고 입은 봉긋이 벌어져 있었다. 창문으로 비치는 어스름한 빛으로 나는 아기의 혀끝이 한쪽으로 마치 작은 분홍색 새우처럼 말려 나와 있는 것을 간신히 볼 수 있었다. 아기가 얼음장처럼 차가웠다. 나는 깃털이불을 아기의 뺨으로 끌어당겨 올리고는 손으로 아기의 한쪽 손을 비벼줬다. 아기 손이 빳빳하게 굳어 있었다. 아기의 손을 내 손 위에 얹고 굴려보아도 아무 미동이 없다. 나는 침대에서 일어나 앉아 엄지와 검지로 아기 뺨을 잡아 보았다. 몸을 구부려 아기의 입을 살폈다. 그리고 난 비명을 지르기 시작했다. 사실일리가 없다는 걸 잘 안다. 그렇지만 난 침대 위에서 천장 가까이까지 붕 떠서 비명 지르는 나 자신을 내려다 보고 있었단 것과 깊은 잠에서 깜짝 놀라며 깨어나 자기 쪽 스탠드를 넘어뜨리며 넘어와서는 내 쪽 스탠드를 얼른 켜던 잭을 본 기억이 난다. 그 사람이 침대 위에 엎드려서 이사벨의 입과 코에 자기 입을 크게 대고 아기의 폐에 공기를 불어넣고, 나는 그 옆에 무릎을 꿇고 손을 뺨에 갖다 댄 채 손톱으로 눈 밑의 살갗을 찌르면서 입을 벌리고 내 귀에는 들리지 않는 비명을 지르고 있었던 것도 기억이 난다.

잭은 움직이지 않던 이사벨의 입 속에 숨을 불어넣으면서 한 손으로는 전화기를 찾아 더듬었다. 911번을 누른 다음 전화기를 내게 밀어 건넸다. 무슨 말을 했는지는 기억나지 않는다. 내가 충분히 또박또박 말을 했었다고는 믿을 수 없지만 어떻든 그 사람들은 알아들었다. 이반이 그 사람들을 아파트에 들여보냈던 것 같지만 확실하지는 않다. 서로 다른 유니폼을 입은 사람들이었다. 경찰관, 긴급구조원들이었고 내 기억에는 소방대원들도 있었던 것 같다. 그 사람들은 크고 힘 센 손으로 우리를 침대 밖으로 밀쳐내고 아기 위로 모여들었다. 그중 한 명이 매트리스에 무릎을 기대고 몸을 앞으로 기울였고, 나는 그의 밑창이 두꺼운 신발바닥을 쳐다보고 있었다. 바닥 깊숙이 분홍색 껌 한 조각이 붙어 있었다.

껌을 밟았던 그 구조대원은 몸을 일으켜서 우리에게 말했다. "유감스럽습니다만, 아기가 죽은 것 같습니다."

내 몸은 다시 한 번 천장까지 뛰어올랐다. 내 자신을 내려다보면서 일종의 냉정하고, 나름대로 분석적인 호기심을 가지고 내가 대체 언제 나이트가운을 입은 건지에 대해 궁금해했다. 그리고 흥미로운 것은 실제로는 방바닥으로 넘어진 것이었는데도 몸이 꿰뚫리는 것 같은 참을 수 없는 통증을 느꼈다는 사실이다. 나는 나이트가운을 다리 주위에 휘감은 채 침실 카펫 위에 누워 있는 자신을 바라보았다. 잭은 얼굴을 곤혹스럽게 찡그린 가운데 눈썹을 찌푸리고 입을 꽉 다문채 있었다. 이것은 그 이후로 여러 번 기억하게 될 표정이었고, 아주 드물게나마 우리가 그 잿빛 새벽에 대해 감히 생각해 낼 수 있었던 때에 얘깃거리로 삼은 그 표정이었다. 잭은 그 표정을 기억해 내면서, 가끔은 기억할 수 있다고 말하기도 했고, 또 가끔은 내가 무슨 말을 하는지 모르겠다고 말했다. 그러면서 그것은 혼란스럽고 도저히 일어날 수 없는 결과를 가져온 일련의 상황을 이해할 수 없을 때 나타나는 표정이라고 대답했다. 그러면 나는 언제나 당연히 혼란스러웠을 거라며 그를 이해한다고 말해 주었다. 그러나 내가 볼 때 그건 분명히 비난의 표정이었다. '어떻게 이런 일이 생기게 할 수가 있어?' 아니면 심지어 '에밀리아, 대체 무슨 일을 저지른 거야?' 라며 나를 책망하려 드는 그런 표정이었다.

방 저 높은 곳에서, 무릎을 꿇은 잭이 나를 자기 무릎 위로 끌어당기는 것을 보았다. 내 이름을 계속해서 부르던 입술의 움직임도 보았다.

내 귀에는 아무 소리도 들리지 않았다.

Chapter 13

어퍼 이스트사이드의 도어맨 복장은 이반의 복장보다 더 화려하다. 외투의 천은 더 빳빳하고 두 줄로 된 동색 단추는 훨씬 더 반짝이며, 금색 술은 어깨 패드의 깃 부분에 몇 배는 더 많이 감겨 있다. 이반도 이런 화려함이 어울리는 자리를 원하는 건 아닐까 궁금해진다. 어쩌면 이런 건물들 모두에 이력서를 넣어놓고 센트럴파크의 좀 더 우아한 구역에서 불러 주길 기다리는 중일지도 모른다.

캐럴린의 도어맨이 택시 문을 잡아 주자 택시에서 내렸다. 으리으리한 정문까지 깔려 있는 레드카펫 위를 사뿐히 걷는 게 아니라 무턱대고 저벅저벅 걸었다. 캐럴린이 십중팔구 사무실에 있을 가능성이 높다는 것을 알면서도 건물에 들어서기가 두렵다. 그 여자가 호신용 스프레이로 표시해둔 영역 안에 발을 들이고 있다고 생각하니 창자가 조여 왔다.

반쯤 걸어 들어가고 있는데 도어맨이 내 어깨를 두드리며 말했다. "여보세요 미스, 윌리엄을 찾고 계신가요?"

안타깝지만 이반에게는 희망이 없는 것 같다. 이반도 이런 경쾌한 아일랜드 사투리 실력이 있었으면 좋았을 텐데 그렇지가 못하니 말이다.

"네?" 내가 말했다.

"윌리엄 울프 군을 데리러 오셨습니까?"

"아, 네."

"윌리엄과 소냐가 쓰리 베어스 놀이터에서 아가씨를 기다리고 있습니다. 79번 거리, 메트로폴리탄 박물관에서 바로 남쪽 방향으로 있습니다."

"그 사람들이 뭐라고요?" 지금은 어둑어둑하고 날씨가 춥다. 그리고 해가 저물고 있다. 시계를 보니 5시 5분 전이다.

"놀이터에서 당신을 기다리고 있습니다. 5번가를 따라서 네 블록만 내려가시면 있습니다."

"왜 여기 로비에서 기다리지 않고요?"

도어맨은 어깨를 으쓱하며 건물 입구와 내 사이로 걸음을 옮기고 나는 그가 날 건물 안으로 들여보내 주지 않을 거란 사실을 깨달았다. 대체 누가 이 남자에게 내가 잠재적인 위험인물이며 호두까기인형과 같은 차림을 한 그가 지키는 이 우아한 궁전에 위협이 될 거라고 말한 걸까? 갑자기, 그리고 그저 못 들어가게 한다는 바로 그 이유 때문에 건물 안으로 들어가고 싶어졌다. 박차고 달려 그의 옆을 빠져나간 다음 로비로 뛰어 들어가서 화분의 야자수 잎이나 중국음식 메뉴판을 집어 챙겨 침입 작전이 성공했음을 알려줄 전리품으로 삼는 건 어떨까 하고 생각해 보았다. 하지만 현실에서의 난 그에게 고맙다는 인사를 한 다음 급히 놀이터로 향했다.

공원을 따라 걷고 싶어서 길을 건넜지만 곧 바보 같은 결정이었음이 드러났다. 관광객들로 가득한 메트로폴리탄 박물관 앞을 헤치고 지나가야 하기 때문이다. 왜인지 모르지만 굳이 길가 모퉁이까지 가서야 스카프와 코트를 걸치기 시작하던 젊은 사람들 한 무리와 마치 파드되를 추듯이 초조하게 걷던 와중에 '저항 또 저항'이라는 문구의 티셔츠를 입은 사람을 보며 저런 사람은 애인감으론 정말 아닐 거라는 확신을 했다. 마침내 그들 옆을 빠져나왔다.

"다섯 시예요." 윌리엄이 말했다. 아이는 벤치에서 소냐랑 나란히 앉아 있고, 스테고사우루스 가방은 무릎 위에, 덮개로 싼 부스터 시트는 발밑에 두고 있었다. "놀이터는 다섯 시에 문 달아요. 지금 여기에 오는 건 불법이에요. 우린 잡혀갈 수도 있어요."

수갑이 채워져 체포되는 윌리엄의 모습을 상상하자 웃음이 나올 뻔했으나 억지로 참았다. "다섯 시 넘어서 공원에 있는다고 사람을 잡아가지는 않아." 내가 말했다.

"잡아가요."

"나도 어쩔 수 없었어. 택시가 너희 집 앞에 내려줬다고. 네가 거기 있는 줄 알았단 말이야. 이것도 최대한 빨리 온 거야. 옆을 한번 봐. 놀이터에 애들이 많지? 내가 볼 땐 아무도 잡혀갈 것 같진 않은데."

애가 알아듣게 설명하느라 나는 한쪽 팔을 휘저으며 말을 했다. 스리 베어스 놀이터는 센트럴파크 안에서도 제일 형편없는 곳이다. 곰 세 마리가 동상으로 세워져 있고, 쿠션을 깐 바닥 위에 무시무시하게 생긴 옛날식 정글짐이 있다. 철제 미끄럼틀이 있는 커다란 원형 모래밭과 어디로도 통하지 않는 사다리가 있다. 여기서 놀고 있는 아이들이 범죄자로 보이지는 않지만 그렇다고 재미있게 노는 것처럼 보이지도 않았다.

"카 서비스를 불렀어야죠. 카 서비스라면 기다려 줬을 거예요." 윌리엄이 말했다.

나는 한숨을 내쉬었다. "윌리엄, 모든 사람이 다 마음대로 카 서비스를 이용할 수는 없어. 모든 사람이 타운 카를 타고 시내를 돌아다닐 만큼 여유가 있는 건 아니라고."

소녀가 내 뒤에 조금 떨어져서 바라보고 있었다. 입술을 말아 올리는 걸 보아 분명 혐오감을 느끼고 있는 게 분명한데도 애써 온화한 표정을 유지하려 하고 있다. 소녀는 내가 알고 윌리엄도 알고 있듯이, 우리가 운전기사를 둘 만큼의 여유를 충분히 가졌다는 걸 알고 있다. 잭은 도시에서 다섯 번째로 큰 로펌이자 미국에서 제일 크고 돈이 많은 로펌 중 하나의 공동 파트너다. 경영자 중에서는 젊은 축에 속하고 수입도 내 아버지보다 세 배는 많을 것이다.

그러면서 내가 누굴 속이려 든 거지? 조심스럽게 꾸며낸 인색한 태도가 다섯 살짜리 꼬마에게조차도 사실은 너무 속 들여다보이는 기만이었던 것이다. 만약 아버지가 성적인 충동에 빠져 일상의 태반을 보내지만 않았더라도 우리 부모님은 좀 더 여유 있는 소득을 가지고 계셨을 테지만, 그렇다 하더라도 난 살아오면서 한 순간도 궁핍이란 걸 겪어본 적이 없다. 한때는 나도 웨이트리스를 하면서 한 곳에서 두 달 이상 붙어 있지 못하고 여기저기 전전한 적이 있다. 그때 다른 여자애 두 명과 함께 이스트빌리지의 침실 하나짜리 아파트에 살면서 일주일에 세 번은 라면으로 저녁을 때우던 일을 가난으로 칠 수는 없다. 신중하고 침착한 어투로 미루어 소냐는 가난을 경험한 것이 맞는 것 같다. 주린 배를 움켜쥐고 잠자리에 들 정도의 배고픔을 겪은 건지는 모르지만, 그녀는 4000마일을 건너와서 해질 무렵 매몰찬 추위 속에 이 끔찍한 놀이터에 서 있는 것이다. 어쨌든 오토 투시 플로하운드의 세일즈걸이 당신의 신용카드를 잘라 버리는 걸 보고 있거나, 로스쿨 입학시험 결과 통보를 기다리는데 전화 서비스가 끊겨 버렸다든가 하는 문제보다는 분명 훨씬 심각한 사연일 것이다.

"가서 놀아." 나는 윌리엄에게 말했다.

"뭐라고요?"

"여기 놀이터잖아. 가서 놀라고."

"놀기 싫어요. 너무 추워요. 그리고 깜깜하잖아요."

"일단 놀기 시작하면 안 추울 거야. 봐봐, 다른 애들도 안 추워하잖아. 다들 노느라 정신없지."

늦은 시간인데도 놀이터에는 생각했던 것보다 애들이 많고, 마치 오후의 어둑어둑해지는 햇살에서 마지막 몇 분까지 미친 듯이 쥐어짜려는 것처럼 애들이 노는 모습에는 필사적인 격렬함이 있었다. 윌리엄은 내가 자기를 5번가의 정글짐에 올라가 보라는 게 아니라 웨스트버지니아 탄광 속으로 석탄을 캐러 보내는 것같이 한숨을 푹 쉬었다. 그러더니 가방을 소냐한테 주고는 손을 코트 주머니에 넣고 먼지 위로 신발을 끌면서 끔찍한 시간을 보내기로 굳게 결심이라도 한 듯 아이들 무리로 걸어 들어갔다.

나는 윌리엄이 일어난 자리에 앉았다. 아이의 조그만 엉덩이가 생각했던 것보다 벤치를 더 따뜻하게 덮혀 놓았다.

"나는 놀이터가 싫어요." 내가 말했다.

"네?" 소녀가 말했다. 그녀는 일어서는 중이었는데 내 말을 듣고 멈칫했다. "놀이터 말예요. 나는 놀이터가 싫어요. 이제는. 내 말은, 이사벨이 죽은 다음부터 말이에요. 우리 아기 이사벨요."

그녀가 도로 앉았다. "이사벨이 그 댁 따님의 이름이라는 건 알아요."

문법책을 하나 사줘서 동사 시제 공부를 좀 더 하도록 해줘야겠다는 생각이 들었다.

소녀는 장갑 낀 손가락으로 깍지를 꼈다. 엷은 갈색 가죽에 털로 안감을 덧댄 소녀의 장갑은 꽤 예뻤다. 토끼털도 아니다. 밍크 아니면 하리털인 것 같았다. 그러나 손가락 부분의 덧감이 까매지고 솔기가 닳아 있는 것을 보아 아마도 캐럴린이 쓰던 것을 물려받은 듯싶었다.

소녀가 말문을 열기까지는 약간의 시간이 걸렸는데, 막상 말을 시작하자 그녀가 내 옆에서 나와 말을 주고받기로 신중한 결정을 내렸다는 게 감지됐다. 단지 기본적인 예의를 차리는 수준의 대화가 아니라 그 이상의 본격적인 대화를 나누기로 결심한 것이었다. "왜 이제는 놀이터가 싫어요?" 그녀가 이렇게 물었다.

나는 큰 소리로 한숨을 내쉬고 희미한 빛 속에서 거의 보이지 않는 놀이기구들과 그네를 향해 손을 흔들어 보였다. "저 아이들 모두, 특히나 아기들을 보면 이사벨이 보고 싶어져서요."

"아기들이 당신을 슬프게 하는군요."

"그냥 슬픈 게 아니라요. 내가 느끼는 건…." 잠시 말을 멈추고 2인용 유모차 한쪽에 작은 남자 아이를 태우고 다른 한 아기는 엉덩이에 받쳐 안고 있는 여자를 응시했다. 그 아기는 뜨개질한 방한복을 입고 있었는데 너무 두꺼워서인지 아기 다리가 꼭 조그만 소시지처럼 삐져나왔다. 여자 아기는 손을 사방으로 휘두르고 있고 엄마는 좀 더 큰 아이를 잡은 채로 아기의 몸을 흔들어 주고 있었다. "난 화가 나요." 내가 말했다.

"아기들을 보면 화가 나세요?"

"네. 알잖아요. 그런 거 있잖아요. 왜 저 아기들은 살아 있는 거지? 내 아기는 죽었는데." 나는 방한복을 입은 아기의 동그란 얼굴을 바라보았다. 너무 추워서 뺨이 빨갛게 터 있다. "그렇다고 아기들을 싫어하는 건 아니에요. 그 엄마들이 싫은 거죠."

"윌리엄!" 소녀가 불렀다. "그 장난감 꼬마한테 돌려줘."

큰 모래운동장 반대편에 윌리엄이 두 살도 안 돼 보이는 작은 남자아이 옆에 구부리고 있는 게 살짝 보였다. 윌리엄이 그 아이의 노란 불도저를 가지고 뭔가를 하는 동안 남자애는 안절부절못하며 앉아 있었다.

"고쳐주려는 건지도 몰라요." 소녀에게 내가 말했다.

"윌리엄은 다른 아이들의 장난감을 만지면 안 된다는 것을 압니다." 그녀가 말했다. "윌리엄!"

윌리엄은 불도저를 내려놓고 일어섰다. 꼬마의 머리를 쓰다듬어 주더니 놀이터의 다른 쪽으로 향했다.

"내 생각에 사람들은 뭔가 나쁜 일을 당하면 항상 슬퍼하고 화를 내죠." 소녀가 말한다.

"아마도요." 내가 말했다.

"내 생각엔 아이를 하나 더 가지면 되는 겁니다. 그러면 엄마들을 싫어하지 않을 겁니다. 엄마가 되시는 거죠. 자기가 엄마가 되었는데 다른 엄마들을 싫어하지는 않을 테니까요. 새로 태어난 아이도 죽길 원하진 않을 테니까요."

이 말을 통해 소녀에게 내 본심을 최대한 보여준 것이었는데, 여태껏 다른 사람들에게는 이 정도까지 털어놓은 적이 없었다. 내가 이 정도로 분노하고 있다는 것을 아는 사람들이 몇 명 더 있기는 하다. 내가 엄마들에 대해 어떻게 느끼는지 민디는 잘 안다. 그녀도 나와 같이 느끼고 있기 때문이다. 잭에게 이사벨 대신 다른 아기가 그렇게 되었더라면 좋았을 것이라는 말을 한 적이 있었다.

그러나 아이를 또 가질 생각이 눈곱만큼도 없다는 말은 누구에게도 한 적이 없다. 내가 아기를 또 갖고 싶지 않은 건 소냐의 말이 틀렸기 때문이 아니다. 내 말은 이사벨을 도로 살릴 수만 있다면 새로 낳는 아기는 죽어 버려도 좋다는 말이다. 만약에 갈퀴를 휘두르는 사탄과 괴상한 거래가 가능하다면, 이사벨만 도로 돌려받을 수 있다면 정말이지 천 번이라도 아기를 낳고 또 바로 죽일 수 있을 것 같다.

고개를 들어 보니 윌리엄이 앞에 서 있었다. "안내문에 놀이터가 날이 저물면 문 닫는다고 나와 있어요. 날 저문 지는 한참 됐고요." 아이가 말했다.

"알았어." 내가 말했다. "이만 가자."

"잘 가, 윌리엄. 월요일에 보자. 뽀뽀." 소냐가 아이의 뺨에 키스를 해주는데 아이는 내가 해줄 때보다 훨씬 더 상냥하게 받는다. 아이는 내가 판단하는 것 이상으로 예민한지도 모른다. 소냐는 성격은 엄한 편이지만 마음에서 우러나는 관심으로 아이를 예뻐한다. 그것을 알기 때문에 아이도 따뜻하게 반응하는 것이다. 내가 마지못해 애정을 보이는 것을 알고, 그래서 아이가 내 품안에선 뻣뻣하게 구는 것인지 모른다는 생각이 들어 겁이 났다. 그게 아니면 그저 나보다 소냐가 더 좋은 것인지도 모르고 말이다.

어깨에 가방을 걸치는 윌리엄과 나는 소냐가 공원을 빠르게 빠져나가는 것을 보았다. 우리는 그녀가 간 방향으로 따라갔다. 그녀는 5번가 위쪽으로 방향을 틀었다.

"소냐는 어디로 가는 거지?" 내가 물었다.

"자기 가방 가지러 가요. 공원에 가방 가져오는 걸 좋아하지 않아요. 그러면 가방에 신경써야 하고 그러면 나랑 놀아 줄 수가 없거든요."

"하지만 널 데려다만 주려고 온 거였잖아. 놀 시간도 없었을 텐데."

"우리는 아줌마가 늦을 거라고 생각했거든요."

"있잖아, 윌리엄." 나는 신호가 바뀌고 우리 쪽으로 차들이 쏟아져 오기를 기다리며 말했다. "아줌만 별로 안 늦은 건데. 네 아빠가 전화 주자마자 정말 빨리

127

온 거야. 그리고 너도 놀지 그랬니, 벤치에 가만히 앉아 있지 말고."

"나 배고파요." 윌리엄이 말했다.

이 아이는 한 치도 물러서질 않는다. "아이스크림은 어때?" 내가 물었다. "저녁으로 아이스크림선디 먹을까? 뜨거운 퍼지 얹어서? 세렌디피티 가본 적 있어? 거기가 최고야. 세렌디피티에 가면 네 머리 크기만 한 선디도 판단다. 얼린 핫초코도 있고 말이야."

윌리엄은 고개를 저었다. "나 유당불내증이에요."

"아, 저런." 내가 말했다. "내가 깜빡 했네."

"그 말은 우유 알레르기가 있다는 말이에요. 아이스크림은 우유 제품이고요. 아이스크림을 먹으면 난 많이 아플지도 몰라요."

"아, 그럼. 집에 가서 그냥 냉장고에 뭐 먹을 게 있나 볼까. 먹다 남은 중국음식이라도 말이야."

택시를 세우고 문을 연 다음 부스터 시트를 차안으로 던져 넣었다. 윌리엄이 내 겨드랑이 사이로 빠져나가서는 차에 올랐다. 운전기사에게 행선지를 말하려는데 윌리엄이 그동안 못 본 새로운 표정을 하곤 내 쪽으로 몸을 돌렸다.

"에밀리아, 세렌디피티에 가면 우유 안 넣은 선디도 팔까요?"

처음 보는 아이의 표정은 바로 희망이라는 것이었다. 그때는 미처 깨닫지 못했지만.

"잘 모르겠는데." 내가 말했다. 내 자신이 혐오스럽다. 윌리엄은 그저 어린아이일 뿐인데 난 너무 심술맞게 군다. 이런 내 잔인함은 곧 대가를 치르게 될 것이다. 금요일 저녁 5시 30분 세렌디피티 3 카페 앞에 늘어선 줄처럼 아이들로 난리인 곳은 뉴욕시 어디에도 없기 때문이다. 뿐만 아니라 그곳에서는 유제품 무첨가 아이스크림을 팔지도 않는다.

"2번가랑 3번가 사이 60번지요." 나는 운전기사에게 말했다.

"레인보 셔벗은 있습니다." 웨이트리스가 말했다.

"그건 우유가 들었어요. 셔벗에는 우유 들었어요." 윌리엄은 거의 공황상태였다. 아이는 스크롤 메탈 의자의 쿠션 위에 무릎을 올리고 고급 빅토리아풍 테이블에 팔을 괸 채 양 손을 벌려 끈적끈적한 메뉴판을 붙들고 있다. 추운 날씨임에도 이 자리를 차지하느라 거의 한 시간을 기다렸건만 윌리엄은 자포자기 상태였다. 아이는 그 한 시간을 우유를 넣지 않은 얼린 핫초코와 유당이 없는 아이스크림 선디 중 어느 게 나을지를 놓고 비교우위를 따지는 데 썼고, 그 시간에 나는 요가를 하듯 복식호흡을 하면서 같은 줄에 서 있던 가족들에게 눈길을 주지 않으려고 기를 썼다. 여종업원이 가게 안에는 유모차를 들여올 수 없다고 공지를 하는 바람에 우리 바로 뒤에 서 있던 가족이 좀 더 친절한 카페를 찾아 가버려 얼마나 다행인지 몰랐다. 그 가족은 세 발 달린 산책용 유모차에 4개월쯤 된 여아를 태우고 있었는데 아기가 이사벨과 너무 닮아 정말 참기 힘들었다. 윌리엄은 여종업원이 하는 말도 못 듣고, 나의 안도하는 표정도 못 본 게 분명했다. 윌리엄은 그날 변을 보지 못했기 때문에 변비일 가능성이 매우 높다며 바나나 스플릿에 있는 바나나를 먹어야 하나 먹지 말아야 하나를 놓고 모두에게 들릴 만한 큰 소리로 중얼대다가 제풀에 지쳤다.

"셔벗 먹어도 돼요?" 결국 윌리엄은 거의 울먹이는 소리로 이렇게 말했다. "셔벗 있어요?"

"아이한테는 얼린 핫초코로 주세요." 내가 이렇게 말했다. "그리고 바나나 스플릿 하나요. 땅콩 많이 넣어서요."

"나 못 먹어요, 에밀리아. 난 유당불내증이에요. 그러다 많이 아프면 어떡해요." 아이 얼굴이 창백하게 일그러졌다. 정말 아픈 사람 같다.

지금이야말로 윌리엄에게 넌 유당불내증이 아니라고, 지난번에도 치즈 케이크 큰 조각 하나를 몽땅 먹어놓고는 왜 그러냐고, 네 친할머니도 필로파이 안에 수시로 문스터 치즈나 그뤼예르 치즈를 넣으시고는 매번 페타 치즈라고 속이시더라는 얘길 해줘야 할 순간이 왔다. 나와 마찬가지로 네 할머니도 이젠 더 이상 그 우유 알레르기 타령에 속아 넘어가지 않을 거라고 말이다. 하지만 난 용감한 것과는 거리가 멀다. 그래서 대신 이런 말을 지어냈다. "여기 세렌디피티엔 락타이드가 있어. 너도 알지? 유당불내증 때문에 네가 먹는 약. 여기선 얼린 핫초코에도 그걸 뿌려 준대. 선디에도 뿌려 주고 말이야." 나는 주름 장식 앞치마를 두른 중년 웨이트리스를 돌아보며 말했다. "락타이드 가루 있으시죠? 추가로 돈을 더 내야 한다는 건 알지만. 뭐, 별로 상관없어요. 돈 좀 쓰죠, 뭐."

웨이트리스는 고개를 갸우뚱하더니 난감해하는 기색이었고 난 그 여자에게 애서 웃음을 지어 보이며 내 말에 따라 주기를 바랐다. 비록 의심스럽더라도 내 권위를 인정해 주어서 아이가 상상 속의 복통을 무릅쓰고 그걸 먹으며 즐거운 한 시간을 갖도록 하려는 나의 음모를 도와주길 바랐다. 윌리엄이 뭐라고 생각하든 난 있지도 않은 병이 가져올 터무니없는 위험성보다는 핫퍼지와 아이스크림, 휘핑크림과 버터스카치가 안겨 줄 기쁨이 더 크고 중요하다고 확신했기 때문이다.

"엄마는 락타이드 효과가 아주 좋다고는 생각지 않아요." 윌리엄이 말했다.

"날 믿어 보렴." 내가 말했다.

따라 하면 안 될 것 같은 불가능한 요구에 아이의 작은 어깨가 무거워졌다.

"어떤 아이스크림으로 드릴까요?" 웨이트리스가 물었다.

"윌리엄?"

"어, 초콜릿?" 아이가 말했다.

"세 가지 맛이 있습니다." 그녀는 참을성 없는 펜으로 메뉴판을 두드렸다.

"초콜릿, 초콜릿칩 그리고 쿠키도." 내가 말했다. "어때?"

윌리엄이 끄덕였다.

나는 웨이트리스에게 말했다. "요리사분께 락타이드를 특별히 잘게 갈아 달라고 전해주세요. 아이스크림에서 모래 씹히는 맛이 나는 일이 없게요."

"네." 그녀가 말했다. "그 쪽은 뭘로 하실래요?"

"난 핫퍼지 선디에 초콜릿칩 민트로 해주세요. 그리고 카페라테 한 잔. 저지방 우유로 부탁해요."

웨이트리스가 자리를 비우자 윌리엄이 말했다. "아이스크림하고 휘핑 크림을 먹을 거면서 커피엔 왜 저지방 우유를 넣어요?"

윌리엄은 프로즌 핫초콜릿을 몽땅 먹은 다음 바나나 스플릿마저도 거의 다 끝내가고 있었다. 그릇부터 수저 뒷부분까지 핥으며 손으로 유리 접시 주름 사이에 낀 퍼지까지 긁어 먹으며 녹아 버린 아이스크림도 빨대를 이용해 대형 청소기 못지않은 힘으로 빨아서 먹었다. 높다란 세로무늬 유리그릇에 몸을 너무 바싹 구부려서인지 유리그릇에 아이의 콧김이 서렸다. 아이가 오늘처럼 오랫동안 말을 하지 않은 적은 없었던 것 같다. 보통 윌리엄과 한 시간을 같이 보내면 마치 대학 강의실에서 키 작은 교수의 강의를 듣고 있는 것과 다를 바 없다. 하지만 지금은 아이의 숨소리에 따라 들리는 콧바람 소리, 빨대로 음료가 딸려 올라오는 소리 그리고 아이의 혀가 긴 금속 스푼을 핥는 소리가 들릴 뿐 아이는 일절 다른 말이 없이 조용했다. 윌리엄과 함께 있으면서 처음으로 편안함을 느꼈다. 선디를 먹고 커피를 마시며 아이가 퍼지와 캐러멜을 오렌지색 피케 셔츠에 흘리는 걸 보았다. 마침내 윌리엄은 폭식으로 인해 위장에 행여나 무리라도 올까 걱정을 하기 시작했고, 초승달처럼 생긴 그릇 밑바닥에 남아 있는 아이스크림 속에 바나나를 남겨놓았다. 아이는 상냥하게 그걸 내게 권했지만 나 역시도 상냥하게 거절했다.

다 먹고 나자 윌리엄의 뺨이 알록달록한 소스와 크림들로 미끈거리고, 배는 작고 동그란 드럼처럼 부풀어 올랐다. 우리는 자리에서 일어섰다. 길모퉁이에서 택시를 기다리는데 아이가 자기 손을 내 손 안으로 슬그머니 집어넣었다. 내 손바닥이 굳어지며 손가락이 떨렸다. 아이의 손에 장갑을 끼워주고, 깨끗이 닦아주고, 반창고를 붙여 주기는 했지만 이런 식으로는 한 번도 잡아 본 적이 없었다. 나는 아이의 작고 부드러운 손가락을 내 손가락에 단단히 끼워서 잡았다.

"끝내줬어요." 윌리엄이 말했다.

"이것도 비밀이야." 내가 말했다. "부스터 시트처럼 말이야."

아이가 올려다보며 내게 슬쩍 은밀한 윙크를 날렸다. "좋아요."

Chapter 14

다음 날 아침, 잭이 공항에서 돌아오자마자 우리는 조카의 생일 파티를 위해 앨리슨 언니 집으로 가는 택시에 다시 올랐다. 조카들을 좋아하지만 난 특별한 경우가 아닌 이상 언니네 식구들과 함께 시간을 보내는 걸 피한다. 언니들 중 앨리슨이 더 호의적이고 진지하여, 사람 대하는 게 루시 언니만큼 까탈스럽지가 않다. 하지만 독실한 신앙심을 갖고 자신의 이상에 따라 살아간다는 사실이 좀 따분하게 여겨질 수도 있다. 앨리슨 언니는 거만한 편이어서 잭은 그게 그린리프 집안의 전통이라고 말했다. 게다가 내가 아버지로부터 물려받아 정말 열심히 닦아온 자기 비하적인 유머감각을 앨리슨 언니는 물려받지 못했다. 그 때문에 언니가 확실히 나보다 더 참고 봐주기 힘든 사람이 되었다. 아니, 그거라도 사실이길 바랐다. 그렇지 않으면 말도 안 되게 자기중심적이 되었을, 이 고약한 성격을 다스리려는 게 아니라면 이러한 자아 비판이 다 무슨 소용이란 말인가?

윌리엄은 캐럴 가든스에 있는 언니의 집에 가본 적이 없다. 놀랍게도 아이는 룬디스 레스토랑이나 샬로테 러세 그리고 예전에 사라진, 지긋지긋하긴 했지만 여전히 애정과 그리움을 모두 받고 있는 다저스가 있는 이 동네에 한 발짝도 들여놓은 적이 없다는 믿기 어려운 말을 했다. 맨해튼을 나서며 난 아이에게 브루클린 다리를 걸어서 건너본 적이 없는 사람은 뉴요커라고 말하기 힘들다는 말을 해주었다.

"브루클린은 진짜 뉴욕이 아니에요." 아이가 말했다. 아기는 유당으로 즐긴 어제 저녁 만찬 이후로 아무런 후유증도 안 보이며 택시 뒷좌석 잭과 나 사이에 앉아 있다. 부스터 시트에 앉아 있는데 놀랍고 고마울 정도로 불평 한마디 않고 안전벨트를 맸다. 우리 사이의 비밀 거래를 진지하게 받아들인 모양이었다.

잭이 말했다. "아들, 그런 말에 문제가 있다고 시비 걸 사람은 한 250만 명 정도 될걸."

"하지만 사람들이 '뉴욕'이라고 말할 때는 맨해튼을 뜻하는 거예요. 브루클린을 말하는 거라면 '브루클린'이라고 해야죠. 퀸스나 브롱스, 스테이트 아일랜드, 뉴저지도 마찬가지고요."

"뉴저지는 뉴욕 지구는 아니지." 내가 말했다.

"그건 알아요, 에밀리아 아줌마." 윌리엄이 말했다. "나는 멍청한 아기가 아니라고요. 뉴욕에는 다섯 개 지구밖에 없다는 거 알아요. 그렇지만 아줌마는 가끔 뉴욕 출신이라고 말하잖아요. 사실은 뉴저지 출신이면서요. 뉴욕은 맨해튼을 말해요. 브루클린이 아니고요. 그리고 뉴저지는 진짜로 아니고요."

잭이 웃음을 삼키느라 쿡쿡거리면서 창밖을 가리켰다.

"봐봐." 그가 말했다. "뒤쪽을 보면 쌍둥이 빌딩이 어디 있었는지 볼 수 있단다."

"부스터 시트 때문에 뒤가 안 보여요." 윌리엄이 말했다. 그러고 나서 내게 우리끼리 통하는 눈짓을 보냈다. "하지만 괜찮아요. 난 내 부스터 시트에 앉아 있는 게 행복하거든요. 아주 안전해요. 6세, 60파운드, 그게 규칙이에요."

"60파운드." 내가 말했다. "그때쯤이면 아마도 네가 고등학생이 되어 있을걸, 뭐 어쨌든."

윌리엄이 킬킬거렸다.

"둘이서 뭘 가지고 웃는 거야?" 잭의 기분이 너무 홀가분하고 좋아 보여서 비닐 시트에서 2인치 정도 붕 떠 있는 사람처럼 보였다. 윌리엄과 내가 농담을 주고받는 것을 보고는 지난 2년여 동안 잭을 짓누르던 중압감이 갑자기 날개를 달고 차창 밖으로 날아간 것이다.

나는 윌리엄 너머로 몸을 기울여 잭의 얼굴에 코를 비볐다. "비밀이야." 이렇게 말하면서 수염을 안 깎아 까끌까끌한 그의 뺨에 키스했다.

잭이 너무 환하게 웃는 바람에 그의 뺨에 잡힌 주름이 내 입술에 딱딱하게 느껴졌다.

앨리슨 언니네 식탁은 수십 개에 달하는 베이글, 크림치즈가 담긴 매끈한 도자기 볼, 분홍빛 훈제 연어가 담긴 큰 접시들과 얇게 저민 생선이 가득 담긴 접시들의 무게로 삐거덕거렸다. 토마토와 붉은 양파 그리고 케이퍼도 있었다. 다채로운 색깔의 파스타와 스프레드 그리고 처음 보는 캐서롤 요리가 있었는데, 그건 내 생각에는 거실을 왔다 갔다 하던 짙은 피부의 가족들이 가지고 온 물건 같았다. 앨리슨 언니가 알고 지내는 친구들은 언제나 세심하게 선택된 다양한 피부색을 하고 있다.

언니는 코트를 받아들면서 접시를 주고는 식탁 쪽으로 우리를 밀어 넣었다. "닭고기를 곁들인 코코넛 밥은 꼭 먹어 봐야 해요." 언니가 말했다. "여기 메리베스 바발라루씨가 만든 건데 정말 맛있어요." 앨리슨 언니가 다이아몬드와 화살 문양이 있는 종아리 길이의 검정, 초록, 노란 색의 켄테 천 의상을 걸친 누르스름한 얼굴의 백인 여자를 가리켰다. 켄테의 다른 조각은 그녀의 머리에 둘러져 있었다. 그것은 그녀의 머리 꼭대기에 비스듬히 놓여 위태하게 높이 세워진 탑에 기대어 있었다. 그녀의 남편은 검자주색 피부에 한 쪽 눈 밑에는 그의 두툼한 아랫입술과 정확히 같은 색의 작은 분홍색 흉터가 나 있고, 다림질한 치노 바지에 흰 남방을 입었다.

"윌리엄, 엄청 컸구나!" 앨리슨 언니가 말했다. "먹을 것을 챙겨 아래층으로 가 보렴. 에마하고 다른 애들은 다 거기 있단다."

앨리슨 언니의 딸 에마는 아홉 살이다. 에마는 캐럴 초등학교 3학년이다. 물론 그 학교는 공립학교이고 그건 세금감면 혜택이 있다는 소리다. 언니의 큰아들 레넌은 올해 스터이브샌트 고등학교를 졸업할 예정이다. 한동안 언니는 인기 많은 고등학교에 진학하겠다는 아들 레넌의 결정에 골머리를 앓았다. 언니는 트레킹 교육에 반대하는 사람 중 하나다. 그런 방식은 수치화하는 것이 쉬운 특정한 지능을 타고나지 못한 사람들에게 낙인을 찍어 버리고, 증상류층에게는 불공평한 혜택을 준다고 믿고 있다. 그러나 레넌은 강 건너의 친구들과 함께 통학하기를 애타게 바랐고, 입학시험 점수도 그 지역 최고점에 속했다. 평소엔 '아직은 아니지만 조만간 임명될 판사' 이신 그린리프 여사의 결정에 끼어드는 법이 없던 형부가 아이의 편을 들어 주었다. 에마에 대해선 앨리슨 언니가 그런 위기를 겪을 일이 없을 것으로 보인다. 불쌍한 에마는 학습부진으로 학교에서 내주는 아주 단순한 숙제도 쩔쩔맨다. 작년 유월절, 와인 세 잔을 마신 후 보기 드물게 엄마로서의 불안감, 심지어 절망감에 싸여 있던 언니는 내게 딸애가 읽기를 절대 배우지 못할 것 같고, 아이의 학습장애가 영구적이라는 것이 판명날 것 같으며, 어쩌면 제일 기초적인 학습 환경에서조차 제대로 공부하지 못할지도 모른다며 걱정을 늘어놓았다.

언니는 자기가 가진 두려움과 맞서 싸우기로 단단히 결심한 것 같았다. 언니는 에마네 반의 학부형 자원봉사자이고, 이 생일파티에 모인 대부분의 어른들은 메리베스나 올라툰지 바발라루같이 모두 에마네 반 아이들의 부모들이다. 루시 언니는 참석하지 않았다. 이번 주말에 펜실베이니아 랭커스터에서 하키 시합이 있는 막내의 보호자로 따라갔다. 앨리슨 언니 말로는 루시 언니가 그 하키 팀 소속 남자아이 두 명의 아빠이자 이혼남인 코치에게 눈독을 들이고 있다고 했다. 이혼을 하고 나서 몇 년 동안 루시 언니는 축구 코치 두 명, 대학입학자격시험 (SAT) 교사 한 명, 그리고 지구과학 교사 한 명과 사귀었다.

윌리엄은 다른 아이들이 있는 지하실에 가려고 하지 않았다. 잭과 내가 앨리슨 언니의 남편 벤과 잡담을 하는 동안 아이는 우리 옆에 붙어 서서 피타 트라이앵글과 연한 색의 휴머스를 먹고 있었다. 벤을 보면 달걀 같다는 생각이 들긴 하지만 난 벤이 좋다. 그는 둥글둥글한 대머리이며 피부는 매끈한데 반점이 있다.

성격도 계란처럼 동글동글하다. 그와 가까워지기는 참 어려운데, 말을 해도 제대로 관심을 갖고 듣는지 파악하기가 쉽지 않다. 앨리슨 언니 말로는 유독 젊은 흑인 청년 고객들이 그를 좋아한다는데, 아마도 그에게서 동류의식을 느끼는 것 같다고 했다. 주름진 헐렁한 자루 바지를 너무 내려 입어서 식료품점을 털고 도망칠 때 뒤뚱대던 열여덟 살짜리 흑인 아이와 벤이 공유하는 점들이 많다는 게 믿기 힘들지만 그래도 일단 형부를 믿어 보기로 했다.

"일은 어때?" 벤이 잭에게 물었다.

"좋죠." 잭이 말했다. 잭은 절대 일 얘기를 언니나 형부 앞에서 하지 않는다. 이는 그가 상거래 전문 변호사라는 걸 부끄러워해서가 아니다. 잭은 단지 자기를 기업의 앞잡이로 바라보는 앨리슨 언니의 견해를 받아들이지 않는 것이다. 내가 언니를 비난 할 수는 없다. 이미 말했듯이 언니는 곧 자기가 세운 원칙의 화신이다. 언니는 로스쿨을 졸업한 이래로 쭉 가난한 사람들을 대리하는 공익 변호사로 일해 왔다. 그 이전에는 평화유지군으로 부르키나파소에서 우물을 파며 일 년을 보냈다. 앨리슨 언니네 가족은 유기농 음식을 먹는데 일부는 자기들의 정원에서 직접 기른 것이다. 언니의 자동온도조절기는 17도에 맞춰져 있고 자동차를 몰지 않는다. 언니의 생활방식을 내가 꼬투리 잡을 수는 없지만, 잭이 처음으로 자기 일을 설명할 때 언니의 얼굴에 드러난 경멸의 표정을 보면서 나는 참깨 소스로 버무린 차가운 면 요리를 언니 얼굴에 처발라 주고 싶었다. 아버지는 내가 같이 살기로 결정한 남자를 가족들에게 소개시켜 주려고 루시 언니, 앨리슨 언니, 그리고 벤 형부를 중국식당으로 불러 저녁을 함께 했다. 나는 아버지께 잭의 이혼 절차가 마무리되는 대로 그와 결혼하겠다고 말씀드렸다. 잭도 우리 가족으로부터 어느 정도 의심의 눈초리를 받을 것으로 각오했고, 그건 나이차뿐만 아니라 당시 그가 유부남이었기 때문일 것으로 생각했다. 하지만 그 이유가 소외받는 사람들을 위해 일생을 헌신하지 않는 변호사는 영혼을 파는 것으로 생각하는 언니 때문일 거라고는 상상도 하지 못했을 것이다. 언니의 눈에는 나와 아버지도 예외가 아니었다. 잭에게 미리 경고해 두었어야 했는데, 그에게 흠뻑 빠져 있던 나는 다른 누군가에겐 잭이 완벽하다고 생각되어지지 않을 수도 있다는 점을 미처 깨닫지 못했던 것이다.

잭이 최근에 맡은 합병 관련 사건에 대해 얘기할 때 앨리슨 언니는 냉소를 보내며 신랄하게 혐오감을 표출했다.

나는 이렇게 말했다. "어째서 돈 버는 것이 도덕적으로 비난받을 일이라고 생각하는 사람들은 모두 부잣집에서 자란 사람들인 거지?"

"어, 가만있어요." 잭이 말했다.

"아니야, 자기야, 괜찮아." 나는 이렇게 말했다. "언니, 언니는 정말 거지같이 잘난 척해. 알아? 잭은 언니 같은 어린 시절을 못 보냈어. 뉴저지에 있는 크고 좋은 집에서 자라지도 않았고 승마 레슨을 받지도 않았고." 언니는 열두 살 때쯤 잠깐 승마기수가 되고 싶어 했다. "잭은 용커스에서 자랐고, 고등학교 2학년 때 그나마 국세청에서 압류한 방 세 개짜리 집에서 자랐다고. 뉴욕주립대학 뉴 팔츠에 다닌 것도 학비면제로 받아 줄 곳이 거기뿐이라서였고, 컬럼비아 로스쿨에서는 전액 장학금을 받았어. 잭은 지금 200명쯤되는 시리아 사촌들한테 돈을 보내 주고 있고, 자기 어머니와 여동생한테 보스턴에 집도 사줬어. 그리고 뉴욕에 사는 어떤 이혼한 아빠보다도 더 많은 돈을 아동보호기금에 낸다고. 그러니까 잭을 좀 내버려 둬, 언니. 제발 이 사람 좀 내버려 두란 말이야."

잭은 젓가락으로 밥을 뒤적이며 그릇을 쳐다보고 있었다.

"어떤 일을 하는지를 보면 어떤 세상을 꿈꾸는지 알 수 있어." 앨리슨 언니가 말했다.

"그만, 얘들아." 아버지가 말했다. 아버지는 내 건너편에 앉아 계셨고 간장, 겨자 병 그리고 음식이 가득한 접시들이 수북이 쌓인 회전 쟁반 위로 애원하듯 손을 뻗치시는 것을 볼 수 있었다. "이건 가족 저녁 식사 자리이지 정치 토론회가 아니란다."

"앨리슨 언니하고 있으면 모든 게 다 정치 토론이 돼요." 내가 말했다. "개인적인 것이 곧 정치적인 것이라고 말하기만 해봐." 나는 언니에게 말했다. "식탁

너머로 새우 접시를 언니 셔츠 안에 부어 버릴 거야."

모두들 내가 농담을 한 것으로 받아들이려고 애써 웃음을 터뜨렸다. 남은 식사 시간 동안 우리는 마치 아무 일도 없었다는 듯이 행동했다. 나는 그린리프가의 끝없는 기죽이기 게임에서 이길 비장의 카드라도 되는 양 남자 친구의 노동자 계급 출신 증명서를 훈장처럼 자랑삼아 들먹였고, 그것은 오히려 잭을 더 창피하게 만들었다. 잭은 이제는 내 아버지를 빼고, 그리고 다른 가족들이 거기에 없을 때를 제외하고는 절대로 직장 이야기를 꺼내는 법이 없다.

잭이 말했다. "그쪽은 어때요, 벤? 최근에 좋은 사건 있었어요?"

"강간 사건이 있었지. 아마 신문에서 읽어 봤을 거야. 피해자가 자기 손가락을 잘라 버렸다고 알려져 있지."

"윌리엄, 아래층에 가서 다른 애들하고 놀려무나." 앨리슨 언니가 방 건너편에서 불렀다. "지금 위층은 어른들만 있는 곳이에요." 언니는 마법 같은 힘이 있다. 즉, 자기 집안에서 일어나는 어떤 대화도 정확하게 엿들을 수가 있다. 정말이지 언니의 애들이 그런 언니 때문에 좌절감을 느낄 만도 하다.

"아래층에는 가고 싶지 않아요." 윌리엄이 말했다.

"가 보렴, 윌." 잭이 말했다. "아이들은 다 아래층에 있어. 재미있을 거야."

레넌이 천천히 방으로 건너왔다. 분명히 제 엄마가 보냈을 거다.

"안녕, 윌리엄." 레넌이 말했다. "나 알겠니?"

"응." 윌리엄이 말했다. "존 레넌의 레넌."

"오, 맞아. 쪼그만 녀석이 존 레넌도 아네."

"우리 아빠가 가끔 스트로베리필즈에 데리고 가셔."

"멋진걸!"

"난 비틀스를 좋아하지 않아."

"아마 제대로 된 노래를 들어 보지 않아서 그럴 거야. '이매진'이란 노랜 들어 봤니?"라고 물으며 레넌은 내게 윙크를 했다. 애쓰는 게 보인다. 이 성격 좋은 남자아이가 말이다. "그거 끝내준다." 그리고 레넌은 놀랍도록 고운 고음으로 노래를 했다. "이매진 올 더 피플, 리빙 포 투데이…."

월리엄이 "이매진은 비틀스 노래가 아니야. 존 레넌 혼자서 다 썼거든" 하고 말했다.

"레넌하고 아래층으로 내려가렴" 하고 내가 말했다. "재미없으면 도로 올라와도 돼."

월리엄은 눈을 감고 입술을 꽉 깨물더니 고개를 끄덕였다. 아이는 아치형 문으로 레넌 형을 따라 나가고 우리는 애들이 퇴장하는 것을 지켜보았다. 겨우 열두 살 정도밖에 차이가 안 나지만 그 둘은 서로 너무나 다르다. 레넌은 194~5㎝의 덩치로, 그의 아버지가 알이라면 그는 갓 부화한 새끼다. 뚝 튀어나온 무릎과 널찍한 물갈퀴 같은 발에 파란색 헤어젤로 보호막을 친 부드러운 머리카락, 긴 날개 같은 양 팔은 서로 그 사이즈에 스스로도 놀란 나머지 움직임을 제어하지 못하는 것처럼 널찍한 몸통 옆에 붙어서 펄럭거렸다. 나이가 더 많은데도 레넌이 성장과 변화의 와중에 있어서 가장자리 윤곽이 흐릿한 미완성의 상태로 보였다면, 월리엄은 덩치는 앞으로도 계속 고만할 것 같으면서도 견고하게 완성된 틀 같은 특성이 엿보였다.

월리엄이 놀이방이라는 위험스러운 소굴로 들어가자 벤은 우리에게 자기가 맡은 사건에 대해서, 자기의 덜떨어진 고객에 대해서, 그리고 벤이 보건대 닭을 손질하다 실수로 집게손가락을 잘라 버린 것 같은 피해자에 더한 이야기를 늘어놓았다. 이 이야기를 벤 특유의 무심함으로, 마치 페넌트레이스에서 우승할 가능성이 물 건너 간 지 오래인 지루하고도 무의미한 메츠 경기에 대해 설명하듯 들려주었다. 나는 벤이 배심원들 앞에서도 이런 식으로 무미건조하게 말을 하는지, 혹은 바로 이런 무심함 때문에 배심원이 그렇게 자주 그의 의뢰인들을 무죄 방면시켜 주는 것인지 궁금했다.

"벤" 하고 앨리슨 언니가 방 너머에서 불렀다. "당신이 얼른 슈퍼에 다녀와야겠어요."

그는 한 손가락으로 달걀 같은 얼굴에 안경을 다시 쓰고 산만하게 고개를 끄덕이면서, 자신이 판사에게 손가락 절단 사건과 관련해 전문가를 부르기 위해 비용 허가를 요청했다가 거절당한 이야기를 계속했다.

"지금요, 여보." 언니가 말했다.

그제서야 벤은 언니 말에 주의를 기울였다.

"라이스 드림 사오는 거 잊어버렸잖아요" 하고 언니가 책망하듯 말했다.

"라이스 드림?" 그가 말했다.

"아이스크림 못 먹는 애들을 위해서요."

"윌리엄 때문이라면 괜히 그러지 마세요." 잭이 말했다. "그냥 생일 케이크로도 괜찮아요. 그것도 잘 먹어요."

"바보 같은 소리 하지 말아요" 하고 앨리슨 언니가 큰 소리로 말했다. "유당 문제가 있는 다른 애들도 있어요. 밀가루 알레르기가 있는 애들을 위해선 대신 스펠트 밀을 준비했고 유제품 알레르기가 있는 애들을 위해선 쌀 우유를 준비했어요. 벤, 12시 반에 케이크 자르려면 지금 당장 갔다 와야 해요."

벤이 문으로 나갔다. 긴 보라색 목도리를 짧은 목에 두르면서 벤이 잭에게 말했다. "같이 가자면 좀 그런가? 가게까지 산책? 몇 블록만 가면 되는데."

"좋아요." 잭이 말했다.

나도 따라가려고 나서는 찰나에 앨리슨 언니가 말했다. "에밀리아, 와서 리즈벳하고 인사해. 딸 피오나가 윌리엄하고 같은 나이야. 리즈벳도 파트너인 앤젤라씨와 함께 어퍼 웨스트사이드에 살아."

잭이 방 건너편에서 내게 윙크를 하고 빠져나갔다. 앨리슨 언니의 젊은 버전인 그 여자를 소개받으러 터벅터벅 걸어갔다. 리즈벳은 언니처럼 잿빛 곱슬머리를 하고 있고 언니처럼 성실하고 경건한 표현법을 사용했다.

"리즈벳은 피오나를 87번 공립학교에 넣었어." 앨리슨 언니가 말했다.

"우리는 이중 언어 프로그램에 들어갔으면 하고 있어요." 리즈벳이 말했다. "8학년까지는 아이들이 완벽하게 2개 국어를 쓸 수 있게 돼요. 윌리엄도 이제 유치원에 다니죠? 아니면…" 여기서 그녀는 잠시 말을 멈추고 마치 표정을 가

다듬지 않고는 말하기 힘들 만큼 못마땅한 말이라도 되는 듯이 입술을 오므리며 "사립학교에 등록하실 건가요?"하고 말했다.

"그 문젠 정말이지 우리 손에 달린 게 아니에요" 하고 내가 말했다. "윌리엄의 친엄마는 백만 년이 지나도 아이를 결코 공립학교 근처에도 안 보낼걸요."

"정말 부끄러운 일이네." 앨리슨 언니가 근심스러운 목소리로 말했다. 마치 윌리엄과 내가 안쓰럽다는 듯이 말이다. "윌리엄은 사랑스러운 아이야. 하지만 내 생각엔 벌써부터 애가 과잉보호를 받고 있는 걸로 보이네. 아이가 자기 민족과 자기가 속한 사회경제적 계층의 사람들에게만 둘러싸여 있으면 다양성에 대한 감각을 잃기 쉬운데."

"아, 제발, 언니. 윌리엄은 92번가 Y 유치원에 다녀" 하고 나는 말했다. "아이 반엔 흑인 애들도 있고 아시아 애들도 있어. 다양성이야말로 그 학교 모토 중 하나라고."

"다양한 인종의 부자들을 경험하는 건 다양성을 경험하는 게 아니지."

"거기 다니는 사람들이 모두 부자인 건 아니야."

"넌 부자잖아."

"별로." 내가 말했다. 물론 우리는 부자다. 분명히 이 집안에 있는 다른 사람들보다는 부유하다.

대화를 듣고 있던 올라툰지 바발라루가 나를 거들어 주었다. "사립학교도 괜찮을 수 있어요. 나도 음보시에 있는 비숍 퍼티슨 컴프리헨시브 중학교에 다녔죠."

아래층 계단에서 쿵쾅거리는 소리가 그녀의 위로에 대답해야 하는 수고를 덜어주었다. 레넌이 벌겋게 달아오른 얼굴로 땀범벅이 돼서 나타났다. "에밀리아 이모!" 하고 레넌이 소리쳤다. "아래층에 빨리 좀 내려가 보세요."

"무슨 일인데? 윌리엄은 괜찮니?" 나는 저녁만찬 테이블을 피하다 연녹색 사리를 두르고 있는 여자를 거의 넘어트릴 뻔하면서 방을 가로질러 뛰어갔다.

두 계단씩 한 번에 뛰어 내려갔고 레넌도 바로 뒤에서 따라왔다. 언니가 콩주머니 의자, 보기 싫은 분홍색 카펫 그리고 구식 음향 기기들로 완벽하게 꾸며 놓은, 그러나 텔레비전이나 비디오, 그 밖에 아이들의 순수한 정신을 오염시킬 수 있는 물건들은 당연히 제외된 계단 아래 정원 층에서 열댓 명의 아이들이 스페인어로 "펠리스 쿰플레아뇨스, 에마"라고 써놓은 현수막 아래 모여 있는 게 보였다.

"어디 있니?" 하고 나는 소리 질렀다. "윌리엄은 어디 있니?"

땋은 머리끝을 빨고 있던 빨강머리 조카 여자애가 홈 소파 쪽을 가리켰다. "소파 뒤에 숨어 있어요."

소파의 한쪽 끝을 쥐고 온 힘을 다해야 움직일 거라고 생각하며 들어올렸는데 의외로 너무 가벼워서 소파가 벽에서부터 아이들이 모여 있는 방 한가운데까지 날아가 버렸다. 아이들이 비명을 지르며 흩어졌다.

윌리엄은 머리를 팔짱 낀 사이에 집어넣고 공처럼 몸을 웅크린 채 바닥에 누워 있었다. 무슨 일이 벌어진 건지 바로 알아챌 수 있었다. 끔찍하리만치 확실했다. 냄새가 진동하고 있었다.

"오 노, 윌리엄" 하고 내가 말했다. "바지에 응가한 거니?"

아이는 더욱 단단하게 몸을 웅크렸다.

"우리는 술래잡기 놀이를 하고 있었어요" 하고 레넌이 말했다. 레넌은 내 옆에 와 있었는데 코로 숨을 쉬지 않으려고 애쓰고 있는 게 분명했다. 코맹맹이 소리로 말을 했다. "윌리엄이 잡혀서 저는 걔가 움직이는 게 무섭거나 그런 줄 알았어요. 제 생각에는 말하자면 갑자기 닥친 것 같아요. 왜냐하면 1분 전만 해도 아무렇지도 않았는데 바로 다음에 그냥…. 몰라요. 해버렸어요."

나는 윌리엄 옆에 무릎을 꿇고 고약한 냄새에 구역질이 나지 않게 최선을 다하면서 주저하며 손을 내밀었다. "윌리엄? 저기 윌리엄? 괜찮니?"

팔에 묻힌 아이의 신음소리가 들렸다.

"오, 윌리엄. 그냥 레넌한테 화장실에 가고 싶다고 말하지 그랬어?" 이런 말은 하면 안 된다는 걸 알아채는 순간 아이는 벌써 흐느끼기 시작했다. 이미 늦었다. 이런 사고는 어떻게 다뤄야 하는지, 혹은 윌리엄의 수치심은 어떻게 다뤄야 하는지 난 모르겠다.

"윌리엄? 가서 깨끗한 옷으로 갈아입자. 괜찮지? 괜찮니, 아가?"

"저리 가요!"

아이를 안아 올리려고 몸을 낮추다가 고약한 냄새에 짙은 색 얼룩이 퍼져 있는 아이의 카키색 바지 위에서 손을 멈칫했다.

"나 내버려 두라고요!" 하고 아이가 소리 질렀다. "엄마 불러줘요. 지금 당장 울 엄마 불러줘요."

당연히 그렇게 하고 싶을 것이다. 당연히 캐럴린이 있었으면 할 것이다. 그녀라면 뭘 어떻게 해야 하는지 알 것이다. 아이는 그녀한테서 태어났고, 그녀는 아이와 말이 통하고, 그녀라면 엄마다운 반응을 억지로 꾸며내야 할 필요도 없을 것이다. 별일 없을 때도 아이 말을 겨우 알아듣고 해석하는 나의 능력은 윌리엄이 이토록 수치와 고통에 휩싸이자 정말 아무짝에도 쓸모가 없었다.

"엄마는 지금 여기 없단다, 얘야." 나는 이렇게 속삭여 보았다.

"아빠!" 하고 애가 울음을 터뜨렸다.

"아빠는 좀 전에 어디 좀 가셨어. 라이스 드림 사러." 아, 안 돼. 나는 이게 내 잘못이라는 걸 깨달았다. 그 아이스크림 때문이다. 아이스크림 때문에 지독한 설사를 한 거다. "나밖에 없어, 윌리엄. 여기 나밖에 없단다. 하지만 내가 도와줄 수 있단다, 얘야. 내가 도와줄 수 있어."

"아줌마는 싫어! 아줌마는 우리 엄마가 아니야! 우리 엄마 불러 줘요! 지금 당장 우리 엄마 불러 줘요!" 아이는 다리를 버둥거리며 있는 대로 세게 발길질을 하면서 내게서 빠져나갔다. 아이의 발 한쪽이 내 배에 제대르 꽂혔다. 나는 신음 소리를 내며 무릎을 꿇고는 아픔에 배를 웅크렸다.

"윌리엄, 제발." 내가 말했다. "아가, 그냥 나랑 가자. 바지에 응가를 했으니까 깨끗한 옷으로 갈아입어야지."

"나는 아줌마가 미워요!" 하고 윌리엄이 고함을 질렀다. '아줌마가 미워요!'

"내가 한번 해보면 어떨까?" 앨리슨 언니가 부드럽게 말했다. 언니가 왔는지도 눈치를 못 챘지만 이제는 언니가 나를 따라 내려와서 이 모든 걸 다 보고 있었다는 것을, 언니와 그 나머지 모인 사람들도 보고 있었다는 것을 깨달았다. 언니가 나를 달래서 떼어 놓았다. 언니는 윌리엄 옆에 무릎을 꿇고 앉아 아이의 머리를 쓰다듬으며 몸을 구부려 아이의 귀에 뭐라고 속삭였다. 처음에는 아이가 고개를 내저으면서 계속해서 울더니 몇 분 정도 지나자 진정되기 시작했다. 마침내 거칠고 떨리는 숨을 들이쉬면서 아이가 꽁꽁 조인 몸을 풀고 일어났다. 앨리슨 언니가 아이에게 손을 내밀고 두 사람이 소파 뒤에서 천천히 나왔다. 윌리엄은 완고하게 내 눈을 피했다. 층계를 올라가면서 아이는 앨리슨 언니에게 꼭 붙어 있었다. 난 두 사람의 뒤를 따라갔다.

일단 위층에 올라오자 언니가 나를 돌아보며 말했다. "내가 데리고 올라가서 샤워를 간단하게 시킬게. 넌 여기에 있는 게 어때? 별로 오래 안 걸릴 거야."

"괜찮아" 하고 내가 말했다. "내가 할 수 있어."

"싫어!"하고 윌리엄이 언니에게 기대면서 말했다. "에밀리아 아줌마는 싫어요. 아줌마랑 있을래요!"

"내가 알아서 하마" 하고 언니가 말했다. 언니는 윌리엄을 이층 계단으로 데리고 갔다. "에밀리아, 그러지 말고 나 대신에 케이크나 좀 준비해 줄래? 초는 스토브 옆 서랍에 있어."

둘이서 층계를 올라가면서 언니가 내 눈과 입을 바라보며 말했다. "걱정하지 마."

언니야 그렇게 말하기 쉬울 거다.

다른 파티 손님들은 내게 주의를 두고 있지 않은 척 의식적인 노력들을 하면서 삼삼오오 모여 수다를 떨고 있었다. 한 여자만이 내게 동정어린 미소를 지어 보였지 나머지 사람들은 내 눈길을 피했다. 그들이 무슨 생각을 하는지는 뻔하다. 이 의붓엄마는 뭐지? 저 아이는 이 여자를 왜 그렇게 싫어하고, 또 다른 여자가 돌봐주는 걸 더 마음 놓여 한 걸까?

케이크에 아홉 개의 초를 에마의 나이에 맞춰서, 그리고 한 개는 계속 잘 자라라는 뜻으로 꽂고 있는데 잭과 벤이 돌아왔다. 잭에게 방금 일어난 일에 대해 말할 생각에 잔뜩 긴장이 되었는데 그때 층계를 뛰어오르는 잭의 가벼운 발소리가 들렸다. 그러면 안 된다는 건 알지만, 그래도 아이가 느낀 창피와 분노에 대해 잭에게 설명할 필요가 없게 되었다는 생각에 마음이 놓였다.

나는 장식한 케이크를 주방으로 들고 나와 테이블 가운데 올려놓았다. 앨리슨 언니가 몇 분 후에 윌리엄의 옷을 꽁꽁 싸매들고는 아래층으로 내려왔다.

"내가 가져갈게" 하고 내가 말했다.

"봉지에 넣어줄게."

언니를 따라 부엌으로 들어갔다. 언니는 그 옷가지를 비닐봉지에 넣고 단단하게 매듭을 지었다. 내게 그걸 건네고 손을 씻는다.

"애는 괜찮아?" 하고 내가 물었다.

"괜찮아, 그냥 좀 놀란 거야. 설사가 났어. 애는 지독하게 창피했는데 다른 애들은 놀리느라 아무 도움이 안 된 거야. 에마가 윌리엄한테 긴 사과 편지를 써서 보낼 거야."

"에마가 그럴 필요는 없어."

"당연히 그렇게 해야지."

나는 잠시 손가락에 건 그 봉지를 흔들어 보였다. "애가 설사가 난 건 내 잘못이야. 유당불내증인데 내가 아이스크림을 먹였거든."

"왜 그랬는데?"

"왜냐하면 아이가 진짜 알레르기가 있었을 거라고는 생각 못했거든. 나는 그냥 그게 캐럴린의 망상이라고 생각했어. 난 세상에서 제일로 사악한 의붓엄마야. 끔찍한 사람이라고."

못 들어 주겠다는 듯 언니가 한숨을 내쉬었다. "에밀리아, 넌 끔찍한 사람이 아냐. 넌 미성숙하고 이기적인 구석이 있긴 해도 끔찍한 인간은 아니라고."

"하, 고맙네."

"뭐? 내가 너한테 거짓말이나 했음 좋겠니?"

"아니야, 언니 말이 맞아." 나는 코를 찡그렸다. 악취가 비닐봉지 밖으로 새어 나왔다. "애가 나를 미워해."

"널 미워하지 않아."

"애가 날 싫어한다고 말했잖아."

"애가 진짜로 널 싫어하지는 않아. 그냥 슬픔과 혼란에 빠진 어린애야. 그게 다야. 윌리엄 또래 아이들은 미움 같은 감정은 느끼지 않아. 그건 어른들의 감정이지."

"나도 알아. 나도 언니가 옳다는 걸 알아." 그렇게 대답했음에도 불구하고 언니가 틀렸다고 생각했다. 언니가 윌리엄을 과소평가하고 있다고 생각했다. 내 생각에 윌리엄은 어른들이 느끼는 감정, 특히 미움을 포함하는 모든 종류의 감정들을 충분히 느낄 줄 아는 아이다.

"이리 와" 하며 언니가 날 부엌문에서 밀어냈다. "생일 케이크 타임이야."

브루클린 다리를 건너며 윌리엄의 목소리가 택시 안의 무거운 침묵을 깼다. "난 브루클린이 싫어." 목욕을 한 아이가 잭과 함께 아래층으로 내려온 이후로 처음 꺼낸 말이다. 아이는 겨울 코트 아래 발목에서 접어올린 에마의 멜빵바지와 평범한 하얀 티셔츠를 입고 있었다.

잭과 나, 우리 둘 다 대답을 하지 않았다.

"쌍둥이 빌딩이 어디에 있는지 볼 수 있어요" 하고 윌리엄이 말했다.

"잘했다." 잭이 말했다.

윌리엄은 텅 빈 하늘을 쳐다보고 있다.

"에마는 아홉 살이에요." 아이가 말했다. "그건 거의 나보다 두 배나 나이가 많은 거예요. 2 곱하기 5는 10이고, 9는 10보다 하나 적으니까."

"그래, 맞아."

"그리고 그 여자애는 읽을 줄도 몰라요!"

"알았다, 윌." 하고 잭이 말했다. "네가 화가 나고 창피하다는 건 알아. 그렇다고 에마한테 나쁜 말을 하면 안 되지."

"나는 겨우 다섯 살이고 나는 교과서도 읽을 수 있어요."

"윌리엄!" 하고 잭이 말했다. "그만하라고 했지."

"걔는 멍청해요. 멍청한 여자애예요."

"윌리엄!"

"에마는 멍청한 게 아니란다, 윌리엄." 하고 내가 말했다. "그냥 읽기에 문제가 좀 있는 거야."

"뭐가 다른데요?" 아이가 말했다.

잭이 한쪽 손바닥으로 윌리엄의 뺨을 어루만지며 말했다. "윌, 이제 그만 조용히 하렴."

집에 도착해서 보니 사이먼이 남겨놓은 메시지가 있다. 전날 밤 사이먼과 민디를 바람맞혔으니 오늘은 두 사람이랑 마티니라도 마시러 가야 하나? 나는 즉시 전화를 걸어 초대에 응했다. 오늘 남은 하루 동안 윌리엄으로부터 비난이나 들으며 같이 보낼 생각을 하니 견딜 수가 없었다. 잭에게 아들과 둘만 같이 있을 시간이 좀 필요하지 않겠냐고 얘기했는데 그가 반대를 하지 않아 얼마나 마음이 놓였는지 모른다. 속내를 들키지 않으려고 애를 썼다.

영화를 본 후 사이먼과 민디 그리고 난 결국 인도 음식을 먹으러 이스트 6번지 레스토랑에 갔다. 사이먼은 마지못해 이 동네에 오는 척한다. 그는 이 구역을 '설사 거리'라고 부르는데, 인도인들이 보건부 평가를 통과하지 못한 부엌 하나를 어떻게 나눠쓰는지 아냐고 중얼거리며 빈달루 커리를 골랐다.

당분간 설사 얘기는 이것으로 충분하다. "언제 적 농담을 하는 거야, 사이먼. 변두리 사람들이나 하는 농담이라고. 저기 저 남자 보여?" 하고 짙은 머리카락이 엉킨 채 칼라 뒤로 통나무에 낀 이끼처럼 내려앉아 있는 뚱뚱한 남자를 가리켰다. "저 사람도 오늘밤 홀랜드 터널을 지나면서 똑같은 농담을 했을걸."

"속물처럼 굴지 마, 에밀리아" 하고 사이먼이 말했다. "넌 뉴저지 출신이라고."

"그래, 난 뉴저지 출신이지. 하지만 난 뉴욕을 받아들여. 봄베이 팰리스를 기꺼이 받아들였단 말이지. 내가 시킨 치킨 티카 마살라를 정말 맛나게 즐길 참이고 그깟 바퀴벌레 한두 마리 때문에 생기는 살모넬라 중독쯤은 상관 안 해."

사이먼이 눈살을 찌푸렸지만 기분 나빠서 그런 것은 아니다. 영화관을 걸어 나오면서 내가 배가 고프다며 인도 음식이 당긴다는 말을 하자 사이먼과 민디, 두 사람은 가볍게 박수를 치며 환영했다.

민디가 내 접시에 마지막으로 남은 섬유질투성이의 두툼한 닭 가슴살을 쿡 찍었다. "티카 마살라가 사실은 인도 음식이 아니란 거 알아? 영국에 살던 인도 인들이 손님들이 진짜 인도 음식의 오묘한 향과 맛을 소화하지 못하자 고안해 낸 거래. 케첩이 안에 들어 있잖아. 안에 든 게 토마토 수프던가? 잘 기억이 안 나네."

나는 불에 탄 빵 한 조각을 가지고 접시에 남아 있는 소스를 깨끗이 닦아 먹 었다. "티카 마살라는 토마토 소스로 만들어." 내가 말했다. "그리고 생강, 터머 릭, 쿠민, 육두구 그리고 내 생각엔 메이스로 향을 내지. 그리고 인도 사람들이 개발했으면 누구를 위해서 개발했든 그건 인도 음식이야. 피자가 사실은 이탈리 아 음식이 아니라고 하는 거랑 똑같잖아. 난 그게 싫어. 이탈리아에 가본 적이 있어. 이탈리아에서는 사람들이 피자를 진짜 계속 먹어대더라. 그리고 파스타 랑. 꼭 마르코 폴로가 중국 사람들한테서 면 요리를 훔쳐왔다는 거랑 다를 게 없 잖아. 차우펀은 중국 음식, 파스타는 이탈리아 음식, 얘기 끝."

사이먼과 민디가 음식의 기원에 대한 내 심술궂은 비평에 어찌나 즐거워하던 지 두 사람이 발끝으로 총총 뛰면서 손을 맞잡고 테이블 주위를 돌며 호라를 추 지 않는 게 놀라울 정도였다. 그 둘은 독선으로 유명하고, 유쾌한 독설가이자 예 리하고, 삐딱하게 웃기는 에밀리아가 돌아왔다고 생각했다 그들은 내가 왜 그 러는지 이해 못한다. 오늘 저녁 왜 내가 자기들의 눈이 졸려서 게슴츠레해질 때 까지 재치 있고 번득이는 대화를 계속 들려주며, 비르야니와 양고기 로간조시가 가득 담긴 접시를 빙빙 돌리는지 이유를 모른다. 계산대 위에 걸린 힌두교의 신 가네시의 그림이 이사벨을 임신한 지 6개월이 될 무렵 민디네 집 근처 파크 슬 로프에 있는 굽타 스파이스 앤드 사리 센터에서 산 아기 티셔츠에 그려진 그림과 다르다는 것도 모르는 척 넘어가 줄 것이며, 그 밖에도 무슨 짓이든 할 것이다. 내가 왜 그러는지 그들은 이유를 모른다. 오늘밤 나와 밖에 같이 있어만 준다면, 날 끔찍한 사람으로 만들고, 놀라운 재능으로 난 자기 엄마가 아닐 뿐더러 그 누구의 엄마도 아니라는 사실을 떠올리게 해주는 그 꼬마에게서 떨어져 있게만 해준다면 나는 무슨 짓이든 할 생각이다. 그들이 이런 내 맘을 알 리가 없다. 윌리엄은 살아 있지만 이사벨의 혀는 한쪽 입 밖으로 말려 있고, 호흡은 영원히 멈춰 버린 채 차갑게 굳어 있던 곳. 이사벨이 얼어붙은 기억으로만 존재하는 그 곳에서 멀리 떨어져 있을 수만 있다면 무슨 일이라도 할 것 같았다.

"우리 춤추러 가야 될 거 같은데." 민디가 말했다.

사이먼은 "바보 같은 소리 하지 마" 하며 테이블 밑으로 민디를 걷어찼다. 그의 다리가 너무 길어서 민디를 찰 때 무릎이 테이블을 치는 바람에 보라색 소스 한 뭉텅이가 유리 덮인 테이블 위로 쏟아졌다.

"신기하네"라고 말하면서 냅킨을 집어 쏟아져 버린 소스가 더 이상 퍼지지 않게 모았다. 그 분홍색 냅킨은 물이 배지 않는 신기한 폴리에스테르로 만든 것이었다. "춤추러 가는 것도 괜찮은 생각인데. 그럼, 가자."

사이먼이 고개를 저었다. "별로 춤추러 가고 싶지 않잖아, 에밀리아."

"나 가고 싶어. 춤추는 게 바로 내가 하고 싶은 거야."

"우린 못 가"라고 말한 사이먼이 민디에게 의미심장한 눈빛을 보냈다. 민디는 영문을 모르겠다는 식으로 두껍게 마스카라를 칠한 눈썹을 깜빡였다.

"당연히 갈 수 있지." 내가 말했다.

"복장 불량이잖아."

"촌스럽게 굴기는. 너 지금 청바지에 검은 티셔츠 차림이야. 네 시간 동안 옷장 앞에 붙어 있어도 결국 그 차림이었을걸. 우선, 난 내가 어떻게 보일지 상관 안 하고, 둘째, 더울 걸 대비해 스웨터 안에 티셔츠도 입어 뒀어. 민디는 늘 그렇듯이 남자 하나 낚을 복장이고." 그러면서 나는 민디에게 말했다. "그나저나 네 빨간 가죽 미니스커트 보고 대니얼이 뭐래? 영화 보러 가기엔 좀 과하다고 하진 않았어?"

그녀는 어깨를 으쓱였다.

"우리 복장은 괜찮아" 하고 내가 말했다. "멋져 보여. 우틴 불붙었다고. 춤추러 가자."

사이먼이 팔짱을 꼈다. 고개를 내저으며 민디에게 언짢은 듯 화난 표정을 지었다.

"왜?" 내가 말했다.

민디는 종이빨대를 손가락에 꼬아 피가 안 통하게 만들었다. 손가락 끝은 빨갛게 되고 종이끈이 감겨 있는 부분은 하얗게 변했다.

"무슨 일이야?" 내가 말했다.

"춤추러 가는 건 무리야, 에밀리아." 사이먼은 마치 엄마가 아기에게 말하듯이, 마치 이사벨이 죽고 난 직후에 며칠간을 내게 했던 것처럼 몹시도 부드러운 목소리로 말을 한다.

"왜 안 되는데?" 내가 말한다.

"왜냐면 민디가 임신했거든."

"어?" 하고 내가 말했다. 누가 친구의 기쁨을 시샘하려 드는가? 누가 2년 동안 좌절하며 기다리다 얻은 이 축복의 순간을 만끽할 권리를 친구로부터 부정하려 드는가? 누가 친구가 세 번이나 행복감에 젖어 있다 결국 그 행복이 팬티에 얼룩이 지고 욕실 바닥으로 쏟아지더니 다시 병원 쓰레기통으로 버려졌단 사실을 되새겨 주려다가 겨우 참는 걸까?

나는 "그럼 이건 내가 너랑 추모의 걷기에 같이 갈 필요가 없단 소리네?" 하고 말했다.

"응, 애도의 길에 나랑 안 가도 될 것 같아" 하고 그녀가 말했다. "내 말은, 어쨌든 나는 갈 거라고 생각했는데, 막상 10월이 되면 가려고 할지도 몰라. 하지만 이번 달에는 별로 가고 싶지 않아. 약간 미신 같은 생각이 든달까. 간다는 계획을 세우기가 무서워."

"그래, 좋아." 내가 말했다. "나도 애초부터 가기 싫었거든."

"넌 그 점을 분명하게 밝혔어."

"어쨌든, 오늘 밤에 춤은 없다." 내가 말했다.

"하지만 난 정말 춤추러 가고 싶은걸" 하고 민디가 말했다. "침대에서 쉬기도 해봤어. 운동 금지도 해봤고, 층계 올라가기 금지도 해봤고, 걷기 금지도 다 해봤는데. 침대에 정말 가만히 누워만 있었는데도 아길 잃었잖아. 이번에는 좀 다른 방식으로 해보려고. 땀범벅이 될 때까지 바닥을 구르고, 어지러워질 때까지 춤추며 돌고, 소지품을 떨어뜨릴 때까지 방방 뛸 거야. 그러고 나서 무슨 거지 같은 일이 벌어질지 한번 보자고. 누가 알아, 이번에는 이게 붙어 있을지."

사이먼과 나는 서로를 쳐다보았다. 고개를 내저으며 사이먼이 포기했다는 듯 양 손을 치켜든다. "디제이 미스트리스 포미카가 오늘 밤 클럽 오팔라인에 있다더라" 하고 그가 말했다. "10009구역에 가 본 적이 없다면 산 사람이라고 할 수 없지."

클럽 오팔라인은 전자 비트가 박동하는 지하 공간이고, 네온 조명이 내뿜는 파스텔 톤 스트로브 라이트가 춤추는 이들의 몸을 훑고 지나가는, 컴컴하고 밝은 조명이 조화를 이루는 곳이다. 바에는 술 달린 스트리퍼용 가슴 가리개와 표범무늬 바지를 입은 여자와 어린 남자애들 몇몇이 고고 댄스를 추고 있었다. 카우보이 바지 사이로 엿보이는 엉덩이와 찢어진 와이프 비터를 걸친 오일로 번질거리는 가슴근육도 보인다. 댄스 플로어에 있던 남자애들이 우리를 자기네 무리 사이로 데리고 가는데, 고고 댄서와 붙임머리에 진한 립스틱을 바르고 파티 중에 나자빠져 있는 몇몇 레즈비언들을 제외하면 민디와 내가 여기서 유일한 여자라는 사실을 눈치채지는 못한 듯했다.

우리는 펠릭스 다 하우스 캣의 믹스 앨범 '더 피프틴스'에 맞춰 춤을 췄다. 민디와 나는 작은 빵 사이에 끼워 넣은 소시지처럼 사이먼을 우리 엉덩이 사이에 끼워넣었다. 그러다 사이먼은 한껏 멋을 부린 새까만 갈기 머리에 가슴에는 피어싱을 하고, 고독과 은둔의 눈빛을 가진 한 남자에게 이끌려갔다. 내 걱정대로

라면 그 남자는 휘갈겨 쓴 전화번호를 주는 대신 이스트 빌리지 클럽 뒤에 가서 한번만 바지를 내려달라고 조를 것 같았다. 남은 우리끼리 춤을 추는데 민디가 내 허리에 손을 얹더니 소리쳤다. "힘들어, 물 좀 마시고 올게."

고개를 끄덕이고 같이 따라가려는데 민디가 나를 도로 밀어넣었다. "아냐, 여기 있어. 넌 한참 재미있잖아." 그녀는 고함을 지르듯 말했다.

혼자 빙글빙글 돌며 춤을 추긴 했지만 곁에서 놀던 친구들이 사라지자 무대의 열기를 느꼈고 잭이 그리워졌다. 나는 조금 천천히 몸을 돌리며, 보통 때처럼 침대 위 남편 옆에 누워 딸아이를 생각하고 자신을 불쌍하게 생각하면서라도 집에 있는 게 나았겠단 생각을 했다. 집에서 지내는 저녁시간을 내가 즐긴다는 소리는 아니다. 오히려 그런 시간들은 슬프고 지루할 뿐이다. 그렇지만 그 익숙해져 버린 고통에는 일종의 쾌감이 있다. 단단히 앉은 딱지를 떼어 낼 때나 혀로 입 안의 염증 난 데를 찔러 보면서 쇳내 나는 통증을 맛볼 때 느끼는 그런 유의 쾌감 말이다. 클럽의 댄스 플로어에서 느끼는 이 고독감이 낯설다. 이런 쓰라림은 전에 느껴 보지 못한 것이고, 그래서인지 난 조금도 반갑지가 않았다.

어깨에 손을 얹는 느낌이 들어 돌아보니 뒤에 선 남자가 내 리듬에 맞춰 엉덩이를 흔들고 있다. 나보다 어려 보이는데 기껏해야 스물다섯에서 스물여섯 살 정도로 보인다. 남자는 잘생겼고, 쫙 빠졌으며 나른한 눈에 좁은 입술, 뾰족한 코를 하고 있다. 그리고 새파란 색의 나일론 트래커 모자를 한 쪽으로 비스듬히 쓰고 있다. 그는 내게 이를 꽉 물어 보였고 난 웃어 보였다. 게이인 게 확실하다. 정상적인 남자라면 꽉 끼는 크리스티나 아길레라 티셔츠와 허리 버튼 위로 중요한 털이 삐져나올 정도로 골반이 드러나는 바지를 입지는 않기 때문이다. 그는 내 몸 옆에 미끄러지듯 손을 올려놓았다가 우리 얼굴 사이로 들어 올리더니 태국 댄서처럼 손가락을 흔들었다. 그의 반지가 번쩍 하며 플래시처럼 속에서 빛을 뿜었다. 나 역시 그를 따라 두 팔을 올리고 함께 춤을 추었다. 이에 맞춰 우리의 팔, 다리, 엉덩이도 함께 돌아간다. 우리는 같은 리듬에 엉덩이를 흔들고, 같은 순간에 바닥에서 다리를 떼고 같은 높이로 들어 올렸다 하며 물 흐르듯 같은 동작을 따라했다. 훌륭했다. 완벽한 한 쌍, 우리는 댄스 플로어의 왕과 왕비였다. 우린 마치 아이스댄서 커플 같았고 우리가 있어야 할 곳은 아이스 카페이드였다. 내 두 손을 잡은 파트너의 몸이 뱀처럼 부드럽게 물결친다. 두 사람의 무릎이 맞닿았고, 그 다음엔 엉덩이, 허벅지가, 그리고 배꼽이 맞닿았다. 내 젖가슴이 그의 가슴에 닿았고, 내 입술은 그의 쇄골에 닿았다. 나는 입을 벌려 혀를 그의 목 오목한 곳에 가져다 댔다. 그의 피부는 짜고 쓰디쓴 맛이 느껴질 정도로 자극적이었다. 혀끝으로 그의 맥박을 느껴 보았다. 그 느낌이 몸을 타고 내려와 목과 가슴, 배를 통해 허벅지 안까지 밀려 들어왔다. 녹아내린 몸에 두 무릎이 휘청이자 그가 두 팔로 날 잡아 주었다.

"아우" 하고 그가 울부짖었다. "완전 섹시한데요, 누나!"

난 다 장난이었단 듯이, 날 애타는 욕망의 파도에 꺾이게 한 대상이 이 흉물스러운 티셔츠를 걸치고 서 있는 처음 보는 게이가 아니라는 듯이 애써 미소를 꾸며냈다. 그에게 작별 인사를 건네고 무리를 헤치며 민디와 사이먼을 찾았다. 나도 내가 왜 이러는지 모르겠다. 뭔가 일이 꼬이기 전에 여기서 빠져나가야겠다.

날 위해 잭은 복도 앞쪽의 작은 구슬 램프를 끄지 않은 채 놓아 두었고, 희미한 전구 옆에서 코트와 핸드백을 내려놓은 나는 침실로 향했다. 당연히 잭은 자고 있다. 자정이 넘은 데다 아침 출근길에 잭은 윌리엄을 학교까지 바래다 줘야 한다. 나는 땀에 젖은 옷가지를 벗어 빨래 바구니 깊숙이 쑤셔 넣었다. 그러고는 침대 위로 올라갔다.

잭은 내가 자기를 거짓으로 유혹했다고 놀린다. 우리가 처음으로 한 제대로 된 섹스는 내가 입으로 해준 것이었고, 그래서 잭은 내가 오럴 섹스 광인 줄 알았다고 했다. 그래서 앞으로도 오럴 섹스는 우리가 사랑을 나눌 때마다 당연히 따라올 줄 알았다는 것이다. "완전히 속았잖아." 잭은 수시로 이렇게 말한다.

난 이 농담이 재미있다고 생각했다. 그리고 오늘밤에는 그 첫 순간을 재현해 보기로 결심했다. 잭과 해야만 한다. 클럽 오팔라인에서 만난 그 게이와 섹스를 할 뻔했던 기억 때문이다. 그렇지만 내 안에 그의 것을 받아들이는 것은 아직 무리다. 생각만으로도 배가 움츠러들고 뒤틀리는 것 같다. 단단히 닫혀 있다. 아직은 힘들다. 하지만 이건 할 수 있을 것 같았다.

잭은 자기의 물건이 내 입 안에 있다는 것을 알아채며 잠에서 깨어났는데, 너무 감격한 탓인지 내가 그토록 아끼는 그의 남청색 눈동자에 눈물이 고여 있다. 일을 끝낸 그는 두 손으로 내 얼굴을 감싸고 관자놀이에 붙어 있는 내 머리카락을 쓸어 넘기며 사랑한다고 고백한다. 그 다음 나를 다시 눕히더니 내 배꼽까지 내려가면서 가볍고 부드럽게 키스해 주었다.

"괜찮아" 하고 내가 말했다.

"내가 하고 싶어서 그래."

"아냐."

"하지만 당신은 어쩌고?"

"난 괜찮아. 지금이 좋아."

그는 뺨을 내 배 위에 기댔다.

"앨리슨이 전화했어. 다른 애들 세 명도 윌리엄하고 비슷한 증세를 보였대. 레인보 페스토가 문제였나봐. 계속 미안하다고 그러더라."

"그냥 피자나 주문하면 어디 덧난대?"

잭이 부드럽게 웃음을 터트리자 그의 숨결로 인해 내 배어는 소름이 돋았다. 내 살결에 입김을 불자 온몸이 움찔했다. "정말 원하지 않는 거지?" 하고 그가 말했다.

"그럼, 정말 괜찮아."

그는 다시 키스했지만 강요하는 것은 아니었다.

내 배 위에 묵직하게 놓인 그의 머리 무게를 느끼면서 난 어두운 방안을 응시했다. 그리고 우리 관계가 어떻게 시작됐나를 떠올려보았다. 사무실에서 처음으로 살을 맞댄 이후로, 그리고 엉켜 있는 두 마리 짐승같이 섹스를 하고 있던 우리를 목격한 마릴린이 문을 닫으며 나가 버린 이후로 우리는 서로 떨어진 채 묵묵히 문서 교정을 끝마쳤다. 늘 열심히 일하던 조수답게 난 잭에게서 문서 검토를 받고 사무실에 돌아가서는 그가 고쳐놓은 대로 문서를 재작성하는 일을 반복했다.

그 후 두 주 동안 우리는 서로 얼굴을 피했고, 그러던 어느 화요일 저녁 늦게 잭이 내 내선번호로 전화를 했다. 그동안 난 잭을 피해 다녔고 17층에는 아예 가지 않았으며 모든 판례는 도서관 선반에서 찾는 대신 렉시스 온라인에서 프린트했다. 내가 너무 멀리 나갔다는 생각이 들었다. 난 붉은꼬리매가 1마일은 족히 됨 직한 거리에서 예리한 눈으로 끈기 있게 프레리도그를 추적하듯이 몇 년을 두고 내 운명의 남자 바스헤르트의 뒤를 추적했다. 하지만 난 너무 성급히 공격을 감행했고, 또 지나치게 가깝게 다가간 탓에, 그리고 내가 원하지 않았던 곳으로 나 자신을 밀어붙인 탓에 한순간에 모든 것을 잃고 만 것이었다.

"안녕하세요." 난 마치 열세 살짜리 소녀가 남자애의 전화를 처음 받았을 때처럼 당황해서 할딱이는 목소리로 전화를 받았다.

"하이" 하고 그가 말했다. "어, 늦게까지 일하네요."

"할 일이 좀 많아서요." 실은 일하던 중이 아니었다. 일 끝나면 같이 스시를 먹으러 나가려고 사이먼의 전화를 기다리며 온라인 쇼핑을 하고 있던 참이었다.

"아."

"뭐 시키실 일 있으세요?"

"바쁘면 됐어요."

"실은 거짓말 했어요. 그냥 웹서핑하던 중이었어요. 아무 일도 안하고 있었어요. 뭐가 필요하세요?"

잭이 웃었다. "무엇을 찾아야 하는 일이 있는데 도와줄 사람이 필요해요. 신나는 일은 아니고 사실은 끔찍한 일이죠. 오래된 하드 드라이브와 손으로 쓴 문서들이 가득 있는 창고가 있어요. 메모와 스케치 같은 것도 있고. 사실은 쓰레기들이죠. 이것들을 모두 뒤져 봐야 하는데 도와줄 어소시에이트가 한 명 필요해요."

"제가 문서검토 요청서를 가지러 방으로 가겠습니다. 내일 가면 되나요? 아니면 지금 들를까요? 그리고 어디로 가게 되죠? 이 지역인가요, 아니면 여행 예약을 할 필요가 있나요?"

"캘리포니아의 애머리빌입니다. 어딘지 알아요? 오클랜드 근처, 샌프란시스코 교외입니다. 그리고 당신 혼자 가는 건 아니에요. 나랑 같이 가게 될 겁니다. 비행기 안에서 서류를 읽을 수 있을 거예요. 그러니까, 내일 아침에 출발만 해주면 돼요."

"문서를 직접 뒤지신다고요?" 파트너들이 직접 먼지투성이의 서류와 파일 더미 속에서 문서 검토 작업을 하는 일은 거의 없다. 그런 종류의 풋내기 작업은 더 낮은 직급의 사람들에게 남겨지게 마련이다.

"중요한 고객이라서요. 우리를 위해 마릴린이 예매는 다 해놨어요. 당신 비행기 표는 마릴린이 이메일로 보내 줄 겁니다."

"벌써 제 표까지 예매를 해놓으셨다고요?"

전화기에서는 아무 소리도 들리지 않았다. 치직거리는 스리도, 허공의 웅웅거리는 소리도 들리지 않았다.

"케네디 공항인가요, 아니면 라과디아 공항인가요?" 내가 물었다.

3월 샌프란시스코 베이 에어리어 지역에는 봄이 절정에 달해 있었다. 일본 벚나무들은 벌써 분홍색 꽃이 지고 붉은 잎사귀들로 뒤덮이고 있었다. 자두나무와 층층나무가 꽃이 필 시기였는데 마치 히스테리를 부리는 것처럼 어찌나 떠들썩하게 피어대는지 튤립, 수선화, 방울수선화 들이 무색할 지경이었다. 우리가 묵을 호텔은 버클리 언덕 꼭대기에 제왕처럼 버티고 서 있었는데, 뾰족한 빅토리안 스틱 스타일의 맨션으로 가장자리를 파란 프로스팅으로 장식한 새하얀 웨딩케이크같이 보였다. 작은 탑 하나와 향기는 없지만 잘 다듬어진 장미들도 있었다. 비즈니스석에서 지나치게 밝은 형광등 아래 휘갈겨 쓴 문서들을 해독하며 긴 하루를 보낸 끝에야 우리는 해가 막 지기 시작할 무렵 호텔에 도착했다. 우리는 샌프란시스코의 야경을 바라보며 조그만 테라스에서 저녁을 먹었다. 밤은 쌀쌀했지만 테이블 옆에 발열 램프가 있어서 천천히 식사를 즐겼는데 우리의 대화는 활기를 띠는가 싶다가도 뭔가 부자연스러웠다. 우리는 어린 시절의 추억, 좋아하는 책, 사무실에 떠도는 가십 등을 주거니 받거니 했다. 둘 중 어느 한 쪽의 머릿속에 이번 출장이 도덕적으로 옳지 못하다는 생각이 들면 두 사람의 목소리는 기어들어 가고 말았다. 우리는 집에서 멀리 떠나 같은 호텔에 묵었고, 애머리 빌에 있는 창고에 도착하는 순간 이번 일에 변호사가 두 사람이나 참여할 필요가 없고, 또 그런 전례도 없다는 사실이 명백해졌다. 잭은 그럴듯한 핑계로 나를 데리고 대륙을 가로질러 건너왔고, 나 역시도 그걸 원했던 것이다.

우리는 둘 다 원하지 않았음에도 아이스크림과 샌드위치까지 주문해 먹어치우고 각자 커피도 두 잔이나 마셨다. 그런 다음 다이제스티프 메뉴를 살펴보던 잭이 페르네 브랑카 칵테일을 한 잔 시키려다 그만두었고, 그러고 나서 우리는 레스토랑을 떠났다. 엘리베이터를 탄 다음 난 3층 버튼을 눌렀다. 우리는 목재 패널 엘리베이터 안에서 침묵으로 일관했고, 긴 복도를 걸어가는 내내 아무 말도 나누지 않았다. 식사를 하면서 벨보이에게 여행 가방을 모두 맡겼는데, 그가 가방을 싣고 우리 뒤를 따라왔다. 복도에는 가방이 서로 부딪쳐 덜컹거리고, 짐 수레 바퀴가 카펫에 먹혀 끼익거리는 소리만 울렸다. 나는 손에 든 작은 폴더를 내려다보다가 지나가는 문에 달린 방 번호들을 쳐다보기도 했다. 방 문 앞에 도착하자 나는 멈춰 섰다.

"여기가 제 방이네요" 하고 내가 말했다. "방이 어디예요?"

"스파 층에 있어요." 잭이 대답했다.

"거긴 로비 아래층인데요."

"알아요."

그가 앞으로 숙이며 내게 키스했다. 난 여행가방 손잡이를 놓아 버리고 입술을 벌려 그의 입술을 받아들였다. 잭은 양 손을 내 머리 옆 벽에 대고 입으로 내 입을 눌렀다. 그러고는 핥고, 베어 물고, 내 아랫입술을 자기 입안에 빨아들이고, 혀로 내 치아와 잇몸까지 샅샅이 훑었다. 나를 맛보고, 나를 삼켰다. 우리는 내 호텔 방 앞 복도에 서서 입을 맞추고 또 맞췄다. 나는 너무나 그를 원했다. 정신이 혼미해지도록 그를 원했고, 마침내 그의 입술을 내 입술 위에 느낀다는 행복감에 어쩔 줄을 몰랐다.

마침내 잭이 내게서 떨어지며 말했다. "자, 지금은 여기까지만. 그래도 괜찮겠어요? 지금 당장은 이 이상 다른 건 할 수 있을 것 같지가 않네요."

"당신은 결혼한 몸이고, 전에는 이래 본 적이 없었고, 아내에게 상처를 줄까 봐 걱정이 된단 소리만 안 하면요."

"나는 결혼한 몸이오. 전에는 이래 본 적이 없어요. 그리그 아내에게 상처를 줄까 봐 걱정이 돼요."

"다들 그렇게 말해요."

다음날 아침 잭은 그 고소인이 우리 의뢰인의 조정안을 잠정적으로 받아들였다는 전화를 받았다. 사건이 일단락된 것이다. 우리는 비행기 시간보다 한 시간 일찍 공항에 도착했고, 나는 잭을 따라 아메리칸 에어라인의 애드머럴 클럽 라운지에 있었다. 우리는 각자 뉴욕타임스 한 부와 커피 머그잔을 들고 맞붙어 있는 안락의자에 자리를 잡았다. 헤드라인을 훑어보고 있는데 잭이 쳐다보는 게 느껴졌다. 나는 고개를 들었다.

"세상에" 하고 그가 속삭였다. "당신은 너무 아름다워."

나는 미소를 짓고는 다시 신문을 내려다보았다.

잠시 후에 그가 일어섰다. "금방 돌아올게" 하고 그가 말했다.

나는 그가 실내를 가로질러 가는 것을 보고 있다가 벌떡 뛰어 올랐다. 화장실에 도착하자 값비싼 버튼 슈트를 입은 남자가 손을 털면서 문밖으로 막 나서고 있었다.

"저 안에 몇 사람이나 있죠?" 하고 내가 물었다.

"네?"

"남자 화장실에요. 몇 사람이나 있냐고요?"

"한 명뿐입니다"라고 남자가 대답했다.

나는 그에게 윙크를 하고는 화장실 문을 밀치고 들어갔다. 잭은 두 다리를 살짝 벌리고 엉덩이는 앞쪽으로 민 채 소변기 앞에 서 있었다. 나를 본 잭은 놀란 입을 다물지 못했다. 나는 그의 벨트를 잡고 제일 안쪽 칸으로 끌고 들어 갔다.

만일 클럽 라운지에 있던 사람들이 훤히 드러난 화장실 문 아래쪽을 보기라 도 했더라면 플레어 진과 하이힐 부츠를 신고서 바닥에 웅크린 내 두 다리를 보 고도 남았을 것이다. 어떤 사람은 화장실 칸 하나에 두 사람이 들어 있다는 사실 을 믿지 않으려 했을 것이다. 또 어떤 사람들은 그 스릴에 대리만족을 느꼈을지 도 모른다. 그런 사람들은 세면대로 살금살금 걸어간 다음 필요 이상으로 오래 손을 씻었을 것이다. 그러나 그 짧은 몇 분 동안 애드머럴 클럽의 남자 화장실에 는 아무도 들어오지 않았다. 아니면 들어왔는데 내가 몰랐을 수도 있다. 나는 잭 이 내 이름을 속삭이는 걸 듣는 데 정신을 빼앗겨 다른 남자들의 구두가 타일 바 닥에서 뚜벅거리는 소리 따위엔 관심도 없었다.

브루클린에서 생일 파티 사건이 일어난 다음 주 수요일, 난 잭에게 오후 일을 쉬고 윌리엄과 있어 달라고 한 다음 뉴저지에 계신 엄마와 시간을 보냈다. 다음 주말은 캐럴린이 아이를 맡을 차례였다. 지난 열흘 동안 나는 그 꼬마 생각은 일절 하지 않으려고 애를 썼다. 그 애가 머릿속에 떠오를 때마다, 또 한 번 제일 간단한 엄마 노릇을 하지 못했다는 죄책감에 배가 다 아팠다. 그러면서도 최소한 그 세렌디피티에 데려간 일로 문제가 커진 것은 아니라고 스스로 위로해 보았다.

그 다음 주에 유치원으로 윌리엄을 데리러 갔더니 아이는 평상시 모습 그대로, 그 일에 대해서라면 이미 잊은 듯 보였다. 아이는 보통 때와 조금도 달라진 게 없는 경직되고 어색한 인사를 건넸고 나 역시도 별다를 게 없이 대했다.

윌리엄이 집에 갈 준비를 하는 동안 난 다른 아이들을 쳐다보았다. 진분홍색 장갑을 끼고 반짝거리는 아이스 스케이팅 복장을 한 작은 여자아이 하나가 한쪽 발끝으로 서서 빙빙 돌고 있는 동안 여자애의 보모는 하얀 털 코트에 그 여자아이를 집어넣으려고 애쓰고 있었다. 여자애는 우아하고 섬세한 모습이 꼭 꼬마 요정 같았다. 아이가 민첩하게 허리를 뒤로 젖히자 달랑거리는 꽁지머리가 거의 발끝까지 닿았다. 만일 윌리엄 대신 이 여자아이와 오늘 오후를 함께 보내야 한다면 난 이 꼬마를 아이스 스케이트장에 데리고 가고 싶었다.

난 스케이트 타는 걸 무척 좋아한다. 특별히 재능이나 능력이 있었던 적은 없고 그런 거라면 루시 언니가 잘했다. 언니는 일주일에 세 번씩 오후마다 연습을 했고, 자그마한 여자애였던 나는 그런 언니랑 엄마를 따라다닐 수밖에 없었다. 어느 순간부터 징징거리는 내게 지친 엄마가 내게도 스케이트를 빌려주셨고, 나는 루시가 레슨을 받는 동안 스케이트 링크 가장자리를 빙빙 돌았다. 그 속도감과 부드럽게 미끄러지는 느낌, 그리고 얼음을 가르며 달리는 스케이트 날 소리에는 날 매혹시키는 뭔가가 있었다. 고교시절에는 여자 하키 팀에 들어가려고 테스트도 받았다. 어쩜 뽑혔을 수도 있었겠지만, 180㎝ 장신에 덩치 큰 여자애가 라인배커 어깨장비를 착용하고 한 손에 하키 스틱을 든 채 얼음판을 가로질러 질주해 온다면 160㎝의 작은 키에 기껏해야 빠른 발놀림이 전부인 나로서는 감당이 안 되었을 것이다.

윌리엄은 신고 있던 벨크로 부츠의 끈을 쪼이려고 몸을 구부렸다 비틀었다 해보다가 결국 뒤로 쓰러졌다. 아이는 몸을 발까지 숙이다가 코트가 잡아당겨지는 바람에 한 쪽 소매를 밟으며 다시 넘어졌다. 분홍색 장갑에 하얀 코트를 입은 저 유연한 여자애에 비해 윌리엄이 정말 비교되게 둔한 이유는 어쩜 아무도 윌리엄을 변화시켜 볼 생각을 굳이 안 했기 때문일지도 모른다. 이혼 후로 잭은 윌리엄을 스키장에 데리고 가지 않았고, 확신하건대 캐럴린이 인정하는 활동이라고는 모두 지적 다양성과 관련된 것들일 테니 말이다.

"헤이." 아이를 일으켜 세우며 내가 말했다. "스케이트 타러 가 볼래?"

"네?"

"오랜만에 링크에 가 보자. 주중 오후에는 별로 사람이 많지 않을 거야."

"난 스케이트 탈 줄 몰라요."

"그거 쉬워" 하고 내가 말했다.

그 춤추던 여자애가 말했다. "난 스케이트 탈 줄 알아. 난 언제나 스케이트 타."

"봐" 하고 내가 말했다. "스케이트 타는 거 정말 재미있단다."

여자애가 말했다. "우리 아빠는 스케이트 선수야. 올림픽에서 은메달 땄어."

엄마들 중 하나가 웃는다. "켄들, 너희 아빠는 은행가이셔. 은행 소유주이시지. 올림픽 스케이트 선수가 아니란다."

"아니에요. 저 아이 말은 농담이 아니에요" 하고 다른 엄마가 말했다. "미샤는 올림픽 피겨스케이트 선수였어요. 인스부르크에서 정말로 은메달을 땄어요. 콜레트가 그래서 미샤를 만난 거예요. 콜레트도 스케이트 선수였거든요. 하지만 올림픽이나 그런 데서 만난 건 아니고. 오하이오에서 만났다더라고요."

"어머머." 처음 엄마가 말했다. "켄들, 넌 정말 운이 좋은 아이구나."

"가 보자, 윌리엄" 하고 내가 말했다. "지금 당장 연습을 시작하지 않으면 넌 절대 은메달은 못 딸걸."

윌리엄은 링크에서 헬멧을 제공하지 않는다고 해서 잔뜩 겁을 먹었다.

"롤러블레이드 타는 사람은 헬멧이 필요해요." 아이는 이렇게 말했다. "그리고 얼음은 아스팔트만큼 단단해요. 더 단단해요."

"얼음은 아스팔트만큼 딱딱하진 않아" 하고 말하며 나는 내 스케이트 끈을 묶었다. 끈 중간쯤에 매듭이 하나 있어서 홱 잡아당겨야 끈이 구멍을 통과했다.

"아니에요, 정말 그래요. 훨씬 더 단단해요. 아스팔트는 사실 꽤 부드러워요. 콘크리트보다 부드러워요. 그래서 우리 엄마는 보도보다는 찻길에서 뛰어요. 보도에서 뛰면 정강이에 금이 가요. 엄마는 의사라서 이런 것들을 알아요."

"그냥 스케이트나 좀 신으면 안 되겠니?"

"헬멧이 없으면 난 스케이트 타면 안 될 것 같아요. 스케이트 타는 건 롤러블레이드 타는 거랑 같은데 헬멧을 안 쓰고 롤러블레이드 타면 안 되거든요. 그리고 보호대랑요. 무릎 보호대랑 팔꿈치 보호대랑 손목 보호대랑 해야 돼요. 손목 보호대가 제일 중요한데 왜냐하면 넘어질 때는 손목을 짚으면서 중심을 잡거든요."

"공원에 보면 헬멧이나 보호대 없이 롤러블레이드 타는 사람이 널렸단다."

"그건 정말 바보 같은 짓이에요. 우리 소아과 의사 선생님 사무실에는 애들이 헬멧하고 보호대를 차고 롤러블레이드 타는 사진들이 있단 말예요. 애들이 자전

거 타는 사진도 있어요. 거기 가면 내가 2년 전 세 살이 됐을 때 세발자전거를 가지고 노는 사진도 있어요. 사진에서 보면 나는 파란 헬멧을 쓰고 있어요. 빨간 헬멧도 있어요. 아줌마가 정말 스케이트 타러 가고 싶으면 우리 집에 가서 내 헬멧 하나 가지고 와도 돼요."

"네 헬멧을 가지러 집에 가지는 않을 거야. 헬멧 쓰고 있는 사람 보이니, 윌리엄? 없어. 안 보이지? 스케이트 탈 때는 아무도 헬멧 안 써. 이제 내가 스케이트 신겨 줄 수 있게 몸부림 좀 그만 칠래?"

내가 윌리엄의 스케이트 신발 끈을 단단히 조이고 끈을 발목에 감아 묶는 동안 아이는 마치 크기를 계산이라도 하듯이 이마를 찡그리고 링크를 쳐다보았다.

"3만 3000평방피트는 넘을 거 같아" 하고 아이가 말했다.

"오, 그렇지는 않아" 하고 내가 반박했다. "울먼 링크 크기는 도대체 어떻게 알았니?"

"책에 그렇게 써 있어요."

"무슨 책?"

"내 센트럴파크 책요."

"어떤 책? 내가 준 거?"

아이는 어깨를 으쓱해 보였다. 작년 아이 생일 때 잭이 분명 몇 시간 동안 정성을 들여 윌리엄을 위해 골랐을 산더미처럼 많은 장난감과 동물 인형, 각종 퍼즐과 모형 그리고 다양한 종류의 공룡 책들에다 나는 센트럴파크 소개 책자를 하나 추가했다. 어느 날 데어리 가게를 지나다 우연히 산 책이었다. 그 서점은 한때는 뉴욕 아이들에게 신선하고 깨끗한 우유를 제공했지만 지금은 관광객들에게 센트럴파크 야구팀들의 홍보용 스웨트 셔츠, 미니어처 공원 지도, 장식한 머그컵, 아이 러브 뉴욕 티셔츠를 입힌 비니 베이비 인형 그리고 공원 안내 책자 등을 파는 곳으로 바뀌었다. 그 기념품 가게가 어떻게 생겼는지 궁금해서 들어가 보았던 것이다. 새로 단장한 뒤로는 들어가 본 적이 없었기 때문이다. 반은 사진 에세이, 나머지 반은 소개 글이 써 있는 그 책을 처음부터 윌리엄에게 줄 선물로 집은 것은 아니고, 단지 내가 공원에 대해 알고 있는 것이라고는 기념물이나 아치길 하단에 적혀 있는 글귀, 돌아다니다가 집은 팸플릿에 적혀 있는 글 따위에서 우연찮게 주워들은 게 다였기 때문이다. 나는 책을 훑어보다가 잔디 깎는 기계에 낙타가 매여 있는 세피아 톤의 사진 한 장을 발견했다.

그 책은 확실히 작은 남자 아이의 지식수준을 넘어서는 것이었음에도 불구하고, 나는 그 책이 윌리엄이 좋아할 만한 이야기들로 가득 차 있다고 생각했다. 사진들을 보면서 거기 달린 설명들을 읽어보면 되겠구나 하고 생각했다. 그 책을 사서 공원 지도로 포장한 다음 선물 꾸러미에 포함시켰다. 그 해 윌리엄은 자석으로 된 막대기와 공들로 만들어진 장난감 건물 세트에 훨씬 더 많은 관심을 보였다. 그 책에는 그저 고마움을 표시할 정도의 시간만을 할애한 다음 옆으로 밀쳐놓았다.

"그거 꽤 멋진 책이지, 안 그러니?" 하고 내가 말했다. "쉰 메도에서 낙타가 잔디 뜯어먹는 사진 봤어?"

"아뇨." 아이가 말했다.

"아. 그럼, 책에서 울먼 링크에 대해 또 뭐라고 했어?"

"아무것도요."

링크 한쪽 옆에서 목재 울타리 주위로 천천히 움직이는데 작은 남자애가 스케이트를 신고 큰 소리로 노래를 부르며 우리 옆을 쌩하고 지나쳐 갔다. 그 애는 헬멧을 쓰고 있었다. 그리고 손목 보호대도.

"이거 너무 무서워요, 에밀리아" 하고 윌리엄이 말했다. 아이는 두 손으로 링크 가장자리를 꼭 쥐고 있었는데 발목이 안쪽으로 꺾여 있어서 복사뼈가 얼음판에 닿을 지경이었다. 아이의 두 발은 마치 꽃대 바로 아랫부분의 줄기가 꺾인 데이지꽃 같았다.

"별로 안 무서워. 진짜로. 그냥 벽을 봐 봐."

"나한테 뭐가 무서운지 아줌마가 말할 수는 없어요. 나만 내가 언제 무서운지 알아요. 아줌마는 스케이트 탈 줄 아니까 안 무섭죠. 그리고 저 애는 자기 엄마가 헬멧을 가져왔으니까 안 무서운 거고요." 이 마지막 말은 울음에 가깝다.

나는 윌리엄의 양 손을 벽에서 떼 내고 아이를 내 쪽으로 끌어당기면서 뒤로 천천히 스케이트를 탔다. 처음에는 아이가 마치 링크 옆의 편안함을 찾아 뛰어 돌아가려 애쓰듯이 두 발을 서투르게 움직이며 얼음 위에서 흔들거렸다. 그러다 갑자기 포기라도 한 것처럼 고분고분해졌다. 아이는 스케이트 날을 나란히 놓고 허리를 살짝 구부렸고 난 아이 쪽을 향한 채 계속 뒤로 스케이트를 탔다. 되든 안 되든 한번 웃어 보였다.

"맞지?" 하고 내가 말했다. "그렇게 끔찍하진 않잖아."

"아마도 아줌마는 그럴 테지요." 아이가 말했다.

갑자기 빠르게 그리고 점점 더 빠르게 회전해서 윌리엄과 커플 스프레드 이글을 선보이는 상상을 한다. 보이는 것은 쭉 뻗은 내 양손 끝에서 빙글빙글 돌고 있는 윌리엄의 얼굴뿐이고, 링크에 있는 주위의 다른 것은 모두 흐릿해져서 눈에 들어오지 않는다. 그러다 잡고 있는 윌리엄의 손을 확 놓아 버리면 윌리엄이 얼음판 위를 붕 날아가며 비명을 지르고 굴러가면서 두 다리는 바람개비처럼 빙빙 돌고, 스케이트는 얼음판에서 날아올라 허공에 섬광을 일으키다 결국 먼발치의 벽에 부딪치는 거다.

천천히 한 바퀴를 더 돈 나는 윌리엄을 링크 한 쪽 옆으로 데리고 갔다.

"난 혼자 한 바퀴만 더 돌고 올게" 하고 내가 말했다. "너는 그냥 벽을 꼭 잡고 천천히 돌아봐. 괜찮을 거야."

나는 스케이트를 타고 나가서 링크를 돌기 시작했고, 돌면서 점점 속도를 높였다. 갑자기 내 옆쪽에 뭔가가 있는 게 느껴졌다. 돌아보니 열일곱 살쯤 되어 보이는 소년 하나가 있었다. 아주 잘생겼는데 짙은 곱슬머리에, 붉은 뺨과 깨진 앞니를 하고 있다. 내가 그 나이였다면 나한테 눈길 한 번 안 줬을 그런 남자애다.

"시합해요!" 하고 그 애가 말했다.

나는 몸을 바닥까지 바짝 낮추고 팔을 앞뒤로 휘저으며 달렸다. 이 소년은 자기가 어떤 상황에 처한 건지 알 리가 없을 것이다. 숨을 헐떡이며 내 뒤에 처지게 만들어 버려야겠다. 비록 그 애는 하키 스케이트를 신고 있고, 나는 사이즈가 너무 큰 연녹색 플라스틱 피겨 스케이트에 묶여 있기는 하지만, 그 애에게 얼음 가루 한 움큼을 먹여 주고 말리라.

그 잘생긴 소년과 나는 링크를 두 바퀴나 돌았고, 결국 그 애가 이겼다. 내 실력이 드러나는 순간이었다. 나는 그 애와 다시 접전을 펼쳤고 우리가 양손을 무릎에 얹은 채 멈춰 섰을 때 그 애는 숨을 헐떡이고 있었다.

"꽤 빠르신데요" 하고 그 애가 말했다.

"네가 더 빠르네"라고 말하고 나서 윌리엄이 링크 반대편에서 엉덩방아를 찧으며 넘어지는 것을 보았다. 얼음판을 쏜살같이 가로질러 가 보려 했지만 방금 한 시합으로 인해 지친 상태였고, 도착했을 때에는 윌리엄이 이미 울고 있었다.

아이 뒤쪽에 멈춰 서서 허리를 잡고 일으켜 세워 보려고 하다가 순간 아이의 옆쪽으로 넘어져 있는 날 발견한다. "젠장" 하고 내가 내뱉었다.

"넘어졌어요!" 하고 아이가 말한다.

"나도."

일어서려고 해보지만 다시 미끄러지며 뒤로 자빠졌다. 윌리엄이 날 잡아주려고 했지만 우리 둘은 마르크스 브러더스 코미디에 나오는 장면처럼 얼음판 위에 같이 나자빠졌다.

"넘어졌는데 못 일어나겠어!" 하며 웃음보를 터트렸다. 윌리엄은 내 의도를 모른다. 알 리가 없다. 겨우 다섯 살이고 텔레비전 시청도 금지되어 있는 나이가 아닌가. 그런데도 아이가 한심하다는 듯 킥킥거리면서 날 놀라게 했다. 이런 점에 탄복하지 않을 수가 없다. 아이는 여기 오고 싶어 하지 않았고, 자기가 형편없는 스케이터라는 사실을 알고도 이곳으로 끌고 온 내 의도를 눈치챘을지도 모른다. 그런데도 아이는 썰렁한 내 농담에 억지로 웃어 주려고 한 것이다. 내 유머 감각이 젬병이라는 걸 어떻게 알고 일부러 신경을 써 준 거지? 신경을 써 준 게 맞는 것일까? 어쩌면 아이는 다 큰 어른이 넘어지는 것을 보고 그냥 재미있어서 그랬는지도 모른다.

나는 겨우 일어서서 윌리엄을 일으켜 세웠다. "괜찮니?" 내가 말했다. "어디 부러진 덴 없어?"

"그런 거 같진 않아요. 조금 삔 데가 있을진 모르지만요."

"나가고 싶어? 아니면 한 바퀴 다시 돌아볼래?"

윌리엄은 출구 쪽을 간절히 바라보다가 이번에는 여전히 혼자 노래를 부르며 이제 뒤로 스케이트를 타는 헬멧 쓴 그 조그만 남자애를 쳐다보았다. "저거 어떻게 하는 건지 가르쳐줄 수 있어요?" 하고 아이가 말했다. "그냥 날 끌고 다니는 거 말고요?"

"응" 하고 내가 말했다. "물론이지."

그리고 15분 동안 윌리엄과 나는 링크 한가운데에서 아주 조그만 원을 그리며 스케이트를 탔다. 아이는 세 번이나 넘어졌지만 꿋꿋하게 일어나서 다시 용감하게 시도했다. 나는 아이에게 어떻게 두 발을 모으고 한 쪽 발을 바깥쪽으로 밀어내는지, 그래서 어떻게 천천히 나아갈 수 있는지를 보여주었다. 마침내 윌리엄이 한 바퀴를 돌 만큼 자신감이 생겼다.

"하지만 손잡고서요" 하고 아이가 말했다.

"당연히 손잡고지."

시간이 정말 많이 걸렸고, 링크 제일 가장자리로 멀게 돌았지만 우리는 결국 한 바퀴를 다 돌아 냈다. 윌리엄은 거의 오른발로만 스케이트를 탔는데 왼발은 의족처럼 피겨스케이트에 묶여 있는 것 같았다. 그래도 이제 아이는 스케이트를 탈 줄 안다.

"정말 잘했어." 나는 출구를 향해 아이를 밀어 주며 말했다. "내가 처음 탔을 때보다 훨씬 낫네."

아이는 고무 매트 위에서 비틀거리며 걸었다. "이거 느낌이 이상해요. 걷는 느낌이 이상해요."

"얼음판 위에 있다가 나와서 걸으려면 항상 느낌이 이상해."

아이가 비틀대다가 내 팔을 잡았다. 나는 아이를 단단히 붙들었다.

"그 호수 한 쪽이 '아가씨들 호수'라고 불렸던 거 알아요?" 하고 윌리엄이 말했다.

"뭐?"

"울면 링크가 들어서기 전에는 사람들이 호수에서 스케이트를 탔었어요. 그리고 한쪽은 '아가씨들 호수'라고 불렸다고요. 아가씨들만 거기에서 스케이트를 탈 수 있었거든요. 남자들은 못 들어갔어요."

"그 책에서 배운 거니?"

"넵."

나는 미소를 지으며 슬며시 아이의 손을 잡았다.

스케이트를 반납하려고 줄을 서서 기다리는데 윌리엄이 말했다. "에밀리아?"

"응?"

"내 생각에는 오늘 일도 비밀로 해야 될 거 같아요. 왜냐하면 헬멧이 없었거든요. 그리고 내 청바지도 다 젖었고요. 우리 엄마는 내가 옷을 젖게 하면 싫어해요."

"내 청바지도 젖었는걸."

아이가 고개를 끄덕였다. "그러면 우리 약속하는 거죠? 스케이트 탄 건 비밀?"

갑자기 고마움과 애정이 솟아오른다. 그리고 이 비밀 약속을 통해 보호받을 사람은 윌리엄이 아니라 바로 나라는 사실을 알고서 한 말인지 궁금했다.

"좋아, 약속" 하고 내가 말했다.

어제 저녁 학부모 면담에서 있었던 일로 인해, 낮은 기대감을 가지고 대수롭지 않게 여겼던 윌리엄의 담임선생에 대한 나의 생각은 여지없이 날아가 버렸다. 이제 셜린 선생이란 사람에 대해서 난 칭찬 외에는 달리 할 말이 없다. 이 남아프리카공화국 출신 선생님은 캐럴린 솔 박사에게 대항할 배짱을 가진 사람이었고, 그런 셜린 선생을 난 흠모해 마지않게 되었다.

잭과 캐럴린은 면담 일정을 두 번이나 번복했는데, 한 번은 쌍둥이의 조산 때문이었고 또 한 번은 교통체증으로 인해 잭이 링컨 터널에서부터 꼼짝하지 못해서였다. 이번 면담을 위해 시간을 재조정하는 일은 살인사건 공판 때보다도 일정을 잡기가 힘들었으며 긴장과 분노 속에서 더 많은 횟수의 전화 통화가 오간 다음에야 정리가 됐다. 내가 잭에게 혼자서라도 선생님을 만나고 오는 것은 어떠냐고 물었지만, 학교 규정상 담당 선생님을 오히려 불편하게 할 정도로 부부 사이의 관계가 악화된 경우를 제외하고 부모 모두의 참석은 필수라고 했다. 신랄함을 애써 감추며 예의나 차리는 잭과 캐럴린의 관계는 공교롭게도 그 범주에 속하지 않는가 보다.

잭의 이야기는 이랬다. 캐럴린과 그가 팔각형 테이블 양쪽에 놓여 있는 작은 의자에 앉아서 셜린 선생이 윌리엄이 다채로운 색상의 숫자놀이를 얼마나 잘하는지에 대해 말하는 것을 듣고 있던 중에 선생의 머리 위를 무심코 올려다 본 캐럴린이 줄에 매달려 있던 윌리엄의 그림 하나를 보고 만 것이었다.

"저게 뭐죠?" 캐럴린이 손으로 그걸 가리키며 물었다. 그녀의 긴 손가락이 떨리는 모습이 머릿속에 그려진다. 내가 상상하기론 완벽히 정돈된 캐럴린의 손톱은 연한 색상을 띤 타원형이며 수술 전후로 문질러 닦아 준 덕에 매우 깨끗한 상태일 것이고 매니큐어는 바르지 않을 게 확실하다.

"네, 정말 사랑스럽죠?" 셜린 선생이 말했다. "가족 구성에 대한 학습을 해보았어요. 아이들이 전부 자신의 가족을 그려 보는 시간이었는데요, 윌리엄의 그림도 보여드리겠습니다. 매우 인상적인 그림이었답니다."

그녀는 줄에 걸린 그림을 떼어내 보여 주었다. 윌리엄은 빨간 모자를 쓴 자신을 그림 중앙에 그려 넣었다. 윌리엄의 한 편에는 캐럴린이 서 있었다. 캐럴린을 자신과 같은 크기로 그린 것이다. 캐럴린의 머리는 브라운 색상으로 칠했고 홍당무 모양의 긴 코도 그려져 있었다고 한다. 반대편에는 빨간 머리의 잭이 서 있었는데 잭도 자기와 같은 사이즈로 그렸다고 한다. 윌리엄은 나도 그림에 넣었다. 내 머리 위로 흔히들 살색이라고 부르는 연한 오렌지 빛 핑크 색상의 조그마한 물체도 하나 그려져 있었다. 살짝 그려 넣은 듯한 그 물체는 자세히 보지 않는 이상 안 보일 정도였다. 그것은 날개가 달린 아기의 형상이었던 것이다.

"아이가 여동생을 천사로 표현했답니다." 셜린 선생이 말했다. "그걸 보고는 마음이 참 아팠어요."

캐럴린은 셜린 선생의 손에서 그림을 받아 들고 한참을 응시했다. 피부조직, 체내 지방, 복벽과 자궁을 가를 때면 단호하지만 신중한, 그토록 유능한 캐럴린의 두 손이 얼마나 떨렸던지 움켜잡은 색도화지가 앞뒤로 심하게 떨릴 정도였다. 종이가 구겨지고 오그라들기 시작하자 망설이던 셜린 선생이 보다 못해 손을 뻗었다.

"솔 박사님? 캐럴린?" 선생이 말했다.

심호흡을 한 캐럴린은 본연의 침착함과 자신감을 되찾았고, 본래의 재능을 회복한 두 손으로 돌연 그림을 중앙에서부터 찢기 시작했다.

깜짝 놀란 셜린 선생이 종이를 낚아채 갔다. 그림은 거의 다 찢겨 나간 상태로 끝에 몇 인치만 남은 채 헤져 있었다.

"어떻게 이러실 수 있나요?" 떨리는 목소리로 셜린 선생이 말했다.

캐럴린은 눈길을 피했다.

"어떻게 이러실 수가 있습니까?" 셜린 선생이 다시 말했다. "이건 윌리엄이 그린 것입니다. 윌리엄 거지 당신 게 아니란 말입니다. 그리고 이곳은 내가 담당하는 교실입니다. 교실 안의 그 어떤 물건이건 이런 식으로 함부로 대하시면 안 됩니다!" 한 젊은 여성의 목소리에서 느껴지던 힘과 자신의 영역을 온전히 지키기 위해 보여준 그녀의 결의는 두 눈에 눈물이 고임으로써 약간 빛이 바랬다.

"제가 좀 봐도 되겠습니까?" 잭이 조심스레 말을 꺼내며 손을 뻗었다.

셜린 선생이 머뭇거렸다.

"부탁입니다." 잭이 말했다.

셜린 선생은 찢어진 그림을 그에게 건네줬다. 잭은 잠시 그림을 들고 있더니 교실 뒤편에 있는 탁자에 얹었다. 그림을 탁자 위에 펼쳐 놓은 다음 스카치테이프의 끝자락을 세심하게 펴가면서 조심스럽게 그림을 이어 붙였다. 이어서 다른 그림들이 있는 그 줄 위에 그림을 다시 매달아 놓았다.

"그러니까 윌리엄이 숫자놀이에 관심이 많다고 하셨죠?" 잭은 작은 미니어처 의자에 도로 앉으며 말했다.

면담이 끝날 때까지 캐럴린은 입을 열지 않았다. 몸을 수그리고 앉아서는 물결처럼 부드러운 머리카락으로 시선을 가리고 있었다. 두 사람은 교실을 나와 코트를 입었고, 그때 잭이 한마디 했다고 한다. "윌리엄을 이번 주엔 좀 일찍 데리러 가야겠는데, 괜찮다면 말이야. 당신 집으로 다섯 시까지 갈 필요 없이 학교에서 바로 데리고 올까 하는데."

"왜지?"

"누가 라이언 킹 공연 티켓을 줬어. 금요일에 하는데, 그날 좀 같이 보내고 싶어서."

"라이언 킹은 이미 본 거잖아." 캐럴린이 말했다.

"한 번 더 봐도 좋아할 것 같은데."

거절할 기세를 보이던 캐럴린이 의외로 수긍하고 들며 어깨만 으쓱해 보였다.

"그럼 내일 여기서 바로 데리고 갈게." 잭은 다시 확인했다.

"내일이 입학 발표 날이야."

"그래, 발표 나는 대로 전화해 줘. 애한테도 말해 주게."

코트 옷깃의 모피를 매만지던 캐럴린이 말했다. "애한테는 내가 직접 말할래. 그래도 윌리엄이랑 일일이 함께 상의하면서 정한 건데. 입학시험을 보러 나랑 같이 갔고. 면접시험도 같이 갔었고 말이야. 애한테 소식을 전할 사람은 나여야 한다고 생각해."

"알았어. 그러도록 해."

"왜냐하면 말이지, 윌리엄과 내가 함께 칼리지에이트를 골랐어. 아이와 같이 내린 결정이니만큼 합격 소식도 같이 축하를 하고 싶어. 정말이지, 애한테 소식을 전해 줄 사람은 나여야 해."

"그래, 그러라고 했잖아."

"음, 내일 발표 통지서가 나온다는 걸 윌리엄도 알거든. 아이가 몹시 궁금해할 것 같아."

"캐럴린, 윌리엄을 내일 유치원에서 데리고 가는 사람은 나야. 우린 저녁에 같이 라이언 킹을 볼 거고, 같이 주말도 보낼 거야. 내일 당장 애한테 소식을 전해주고 싶다면 내가 말해 줄게. 영 마음에 안 들면, 월요일까지 기다렸다가 당신이 직접 얘기해 주면 되잖아." 잭은 방금까지만 해도 버릇없는 아이처럼 굴었던, 그리고 아이가 정성을 다해 그린 가족 그림마저 찢어 버리려고 한 자신의 전 부인이, 비록 일시적이기는 하겠지만 지금 당장은 무언가를 요구할 권리를 상실했음을 구태여 입 밖으로 말하지 않았다. 하지만 낮게 깔린 그의 목소리에 숨겨진 의미를 캐럴린은 바로 간파했다.

"알았어." 그녀가 말했다.

물론 정말로 일이 그렇게 돌아간 것인지 내가 알 수는 없다. 잭은 대부분의 정보를 들려주었지만 감정에 관한 세세한 부분까지 얘기해 준 건 아니었다. 남은 부분은 나의 몫이었다. 과연 잭이 정말로 분노에 떨고 있던 캐럴린의 면전에서 그토록 단호하면서도 여유만만하게 행동했는지는 의문이다.

오늘 Y 유치원에서 잭과 윌리엄을 만나기로 했다. 그곳에서 윌리엄이 그린 이사벨의 그림을 볼 생각이다. 그런 다음 두 사람이 브로드웨이의 상투적인 호화 찬란 쇼를 보러가기 전까진 셋이서 오후를 보낼 것이다. 난 라이언 킹을 보고 싶은 마음이 전혀 없었다.

나는 약간 늦었고, 잭은 코트 자락 안에 윌리엄을 넣어 감싸고 있었다.

"잠깐만요." 내가 말했다. "빨강 반에 잠깐 좀 들를게요. 그림 좀 보고 오게요."

"잭!" 누군가의 앙칼진 목소리에 방과 후 복도에서 일어나는 모든 소란이 일시적으로 잠잠해졌다. 캐럴린이 사람들을 헤치며 다가왔다. 잭과 내가 함께한 이후로 지난 3년간 캐럴린을 볼 일은 없었다. 사실 캐럴린을 처음 본 것은 아직 부부였던 잭과 캐럴린이 자신들의 집에서 부서 식구들을 위한 크리스마스 만찬을 열었을 때였다. 지금의 캐럴린은 그때보다 늙어 보인다. 얼굴에 주름이 늘었다. 그럼에도 불구하고 그녀는 얼마나 아름다워 보이는지 모른다. 그녀가 나보다 예쁘다는 사실을 그동안 잊고 있었던 것이다.

"잭." 캐럴린이 다시 불렀다. 캐럴린이 잭의 코트 소매를 잡으며 말했다. "우리 얘기 좀 해. 당장 말이야."

캐럴린의 하얀 손마디가 잭의 팔을 잡고 늘어져 잭이 팔을 빼내려고 하면서 "진정해"라고 말했다.

"당장, 잭. 당장!"

"알았어." 잭의 목소리에는 어떻게든 타일러 보려는 기색이 역력하다. "에밀리아, 윌리엄 데리고 잠깐만 교실로 가 있어 줄래? 캐럴린, 전에 에밀리아를 본 적이 있던가?"

"크리스마스 파티에서 한번 뵀었죠." 내가 말했다. "3년 전에요."

"그런 건 나중에 얘기하죠." 캐럴린은 사나운 눈초리로 즈위를 살폈다. 여자들이 캐럴린을 뚫어져라 쳐다보았다. 한두 명은 그녀에게 다가가서 무슨 일이라도 있냐고, 도와줄 게 있냐며 물어 보려고도 했지만, 격분한 그녀는 모두에게 간섭하지 말라는 너무나도 명확한 신호를 보내고 있었다.

"좋아, 어서 가자고." 잭이 말했다.

이사벨을 그린 그림을 보고 싶었다. 내가 여기에 온 이유도 그것이다. 하지만 난 묵묵히 엘리베이터까지 그들을 따라갔다. 어차피 수요일에 다시 올 테니 그때 봐도 되겠지.

길가로 나와서까지 우리는 침묵을 지켰다. 휘저으며 걷는 캐럴린을 따라가는 것 외에 우리에게는 달리 선택의 여지가 없는 것 같았다. 캐럴린은 Y 유치원과 그곳 엄마들을 따돌리고 나서야 걸음을 멈추었다. 잭은 윌리엄의 손을 잡고 있었다. 한쪽 어깨에는 아이한테 받아든 런치박스의 끈이 걸려 있고, 겨드랑이 사이에는 부스터 시트를 끼고 있었다.

"안 됐어." 어깨너머로 누가 듣기라도 할까 봐 연방 확인을 하며 그녀가 말을 꺼냈다.

"뭐?" 잭이 말했다.

"칼리지에이트 말이야!" 그녀가 자갈이라도 씹은 사람처럼 대꾸했다.

"이런." 잭이 말했다.

"이런? 이런? 그게 전부야? 자식이 제대로 된 학교엘 못 들어가게 생겼는데! 칼리지에이트, 달턴, 트리니티 전부 못 들어갔는데도 말이야. 심지어 유엔 국제학교도 안 됐어! 당신이 하도 우겨대서, 당신 어려서 융커스에서 살 때 지하철 안에서 리버데일 다니는 애들만 보면 마냥 부러워했다며. 그래서 넣은 리버데일 컨트리 데이에도 대기자로 등록된 게 전부란 말이야. 그 학교에서도 붙여준 게 아니라고, 기껏해야 대기자란 말이야. 합격한 학교라고는 에티컬 컬처밖에 없어!"

"에티컬 컬처도 정말 좋은 학교야." 잭이 말했다.

"뭐가 좋은 학교야." 캐럴린이 내뱉었다. "뻔한 일반 학교지. 2류라고. 명문 학교는 한 군데도 안 되다니, 믿기지가 않아. 이건 너무 끔찍하잖아, 잭. 이건 너무 끔찍해. 이게 얼마나 큰 재앙인지 아직도 감을 못 잡다니. 당신은 내가 생각했던 것 이상으로 바보천치야."

"캐럴린, 그 학교가 왜 2류야."

"잭, 잠깐만요." 내가 말했다. "윌리엄을 데리고 어디라도 가 있을게요. 집에서 봐요."

잭이 고개를 끄덕였다. 전남편을 비난하는 데 정신이 팔린 나머지 캐럴린은 내가 자기 아이의 손을 잡고 택시를 잡으러 가는데도 알아차리지 못 했다. 줄줄이 나오는 신랄한 대사에 취한 나머지 자기 아들의 얼굴이 잿빛이 되더니 헐떡거리기 시작한 것도 모른다. 내가 부스터 시트를 그곳에 두고 와 버렸단 사실도 모르는 것 같았다.

"괜찮니?" 택시에 타자 내가 물었다.

"아뇨." 윌리엄이 대답했다.

"벨베데레 캐슬까지 최대한 가까이 가서 좀 내려주세요." 나는 택시기사에게 말했다.

벨베데레 캐슬의 나선형 계단을 오르는 동안 윌리엄은 아까보다 더 심하게 헐떡거렸다. 테라스에 올라왔을 때는 윌리엄에게 천식 증상이 나타났다는 생각이 들었다. 아래층 공원 경비 데스크에서 가져온 초록색 디스커버리 키트 중 하나를 아이에게 건넸다.

"네 거에는 뭐가 들었니?"라고 물었다.

아이는 어깨를 으쓱했다.

배낭을 열어 보니 안에는 책표지가 찢겨진 채 너덜너덜한 피터슨 가이드북, 여러 색상의 마커 펜과 색연필 그리고 스크랩 종이랑 클립보드가 있었다.

"이것 좀 볼래. 다른 애가 자기 그림을 놔두고 갔네." 윌리엄에게 클립보드에 끼워져 있는 연한 빨간색 새 그림을 보여주었다. 몸체와 발 부분의 비율이 맞지 않아서 마치 새가 에스키모 가죽 장화라도 신은 것처럼 보였다.

"그 애가 놔두고 갔을 만도 하네." 난 이렇게 말했다. "이 그림 정말 엉망이다. 이게 대체 뭐람? 스키 부츠 신고 있는 홍관조도 아니고 말이야. 윌리엄, 네 실력을 얼른 보여줘야겠다. 이 애보다 몇 천 배는 더 잘 그리잖니."

아이 입가가 희미한 미소로 살짝 떨리나 싶었는데 이내 사라진다.

배낭에서 무지하게 성능이 좋은 망원경을 꺼냈다. "네 망원경도 꺼내서 우리 매나 찾아볼까." 내가 말했다. "매도 맹금류 랩터야. 네가 좋아하는 공룡 벨로시랩터처럼 말이야. 센트럴파크에 엄청 많아. 혹시 매에 대해서도 알고 있니?"

"아니요." 부루퉁한 표정으로 아이가 마지못해 대답했다.

아이의 배낭에서 망원경을 꺼내 줬다. 받긴 했지만 눈어 대지는 않는다. 난 망원경을 가지고 캐슬 바로 아래 있는 터틀 폰드에서부터 나무 위와 회색 하늘까지 훑어보았다. 매의 흔적을 찾아봤지만 아무것도 못 건진다. 영 잘못 짚고 딴데만 들여다본 것 같다. 매를 찾다 지겨워져서 터틀 폰드 옆 잔디밭에 있는 사람들에게 초점을 맞추었다. 뚱뚱한 남자가 갈색 재킷을 걸치고 잔디 위에 앉아 있다. 그 남자는 소매의 찢어진 부분을 은색 이삿짐 테이프로 가렸는데, 코를 후비고 있는 중이다. 윌리엄에게 코 파는 사람을 보여주려고 몸을 돌렸다. 윌리엄은 내 옆에 붙어 서 있었다. 아이가 손에 들고 있는 망원경의 손잡이 고리가 달랑거리는 게 보였다.

"이리 와 보렴. 이거 진짜 재미있다." 내가 말했다.

윌리엄은 지쳤다는 듯 한숨을 내쉬었다.

"나한테도 벨베데레 캐슬에 대해 좀 알려줄래? 누가 만든 건지부터 말이야."

다른 시도를 해보다. "그거 아니? 이 근처에 붉은꼬리매 한 쌍이 산대. 5번가에 있는 아파트 빌딩 위에 둥지를 틀고 말이야."

아이는 발로 벽만 차고 있다. 새나 새들이 값비싼 건물을 좋아하는 이유 따위에는 전혀 관심이 없는가 보다. 아마도 너무 화가 나 있어서, 그게 아니라면 매는 멸종위기에 처한 맹금이 아니라서 도무지 관심이 가지 않는가 보다.

"윌리엄, 세상이 끝난 것도 아니잖니. 에티컬 컬처는 정말 재미난 학교야. 내가 아는 사람들 중에 에티컬 컬처를 다닌 사람들도 많은데, 다들 그 학교 다닌걸 너무 좋아하더라."

"칼리지에이트는 최고의 학교란 말예요."

"아니, 그렇지 않단다. 칼리지에이트엔 속물들만 다녀. 게다가 남자 아이들만 있잖아. 남자들하고만 학교 다니고 싶어 하는 사람이 어디 있어."

"칼리지에이트에 가야만 하버드도 가요."

"첫째, 칼리지에이트에 간다고 다들 하버드에 가는 건 아냐. 사실 칼리지에이트를 나온 아이들이라 해도 대부분 하버드에 못 간단다. 칼리지에이트 나온 사람들 중에 너무 멍청해서 버긴 커뮤니티 칼리지도 겨우 들어간 사람들도 많단다." 그런 자들 몇몇과 내가 잠자리를 같이했다는 말은 하지 않았다. "둘째, 하버드에 들어간 사람들 중에서 에티컬 컬처를 나온 사람들도 얼마나 많은데. 셋째, 넌 이제 겨우 다섯 살이란다. 벌써부터 하버드 가는 일로 고민할 이유는 없잖니?"

"아줌마도 하버드 나왔잖아요."

"그래, 지금의 날 봐봐."

내가 바란 것과는 다르게 윌리엄은 방금 한 내 대답을 너무 진지하게 받아들였다.

"윌리엄, 아빠는 뉴욕주립대학교를 다니셨어. 지금 엄청 잘나가시잖아. 어느 대학을 다니느냐는 사실 별 문제가 아니야. 어느 유치원을 다니느냐는 더더욱 문제가 아니고. 네가 그 학교를 좋아하는가가 중요한 거야. 학교를 얼마나 사랑하는가 말이야. 네 맘에 들 거야. 넌 숫자놀이 왕이잖아. 셜린 선생님이 말해주셨어."

"아줌만 이해 못 해요."

"아니, 아주 잘 안단다. 넌 보기만 해도 졸음이 몰려오는 칼리지에이트 신입

생 모자를 엄청 써 보고 싶어 했잖니. 그래서 지금 속상한 거겠지. 하지만 곧 기분이 풀릴 거야. 엄마 기분도 풀리실 거고. 약속."

"그 애들은 모자 같은 거 안 써요. 재킷이랑 넥타이를 맨다고요."

"그게 더 안 좋다. 상상이 되니? 넥타이를 매일 매야 한다면 말이야. 끔찍하다."

"난 넥타이 좋아해요."

스톤 캐슬 돌담에 망원경을 놓았다. 그리고 아이와 눈높이가 같아지도록 몸을 숙였다. 울지 않으려 애쓰는 아이는 고리를 만지작거리며 시선을 내려 망원경을 쳐다보았다. "요 녀석." 내가 말했다. "괜찮아, 정말 괜찮을 거야."

아이는 쉬고 갈라진 목소리로 속삭였다. "엄마는 나한테 화가 나셨어요."

그런 게 아니라고 재차 위로해 주려고도 했지만, 아이도 알 것은 다 알고 있다. 아이도 분노를 목격했고 이젠 아는 것이다. 캐럴린은 있는 대로 화가 난 상태였고 그런 엄마의 분노가 아이를 덮친 것이다.

"어른들은 무엇인가를 원하는데 그것을 갖지 못하면 이따금 엄청 흥분을 한단다." 내가 말했다. "그리고 모든 사람과 모든 것들에 화를 내기도 하고. 엄마는 칼리지에이트에 화가 나신 거야. 그리고 아빠한테도 서운하신 거고. 엄마가 다른 사람들에게 너무 화가 나 계셔서 아마도 엄마가 윌리엄한테도 화가 나신 걸로 생각했나 보구나."

윌리엄은 아직 나와 눈을 맞추지 않았다. 어색하게나마 내가 아이를 팔로 감싸며 내 쪽으로 당겼다. 아이는 내 어깨에 머리를 파묻으며 잠시 기댔다. 그러고는 갑자기 자기가 한 행동을 깨닫고는 몸을 도로 뺐다.

"아줌마는 이해 못 해요." 아이가 말했다. "아줌마는 칼리지에이트를 몰라요. 왜냐면 닿지 않았으니까요. 아줌만 뉴저지에 살았잖아요. 그러니까 엄마나 나처럼 그렇게 닿지 않은 거예요."

나는 일어나 아이의 허리를 잡았다. 가슴 높이까지 들어 올려 아이의 몸이 석조 벽을 향하도록 했다. 우리가 서 있는 곳 한참 아래쪽 바위 언덕 위에 성이 들어서 있다.

"윌리엄, 망원경으로 한번 봐봐."

아이는 발꿈치로 내 다리를 차며 몹시 허둥댄다. "나 떨어뜨리면 안 돼요!"

"안 놓칠 거야. 여기 똑바로 앉아서 망원경으로 한번 봐." 아이의 허리를 단단히 잡고 돌담 위에 앉히며 몸의 균형을 잡아주었다.

아이가 망원경을 눈에 갖다 댔다.

"보이니?" 내가 물었다. 아이가 앞에 펼쳐진 광대한 공원의 정경을 볼 수 있도록 초점을 맞춰 주었다. "이제 저 빌딩들을 한번 보렴. 거기는 어퍼 웨스트사이드야. 저기는 우리 사는 데고, 또 저긴 칼리지에이트가 있는 곳이란다."

"그건 브로드웨이 78번지에 있어요." 아이가 대꾸했다.

"맞아, 그리고 다른 쪽도 한번 볼래." 난 아이의 망원경을 서쪽 방향으로 움직였다. "저기는 어퍼 이스트사이드야. 네 엄마와 네가 사는 곳 말이야." 난 아이가 보게끔 북쪽을 가리켰다. "북쪽 저 멀리까지도 보이니? 할렘 지나서도? 우중충한 날만 아녔으면, 리버데일까지도 쭉 볼 수 있는데 말이야."

포커스 다이얼을 열심히 돌리는 걸 보니 기분이 영 안 좋던 아이가 이제야 흥미를 보이는 것 같았다.

"윌리엄, 도시가 정말 크지? 칼리지에이트는 이렇게 큰 도시에서 단지 하나의 작은 점에 불과하단다. 보잘것없고, 별 큰 의미도 없는 작은 점이란 말이야. 거대한 이 도시처럼 우리 윌리엄도 분명 거대한 인생을 살게 될 거야. 칼리지에이트는 그리 중요한 게 아니란다. 어떤 일이 있어도, 또 누가 얼마나 화를 내고 슬퍼하더라도, 이 세상은 참 크다는 걸, 그걸 우리가 얼마나 멀리까지 내다볼 수 있을지를 항상 기억해야 해, 알았지?"

아이는 망원경을 가지고 앞뒤로 훑어보기는 하지만, 대답을 하지는 않았다.

"알겠니?" 난 다시 물었다.

"아무것도 안 보여요." 아이가 대답했다.

아이를 땅에 내려 준 다음 망원경을 챙기며 나선형 계단으로 향했다. 터벅터벅 내 뒤를 따라붙는 윌리엄의 고급 프랑스제 레이스업 부츠가 돌멩이에 닿아 쓰적거렸다. 데스크에 망원경을 반납하다가 벽에 붙은 안내문에 눈이 갔다. '자연주의자들을 위한 주간 공원 투어를 4월 1일부로 재개합니다. 내년의 철새 이동을 관찰해 주실 자원 봉사자를 찾습니다. 그리고 2월 마지막 밤에 스페셜 추모의 걷기 행사가 있을 예정입니다. 관심 있으신 분께서는 온라인 또는 전화로 참가신청을 해 주십시오.' 왜 저러는 건지 모르겠다. 진심으로 슬퍼하는지 입증이라도 해 보이려고? 병원기록이나 사망진단서라도 확인하려고? 그것도 아니라면 초강력 화장티슈, 방수용 마스카라, 미니어처 유골함 같은 상품을 엄청 뻥튀기한 가격에 내다팔 속셈으로 특별고객 리스트라도 작성하려는 건가?

"나 매에 대한 거라면 다 알아요." 윌리엄이 내 뒤에 붙으며 말했다. "5번가 927번지, 74번 거리에는 페일메일이 살아요. 센트럴파크어는 익더귀새매하고 넓은꼬리매랑 물수리, 황조롱이, 송골매가 살아요. 전부 다 안다고요, 에밀리아 아줌마."

"대단한걸, 윌리엄. 정말 잘 아네. 자, 이제 그만 집으로 가자."

Chapter 18

윌리엄과 잭을 거의 한 시간가량 기다린 뒤에야 잭이 장바구니 두 개를 들고 아파트로 걸어들어 왔다. 윌리엄이 달려들어 안기는 바람에 잭은 아직 열어놓은 현관문으로 주춤 밀려났다. 잭이 장바구니를 내려놓은 다음 무릎을 꿇고 "장하다, 우리 아들"이라고 말하자 윌리엄이 울음을 터트렸다. 잭은 모르는 척하며 "에티컬 컬처는 좋은 학교란다"라고 말했다.

"칼리지에이트에 못 간대요." 윌리엄은 엉엉 울었다.

"아가야, 윌 대장, 그런 건 상관없어. 넌 거기서 좋은 경험을 할 거야. 친구도 많이 만들고. 틀림없이 맘에 들 거야. 그러니 학교 이야기는 그만 하자. 더는 듣고 싶지가 않구나, 알았지? 큰 문제도 아닌데 왜 그러니, 윌. 넌 좋은 학교를 다니게 된 거란다. 그걸로 된 거야."

잭이 일어서며 아이를 한 팔에 안았다. 다른 팔로는 장바구니를 집으려고 하기에 뺏어들었다.

"이게 다 뭐예요?" 내가 물었다.

"오늘은 테이크아웃이 영 먹기 싫은걸." 그가 말했다. "쿠베 좀 만들어 볼까 하는데." 잭은 부엌으로 걸어 들어간 다음 윌리엄을 의자에 앉혔다. "윌, 할머니가 만들어 주셨던 쿠베 기억나지? 아빠가 그걸 만들건데, 도와줄래?"

"당신이 쿠베를 만든다고?" 장바구니를 들고 그를 따라가던 내가 말했다.

"그럼."

"쿠베 만들 줄은 언제부터 알았다고?"

"어머니가 만드시는 건 몇 천 번도 넘게 봤지. 해보면 기억나겠지." 이렇게 말하며 잭은 장바구니를 풀기 시작했다. 잭은 정육점 기름종이에 싼 고깃덩어리, 파인넛 한 봉지, 대용량 올리브 오일 한 병을 꺼내더니 요리대 위에 올렸다. 나는 올리브 오일을 집어 들었다. 32달러짜리 유기농 제품이다.

내가 말했다. "누가 만드는 걸 옆에서 보는 거랑 본인이 직접 해보는 거랑은 또 다르잖아요."

"당신도 장모님이 요리하시는 걸 딱 한 번 보고 만들었다며." 잭이 이렇게 말했다.

"나야 요리를 늘 해왔지만, 당신은 그런 게 아니잖아요."

"나도 요리할 줄 알아."

"스크램블드 에그는 요리라고 할 수 없어요. 선반에 있던 페스토 소스로 만든 파스타도 마찬가지고요."

잭은 파슬리 한 단을 집어 초록색의 작고 여린 잎사귀 부분이 흩어지게끔 요리대에 대고 털었다. 윌리엄은 눈이 동그래진 채 올려다보고 있다. "젠장, 에밀리아" 하고 잭이 말했다. "테이크아웃 중국음식이라면 이젠 지긋지긋하다 못해 신물이 날 지경이야. 태국 음식이나 델리에서 사온 샐러드도 마찬가지고. 전화통을 붙잡고 엄마한테서 망할 놈의 요리법을 배우더라도 쿠베를 만들어내고 말겠다고."

"내가 할게"라고 말하면서 나는 고깃덩어리를 기름종이 포장에서 꺼내 주발에 담았다. 갈아놓은 양고기는 차갑고 부드럽다. 양고기를 한 줌씩 쥐고 눌러주었다. 손깍지 사이로 고기가 삐져나오고 그 순간 손 씻는다는 걸 깜박했단 생각이 들었다.

"미안해." 잭이 말했다.

"아냐, 내가 미안해요." 내가 말했다.

"아줌마는 손도 안 씻으셨잖아요"라고 윌리엄이 말했다.

양파를 썰면서 잭의 어머니 트미마에 대해 생각했다. 이사벨이 태어나기 전에도 내게 못해 주신 건 아니지만 무엇인가 형식적으로나마 뻣뻣하게 대하신 면도 없지 않아 있었다. 우리 결혼식 날에도 비탄에 잠긴 시어머니의 얼굴은 유난히 길고 축 늘어져 보였다. 그걸 보신 우리 할머니는 자신과 마찬가지로 시어머니도 예식장에 오면 죽은 남편이 생각나고 자신이 어린 신부였던 젊은 시절이 그리워져서 저러는 거라며 위로를 한답시고 다가가셨다. 시어머니는 고개를 저으며 할머니께 말씀하셨다. "우리가 사는 곳에선 이혼은 생각지도 못하는 일이에요."

시어머니 될 사람이 고작 시크사(유대인 아닌 여자)였던 첫 번째 며느리 때문에 마음 아파하고 있다는 사실이 할머니에게는 믿기지 않았다. "그래도 우리 에밀리아는 유대 혈통이지 않습니까." 할머니는 이 말을 몇 번이고 되풀이하셨다.

고개를 내저으며 시어머니가 말했다. "아무도, 어느 누구도 그래선 안 되는 건데요. 본처하고 이혼도 하기 전에 두 번째 부인을 들이다뇨. 아랍인들이나 하는 일이죠. 바깥세상 남자들 중에야 더러 그러는 이들도 있다고는 들었네요. 아무리 그래도 그렇지 요즘 애들은 불쌍한 자식새끼 생각은 안 하고 덜컥 이혼부터 하네요."

"거 참!" 할머니는 이렇게 대꾸하시더니 자리에서 박차고 나오셨다. 자기 아들이 재혼과 자녀 공동양육권 대신 두 여자를 모두 거느리고 계속 살기를 바라는 여자한테 무슨 할 말이 더 있겠는가?

그 뒤로 난 시어머니의 마음에 들려고 최선을 다했다. 시어머니가 콜리플라워 피클이랑 슬로 쿡 치킨을 만드는 것을 찬찬히 봐두었다가 집에 오시면, 내 나름대로 흉내를 내서 만들어도 보고 했지만, 시어머니는 오히려 내가 자신의 요리 영역을 침범했다며 불편한 심기를 내보이셨다. 그제야 내가 얼마나 미련했는지 깨달았지만 수습하기에는 늦었다. 그렇게 깨닫고 나서부터는 어머니가 만드시는 설탕절임 대추야자 과자를 잭이 아주 좋아한다며, 제발 한 봉지만 더 보내 달라고 해보기도 했고, 몇 번이나 흉내내 봤는데도 그 맛이 안 나오더라는 인사를 곁들이는 것도 잊지 않았다. 하지만 사실 난 시어머니가 만든 과자보다 내가 만든 게 훨씬 더 맛있다고 생각했다. 나는 반죽에 마가린 대신 버터를 넣는데, 그렇게 하면 시어머니가 만든 것처럼 뻑뻑한 감이 웃돌지 않는 대신 입에서 살살 녹기 때문이다. 시어머니는 반죽 안에 아몬드를 너무 많이 넣었다.

하지만 내가 시어머니로부터 꺼지지 않는 사랑을 받게 될 결정적 이유는 다름 아닌 딸을 잃은 슬픔을 겪은 것이었다. 내가 이사벨을 잃자 시어머니는 모든 일을 제치고 달려오셨다. 정말이다. 잭의 누나 말에 의하면, 시어머니는 양탄자 청소기를 내던지고 방에 들어가 짐을 꾸린 다음 곧바로 택시를 잡아타고 공항으로 향하셨다고 한다. 우리 아파트에 도착해서는 잭의 곁에 있던 나를 계피향이 맴도는 부드러운 팔로 감싸 안아 주셨다. 내가 애통한 마음과 죄책감으로 인해 눈물을 쏟아내고 있는 동안에도 시어머니는 날 안고서 "아가, 나도 안단다. 시리아를 떠나기 전에 나도 어린 여동생을 디프테리아로 잃었단다. 그리고 잭이 태어나기 전에 조산으로 아이 하나를 보냈지. 자식을 잃은 슬픔이 어떤 건지 나는 잘 안다, 얘야" 하고 말하셨다.

"어머니도 그런 적이 있었다고요?" 잭이 말했다. "몰랐어요. 그런 얘길 꺼내신 적 없으셨잖아요."

"네가 모르는 게 어디 한둘이겠니?" 시어머니는 이렇게 말했다. 내 눈물이 마르자 그제야 아들을 챙기러 가셨다.

"내 손으로 당신 먹을 쿠베를 만들고 싶어." 내가 말했다 "내가 요리에 손을 뗀 지 너무 오래됐죠, 미안해요."

"괜찮아, 자기야." 잭이 말했다. "당신 직업이 여기서 요리나 해주는 것도 아니고."

"에밀리아는 직업이 없어요." 윌리엄이 말했다.

"난 지금 잠깐 휴직 중이야." 이렇게 대꾸해 주고 양파와 양고기를 같이 볶았다. 잭이 석류 즙으로 만든 당밀이랑 슈맥 가루를 잊고 안 사온 것이다. 요리에 그 재료들이 들어간다는 사실은 알까. 아니 그런 재료들이 있는지조차 알기나 하는지 모르겠다.

월리엄은 "난 이 부엌일에서 휴직할 거야"라고 말하며 깔깔거리고 웃더니 의자에서 기어 내려와서는 양말 신은 발을 이용해 마룻바닥을 미끄러져 갔다. 마루에서 아이가 내지르는 환호성이 들렸다.

"오늘 정말 난리도 아니었죠." 내가 말했다.

"지금 캐럴린은 애 학교 문제로 머리가 엄청 복잡한가 봐." 잭이 말했다. 잭은 식료품 저장고에서 와인을 한 병 가져온 다음 선반에서 와인글라스 두 잔을 꺼냈다.

"당신 전 부인은 정신병이야."

"난 애가 걱정 돼, 진짜로. 칼리지에이트에 가는 것만 제일 우선이라고 생각하는 것 같아서."

"월리엄은 걱정 말아요. 월리엄은 괜찮을 거야." 내가 말했다. "캐럴린 걱정이나 해요. 그 정도면, 정신병자야. 정신병원에 실려 가야 할 판이던데요. 벨뷰 병원 있잖아, 거긴 1지망 유치원에 못 간 자식을 둔 부모들을 격리하는 병실이 따로 있을지도 몰라."

잭은 내게 와인 한 잔을 준 다음 자기도 느릿하게 한 잔 머금는다. 반 잔 정도를 마신 잭의 윗입술에 보라색 와인 자국이 남았다. 나도 한 모금 마셨는데 와인 맛이 혀에 맴돌았다. 알코올 맛이 고약했다. 난 절대로 술을 안 한다. 취할 때의 센세이션이 그리울 때를 제외하고는 말이다. 나는 감정을 그냥 지우는 편을 좋아한다. 아니면 감정의 기억을 지우거나.

"캐럴린이 이번 일에 너무 많은 것을 걸었던 거야." 잭이 말했다.

나는 작은 펜에다 파인넛을 넣고 요리조리 고른 갈색을 띨 때까지 볶아 주었다. 그리고 푸드 프로세서를 꺼냈다. 먼지가 쌓여 있다. 고리에 걸려 있는 에이프런을 집었는데, 몇 달째 걸려만 있어서 이젠 아예 걸어 놓은 대로 주름이 잡혀 있고 목 부분 끈도 고리 자국이 난 채 접혀져 있다. 나는 "유치원에 너무 많은 것을 걸었다고요? 월리엄이 하버드에 못 갈까 봐? 걱정들 말아요. 월리엄은 대학도 건너뛰고 바로 MIT에서 핵물리학 포스트닥 과정을 밟고도 남을 아이예요"라고 응수했다.

잔을 비운 잭이 와인을 한 잔 더 따랐다. 나를 향해 와인 병을 흔들어 보였지만 나는 고개를 내저었다. "캐럴린이 우성인자에 대한 기대를 너무 많이 한 거지. 임신했는데 이번에 태어날 아이가 윌리엄만큼 똑똑하지 않을까 봐 많이 걱정하더라고. 캐럴린한테는 윌리엄이 비장의 으뜸패인데 에티컬 컬처, 그리고 필드스턴에 발목이 잡힐 거라고 믿고 있어. 칼리지에이트나 애초에 원했던 1지망 학교에는 앞으로도 영영 발을 들여놓지 못하게 될까 봐 노심초사하는 거지."

난 양고기와 양파가 지글거리는 스튜용 철 냄비에 손을 뻗어 냄비 손잡이를 잡으려다가 바닥에 요리장갑을 떨어뜨리고 말았다. 비명을 지르며 싱크대로 달려갔다. 화끈거리는 손바닥을 차가운 물에 갖다 대며 울먹였다.

"이런, 세상에." 잭은 어쩔 줄 몰라 하며 내 주위를 맴돌았다. "응급실에 가야 될 것 같아? 여보, 얼마나 데인 거야? 한번 봐"라고 말하며 내 손을 잡아 뒤집은 다음 물집자국이 있나 확인을 해보았다. 손바닥이 엷게 부어올랐다. 내 손을 잡고 찬물에 다시 담갔다. "좀 더 담그고 있는 게 좋을 것 같아." 그가 말했다.

"임신을 했다고? 임신을 어떻게 한 거래?" 난 흐느끼기 시작했다. 화상을 입지 않은 쪽 손등으로 코를 훔치고 입고 있던 청바지에 콧물을 문질렀다. "재혼도 안 했잖아. 게다가 마흔세 살에 임신이라니! 그 나이에 애는 어떻게 가진 거야?"

"마흔두 살이야. 그리고 여름부터 만나온 사람이 있대."

"만나긴 누굴 만나. 그랬음 윌리엄이 우리한테 벌써 말하고도 남았지. 윌리엄이 언제부터 비밀을 잘 지켰다고." 하지만 난 아이가 할 수 있단 걸 안다. 이 아이는 비밀을 곧잘 지키니까.

"윌리엄은 아직 아기에 대해 모르고 있어. 3개월 정도에 얘기해 줄 생각이래."

"임신한 지 얼마나 됐다는데? 2개월? 2개월 반?"

잭은 물을 잠그고 내 손을 타월로 감싸 주었다. "신경 쓰지 마, 에밀리아. 3개월 좀 넘었다나 봐. 우리가 이사벨을 잃었을 때, 아이를 갖고 싶다는 생각을 하게 됐대. 그러곤 바로 임신한 거고."

그의 손으로부터 내 손을 비틀어 뺐다. "이사벨 때문에 임신을 했다고? 당신 전 부인이 내 애가 죽어서 임신을 했다고?" 내가 소리를 지르자 그 거친 목소리가 부엌으로 울려 퍼지면서 벽걸이에 걸려 있던 구리 냄비가 흔들렸다.

"축하할 일이잖아, 에밀리아." 잭이 되받아쳤다. "아이를 잃고 슬퍼하는 우리를 본 캐럴린 마음이 아팠나 봐. 이사벨을 내가 얼마나 사랑했는지 얼마나 낙담해하는지를 봤대. 그래서 자기 인생에도 저런 사랑이 다시 오면 좋겠다는 생각을 한 거래. 그러니 당신도 좋게 생각해. 나는 좋게 생각해."

"거짓말 마." 내가 소리쳤다. "당신도 기분이 안 좋잖아. 당신도 질투 나고 나처럼 화나잖아."

"난 그렇지 않아." 그가 말했다. "이사벨의 죽음에서 무언가 선한 결과가 나온 거라고 생각해 달라고. 우리 이사벨이 헛되이 죽은 게 아니라고 생각하면 나도 위로가 돼."

"이사벨이 그래서 죽은 게 아니잖아. 캐럴린더러 아이 하나 더 만들라고 우리 이사벨이 죽은 게 아니라고. 저주받을 인간, 이 개자식아, 이사벨은 그래서 죽은 게 아니라고. 그런 변명 따윈 집어치우란 말이야!"

난 부엌에서 뛰쳐나와 복도에 서 있던 윌리엄을 본 체도 않고 지나갔다. 아이는 두 손을 말아 주먹을 쥐고 제 뺨을 누르고 있었다. 코트를 집어 들고 클록에 발을 쑤셔 넣었다. 문을 쾅 닫고 나왔다. 엘리베이터 버튼을 눌렀지만 빨리 와주질 않았다. 계단으로 뛰어 내려가 로비를 지나 바깥으로 나가서는 끔찍이도 음울한 2월의 오후 속으로 뛰어들었다.

Chapter 19

엄마 집에 도착했을 때는 다섯 시 정도밖에 안 됐는데도 날이 어둑어둑했다. 집 앞 길을 따라 뒤뜰로 들어갔다. 엄마는 부엌에서 식기세척기를 손보고 있었고, 문을 열고 들어선 나를 본 순간 외마디 소리를 냈다.

"에밀리아." 엄마가 말했다. "세상에나, 놀라서 가슴이 내려앉는 줄 알았다."

"엄마" 하고 부르고는 곧바로 울기 시작했다.

다용도실에는 소녀시절 엄마의 사진이 있다. 한때는 할머니 방에 걸려 있던 사진이다. 할머니가 돌아가시자 엄마는 가족사진들이 놓여 있는 텔레비전 뒷벽에 그 사진을 걸어두셨다. 다른 사진들은 모두 루사이트 액자에 들어 있는데, 엄마는 그 사진의 액자만큼은 바꾸시지 않았다. 셔틀랜드종 조랑말을 타고 있는 엄마의 모습이 담긴 그 흑백사진이 든 도금한 나무 액자는 한때 유행하던 것인데, 최근에 와서 다시 유행이라고들 한다. 앨리슨 언니가 기수로서의 자기 위상을 뽐낼 때마다 엄마는 같이 공감대를 가져보려고 소녀시절 얘기를 꺼내시곤 했지만, 그렇다고 엄마 친정이 조랑말을 소유할 정도로 부자였던 것도 아닐 뿐더러 엄마도 승마를 즐기는 전형적인 미국 부유층 소녀는 못 되었다. 주름 달린 하얀 드레스와 검은색 메리제인 구두, 그리고 목을 곱게 접은 흰 양말을 보면 승마에 적합한 복장이 아닌 걸 알 수 있다. 그 사진을 찍기 위해 말에 오르는 수고를 했다는 걸 알 수 있다. 사진을 찍을 무렵이 일곱 살쯤 된 걸로 보이는데도 엄마의 얼굴에는 이미 수심에 잠긴 미소와 순종적인 표정이 희미하게 묻어 있었다.

난 엄마랑 같이 살아오는 내내 모난 데 없이 둥글고 어여쁘신 엄마의 얼굴에서 그런 표정들을 잠재우고, 털어내고, 닦아내어 보려고 엄청 애를 썼다.

"이리 온, 아가야!"라고 말하며 엄마는 날 안아주었다. 우리 모녀의 키는 거의 같다. 그래서 보드랍고 탄력 있는 엄마 가슴팍에 머리를 파묻으려면 몸을 수그려야만 한다. 우리는 서로 얼싸안으며 부엌 퇴창 아래 있는 낡은 소파 근처로 갔다. 엄마 집에 있는 소파는 나름대로의 절차에 따라 자리를 옮겨 다닌다. 처음에는 거실에서 새 보금자리를 맞이한다. 그러다가 낡아 헤지면 가족을 위한 다용도실로 이동한다. 볼 수 없이 너덜너덜해지면 부엌으로 가서 생의 마지막을 맞을 준비를 하게 되는 것이다. 지금의 이 소파는 부모님이 이혼하신 뒤로 쭉 부엌에만 있었는데, 소파에 앉는 순간 이게 엄마의 마지막 부엌 소파일 거란 생각이 들었다. 다섯 식구가 딸린 여자와 달리 혼자 사는 여자의 소파는 금방 닳아 헤지지 않기 때문이다. 어쩌면 소파를 닳아 헤지게 만드는 것 자체가 혼자 사는 여자에겐 불가능한지도 모른다.

엄마한테 캐럴린 이야기를 들려주었고 엄마는 내가 필요로 하고, 또 듣고 싶어 할 말들을 해주며 날 위로했다. 내가 캐럴린을 싫어한다는 사실은 엄마도 잘 아신다. 의붓딸들이나 랩 댄서 출신 여자들 때문에 아내를 저버린 남편에 이르기까지 어느 누구도 미워해 본 적이 없는 엄마이지만 딸의 기분을 생각해서인지 지금만큼은 캐럴린이 미운 양 장단을 맞추었다.

엄마가 말했다. "캐럴린이 남자를 가지고 놀려고 작정을 했나 보구나. 잭한테 정말 놀랐다. 잭이 그 정도는 눈치를 챘어야지."

"눈치 채는 법이 없어요. 그 여자한테 세뇌라도 당해 평생 꼭 쥐여서 사는 남자 같다고요."

엄마는 아무 말 없이 나를 꼬옥 안아주셨다. 고개를 끄덕이지도 않으셨다. 엄마는 이런 일을 너무 잘 아신다. 엄마는 얼마 안 가서 내가 울음을 멈출 것이며, 대개 몇 시간 안 가서 잭이 전 부인의 장난과 속임수를 꿰뚫어 본다는 사실도 알아챌 것이고, 잭이 자기 아들에 관련된 문제에 있어서만 간혹 눈먼 바보처럼 군다는 사실도 훤히 꿰뚫고 계실 것이다.

"그래서 재혼은 안 한다니?" 엄마가 물으셨다. "한땐 나도 애너베스가 하루 빨리 재혼해서 내가 그 여자 생각을 안 하게 되었으면 좋겠다고 매일 기도했지."

"모르겠어요." 내가 말했다. 나도 한때는 엄마와 같은 생각을 했다. 캐럴린이 새로운 사람과 사랑에 빠져서 재혼하길, 나를 향한 그녀의 질투와 비통함은 그녀의 신혼생활이 선사할 신선하고 두근거리는 열정으로 인해, 내 죄책감과 함께, 모두 쓸려 가버리길. 재혼만 해주면 될 텐데, 아이를 빌미로 날 고문하듯이 괴롭히는 게 너무도 상투적이다.

조금 지나자 나는 더 이상 울고 있지 않았다. 우는 사람처럼 징징대긴 했지만 눈물은 말라 있었다. 일어서며 말했다.

"배고프다."

"저녁으로 뭐 좀 먹을래?" 엄마가 말했다. "마침 연어나 구울까 하던 참이었는데. 얼른 슈퍼에 가서 한 조각 더 사와야겠다."

"저 고등학생 때 사다 주신 크레페 팬 있잖아요, 아직도 갖고 계세요? 우리 연어 크레페나 만들어 먹어요. 연어 한 덩이로도 충분하잖아요. 남은 반죽으로 디저트용 크레페도 만들고. 지난주에 누텔라 잼 남은 거 봤는데."

나는 조니 미첼의 음반을 틀었다. 이혼 후에 처음으로 맞이한 엄마 생일에 난 이 음반과 함께 스테레오를 사드렸다. 아버지는 집안의 모든 가구와 사진들까지 다 엄마에게 남겼지만, 유독 뱅 앤드 올룹슨 사운드 시스템만은 챙겨 나가셨다.

조니 미첼이 탄식하듯 부르는 '페이브드 파라다이스'를 들으면서 우리는 크레페 반죽을 만들며 기를 쓰고 노래를 따라 불렀다. 엄마와 나는 함께 요리를 잘 한다. 벌써 오래 전에 엄마의 부주방장으로 시작해 동급 파트너로 승진한 몸이긴 하지만, 오늘만큼은 엄마의 지시에 복종한다. 난 지시 받은 대로 반죽을 프라이팬에 입혔고 엄마는 팬 위에서 노릇노릇해진 팬케이크를 고무주걱으로 뒤집었다. 1992년 이후로 엄마와 난 더 이상 크레페를 만들지 않았는데도 엄마의 움직임은 여전히 능숙하고 자연스러웠다. 엄마는 연어에 묻힐 타라곤 소스를 준비하고 우리는 크레페 세 개씩을 먹어치웠다. 디저트 먹을 차례가 되자 크레페 만드는 것은 엄마한테 맡기고 난 차를 몰고 슈퍼에 가서 휘핑크림 1파인트와 소금에 절인 헤이즐넛을 조금 사왔다. 집에 도착한 다음 설탕 한두 티스푼과 으깬 땅콩으로 휘핑크림을 완성했고 우리는 턱에 누텔라 잼을 묻혀가며 디저트를 먹었다. 엄마와 나는 초콜릿이 묻은 치아를 보며 서로 웃었다.

식기세척기를 돌리는 동안 엄마가 말했다. "전처가 끼어들면 결혼생활이 정말 힘들어지지."

"맞아요."

"아버지나 나 사이에 제일 큰 문제가 애너베스라고 생각했는데 지금에 와선 그게 아닐지도 모른단 생각이 든다."

난 크레페 메이커를 닦던 손을 멈추고 말했다. "아버지가 개망나니였다는 게 제일 큰 문제였지."

엄마는 대꾸하는 대신 싱크대에 남은 세제거품을 닦았다. "그 여자가 애들한테 편지를 쓰곤 했단다. 여름 시즌이나 크리스마스에는 아이들을 만나러 오겠다고 말이야. 애들이 신나서 짐을 챙기는 모습을 보고 있자면 억장이 무너질 것 같더라. 그래놓고는 그 여자가 안 온 적도 많고 어쩌다 와서도 약속한 일주일은커녕 오후에 얼굴만 비치는 정도였단다. 애들은 풀 죽어 있었고 루시는 몇 날이고 울고불고, 앨리슨은 오만상을 찌푸리고, 너도 기억나니? 그 애 턱 내미는 버릇 말이다."

"네."

"한번은" 엄마는 뒤돌아 싱크대에 기대어 접시 타월로 손을 말리며 말했다. "네가 서너 살쯤 됐을 때다. 그 여자가 아이들한테 캘리포니아 디즈니랜드로 여행을 데려갈 거라고 한 거야. 난 애들 아빠한테 일이 어떻게 될지 모르니까 아이들한테 엄마가 못 올지도 모른다고 일러두라고 했지. 그 남자도 참 말을 안 듣는 게, 디즈니랜드까지 가자고 해놓고 모른 척할 정도로 야박한 여자는 아니라고 두둔하더구나. 약속한 날에는 보이질 않더니 며칠 후에야 남자친구와 와서는 애들이랑 그날 하루 캐츠킬 게임 왕국 갔다 온 게 전부였단다."

조용히 난 식탁 의자들을 제자리에 맞춰 넣었다. 의자 다리가 타일바닥에 문대지며 끽끽 소리를 냈다. "나도 그날 기억나요. 언니들만 캐츠킬 게임 왕국에 간 날이요. 정말 부러웠거든요."

"기억한다고? 어머, 정말? 넌 한참 어린 나이였는데."

"언니들이 물총을 얻어 가지고 왔었어요. 앨리슨은 핑크색 개구리 인형도 받아 왔고."

"그랬니? 난 도통 기억이 없구나. 내가 기억하는 거라곤 다음날 아침부터 애들 버릇이 예전보다 더 나빠졌단 거란다. 참다못해서 앨리슨더러 제방으로 들어가라고 했더니, 애가 소리를 지르며 발을 다 굴러댔지. 그러면서 ㅎ는 말이 내가 허락을 안 해줘서 엄마가 자기들을 디즈니랜드에 못 데리고 간 거라면서 앞으론 내 말 같은 건 안 듣겠다는 거야."

"뭐라고요?" 난 무릎을 턱으로 끌어당기며 식탁에 앉았다. 엄마는 언니들이 엄마한테 모질게 혹은 버릇없게 굴었던 것에 대해 말씀을 아끼는 편이다. 그건 전 부인에 대해서도 마찬가지다. 하기야 지금은 두 여자 모두 아버지한테는 과거지사가 되었지만 말이다. 이건 흔히 볼 수 있는 일이 아니다.

"애너베스가 애들한테 여행 준비를 하고 있는데 내가 못 가게 취소를 했다고 말한 게지."

"그 여자가 정말로 그랬다고요."

"그래, 정말로 그랬다니까."

"세상에나! 완전 미친 여자네. 언니들은 그 말을 또 믿었고요?"

"애들이야 당연히 믿지. 아니면 제 엄마 말이니 믿기로 결심했던지. 제 엄마가 거짓말을 했다는 사실을 알았더라면 그게 애들한텐 더 힘들었겠지."

"그래서 어떻게 했어요? 사실대로 말하지 그랬어요? 아님 아빠를 시켜 애들한테 말해주든가요?"

"그래도 봤지. 근데 별 소용이 없더라." 엄마는 야릇한 미소를 지어 보였다.

"그래도 복수는 해줬다."

"무슨 말예요? 어떻게요?"

부엌 싱크대 앞에 있는 창문으로 엄마의 뒷모습이 비친다. 입고 있는 핑크색 블라우스 칼라가 덜 접혀 있는 걸 보고는 옷매무새를 다듬었다. "내 밍크코트 알지? 목 부분이랑 소매 단이 검은담비 털로 처리된 거 말이다."

"당연, 알죠. 그거 나한테 언제 넘어오나 기다리고 있는걸요."

"그게 어디서 난 건지 궁금하니?"

"어디서요?" 하고 대답하는 내 목소리에 스릴과 흥분이 감돌았다.

엄마는 애너베스 기스킨스가 근처에서 서성이며 우리 대화를 몰래 엿듣기라도 하는 듯한 표정으로 몸을 앞쪽으로 숙이며 뭔가 일을 꾸미는 말투로 말을 이어갔다. "몇 달 전 가을에 말이다. 이상한 전화를 받았는데 나이 있어 뵈는 남자가 예의바른 투로 전화해서는 패러머스에 있는 모피 보관대행업체에 내가 모피를 하나 맡겨뒀다는 거야. 네 아빠 사무실로 먼저 전화를 해서 그린리프씨 댁 사모님을 바꿔달라고 했는데 새로 온 비서 아가씨가 멋모르고 우리 집 번호를 불러준 거지."

"그 비서는 아직 회사에 남아 있고요? 그날로 바로 해고당하진 않았대요?"

"나야 모르지. 아무튼, 그 얘길 하려던 게 아니잖니. 그 남자가 전화해서는 자기가 사업을 정리한다고 하더라. 그래서 고객 전부에게 전화를 돌린다고. 참 딱한 게, 같이 사업하던 아들이 백혈병인가로 죽었다더라. 더 이상 사업을 이어갈 마음이 안 들어서 정리하고 아내랑 플로리다에 가서 살겠다더라."

"그리고요?"

"그리고 나더러 내 밍크 담비 코트를 찾아가라고 한 거지."

"그리고요?"

"찾아왔지. 거의 6년치 보관료까지 물어주고 말이야. 돈깨나 들었단다." 엄마는 능란한 눈 놀림으로 부엌을 훑어보신 다음 현관까지 한 번 더 살폈다.

"그래서요?" 나는 안달이 나서 물었다.

엄마는 잠시 멈추었다 어깨너머로 웃음을 지어보이며 말했다. "그 코트 꽤 괜찮지, 그렇지 않아?"

"예쁜 코트야, 엄마. 내 말은, 귀여운 포유동물 여러 마리를 잡아서 잘 만든…."

"애너베스한테 복수해 줬단 게 그 소리란다."

"잠깐, 그게 그 여자 코트였다고요?"

엄마는 찡긋 윙크해 보였다.

"어쩜, 엄마가 그 여자 담비 코트를 훔쳐온 거네."

"훔친 게 아니지. 보관료도 안 내고 몇 년간 처박아만 둔 거였잖니. 난 찾아왔을 뿐이고. 담비 코트도 아니고 말이야. 그건 담비 털로 장식된 엄연한 밍크 코트지."

난 새로 발견한 엄마의 뻔뻔함에 기분이 들뜬 나머지 마냥 키득키득 거렸다. 뭘 두고도 자신의 영역이라고 주장해 본 적이 없었던 여자, 다른 사람의 행복, 안락과 영양 상태를 챙기는 데 인생을 다 바친 여자가 바로 우리 엄마다. 엄마의 인생은 다른 사람들한테 필요한 것, 다른 사람이 원하는 것을 챙겨 주느라 늘 바빴다. 소염제 이부프로펜 챙기기, 오리털에 알레르기가 있는 아이들을 위해 프리말로프 베개 챙겨주기, 음악에 흥미를 보이는 아이들에게 바이올린 레슨 시켜주기, 초콜릿 칩 머핀이 들어있는 과자 바구니 준비하기, 세탁소 주인에게 선물할 상품권 챙기기, 새로 온 이웃에게 핑크와 옐로 톤 거베라 케이지 선물하기 등등. 난 그런 엄마가 자신을 위해서 뭔가를 챙기셨단 말을 들은 건 이번이 처음이었고, 그것도 다름 아닌 종아리까지 내려오는 담비 털 밍크코트였던 것이다.

"잠깐만요." 내가 말했다. "엄마가 자기 전 부인 모피코트를 입고 있는데 아빠가 못 알아봐요?"

"응"이라는 대답과 함께 엄마는 부엌 전등을 끈 다음 날 위층으로 데려갔다. "웃기지, 네 아빠가 눈치 못 채는 게. 그 양반은 모피를 사준 것만 기억하지 어느 부인한테 사준 건지는 기억 못하는 눈치더구나."

엄마가 날 침대에 데려가 눕히자 난 이렇게 말했다. "이렇게 맘 편한 밤은 이사벨 죽은 뒤로 처음인 것 같아요."

엄마는 내 이마에 키스해 주며 말했다. "있잖니, 아가야. 나한테도 이사벨 사진이 한 장 있었으면 하는구나. 너한테 있다면 말이다."

낡은 이불을 덮으니 추위가 느껴져 발가락을 침대 안으로 파묻었더니 매트리스의 박음질된 부분이 느껴졌다. 아직 애 사진을 드릴 마음의 준비가 덜 된 것 같아서 나는 추모의 걷기 얘기를 꺼내며 화제를 돌렸다.

"민디가 임신하기 전에 나보고 같이 가자고 했거든요."

"그래…." 엄마는 내 머리칼을 얼굴 뒤로 넘겨주며 말했다.

"이젠 가자고 졸라대지 않아서 정말 다행이에요."

"정말 그러니?"

"어딘지 모르게 겉만 번드르르한 감상주의 같단 생각만 들어요. 초저녁부터 애 잃은 부모들이랑 센트럴파크나 어슬렁거리고 있다니요. 웃기잖아요."

"뭐가 우습니, 에밀리아? 지금 네가 겪고 있는 것들을 알아주는 사람들과 어울리는 건데. 너한테도 위안이 될 거라 생각되는구나."

"사후 카운슬링은 아무짝에도 도움이 안 돼요."

"글쎄다, 이건 사후 카운슬링이랑은 또 다르잖니. 안 그래? 다른 엄마들이나 가족들과 공원을 걷는 거라며. 죽은 이사벨한테도 위로가 될 텐데 말이야. 나한텐 참 아름답게 들리는구나. 참 좋게 들리는구먼."

따스한 엄마 손 아래서 난 눈을 감았다. 그럴싸하게 꾸며댄 냉소주의에도 불구하고 사실 그 말이 내게도 참 아름답게 들렸다는 것을 엄마는 알고 계시리라. 아무런 설명도, 아무런 변명도 구하지 않는 사람들과 공원을 함께 걷는 것. 같은 사정으로 가슴이 횅해진 여인들. 우울하게 표류하는 먹빛 구름과 검게 물든 나뭇가지들을 배경으로 떠 있는 겨울 하늘 아래서 차가운 공원을 걷는 것. 무수히 많이 사라져간 작은 존재들의 이름과 함께 우리 이사벨의 이름도 호명해 보는 것. 정말 아름답게 들렸다. 참 좋게 들렸다.

"만약 내가 가면, 엄마도 같이 가실래요?" 내가 물었다.

"그래도 되겠니? 조부모가 참여해도 되겠지?"

"그렇게 거의 확실해요. 누구나 참여 가능한 걸로 알고 있어요."

"그렇다면 나도 가고 싶구나. 나야 좋지."

"우선 내가 갈 건지부터 결정하고요."

"그래, 네가 간다면 말이다."

아침에 잭의 휴대폰으로 전화를 걸었다. 잭과 윌리엄은 81번가에서 암스테르담 애비뉴를 향해 걷는 중이었다. 잭은 윌리엄을 데리고 사라베스에서 친구들과 브런치를 하기로 되어 있었다. 스콧과 아이비는 잭과 캐럴린의 친구들이다. 커플 친구라고나 할까. 잭과 나 역시 그들과 어울려 보려고 해봤지만 결과는 오히려 재앙에 가까웠다. 저녁식사를 하던 내내 아이비는 다양한 방법을 동원해서 내 입에서 나이 이야기가 나오도록 했다. 고등학교 졸업연도가 언제냐, 하버드 재학 당시 부시에게 반대표를 던질 수 있는 나이나 됐었느냐, 내 세대 사람들도 시트콤 '레번과 셜리'의 첫 방송을 봤냐는 등의 질문이 그 여자 입에서 끝도 없이 흘러나왔다. 내가 대답을 하면, 별 뜻 없이 한 말임에도 그 여자와 스콧은 의미심장한 시선을 주고받았다. 그 둘은 또한 캐럴린의 이름을 입에 담았다가 나한테 급히 사과해 대길 반복했다. 그날 저녁 이후에도 잭은 스콧과 스쿼시를 몇 번 쳤고 스키도 한 번 같이 탔다. 내가 보기에는 종종 점심 약속도 하는 것 같았다. 왠지 캐럴린이라면 윌리엄을 데리고 엡소프에 있는 그 부부의 아파트에 자주 들를 것 같지만, 잭이 윌리엄을 데리고 그 둘을 만난 적은 그동안 없었던 것으로 안다. 그런데 내가 없는 지금 잭은 윌리엄을 데리고 스콧과 아이비 부부를 만나러 가는 것이었다.

"여기 뉴저지에 며칠 더 있으려고 해." 내가 말했다.

"며칠이라고?"

"네."

"옷도 없잖아."

그렇지는 않았다. 예전에 입던 속옷 몇 장을 옷장에서 건졌다. 하이컷 비키니 스타일이고 내 골반 청바지와 함께 입으면 우스꽝스러워 보이긴 하겠지만, 아무튼 내 속옷이다. 아니, 고교시절에는 내 것이었단 말이다. 나는 하버드 로스쿨 여학생회 스웨트 셔츠를 입고 있었는데 예전에 아버지께 드렸던 물건이다. 오늘 아침에 옷장 서랍에서 그것을 보고 나는 이렇게 말했다. "어이가 없네. 아빤 이것도 두고 나간 거야. 나한테 선물로 받을 땐 언제고." 엄마는 아버지의 배 둘레가 늘어났다는 둥 둘러대면서 아직도 전 남편을 두둔하려고 들었다. 학생 시절에 난 장난삼아 아버지께 과격한 페미니즘 문구가 담긴 티셔츠나 스웨트 셔츠를 사드리곤 했다. 아버지는 산꼭대기를 그린 다음에 "안나푸르나: 여성의 지위"라는 문구를 새겨 넣은 검은 티셔츠나 '에머스트 LBQ—레즈비언, 바이섹슈얼, 퀘스처닝 앤드 프라이드'라는 문구가 새겨진 옷을 당당하게 걸치고 다니셨다. 임신중절 합법화 지지 행진에 참가했던 내가 워싱턴에서 사온 탱크톱이 아버지가 유일하게 거절하셨던 선물이다. 내가 아무리 우겨도 아버지는 '내 마음에서 멀어진 부시'란 문구를 가슴에 붙이고 조깅하는 것만은 거부하셨던 것이다.

아버지를 집에서 쫓아내겠다며 짐을 챙기던 엄마는 그 셔츠들을 꾸린 짐에 깜박 하고 넣지 않았고, 남은 짐을 가지러 오신 아버지도 지금은 엄마의 철 지난 옷들로 가득하지만 당시에는 아버지 전용공간이었던 옷장 서랍 맨 밑바닥에 그냥 두고 가버리셨다.

난 잭에게 "옛날에 입던 것도 몇 개 있고 필요한 건 다 있어요"라고 말했다.

나와 다툰 것을 가지고 잭이 먼저 사과해 주길 기다렸다. 아무 말 없는 것을 보아 잭도 내가 똑같이 해주길 기다리는 것 같다.

"이만 끊어야겠네요." 내가 말했다. "며칠 있다 봐요."

"집으로 와, 에밀리아." 잭이 말했다.

"그럴 거예요." 내가 말했다. "떠난 게 아녜요. 그냥 엄마 얼굴 보러 글렌록에 잠시 들른 거잖아."

"집으로 돌아와."

"갈 거라고요."

엄마와 난 쇼핑을 하며 하루를 보냈다. 같이 로드앤드테일러 백화점에 갔는데, 엄마한테 나는 남색 카디건은 이제 좀 그만 사라며, 정 그러시면 혼방 소재울 대신 캐시미어로 고르라고 설득했다. 엄마는 내 취향이 너무 고급이라고 하셨는데, 그 말에 딸이 삐친 것을 알고는 그럼 캐시미어 카디건을 사겠다고 하셨다. 난 엄마를 말렸다. 그건 엄마한테 안 어울리고 오히려 더 뚱뚱해 보인다고 말했고, 그러고 나서 엄마에게 그걸 사드렸다.

밤에 우리는 옆 동네로 가서 영화도 봤다. 그 타운에 사는 사람들을 엄마는 "여피족"이라고 불렀는데 말할 때마다 목소리를 낮추었다. 유행한 지 8~9년이 지나서 시대정신을 더 이상 대변하지 못하고 있는 시점에 가서야 엄마는 그 유행어를 쓰신다. 엄마가 여피족 얘기를 할 때 우리는 차 안에 있었기 때문에 난 엄마한테 장담하건대 들을 사람도 없으니까 굳이 속삭일 필요가 없다고 했다. 엄마는 공손하게 미안하다고 했는데, 그 말을 들으니 너무 황당해서 나는 엄마의 평형 주차 실력을 갖고 시비를 걸었다. "그냥 똑바로 밀어 넣어요." 나는 이렇게 말했다. "아님 그냥 내가 할게요. 내가 하게 그냥 차 세우세요."

엄마는 자기보다도 내 운전 실력이 더 끔찍하다는 사실을 굳이 지적하진 않았다. 엄마는 내가 운전면허 시험에 두 번이나 떨어진 사실을 또 입에 올리지는 않았다. 한 번은 평형 주차를 못해서 떨어졌고, 또 한 번은 케임브리지에 있던 내 아파트 빌딩 주차장 안에서부터 시작해서 루트 4의 교량을 받치는 말뚝까지 이어졌던 4중 추돌 사고 때문에 떨어졌다. 두 번째는 내 잘못이 아니었다. 상대 운전자가 만취해 있었고 아무도 안 다친 게 기적이었다. 경찰이 사고 소식과 함께 내가 무사하다는 소식을 전하려고 부모님께 전화를 했다. 내가 극도의 히스테리를 부리며 음주 운전자와 패러무스 시를 상대로 소송을 내겠다며 난리를 치고 있지만 무사하다는 것이었다. 경찰은 아버지께 날 방어운전 교습을 받게 하는 게 어떻겠느냐는 말을 했다고 한다. 화를 다스리는 교습을 받아도 좋고. 내가 주차하겠다는 말에 엄마는 나한테 맡기려고 정말로 차를 세웠는데, 바로 그때 주차 공간이 생겨서 엄마는 바로 전면 주차를 해버렸다.

엄마와 나는 팝콘, 트윗즐러 한 봉지, 건포도 약간 그리그 다이어트 코크 라지 사이즈를 나눠 먹었다. 로맨틱 코미디 영화였는데 그걸 보니 기분이 더 처져서 비명을 내지르고 싶은 심정이었다. 등장배우들이 부모 역할을 하기에는 너무 어리기 때문에 아기가 나오는 장면은 없을 거라고 생각하그 택한 영화였는데, 막상 극장에 들어갔더니 우리 뒤에서 두 번째 줄 자리에 어떤 커플이 아기를 데리고 온 것이었다. 그 사람들한테 묻고 싶었다. 여기 온 모두가 현실에서 잠시 도피하기 위해 입장료를 내고 온 사람들이고, 그들 가운데 일부는 돈까지 주고 애를 돌봐 줄 베이비시터까지 구해놓고 온 사람들이다. 입장료를 낸 관객들이 즐거움을 누릴 극장에 꽥꽥 대는 애새끼를 데리고 오는 게 도대체 언제부터 허용된 것이냐고 묻고 싶었다. 하지만 실제로 그 아기는 놀라울 정도로 조용했다. 좌석이 꽉 찼는지 한번 보려고 고개를 돌리지만 않았어도 아기가 있다는 걸 알지도 못했을 것이다. 아기는 찍소리도 내지 않았다. 아기보다는 코를 풀어대며 자리에서 꼼지락거리는 내가 더 소란스러웠다.

"괜찮니?" 엄마가 말했다. "티슈 좀 더 줄까?"

"됐어요." 내가 말했다. 스크린을 응시하며 속으로 말했다. 서로에게 느끼는 반감이 실은 바닥에 흐르는 거역할 수 없는 성적 긴장감 때문이라는 사실을 영화 속의 저 주인공 커플은 절대로 깨닫지 못할 것 같아 걱정이 되어서 우는 것이라고 스스로에게 타일렀다.

영화는 끝났다. 나는 자막이 다 끝날 때까지 자리에 앉아 있자고 엄마를 억지로 붙잡고, 뒷자리의 아기가 사라진 다음에야 자리에서 일어났다. 엄마는 우리가 남긴 과자봉지와 음료수 통뿐만 아니라 옆 자리 사람들이 남기고 간 것까지 깨끗이 챙겼다.

"엄마 그러실 필요 없어요. 돈 받고 일하는 사람들이 따로 있잖아요. 우리가 가고 나면 그 사람들이 한바탕 청소할 거예요."

"과자봉지가 바닥에 돌아다니는 걸 너도 봤잖니, 에밀리아."

"청소하는 사람들도 우리가 과자봉지를 챙겨 나가기를 기대 안 해요. 과자봉지는 다들 바닥에 버린단 말예요."

"난 안 그런다. 너도 그래선 안 되고. 막돼먹은 짓이잖니."

난 한숨을 내쉬었다. 엄마 말이 옳다. 그건 막돼먹은 짓이다.

차를 타러 걸어가면서 보니 엄마에게서 뭔가 색다른 점이 느껴졌다. 엄마의 걸음걸이가 예전과 같지 않고 뭔가 가볍다. 난 기면증에 걸린 사람처럼 터덜터덜 걷는데 엄마는 재빠른 걸음걸이로 곧장 걸었다. 엄마 곁에서 걸으니까 내가 마치 헬륨 풍선을 들고 가는 꼬마라도 된 기분이다.

"무슨 일이에요?" 내가 물었다.

"응?"

"뭔가 기분 좋은 일이 있는 거 같은데."

"내가 그래 보이니?" 엄마가 슬그머니 웃었다.

"네, 그래 보여요." 심술 맞은 투로 대답하려던 게 아니었다. 다시 한번 찔러 보았다. "정말 행복해 보이세요." 반응에 별 차이가 없다.

"아, 안 그래. 내 말은." 엄마가 웃으며 말했다. "행복한 건 아니고, 그렇다고 행복하지 않은 것도 아니란다. 그냥 평소랑 같아. 그 영화 참 재밌더라. 안 그랬니?"

"아뇨."

"이런, 내 아가." 내 한쪽 팔을 비벼 주고는 꽉 잡으셨다. "좀 지나면 나아질 거야. 시간이 걸리지만, 나아질 거야."

"그 영화가 왜 그렇게 좋았대요? 로맨스 영화잖아요. 슬퍼하실까 봐 걱정했는걸요." 차 앞에 도착해 차 키를 받으려고 손을 뻗으며 말했다. 엄마는 키를 내게 가볍게 던져 주었다. 휴일이면 특별히 만들던 스펀지케이크처럼 엄마의 움직임이 사뿐하다. "잠깐만요, 엄마 누구 만나는 거죠? 남자 친구가 생기신 거예요." 아버지를 내쫓는 엄마를 내가 거들어 드린 이후로 엄마는 누구도 만난 적이 없다. 4년을 혼자 주무셨다.

"아니, 그런 거 없어"라고 대답하고 차에 타시더니 문을 세차게 닫으셨다.

난 운전석 문을 열었다. 차 시동은 걸었지만 주차장에서 뺄 생각은 안 했다. "그러니까 누굴 만나는 것도 아닌데, 이렇게 이상하게 행동한다 이거죠? 영화 한 편에 왜 이렇게 기분이 좋아지신 건대요?"

"에밀리아야!" 엄마가 말했다. 엄마는 그 소식을 전하고 싶어 안달이 난 것 같아 보였다. 순간적으로 깨달았는데 주말 내내 엄마가 보인 인내심과 걱정의 바닥에는 이글대는 흥분의 감정이 깔려 있었다. "에밀리아, 믿기 힘들겠지만 네 아버지랑 목요일 저녁을 같이 보냈단다." 엄마의 웃음 속에 살랑이고 흥분에 떨리는, 무안할 정도로 소녀다운 뭔가가 담겨져 있다. "네 아버지와 첫 데이트를 한 거라고 해야겠지."

"아빠랑 잔 거예요?" 내가 말했다. "첫 데이트를 하면서 아빠랑 잤느냐고요, 엄마. 아님 작별키스만? 그래야 아빠는 끝나고 매춘부한테 갈 거 아녜요."

헬륨 풍선은 핀으로 그 알록달록한 고무를 찔러 버리고 나면, 다시 부풀리거나 신나게 머리 위에서 맴돌게끔 할 수 없다. 한번 터지면, 복구 불가능한 것이다.

엄마는 말이 없다. 엄마는 무릎 위의 두 손을 가만히 포개고 계셨다. 두꺼운 겨울 코트 안에 숨겨진 엄마의 부드러운 배가 허벅지 위에 걸쳐 있는 게 보이고, 코트는 내 기억으로 아주 오래 전부터 입은 누빔 코트다.

"엄마."

"괜찮다, 에밀리아." 엄마가 말했다. "네가 무슨 말을 하는지 알아." 엄마는 자동차 버킷시트를 가로질러 뻗은 손으로 내 뺨을 포개듯 감쌌다. 난 뺨과 어깨를 엄마 손에 대고 고양이처럼 앞뒤로 비벼댔다.

"엄마." 내가 말했다. "난 단지…. 아빠를 사랑하긴 하지만. 아빤 예전이랑 달라진 게 없어요. 뭘 보고 아빠가 변했다고 생각하세요?"

"아, 나도 네 아빠가 변했다고 생각하는 건 아니란다." 엄마는 이렇게 대답했다. 그러면서 애처롭게 고개를 내저었다. "네가 이해하지 못하는 것들이 많구나,

아가야. 네가 모르는 아버지와 나 사이의 일들, 둘의 관계 말이란다."

"그럼 말을 해줘 봐요. 아빠가 엄마한테 한 짓이 있는데도 아빠를 다시 받아들이겠다는 엄마를 내가 이해할 수 있게요."

"네 아빠를 다시 받아들인 적은 없다. 그만큼 우리가 다시 살가워진 것도 아니고 말이다. 그냥 딱 한 번 데이트한 거잖니." 엄마는 내게서 손을 치우고는 손에 장갑을 끼기 시작했다. "딱 한 번 한 거란다. 아직까진."

난 차를 뺀 다음 블록 위쪽으로 향했다. 거리는 식당으로 즐비하고, 열 시가 다 된 시각에 더구나 외곽지역인데도 인도는 길에 나온 사람들로 북적였다. "그 인간이 엄마한테 한 짓을 되새기기가 그렇게 힘드시나요? 그러니까 내 말은, 어떻게 엄말 속였는지 다 잊으신 거냐고요?"

엄마가 입술을 악물었다. 엄마는 차 앞 유리를 통해 먼 데만 뚫어져라 보고 계셨다. "둘이서 그런 얘기들도 했지. 전부 다 이야기했지. 전부 다. 예전에 자기가 하던 그대로 내게 이야기하더구나. 네 아빠가…아빠가…나한테 다 보여줬단다."

"엄마한테 다 보여줘요?"

엄마는 고개를 내저었다. "넌 이해 못 할 거야, 에밀리아. 내 스스로도 이해가 안 가는구나. 근데 막상 다 들어 보니…뭐랄까, 정말 흥분되었단다. 네 아빠와 난 말이다…글쎄다, 그 부분에 있어선 우리 둘의 관계는 항상 좋았단다. 이혼 후에도 늘 네 아빠한테는 마음이 갔지. 그 사람 얘길 다 듣고 나니…모르겠다…정말 흥분되었단다. 흥분되었어, 성적으로 흥분되었단 말이다."

내 인내심의 한계는 거기까지였다. 곧장 우회전을 해서는 정지신호를 네 번 정도 무시하며 달렸다. 릿지우드 기차역 앞의 택시 승차장으로 차를 댔다가 다시 옆에 있는 주차장으로 차를 밀어 넣었다. 자동차 문을 세게 밀어젖히고 큰소리로 부르는 엄마를 무시한 채 길을 건너 아무 택시나 잡아탔다.

"맨해튼으로 가주세요." 내가 말했다. "어퍼 웨스트사이드로요."

Chapter 21

이사벨이 세상을 떠난 뒤 처음으로 잭과 제대로 된 섹스를 한 날은 내가 태어나서 처음으로 가짜 오르가슴을 연기했던 날이기도 하다. 그건 의외로 굉장히 쉬웠다. 때맞춰 내는 신음과 경련, 리드미컬한 질의 조임 몇 번으로 잭은 속아 넘어갔다. 그러고 나서 잭이 내게 고마움을 표해 주기를 기다렸지만, 잭은 우리가 사랑을 나누었다는 기분에 빠져 내가 자기를 위해 호의를 베풀었다는 사실을 지금도 알지 못한다.

하긴 모르는 게 당연하지. 전에는 그래 본 적이 한 번도 없었으니까. 더 중요한 건 애초부터 이런 게 우리의 성 생활과는 거리가 멀었다는 점이다. 이사벨이 죽기 전까지 나는 침대에서 굉장히 적극적이었고 내 열정의 진실함에는 의심의 여지가 없었다. 잭의 경우 꼭 그런 것만은 아니었다. 샌프란시스코에서 돌아온 다음 날 잭의 사무실에서 우리가 처음 사랑을 나누었을 때부터 잭은 미친 듯한 욕망에 굴복하기 전 언제나 아주 약간의 주저함을 보였다. 그에게 나를 억지로 강요한 적은 없었다. 반대로 호텔방을 예약하는 쪽은 잭이었고, 나를 자기 사무실 의자 위에 들어 올려놓은 것도 잭이었다. 회사 도서관에서 나를 지나치면서 내 목덜미 머리카락을 슬며시 손가락으로 꼰 쪽도 잭이었다. 하지만 우리가 사랑을 나누려 할 때면 언제나 그의 벨벳 같은 눈동자가 한순간 흔들리면서, 결혼한 몸에 어린 아들까지 있는 처지에 지금 하는 일이 잘못된 일이라는 걸 떠올리는 짧은 순간이 존재했다. 나는 숨을 멈추고 그러는 그를 기다려야만 했다.

그는 3개월 반 후에 나와 헤어졌다. 27번의 사랑을 나눈 뒤였다. 애드머럴스 클럽에서의 일까지 포함한다면 28번이겠지만 공중 화장실에서 한 오럴 섹스도 사랑을 나눈 걸로 칠 수 있는지는 잘 모르겠다. 그때 우리는 제일 좋아하던 식당 가운데 하나인 이스트 빌리지의 투 부츠에서 피자를 먹고 있었다. 잭과 나는 주로 이스트 빌리지나 가끔은 첼시에서 외식을 하곤 했다. 이 두 곳은 절대로 캐럴린이나 캐럴린이 아는 누군가와 만날 일이 없을 거라고 확신할 수 있는 곳이었다.

나는 검게 탄 치킨 피자를 덥석 베어 물었다가 혀를 데는 바람에 도스 에퀴스 맥주병 주둥이 안으로 덴 혀를 밀어 넣어 식히는 중이었다. 잭은 음식에 입을 대지 않고 있었다.

"배 안 고파요?" 하고 내가 말했다. 그러고 난 다음 내 손이 떨리기 시작했다. "그러지 마요. 제발, 그러지 마요. 사랑해요."

"나도 알아."

"당신도 날 사랑하잖아. 날 사랑한다는 거 당신도 알잖아요. 너무 사랑해서 다시 안 보곤 못 배기잖아."

"당신을 볼 거야. 회사에서 매일 볼 거야."

"그건 더 나빠. 아마 그러면 당신도 미쳐 버릴 거예요." 나는 우는 걸 숨기려고도 하지 않았다. 나는 딸꾹질까지 하며 울어댔고, 뺨을 타고 눈물이 줄줄 흘러내려 온 얼굴을 적셨다.

"에밀리아, 난 애가 있어. 윌한테 이렇게는 못하겠어. 애한테 너무 불공평해. 애가 있다는 게 어떤 건지 당신은 이해 못할 거야." 잭의 얼굴은 검게 그을린 피부 아래로 하얗게 질려 있었다.

"아이가 있다고 당신이 행복해질 권리를 포기하는 거예요?"

"이기적으로 행동할 권리를 포기하는 거야."

"왜 그 여자와 결혼했어요?"하며 나는 울었다. "왜 나를 못 기다리고? 내가 오고 있었다는 거 알았잖아요. 날 기다렸어야죠."

잭은 내 말이 꼭 미친 사람처럼 들린다는 말은 하지 않았다. 대신 일어나서 내 옆으로 와서 앉았다. 그리고 내 뺨에 키스하고 입술로 내 눈물을 닦아 주었다. 그런 다음 테이블에 돈을 놓고는 밖으로 나를 데리고 나갔다. 7월이 겨우 막 시작된 터라 후텁지근한 습기가 도시를 가득 메우기에는 많이 일렀음에도 그날 밤은 유독 견디기 힘들 만큼 더웠다. 일번가 쪽으로 걸어가다가 잭이 택시를 불러 나를 태웠다. 그는 운전기사에게 겨우 십여 블록 떨어진 내 주소를 알려주고 문을 닫았다. 나는 뒤쪽 창문으로 그를 보았다. 양복을 입고 있는 키 작은 남자는 이스트 빌리지의 금요일 밤, 피어싱에 가죽옷을 입고 예술가인 척하는 무리들 속에서 어울리지 않게 너무 차려입고 우스꽝스러워 보이는 모습으로 그렇게 서 있었다.

그날 밤 잭은 캐럴린에게 우리 일을 털어놓았다. 불륜을 저지르고 있었고 이젠 다 정리했다고 말했다. 캐럴린은 잭을 내쫓았다. 사흘 뒤 나는 웨스트 58번 거리 카네기 스위트의 그의 방에서 그와 함께 잤다.

오늘 밤 잭은 우리가 싸운 일이나 내가 몹쓸 말을 하며 스리를 질러 댄 일에 대해 아무 말도 하지 않았다. 내가 집으로 돌아왔다는 사실에 그저 기쁜 나머지 아무런 이유도 묻지 않았다. 심지어 우리가 왜 섹스를 하고 있는지도 묻지 않아서 나는 이걸 보상 대신이라고 생각하고 있는 건지 궁금해졌다.

잠들기 전에 잭이 내일 저녁 윌리엄을 데려다 줄 거라고 말했다. 캐럴린이 임신했다는 말을 윌리엄이 우연히 들어 버렸다는 걸 그녀에게 알려야만 했고, 캐럴린은 정식으로 그 소식을 전하겠다며 아이를 빨리 데려다 달라고 했단다.

다음 날 아침 식사 내내 잭은 뭔가에 정신이 팔려 있었다. 나는 추모의 걷기에 대해서, 그리고 우리가 왜 거기에 참석해야 할 것 같은지를 알려 주려고 애써 봤지만 그는 내 말에 주의를 기울이지 않았다.

"무슨 일 있어?" 내가 물었다.

"아무 것도 아니야."

"뭔데?"

그는 신문을 내 쪽으로 건넸다. "여기, 매거진하고 북 리뷰 섹션 다 읽었어. 아침에 내가 사무실에 잠깐 들렀다 오면 화 많이 낼 거야? 한 30분 정도, 길어도 한 시간이면 돼. 주말 내내 소송 개시 때문에 같이 일한 사람들이 있는데 잠깐 얼굴만 비추려고."

"내일까지 못 기다리는 거야?"

"그냥 출근만 해서 사람들이 주말 내내 자기들이 보고서랑 씨름하는 동안 나는 골프나 치고 놀았다는 생각은 않게 하려고 그래. 오래는 안 있을 게. 원하면 내가 윌도 데려가고."

"아빠 사무실에는 가기 싫어요" 하고 윌리엄이 말했다. "아빠 사무실은 엄마 사무실보다 더 재미없어요. 그래도 엄마 사무실에는 인체 내부 모형이라도 있단 말예요."

"괜찮아" 하고 내가 말했다. "애는 나랑 놀면 돼. 나도 어쨌든 좀 나가야 되겠고. 여기 틀어박혀 있으면 나도 답답해서 죽을 것 같아."

잭은 눈썹을 치켜 올렸지만 내가 겨우 어젯밤 11시부터 집에 들어와 있었다는 말은 하지 않았다. 사실 내가 틀어박혀 있었다고 말하기 힘들다.

"이 걷기 건은 어떻게 생각해?" 하고 물었다. "추모의 걷기 말이야. 우리 그거 해야 할 거 같아?"

"잘 모르겠는걸, 흠." 잭이 대답했다. 그는 자기 커피를 남김없이 마시고는 의자를 집어넣었다. "전에는 그런 거 하고 싶어 한 적 한 번도 없잖아."

"응, 사실은 그게 문제야."

"그건 이제 그만 잊는 게 어때?"

정말 대담하게 던져진 이 질문에 난 잠시 움찔했다. 나는 엄마에게 했던 말을 막 잭에게 하려던 참이었다. 그저 하룻밤이라 하더라도 비슷한 일을 겪은 사람들과 함께하는 것이 치료 효과가 있다고 했던 그 말이다. 하지만 잭은 내가 그런 모임들에 대해서 어떻게 생각하는지 알고 있다. 내가 그런 모임의 장점들을 비

웃는 걸 하도 많이 들었기 때문이다. 잭은 나의 태도 변화를 받아들이지 않을 거다. 그 걷기를 통해 내가 공원을 돌려받을 수 있을 거라는 민디의 주장도 그에게 별로 큰 인상을 남기지는 못할 것이다. 결국 아이들과 엄마들이 사방에 널려 있는 걸 알면서도 내가 공원으로 얼마나 자주 숨어 들어가는지 잘 알고 있기 때문이다. 잭은 그런 손쉬운 설명을 받아들이기에는 나를 너무 잘 안다.

잭에게 설명하려 하면서 비로소 깨달은 것은, 내가 세상 떠난 아기들을 기리는 그 모든 감상적이고 심금을 울리는 언어를 통해 이 추모 걷기가 내 삶의 정체 상태에 뭔가 돌파구를 열어 주기를 기대한다는 것이었다. 이사벨이 죽은 이후 내 팔다리와 사고를 얼려 버린 경직증으로부터 나를 구원해 줄 일종의 가벼운 충격이 되기를 바라고 있었던 것이다. 없어지지 않고 지칠 줄도 모르는 이 마비 상태는 끝을 내야만 했다. 계속하기에는 너무 따분한 일이었다. 나는 내 고통에 지쳐 있었고, 어쩌면 이 걷기가 나를 덜 따분한 새로운 슬픔의 단계로 날려 보내 줄지도 모를 일이었다.

"나도 가도 돼요?" 이런 혼란을 끝내고 싶다는 내 소망을 다 설명하고 나자 윌리엄이 이렇게 물었다.

"애들을 위한 행사가 아니란다, 윌." 잭이 말했다.

"아니야, 애들도 돼" 하고 내가 말했다. "내 말은 그게 가족들을 위한 행사라는 거야. 내 생각엔 윌리엄이 가도 될 것 같아. 그러면 정말 좋을 거야. 우리가 다 함께 가는 게 맞아. 모르겠어? 그렇게 하면 다 같이 새로 시작하는 것 같을 거야. 우리 셋하고 그리고 어떤 면에선 이사벨도 함께하는 거야. 이사벨의 기억도 함께 가는 거지. 완전히 새로 시작하는 것 같은 거야. 아니면 끝이라 해도 좋고. 아니면 뭔가 다른 거. 하지만 우리가 다 같이 가야 해. 당신하고 나 그리고 윌리엄도 말이야."

잭은 윌리엄과 나를 번갈아 쳐다보았다. 우리의 희망에 찬 얼굴, 회복과 화해의 가능성을 믿는 얼굴이 그의 마음을 다시 한 번 부추기고 있다는 게 느껴졌다.

"진짜 그러고 싶은 거야?" 그가 말했다.

"물론이지."

"밤이라도 센트럴파크는 도시에서 제일 안전한 곳 중 하나예요, 아빠" 하고 윌리엄이 말했다. "작년에는 공원 전체에서 겨우 127건의 범죄가 있었고 살인사건은 한 번도 없었어요."

잭이 웃음을 터뜨렸다. "안전한지 아닌지를 걱정하는 건 아니란다, 꼬마 선생. 하지만 살인 사건이 일어나지 않을 거란 건 내가 다시 보장하마."

"중요한 건 말예요" 하고 윌리엄이 말했다. "밤에 공원이 어떤지 무지무지 보고 싶다는 거예요. 조명이 켜져 있는 건 한 번도 못 봤단 말이에요. 가끔 낮에 불 끄는 걸 사람들이 잊어 버렸을 때 빼고는요."

"추모의 걷기는 오후에 있단다" 하고 내가 말한다. "해 질 때쯤이면 끝나. 한밤중에 끝나는 게 아니라."

"괜찮아요" 하고 아이가 말했다. "그래도 가보고 싶어요."

조금 뒤 윌리엄에게 뭐가 하고 싶은지, 어디에 가고 싶은지 물어보았다.

"공원에 가요" 하고 아이가 말했다.

"정말?" 기꺼이 가고 싶지만, 내가 공원에 가고 싶어 한다는 걸 아이도 알기 때문에 괜히 부담을 느끼게 하고 싶지는 않았다.

"네."

아파트를 나서면서 윌리엄에게 화장실에 미리 다녀오라고 하니, 아이는 지금은 안 가도 될 뿐더러, 자기는 남자애이기 때문에 화장실이 가고 싶어지더라도 그냥 나무에 오줌을 싸도 아무 문제가 없단다.

"나한테는 고추가 있으니까요" 하고 애가 말했다. "하지만 아줌마는 가셔야 될 거예요. 아줌마는 고추가 없잖아요."

"해부학 강의 고맙다." 내가 화장실에 있는 동안 바깥에서 전화벨이 울렸다. "그냥 자동응답기가 받게 놔둬"라고 큰 소리로 말했지만 윌리엄이 이미 수화기를 들었다. 아이가 어떻게 전화를 받았을지는 안 봐도 다 알 수 있다. 아이는 나무랄 데 없는 전화 예절을 지니고 있다. 말하자면 이상적인 전화 안내원 같다. 아이는 항상 "울프씨 집입니다. 저는 윌리엄입니다" 하고 말한다. 잭이 말해 준 바로는 윌리엄이 자기 엄마 집에서 전화를 받을 때는 자연스럽게 잭의 이름 대신 엄마의 이름을 넣어 똑같이 전화를 받는다고 했다. 아이가 절대로 두 이름을 헷갈리지 않을 거라고 나는 확신한다. 윌리엄은 그러기엔 너무 주의 깊은 아이이기 때문이다.

"누구였니?" 하고 일을 끝마치고 내가 물었다.

"노노요." 윌리엄은 우리 결혼식 몇 주 전에 우리 아버지를 처음 만난 날부터 아버지를 그렇게 불렀다. 아버지는 당신을 그렇게 소개했고, 그 단어는 낯선 데다 아이 입장에서 아무런 가족적 의미라든가 중요성이 없었기 때문에 쉽게 그 단어를 받아들였다. 노노는 라디노 어로 내 아버지의 조부모님이 사신 불가리아 지방 유대인들이 쓰던 말이다. 아버지는 모든 손자손녀들에게 당신을 노노라고 부르게 하셨는데, 아마도 할아버지가 당신한테 소리치시던 그 단어를 들으면 당신이 괴짜 노인네인 것처럼 느껴지기 때문인 것 같다.

"뭐라고 하시든?" 내가 물었다.

"아무것도요. 우리가 공원에 갈 거라고 말씀드렸어요. 우리더러 아더 로스 파인티엄 소나무밭에 가보라고 하셨어요. 소나무밭에 있는 나무들은 대부분 침엽수예요."

"당연히 그렇겠지. 안 그래? 소나무밭이잖아. 낙엽밭이 아니고."

"낙엽밭이란 단어는 없잖아요." 윌리엄이 헷갈리는지 눈썹을 찡그리며 말했다. "안 그래요?"

"없지."

"노노가 거기 나무들이 멋지고 푸르다고 한번 가보래요."

나는 윌리엄의 코트를 건네주고 내 코트 단추를 채웠다. 단추를 채웠는데 예상한 것보단 덜 볼썽사납다. 여전히 둔중해 보이는 게 꼭 소시지 같지만, 그렇다고 제대로 잠그지도 않고 추운 날씨에 용감하게 나가는 편이 나을 것 같을 정도로 이상해 보이진 않았다.

"우리 거기 가야 돼요?" 하고 아이가 말했다. "소나무밭에 반드시 가야 돼요?"

"당연히 아니지." 나는 아버지가 제안한 곳이라면 어디에도 가고 싶지 않다. 간밤에 엄마 일로 내가 아직도 얼마나 아버지한테 화가 나 있는지 거듭 생각이 났기 때문이다.

"그건 우리 집 바로 옆이니까" 하고 윌리엄이 말했다. "탐험을 했으면 좋겠어요. 램블에 가보고 싶어요. 그게 더 재미있을 거 같지 않아요?" 아이는 겨울 부츠의 두꺼운 밑창으로 발을 쿵쿵 구르며 말했다.

"그거 멋진 생각인데. 우린 탐험가가 될 수 있겠네. 난 크리스토퍼 콜럼버스 할래. 넌 누구 할래?"

"크리스토퍼 콜럼버스요?" 하며 아이가 고개를 내젓는데 싫어하는 폼에 가엾다는 듯한 장난기가 서려 있다. "너무 뻔해요, 에밀리아. 난 코로나도 할래요. 시볼라의 일곱 황금 도시를 찾으러 갈 거예요."

"그게 뭐야?" 내가 물었다.

아이의 입이 떡 벌어졌다. "코로나도가 누군지 몰라요?"

"그게, 내 말은 그 사람 이름은 들어 본 적이 있지. 그냥 그 일곱 개의 황금 도시가 잘 기억이 안 나서."

윌리엄은 내게 프란시스코 바스케스 데 코로나도와 그가 찾아 나선 시볼라의 7개 황금 도시 얘기를 떠드느라 정신이 팔려서 다이애나 로스 놀이터를 지나가면서도 들어가 보잔 말조차 없었다. 꼭 춤을 추듯 서너 걸음마다 깡충거렸다. 또 몸을 숙이고 주은 막대로 이것저것 찔러보기도 했다. 아이하고 같이 걷자니 혼자 걸을 때보다 훨씬 시간이 오래 걸렸다.

"램블은 탐험가 놀이를 하기에는 진짜 완벽한 장소예요" 하고 아이가 말했다.

"알아."

"공원에서 제일 울퉁불퉁하고요. 꼭 진짜 자연 같아요."

"알아."

갑자기 아이가 멈췄다. "램블은 위험할까요?"

그가 나를 공격한 건지, 아니면 내가 그를 공격했던 건지는 누가 더 미친 건지에 따라 다르겠지만 하여튼 그 쓰레기 봉투를 든 노숙자 생각이 났다.

"아니." 내가 말했다. "공원은 안 위험해. 공원이 위험하다고 말하는 사람들은 바보들이야."

윌리엄이 막대기로 딱딱하게 굳은 슬러시 한 덩이를 찔러 보았다. "여기에 죽은 새 한 마리가 얼어 있는 거 같아요" 하고 말했다.

"끔찍해."

아이는 한동안 얼음 아래 있는 게 그냥 먼지와 낙엽 뭉치인 게 확실해질 때까지 찔러 보았다.

"엄마가 그러는데 그 델라코르테 시계를 기부한 사람이 여기 공원에서 찔려 죽었대요."

"엄마가 그래?" 내가 아는 한 캐럴린은 센트럴파크에는 발도 들여 놓지 않는 사람이다. 그런 사람이 센트럴파크의 위대한 자선가 조지 델라코르테가 92세의 나이로 자신이 기부한 바로 그 시계 근처 보행자 터널에서 칼에 찔려 죽었다는 사실을 안다는 것도 캐럴린답다. 캐럴린은 우리의 하루에서 즐거움을 쪽 빨아 없애 버릴 이야기들을 잔뜩 알고 있다.

"시볼라의 일곱 도시들은 램블 가운데 있는 작은 오두막 안에 있어요" 하고 윌리엄이 알려주었다.

"뭐?"

"램블 한가운데 보면 통나무 오두막이라고 부르는 조그단 데가 있어요. 아줌마가 준 책에서 봤어요. 그게 일곱 도시들이에요."

"아니면 그 중의 하나든가. 그거 알아? 2년 전인가 나도 한번 그 오두막 안에 들어가 본 것 같아. 진짜 좋았어. 내가 들어가 본 게 여름이었는데 안에는 진짜 시원했거든. 그 안이 공원의 다른 데보다 훨씬 시원했던 것 같아."

"거긴 금이 가득 있어요."

"그것도 기억나네. 금으로 완전히 가득 차 있었지. 사방이 금더미였어. 하필 여름용 드레스를 입고 있던 바람에 주머니가 없어서 금을 못 가지고 나왔단다."

"우리 함 가 봐요!" 하고 윌리엄이 말했다.

그 노숙자를 만났던 서쪽 지역에서 최대한 멀리 돌아 우리는 램블로 행진해 갔다. 계단을 오르고 램블로 돌아 들어가는 시냇물 위로 작은 다리를 여러 개 건 넜다. 우리 아래쪽으로는 작은 들판이 있는데 윌리엄이 나무 하나를 붙잡고는 울퉁불퉁한 길 가장자리로 몸을 빼꼼히 내밀어 보았다.

"저것들은 뭐예요?" 하고 아이가 물었다. 아이가 막대기로 나뭇가지에 걸려 있는 플라스틱 우유병들과 프리스비 뭉치처럼 보이는 걸 가리켰다.

"전혀 모르겠는데. 새털인가, 아마?"

아이가 의심스럽다는 듯 눈썹을 찡긋하고, 우리는 계속 걸어갔다.

"금 냄새가 나는 것 같아요" 하고 아이가 말했다. "그 오두막 근처에 거의 다 온 게 틀림없어요. 우리 오두막 근처에 다 온 것 같아요?"

"잘 모르겠는걸. 램블 어디쯤에 있었는지 기억이 안 나네. 계속 돌아다니다 보면 찾을 수 있을 거야."

아이가 얼음 웅덩이에 발을 빠뜨렸다. "차가워."

"좀 빨리 걸으면 따뜻해질 거야."

우리는 암벽 사이에 높이 난 작은 다리를 건넜다. 윌리엄이 잠시 난간에 매달 렸고, 나는 아이가 균형을 잃으면 잽싸게 잡을 준비를 하며 가까이 다가갔다. 아이가 큰 기침을 하면서 목구멍에서부터 가래를 모았다. 그러더니 옆에다 뱉어 버렸다. 우리는 아이의 침 뭉치가 얼어붙은 시냇물을 타고 떠내려가는 걸 지켜 보았다.

"조준 끝내주네" 하고 내가 말했다.

애가 일어선 다음 우리는 다시 걸었다. 잠시 후에 어찌된 영문인지 우리는 같은 다리로 돌아와 있었다. 길이 돌아 나 있어서 한 바퀴 삥 든 모양이었다.

윌리엄이 조바심 내며 혀를 찼다. "그냥 데어리에 가서 지도를 사는 게 어때요?"

"그건 반칙이야. 발견할 때까지 탐험을 해야지. 코로나다가 지도를 가지고 있든?"

"코로나도예요. 코로나다가 아니라." 아이가 걸음을 멈추었다. 막대기를 자기 부츠 발가락 끝에 기대 놓았다. "지도를 구했으면 좋겠어요."

"그러면 안 돼."

"왜 안 돼요?"

"왜냐하면."

"왜냐하면 뭐요?"

"그냥 왜냐하면! 봐봐. 우린 미지의 땅에 있는 척하는 거고, 그러니까 지도가 있을 리가 없잖아."

불행히도 램블에 있는 작은 나무 오두막을 발견하는 탐험가가 되는 건 재미있을 수도 있겠지만, 실패한 탐험가 놀이를 하는 건 전혀 재미가 없다. 진달래는 보이지 않고 연못은 얼어붙어 있는 지금 진달래 연못 주위를 헤매고 다니는 건 재미없는 일이고, 바위 아래 숨어 있는 노숙자 때문에 걱정하는 것도 재미없는 일이다. 나무뿌리에 걸려 발목을 삐끗하고 나서 나는 코로나도가 멍청이였다고, 그가 시볼라의 일곱 황금도시를 찾지 못했던 것도 쌤통이라고 생각해 버렸다. 시계를 보았다.

"어쩌면 탐험가가 되는 건 별로 좋은 생각이 아닌 것 같다" 하고 내가 말했다.

"난 램블이 싫어요."

"좋아. 아예 우리 완전히 다른 걸 해보는 건 어떻겠니? 공원 제일 북쪽으로 가보는 건 어때?"

"그리고 뭐하게요?"

난 알쏭달쏭하게 눈썹을 찡긋거리고는 램블을 빠져나가는 길을 찾았다. 불행하게도 내가 길을 완전히 잃어버린 까닭에 빠져나가는 데 시간이 좀 걸렸다. 마침내 순전히 운과 내 결단력으로 어찌어찌 해서 공원의 먼 동쪽 편에 다다랐다. 이스트 드라이브 길 위로 웅크리고 있는 표범 동상이 보였다.

"아하!" 하고 소리치며 윌리엄의 손을 잡았다. 우리는 동상 뒤편으로 뛰어 올라갔다. 석판 꼭대기 쪽은 길 위에서 너무 높이 있어서 뛰어내리기는 어려울 것 같지만, 동상 조금 옆쪽으로 언덕이 완만하게 경사져 있어서 길까지 미끄러져 갔다.

"진짜 모험 같았지" 하고 내가 말했다.

"길에서 벗어났잖아요."

"알아. 멋지잖아!"

"엄마가 알면 진짜 돌아버릴걸요, 에밀리아."

"그러니까 엄마한텐 말하지 마라."

아이가 이걸 우리의 비밀 모음에 추가할지 말지 고민하는 동안, 나는 아이를 끌고 공터를 가로질러 76번 거리의 공원 출구로 나갔다.

택시 기사에게 105번 거리 근처 온실 정원으로 가달라고 부탁했다. 나 혼자였다면 그냥 걸어가겠지만 차마 조그만 아이한테 30블록을 걸어가라고 하지는 못하겠다.

나는 그 정원에서 자주 시간을 보내지는 않는다. 내 취향에는 좀 딱딱하다고 나 할까. 특히 북쪽 끝이 더 그런데, 거기에 있는 분수들하고 기하학적으로 둘러져 있는 관목들은 영 내 취향이 아니다. 사실 남쪽 끝이 내가 제일 좋아하는 영국식 사철 정원이지만 겨울에는 별로 볼 게 없다. 거기 있는 나무들이 대부분 말라서 움츠러들어 있는 데다 가지가 처진 채로 찬란한 봄과 여름을 기다리며 겨울잠을 자고 있기 때문이다. 늦은 4월이나 이른 5월 돌능금나무 산책길이 분홍빛 꽃잎으로 뒤덮일 때 윌리엄을 다시 데려올 것이다. 봄이면 이곳은 정말 말도 안 되게 예쁘다.

따뜻한 택시 안에서 말랑말랑한 프레츨을 먹으면서 기분이 좋아진 윌리엄은 이 정원이 마음에 드는 모양이었다. 아이는 꽃 종류에 대해서 최소한 460가지가 넘는 질문을 던져댔다. 지금이 봄의 절정이고 흩날리는 꽃잎들이 한주 내내 주위를 가득 메우는 때라 하더라도 나는 꽃 종류에 대해서 윌리엄에게 충분할 만큼 설명을 해주지는 못할 것이다. 아이에게 정원에 2만 가지의 튤립 송이가 심어져 있다고 말하며 5월이 되면 꽃피는 걸 보러 오자고 해도았다. 잠에 빠진 꽃들은 볼 게 아무것도 없음에도 불구하고 어찌되었든 이 어마어마한 숫자가 아이의 호기심을 달래주었다.

우리는 남쪽 정원에 있는 비밀의 화원 분수를 지나가다가 얼어붙은 수련 연못에 잠시 멈춰 섰다. 윌리엄은 프랜시스 호지슨 버넷이 누근지도 모르고 '비밀의 화원'도 읽어 본 적이 없단다.

"그건 너무한걸." 내가 이렇게 말했다. "네 교육에 어마어마한 빈틈이 있구나. 바로 채워 줄게."

"그건 여자애들 책이잖아요." 그런 책을 읽는다는 생각만으로도 놀랍다는 듯이 윌리엄이 말했다.

아마 꼬마들한테는 너무 어려운 책일지도 모른다고 얘기해 주니 그때서야 비로소 한 권을 사달라고 졸랐다.

크리스마스로즈가 윌리엄을 사로잡았다. 흐드러지게 핀 흰색, 분홍색, 녹색, 짙은 자주색 꽃들을 볼 수 있었다면 좋았겠지만, 그러기엔 아직 너무 이른 2월이다. 다음 달이면 꽃이 피겠지.

"그 꽃들은 독이 있단다." 아주 드라마틱한 만화 주인공 목소리로 내가 말했다. "만일 꽃이나 잎을 먹는다면 넌 죽고 말거야! 조금 따다가 누군가의 차에 몰래 넣어 마시게 할까?"

"그러면 감옥 가요" 하고 아이가 말했다.

"네가 고자질한다면 그렇겠지."

아이는 이걸 심각하게 받아들였다. "누굴 죽여야 하죠?"

아이의 질문에 생각을 해보았다. 아이는 내 명단에 올라 있는 사람들을 너무 많이 알고 있다.

대답 대신 "다시 걸어 올라가서 북쪽 정원에 가보자" 하고 말했다.

우리는 춤추는 세 명의 아가씨들 분수까지 슬렁슬렁 걸어 올라갔다. 물론 분수는 추운 날씨 때문에 꺼져 있다. 우리는 잠시 분수를 바라보았다. "물이 나오면 더 예쁜단다" 하고 내가 말했다.

"저기요, 저것 좀 보세요." 윌리엄이 말했다. 아이는 분수 주위를 둘러싼 낮은 관목들이 모여 있는 저 너머를 가리켰다. "저 사람들 영화 찍나 봐요."

꽃 덤불 너머에 남자 두 명과 여자 한 명이 조그맣게 모여 있었다. 잠시 동안 나는 남자 두 명이 완전히 쌍둥이인 줄 알았다. 둘 다 대머리에 아랫입술 밑으로 아주 조금 턱수염이 나 있고 두꺼운 테 안경을 쓰고 있다. 서로 짝이 맞는 북슬북슬한 털 재킷을 걸치고 있는데, 한 사람 것은 검은색 바탕에 가장자리가 오렌지색이고, 다른 사람 것은 오렌지색 바탕에 검은색 줄무늬였다. 여자는 대머리도 아니고 수염도 없지만, 같은 계통의 옷을 입고 있는데, 두꺼운 부츠 위에 낡은 골반 청바지를 입고, 빨간 아크릴 스키 모자와 라인스톤 캣아이 안경을 쓰고 있었다. 나도 한때는 이런 힙합 분위기의 이스트 빌리지 스타일을 추구한 적이 있지만, 이 세 사람의 발목 부근에 쌓여 있는 디지털 무비 카메라, 낡은 가죽 케이스와 카메라 노출계는 내가 클럽을 들락거릴 때 늘 부족했던 진짜 예술가적 분위기를 물씬 풍겼다. 아무리 해도 난 항상 촌스러운 몰골이었다. 한마디로 스타일 구성 요소에 대한 이해도가 보잘것없던 뉴저지 촌뜨기 소녀 같은 몰골이랄까.

내가 말했다. '웨어 이즈 파파?'가 내가 제일 좋아하는 영환데 이 공원에서 찍었어. 영화에서 조지 시걸이 고릴라 옷을 뒤집어쓰고 밤에 공원을 막 달려. 조지 시걸의 엄마가 애 바지를 내리고는 엉덩이에 뽀뽀를 해주는 장면이 있었단다. 그 장면 때문에 그 영화가 좋아."

윌리엄이 몸을 기울여 울타리에서 마른 가지 하나를 꺾으려고 해보지만 가지가 반쯤 구부러지다 만다. "에밀리아 아줌마, 그건 너무 더러워요."

"엄마나 아빠가 엉덩이에 뽀뽀 안 해줘 봤어?"

"아니요!"

"너희 아빠한테 오늘 네 엉덩이에 뽀뽀해 주라고 할 테니 내가 잊어 먹지 않도록 나중에 다시 이야기해 줘."

"말도 안 돼요!"

"아니면 내가 지금 당장 엉덩이에 뽀뽀를 해 줘야겠구나." 내가 아이 쪽으로 성큼 다가가자 아이는 비명을 지르며 서리 앉은 낮게 잘린 관목 주위로 쏜살같이 도망을 갔다. 아이를 쫓아가서는 덥석 안고 공중으로 번쩍 들어올렸다. 아이 엉덩이 쪽에 대고 크게 뽀뽀하는 소리를 내자 아이가 비명을 지르며 자지러지듯 웃어댔다. 나도 거의 아이만큼이나 미친 듯이 웃었다.

영화 제작팀은 우리의 소란스러운 놀이 때문에 정신이 분산됐는지 카메라를 산만하게 흔들어 댔다.

윌리엄을 땅에 내려놓자 아이는 무방비 상태의 자기 엉덩이에서 내가 관심을 떼게 하려고 애를 썼다. "이 공원에서 찍은 영화가 또 어떤 게 있는지 가르쳐 주세요" 하고 아이가 말했다.

"어디 보자. '헤어', 또 더스틴 호프먼이 저수지를 따라 조깅하는 '마라톤 맨'. 이 영화는 치과에 다시 가고 싶으면 절대 보지 마."

"난 우리 치과 선생님 좋아해요. 우리 엄마 친구예요."

"치과 선생님을 좋아한다고? 예상대로네."

아이는 이 말을 잠시 곰곰이 생각했다. "치과 선생님은 우리 엄마의 특별한 친구예요."

"엄마의 특별한 친구라고?" 내가 되물었다.

"알잖아요. 남자 친구."

"아."

"더 없어요?"

"뭐가 더 없어?"

"영화요. 공원에서 찍은 거요."

나는 캐럴린과 그녀에게 임신을 시킨 특별한 치과의사를 머릿속에서 억지로 지워 버렸다. "보자, '해리가 샐리를 만났을 때'. 아, 네가 봤을 만한 영화가 있다. '고스트 버스터'. 고스트 버스터 봤지?"

"아니요."

"내가 빌려다 줄게. 다음에 아빠한테 DVD 사달라고 하자."

"저 사람들이 무슨 영화를 찍는 건지 궁금해요" 하고 윌리엄이 말했다.

"우리 가서 물어 볼까?"

"정말요?"

"물론이지."

우리는 정원을 건너갔다. 쌍둥이 중 한 명이 바쁘게 카메라를 삼각대에서 분리해서 케이스에 집어넣고 있었다. 다른 한 명은 동그란 흰색 반사 스크린을 접고 있다.

"실례합니다." 내가 말했다.

빨간 스타킹 캡을 쓴 여자가 돌아보았다.

"영화를 찍으시는 건지 궁금해서요."

"영화 촬영 중이에요."

"무슨 영화요?"

"우리들의 영웅 라일이에요."

윌리엄이 헉 하고 놀란다. "우리들의 영웅 라일 책의 그 우리들의 영웅 라일요?" 하고 아이가 말했다.

여자가 웃었다. "원래는 그런데, 어떨지는 봐야지."

윌리엄이 너무 흥분해서 발끝으로 뛰어 오르며 소리쳤다. "그 책 너무 좋아해요. 아주 옛날에 읽었어요. 내가 훨씬 어렸을 때요. 우리 엄마랑 아빠가 읽어 줬고, 그 다음엔 나 혼자 읽었어요. 그거 너무 좋아해요. 라일이 너무 좋아요."

대머리 가운데 한 명이 말했다. "3월 첫째 목요일에 어린이 동물원에서 사람들이 많은 장면을 촬영할 거야. 그럼프씨가 라일을 동물원어 보내 버리는 장면을 찍을 거란다."

"그 부분 너무 좋아요." 윌리엄이 숨 찬 목소리로 말했다.

"너도 와서 보렴" 하고 여자가 말했다. "엑스트라가 많이 필요할 거야. 오후 2시쯤 입장하면 돼."

"에밀리아 아줌마, 우리 가도 돼요? 돼요? 제발요."

"잘 모르겠네, 윌리엄. 너희 엄마랑 얘기해 봐야 돼. 목요일엔 네가 엄마랑 같이 있는 날이잖아."

"엄마랑 바꿔요. 그냥 엄마랑 바꾸면 되잖아요. 제발요! 우리들의 영웅 라일 너무 좋아한단 말이에요. 내가 제일 좋아하는 책이에요. 내가 평생 읽어 본 책 중에 최고예요."

"첫째, 호박색 망원경이 네가 제일 좋아하는 책이지. 네가 라일 얘기하는 건 한 번도 못 들어 봤어. 그리고 윌리엄, 이걸 내가 분명히 기억하는 건 88번가에서 만난 라일이 내가 어렸을 때 제일 좋아하던 책 중에 하나였기 때문이라고. 우리 아버지가 나한테 그 책을 날마다 읽어 주셨단다. 심지어는 내 책장에도 그 책이 있고, 맹세하는데 그걸 펴본 사람은 나밖에 없어." 라일 이야기를 내게 읽어 주실 때면 아버지는 라일의 전 주인이자 댄스 파트너인 헥터 P 발렌티를 포함해서 모든 등장인물의 목소리를 흉내내 주셨다. 아버지는 지독한 남부 사투리를 쓰신다.

윌리엄이 고개를 저었다. "호박색 망원경은 내가 올해 제일 좋아하는 책이고요. 나를 그렇게 잘 모르잖아요, 에밀리아. 나를 알면 우리들의 영웅 라일이 내가 제일 좋아하는 책이란 것도 알 거예요. 88번가에서 만난 라일보다 더 좋아요. 훨씬 더요. 내가 다른 책들을 읽느라 요즘에 그 책을 못 읽었던 건 뿐이라고요, 에밀리아. 하지만 그렇다고 그게 내가 제일 좋아하는 책이 아니라는 말은 아니에요. 진짜 제일 좋아해요." 그러고 나더니 좋은 생각 하나가 떠올랐나 보다. 아이의 얼굴에 승리의 미소가 떠올랐다. 큼지막하게, 꼭 악어처럼 씩 웃으며 말했다. "그리고 아줌마가 제일 좋아하는 책이기도 하니까 아줌마도 그 영화에 나오고 싶지 않아요?"

캐럴린이 목요일에 아이를 내게 맡길 가능성은 없다. "나중에 다시 얘기하자"고 내가 말했다. "미르 저수지로 가보자꾸나. 가면 낚시도 할 수 있어. 디스커버리 센터에서 낚싯대도 빌려준대."

"낚시하러 가기 싫어요. 영화에 나오고 싶어요. 제발요, 에밀리아 아줌마. 데리고 간다고 약속해 줘요."

"나중에 얘기해 보자고 했잖아. 자, 미르 저수지로 가보자."

"하지만…."

"그만, 윌리엄." 내가 말했다.

아이는 투덜대면서 나를 따라 정원 밖으로 나와서 미르 주변으로 갔다. 건너편의 디스커버리 센터는 멋지게 새 단장을 한 작은 벽돌 건물로, 공원 북쪽 제일 끝에 위치한 보석 같은 존재다. 아버지와 함께 여기 왔을 때는 내가 윌리엄보다 몇 살 정도 나이가 많았을 때였는데 그때와 비교해 보면 정말 많이 달라져 있다. 그러나 막상 도착하자 무뚝뚝한 얼굴의 공원 직원이 우리의 요구에 믿을 수 없다는 표정을 지었다. 2월에 대체 누가 낚시를 하고 싶어 한단 말인가?

"미르는 전부 얼음투성이인데요" 하고 그녀가 말했다.

"그래도 물고기들은 있을 거 아녜요" 하며 나는 포기하지 않고 말했다. "물고기들을 다른 데로 옮기거나 하는 건 아니잖아요."

그녀는 그런 어리석은 말에는 대꾸도 하지 않았다. 차라리 디스커버리 센터의 생태학 전시관을 구경하는 게 어떻겠냐고 제안을 했지만 나나 윌리엄 둘 다 거기엔 별 관심이 없었다.

"뭐, 물고기 잡는 건 아무 때나 할 수 있으니까" 하고 내가 말했다. "하기야, 물고기를 군이 잡아야 할 필요가 어딨겠어?" 우리의 들떴던 기분을 다시 되돌리고 싶은 마음이 굴뚝같은데, 내 목소리는 쾌활한 척하려는 게 너무 빤히 보였고 윌리엄은 아예 말도 하지 않았다. "크리스마스로즈 몇 송이가 있었으면 좋겠네요” 하고 아이가 퉁명스럽게 말했다. “미르에 떨어뜨리면 물고기들이 독에 중독될 텐데 말이에요.”

디스커버리 센터 문을 나서는데 부슬비가 오기 시작했다. 이번에도 또 우산을 집에 두고 나왔다.

“비와요” 하고 윌리엄이 말했다.

“조금밖에 안 오네. 우리 가서 물고기 잡는 시늉이라도 해볼까?”

“내 생각엔 집에 가는 게 좋을 것 같아요. 춥잖아요. 그리고 비에 젖기 싫어요.”

“미르가 무슨 뜻인 줄 아니? 네덜란드 말로 ‘작은 바다’란 뜻이야. 우리 작은 바다 보러 가자.”

“싫어요.” 아이는 이제 뿌루퉁해져 있다.

“한번 가 보자, 윌리엄. 여기까지 올라 왔는데 미르도 가까이서 안 보고 그냥 갈 순 없잖아.” 나는 아이의 손을 잡고 물가로 달리기 시작했다. 빗방울이 차갑게 얼굴에 떨어지지만 나는 재미있는 시간을 보내려고 애쓰고 있었다. 모르는 사람이 보면 틀림없이 우리가 깔깔거리면서 빗속을 뛰어가는 엄마와 어린 아들처럼 보일 거라는 상상을 했다. 나만 웃고 있다는 점만 제외한다면 말이다. 윌리엄은 천천히 따라오면서 내가 좀 빨리 가려고 하면 몸을 뒤로 뻗댔다. 물가에 가까이 갔을 때 윌리엄이 나한테서 떨어지려고 손을 잡아 뺐다. 나는 뒤로 미끄러지면서 넘어지지 않으려고 팔을 앞으로 내뻗었다. 하지만 여전히 윌리엄의 손을 잡고 있었고 어쩌다 보니 아이를 내 앞으로 집어던지는 꼴이 되고 말았다. 아이가 다리를 앞으로 벌린 채 철퍼덕 하고 땅바닥에 넘어졌다. 아이의 엉덩이는 물가 옆 진흙투성이 돌길에 견고하게 붙어 있는데 두 발과 다리가 살얼음을 뚫고 얼음장 같은 물속에 빠져버렸다.

“이런, 젠장.” 내가 소리쳤다. “젠장, 젠장, 젠장.” 아이를 끌어당겨 일으켰다. “괜찮아? 정말 미안해, 윌리엄.”

“날 호수에 던져 버렸어요! 날 호수에 던져 버렸다고요!”

"그런 거 아냐."

"그랬어요. 날 넘어뜨린 게 이게 두 번째라고요. 한 번은 스케이트 타면서고 지금은 날 호수에 던져 버렸어요. 또 홀딱 젖었다고요. 그리고 내 청바지도 더럽게 진흙투성이가 돼 버렸고. 우리 엄마가 진짜 화낼 거예요, 에밀리아 아줌마한 테요! 아줌마는 이제 엄마한테 죽었어요!"

"일부러 그런 게 아니잖아, 윌리엄. 네가 손을 빼는 바람에 미끄러진 거라고. 미안해."

"당장 집에 가고 싶어요" 하고 아이가 소리쳤다. "난 여기가 싫어요. 더럽고 춥고, 여기 싫어요. 싫단 말이에요."

"알았어, 좀 진정해. 지금 바로 집에 갈 거야. 가자."

듀크 엘링턴 기념비를 지나가는데 윌리엄은 한 번 올려다보지도 않았다. 뮤즈를 상징하는 아홉 개의 누드 여인상 기둥들로 관심을 끌어보려고 애써 보았다. "봐봐, 듀크 경이 자기 그랜드 피아노 옆 꼭대기에 그냥 서 있네. 피아노도 안 치고 말이야."

옆에서 비틀비틀 따라오면서 윌리엄은 고개도 안 든다.

"저건 높이가 7.6미터나 된단다" 하고 내가 말했지만 윌리엄은 조용했다.

"듀크 경이라는 별명은 스티비 원더가 지었대. 아마 저걸 그렇게 부르는 사람은 그 사람밖에 없을 거야. 스티비 원더가 누군지 알지, 그렇지?" 나는 스티비 원더를 흉내내면서 머리를 앞뒤로 흔들고 피아노 건반을 두드리는 척하며 노래를 불러 보려고 해보았지만 생각나는 곡이라고는 '에보니 앤드 아이보리' 밖에 없었다.

윌리엄이 반은 씩씩거리고 반은 으르렁거리듯 화난 고양이 같은 소리를 냈다. 나는 입을 다물고 그 흉측한 기념비를 올려다보았다. 기둥들은 뮤즈들의 다리 사이를 지나 적나라한 음부 골짜기에 거대한 남근처럼 닿아 있다. 불쌍한 듀크 엘링턴과 할렘이 무슨 잘못이 있다고 저런 흉측한 기념물을 만들어 놨을까?

당연한 일이겠지만 잡을 만한 택시는 안 보이고, 곧 나도 윌리엄만큼이나 미칠 지경이 돼 버렸다. 이 아이를 또 젖게 만들다니 믿을 수가 없다. 우산을 안 가지고 나오다니, 이런 일이 또다시 생기다니 믿을 수가 없었다. 결국 둘 다 흠뻑 젖고 머리카락이 머리에 찰싹 들러붙었을 때 무면허 집시 택시를 불러 세웠다. 윌리엄이 망설였지만 내가 뒷좌석에 밀어 넣어버렸다. 안전벨트는 없지만 차 안은 물기 없이 깨끗하다.

"센트럴파크 웨스트 81번 거리요" 하고 운전기사에게 말했다.

한동안 둘 다 차 안에서 말없이 있다가 내가 말을 꺼냈다. "윌리엄, 내 생각엔 이것도 우리 비밀로 해야 할 거 같은데."

윌리엄이 말했다. "싫어요."

Chapter 22

우리가 건물에 도착했을 때 잭은 로비에 서서 새로 온 주말 담당 도어맨과 야구 이야기를 하고 있었다.

"가끔은요, 미스터 울프, 전 양키 팬들이 부럽기도 합니다. 정말 인정하기 싫지만요. 그래도…."

"로드리고, 그런 가슴 아픈 소리를."

"이것도 선생님께만 겨우 말씀드리는 겁니다."

잭이 머리를 설레설레 흔들며 말했다. "이거 정말 실망인걸."

"아빠!" 윌리엄은 정문에 들어서면서부터 아빠를 불렀다. 아이가 양팔을 크게 벌렸는데 포옹을 받기 위해서라기보단 자신의 몰골을 봐달라는 투였다.

"어이, 윌! 어떻게 된 거야? 온통 진흙범벅이구나."

"에밀리아 아줌마가 날 호수로 던졌어요. 날 꽁꽁 언 호수로 던져 버렸어요."

난 뒤도 돌아보지 않았다. 난 고개를 내저으며 걸어가 엘리베이터의 버튼을 눌렀다.

"음?" 잭이 나를 뒤에서 부르며 묻는다. "무슨 소리야?"

난 다시 고개를 절레절레 흔들었다.

"에밀리아!"

로드리고는 더 이상 보이질 않았다. 우리 서로가 각자의 감정을 다 표출하도록 그는 건물 밑바닥으로 녹아 사라져 주거나 혹은 비오는 바깥의 정문 차양 아래 비집고 들어가 있기로 한 모양이다.

"위에 올라가서 하면 안 되겠어요?"라고 내가 말했다.

엘리베이터를 타고 올라가는 내내 심하게 과장해가며 코와 목구멍으로 콧물을 들이마시며 윌리엄이 훌쩍거리는 소리 외에는 오직 침묵단이 이어졌다.

집 안으로 들어온 잭이 다시 되물었다. "무슨 일이 있었던 거야?"

윌리엄이 말을 했다. "에밀리아 아줌마가 날 호수에 던져 버렸어요." 그러고는 울음을 터뜨렸다.

"바보같이 굴지 좀 마." 내가 말을 가로막았다. 이어서 무슨 일이 있었는지를, 우리가 미끄러진 사정과 아이가 어떻게 하다 호수로 빠졌는지를 간략하게 설명해 보였다. 그게 왜 사고였는지를. "둘 다 재미있게 놀고 있었어." 나는 애처롭게 애원하는 투의 목소리로 어쩔 줄을 몰라 하며 말을 이어갔다. "우린 정말로 좋은 시간을 보내고 있었단 말이야."

잭이 내게서 등을 돌리고는 윌리엄에게로 몸을 숙였다. 작은 엄지손가락으로 아이의 눈물을 닦아 주었다. "젖은 옷부터 벗자. 그리고 따뜻한 물로 거품목욕하는 거야." 잭이 문어처럼 축 늘어진 아이의 팔과 다리를 한 품에 감싸며 들어 올렸다.

"잭! 이건 말이 안 되잖아요! 나랑 재밌게 놀아놓고 오히려 성질을 부리다니. 나랑 재밌게 놀았다는 것 자체가 애한테는 지금 못 견디게 싫은 거라고."

잭은 아무 말도 하질 않았다. 복도를 반쯤 가고 있는 그 둘을 내가 다시 불러 세웠다.

"멈추라고요."

윌리엄의 방에 들어서던 잭이 발을 멈췄다.

"왜?" 그가 말했다. 갈라지기 일보 직전인 그의 목소리에는 긴장감이 서려 있다.

"애가 과민반응을 보인 거잖아. 애한테도 말해줘야 하는 거 아니냐고? 진흙 좀 묻은 거 가지고 난리를 떨 이유는 없다고 설명을 해줘야 하는 거 아니냐고.

우린 한참 신나게 놀고 있었다니까. 잭! 캐럴린 때문인지 뭔지 애가 저렇게 구는 건 나도 안타깝지만, 아무튼 이건 내 잘못이 아니잖아. 그러니까 당신이라도 애한테 뭐라고 해줘야 하는 거 아니야?"

잭의 입술은 일직선으로 굳었고 호흡을 애써 가다듬어서인지 콧구멍마저 벌렁거리고 있었다. 그의 창백한 얼굴은 분노로 새하얗게 질려 있는데, 특히나 눈 주위는 더 심했다. "내가 뭔가 말해 주기를 바라는 거야, 에밀리아?" 한마디, 한마디를 곱씹은 다음에 그 한마디들 속의 쓴맛을 즉시 내뱉듯이 내게 말했다. "당신 정말로 내가 뭔가를 말해 주길 바라는 거냐고?"

아무 말도 하지 않길. 어둡고 외로운 복도에서도 보이는, 지금 그의 입안에서 맴도는 그 말들을 입 밖으로 내뱉지 말아 주길.

"사고였다고!" 다시 강조했다. "둘 다 걸려 넘어졌다고. 같이 뛰다가 떨어진 거라고."

"당신은 개뿔도 관심이 없군. 애가 지금 추위랑 두려움에 떠는데, 당신한테 그딴 건 관심 밖이라고."

"누가 관심이 없대. 그리고 애가 뭘 떤다고 그래. 당신도 윌리엄 알잖아. 별 이유 없이 모든 걸 과장하는 거."

잭은 안고 있던 윌리엄을 조심스레 내려놓았다. 이어서 아이를 방으로 들여보낸 다음에 방문을 당겨 닫았다. 그는 내게 다가와 낮은 목소리로 말했다. "당신은 자신이 어떤 얼굴로 애를 쳐다보는지 알기나 해, 에밀리아. 차갑다 못해 얼어 버린 그 표정을 말하는 거야. 당신은 말이야, 그 망할 할렘 미르보다도 차가운 여자야."

문고리를 돌려 아이의 방문을 열더니 나를 뒤에 남겨둔 채 문을 세차게 닫아 버렸다. 그가 한 말들과 차마 하지 않은 말들이 액상 산화수소처럼 나를 적신다. 몸과 마음이 싸늘하게 얼어붙고 움직일 수가 없다. 잭이 말한 것 이상으로 차갑다.

난 차갑다 못해 창백해졌다. 그러고는 문득, 이 순간과는 정반대였던 2년 전을 떠올렸다. 2년 전에 난 마치 누군가가 내 머리 위에 자리한 작은 문을 열어서 내 몸에 햇살을 채워 넣어주고, 몸이 손과 발끝부터 머리끝까지 그 빛으로 충만해지는 듯한 느낌을 받았는데, 그래서 2년 전의 그 순간들이 더더욱 소중하게 여겨졌다. 그런 기쁨을 만끽하기에 앞서서 난 온종일, 아니 적어도 일주일 전부터 잭이 날 또 떠나려 한다는 생각 때문에 불안해하고 있었다. 나는 그때 우리 집 전화번호를 외우는 것처럼 잭이 내게 무슨 말을 하려는 것인지 분명하게 알고 있었다.

캐럴린이 잭을 집에서 내쫓은 지도 3개월, 우리는 그 3가 월간 여느 커플들처럼, 보통 사람들처럼 만나길 계속해 왔다. 우리는 바깥에서 저녁을 먹고 영화를 보러 갔다. 연극을 보러 갔고, 오페라도 보러 갔고, 내가 싫어한다고 솔직히 고백하기 전까진 발레 공연도 두 번이나 보러 갔다. 메츠 경기에도 세 번을 갔고, 한번은 양키스타디움에도 갔었는데 그 이유는 잭에게 홈 베이스 바로 뒤에 위치한 좌석용 티켓을 가진 친구가 있었고, 잭은 대학시절부터 유달리 레드삭스를 좋아했던 내게 레드삭스 경기를 보여주려고 했기 때문이었다. 우리도 우리 나름의 은밀한 방식으로 오피스 연애를 즐겼다. 직장 동료들 앞에서는 그저 안부 인사나 건네는 사이인 척 연기를 하다가 런치타임에 몰래 빠져나와서 식사 대신에 룸서비스와 서로의 육체를 탐닉하는 식의 연애는 더 이상 하지 않았다. 그렇다고 노골적으로 알리고 다닌 것도 아니다. 다만 사내 카페테리아에서 끈적끈적한 애무를 하는 것만은 자제를 했고, 대신에 아침이면 같은 시간에 출근한 다음 건물 로비에 있는 이탈리안 베이커리에서 나란히 커피를 주문하는 정도였다. 항상 우리는 밤이면 어퍼 웨스트사이드 잭의 아파트에서, 그리고 그가 다이얼-에이-매트리스에서 주문한 매트리스 위에서 사랑을 나누었다. 잭이 내가 사는 곳으로 오거나 하지는 않았는데, 그건 나와 같이 살던 룸메이트를 의식해서였다. 난 일주일에 서너 번을 넘지 않게, 그리고 가끔은 그보다도 더 적은 횟수를 잭의 집에서 지냈다. 하지만 내 물건을 그곳에 두고 다니거나 한 건 아니었다. 그 대신 큰 가방에 여분의 속옷, 칫솔 그리고 화장품 가방을 넣어 들고 다녔다. 그리고 내 사무실 방문 뒤에는 슈트 두세 벌 정도와 세탁소 비닐에 싸인 블라우스 몇 벌이 항시 대기 중이었고 책상 밑에는 구두 예닐곱 켤레를 줄지어 챙겨 놓았다.

윌리엄이 와 있는 날에는 잭의 아파트에 절대로 가지 않았다. 다시 말해서 전날 저녁에 미리 약속을 잡지 않은 이상은 그의 아파트에 가지 않았다는 소리다. 당시 우리는 같이 밤을 보내는 것을 당연하다고 생각한 적이 없었다. 낮 동안 잭이 전화를 해서 저녁식사 얘기를 꺼내면, 그날 밤을 같이 보내는 걸로 알고 있었다. 내가 잭에게 화요일에 전화를 해서 돌아오는 토요일에 콘서트에 같이 가자고 했다면, 그건 그 토요일 밤을 같이 보내자는 소리였다는 말이다. 가끔은 둘다 야근인 날에 잭이 전화를 해서는 늦게라도 집에 와서 식사를 하거나 영화라도 보지 않겠냐며 물어오는 경우도 있었다. 잭과 난 저녁을 같이 보낼 구실이나 핑계거리를 늘 찾았다. 우리 둘 중 어느 한 사람도 일을 마치고 바로 집으로 가서 사랑을 나누고 잠자리에 같이 들자고 나서진 않았다. 우리는 데이트 중이었고, 그 말은 무엇인가를 해야만 한단 소리였다. 그 무엇이라는 게 결국은 DVD나 보는 것처럼 별것 아닌 일이더라도 말이다.

그 완벽한 순간이 있기 일주일 전이었다. 잭은 전화 한 통화로 사이먼과 그의 남자친구를 데리고 첼시에서 열리는 미술 전시회에 가기로 했던 우리의 데이트 약속을 취소해 버렸다. 우리는 일곱 시에 만나서 일단은 물레와 실로 만들었다는 작품부터 대충 훑어본 다음 만 레이 레스토랑에서 저녁식사를 할 계획이었다. 잭이 없으면 가식 덩어리들에 불과한 미술 전시회도, 제일 친한 친구의 가식 덩어리 연인과 즐기는 가식적인 식사를 견뎌낼 힘이 없다며 매달리던 나의 애원에도 굴하지 않고 잭은 계속 업무 핑계만 대며 거절했다. 그러다 웨스트 첼시 미술계의 떠오르는 유망주라던 화가와 사이먼의 남자친구가 눈이 맞아 버리는 일이 벌어졌고, 결국 사이먼과 난 레드캣이란 곳에 외롭게 버려진 채 정어리 튀김 한 접시를 앞에다 놓고 남자들의 매정함에 한숨만 내쉬고 있었다.

그 주에 잭과 난 그의 책상에서 먹은 저녁식사, 고작 그 한 끼만 같이 먹었다. 어느 날 저녁 난 그를 놀라게 해주려고 덴푸라 우동을 잭의 사무실로 주문했고 음식 값은 내 의뢰인이던 폐물 관리 회사로 청구했다. 잭의 사무실은 텅 비어 있었다. 난 복도 끝 회의실에서 잭을 발견했고 팀원들과 피자를 먹고 있던 잭은 피자 한 조각을 들고 있었는데, 이송명령장 문제로—결국 월말에 가선 기각당하고 말았지만—매우 바쁜 것 같아 보였다. 내 손에 들린 하얀색 종이봉지를 본 그가 반쯤 먹던 피자를 종이 접시 위로 내려놓았다.

"계속 진행하세요"라고 그가 젊은 변호사들한테 말했다. "잠시 자리 좀 비우겠습니다."

우리가 복도를 반쯤 지났을 때, 회의실에 있는 사람들이 터뜨리는 웃음소리가 들려왔다.

"아, 창피해요." 그의 사무실로 따라 들어가며 내가 입을 열었다. "미안해요."

"괜찮아." 그가 대답했다.

우리는 빠른 속도로 밥을 먹었다. 잭이 아까 남겼던 피자 반쪽이 그가 먹은 첫번째 조각이 아니었다는 게 눈에 보였다. 그는 수프도 건성으로 들이켰고 우동은 몇 번 집어 먹는가 싶더니 이내 젓가락을 내렸다가 그릇 위에 엎어놓는 것이었다. 내가 식사를 마치는 동안 기다리던 잭은 다시 업무를 보러 돌아갔고 난 퇴근해서 집으로 갔다. 그렇게 토요일 아침이 왔고, 우리가 같은 침대에서 잠을 잤던 날로부터 5일, 사랑을 나눈 날로부터는 6일이 지난 시점이었다. 나는 도로시 파커의 단편에 나오는 인물처럼 전화기 주변을 빙빙 맴돌면서 잭의 전화만을 기다렸다. 커피랑 도넛을 사러 델리에라도 가야겠다며 스스로를 어르고 달래기도 했지만, 핸드폰을 뒤로하고 집을 나서는 일만큼은 내 능력 밖이었다. 결국 난 주머니에 핸드폰을 넣어 다녔고, 벨과 진동으로 동시 설정을 한 다음 음량 크기도 제일 잘 들리게 높여 두었다. 오후 2시가 됐다. 잭이 날 떠날 것만 같아서 마냥 두려웠다. 4시가 됐고, 잭은 이미 날 떠났다고 확신했다. 더 이상 잃을 것도 없다는 생각에 집을 나서 잭의 아파트로 발걸음을 옮겼다. 그땐 지금처럼 택시를 자주 애용하지 않는데, 아직 갚아야 할 학자금 융자가 남아 있었고, 지하철 환승의 번거로움도 군말 없이 받아들이던 시절이었기 때문이다. 지하철 안에 앉아 나와 같은 처지에 있는 이단자들, 오늘 같은 연휴에도 도시를 벗어나지 못하고 배회하는 어중이떠중이들을 바라봤다. 타임스 스퀘어 셔틀을 돌며 구걸하는 절름발이 남자 외에는 어느 누구 하나 딱히 가련하거나 한심해 보이지 않았다. 그는 쭈그러든 다리가 접힌 채로 천을 깐 카트를 이용해서 이 차량에서 저 차량으로 옮겨 다녔다. 난 그에게 5달러를 주었는데, 그는 나보다 더 불쌍해 보임으로써 일종의 보상을 받은 것이다.

이반이 토요일에도 근무하는 것은 흔치 않은 일이었다. 그는 로비에 있는 긴 소파로 나를 안내한 다음 거기서 잭을 기다리라고 했다. 난 여태 누군가 그 소파에 앉는 걸 본 기억이 없었다. 내 엉덩이가 그 소파의 플로랄 무늬 커버를 짓구긴 최초의 엉덩이였던 것이다. 그게 사실이라면, 그리고 만약 이 아파트에 사는 일부 여자들이 그 사실을 알게 된다면, 그들은 결코 좋게 생각하고 넘어가 주질 않을 것이다. 지금껏 이 아파트의 반상회 모임에서는 나라는 존재를 인정하지 않았기 때문이다.

이반이 내게 타임지와 숏브레드 쿠키를 권했다. 로비에서 기다리고 있는 작은 꼬마 그린리프 양이 된 기분이었다. 이반이 세 번째로 권하는 다이어트 코크를 거절하고 있을 때, 잭은 그제야 스쿼시 라켓과 헬스 가방을 든 모습으로 내 앞에 나타났다.

잭은 반가워하거나 놀라지 않았다. 그가 팔로 엘리베이터 문을 열어 주었고, 이반의 시야에서 벗어나자 내 입술에 가벼운 입맞춤을 해줬다. 텅 빈 그의 아파트 안으로 우리는 걸어 들어갔다. 3개월이란 기간을 그곳에서 보냈으면서도 잭은 식탁, 그의 침실에 놓을 침대 매트리스와 박스 스프링, 그리고 억척스러운 골동품 딜러에게 속아서 산 흉물스러운 하이보이 장롱 외에는 별다른 가구 없이 살고 있다. 그는 내가 보는 앞에서 그 흉측한 물건을 샀는데, 자폐증에 가까울 정도로 말 수가 적었음에도 불구하고 만일 잭이 그 옷장을 구매하지 않았다면 자살이라도 했을 법한 인상으로 굽은 어깨를 연방 굽실대던 그 젊은 남자에게 우리 둘 다 꼼짝없이 넘어간 것이었다. 그 집에서 가구가 제대로 딸려 있는 곳이라고는 오로지 윌리엄의 방뿐이다. 그는 윌리엄이 스스로 자기 방을 꾸미는 걸 허락했고 그 결과 아이의 방 디자인은 뭐랄까, 공룡 부화장과 해적 소굴의 콤비네이션에 가까웠다. 아이의 침대와 서랍장 세트는 두 사람이 뉴저지 외곽의 어느 가구점에서 건진 것들이었는데, 막연하게나마 바다를 연상케 하는 가구들이었으며 서랍마다 일반 손잡이 대신에 밧줄 고리가 달려 있다. 윌리엄은 서랍장 그리고 붙박이 책장 앞바닥에까지 두발 공룡 컬렉션을 줄지어 늘어놓았다. 아이는 플라스틱으로 만들고 고무로 처리한 공룡 모형들을 수십 개나 가지고 있는데, 거기에는 자연사박물관에서 전시하는 것들 전부 다, 그리고 마이아사우루스와 힙실로포돈 같은 듣도 보도 못한 공룡들까지도 포함되어 있다. 잭은 최선을 다해서 캐럴린 집에 있는 윌리엄의 책장에 꽂힌 것과 똑같은 책들을 장만해 주었다. '황소 페르디난드 이야기', 유명한 '이스트 88번가의 집', '마이크 멀리건과 그의 스팀 쇼블', '다이너소어 밥' 같은 책들이었다. 책장에 꽂혀 있는 책들의 표지는 새 책처럼 반짝였고 접힌 흔적 없이 빳빳했다. 호기심 가득한 손으로 여러 해 만지작거려야만 생기는 얼룩 같은 것들도 없었다. 그 양장본 책들을 보고 있자니 왠지 모르게 가슴이 아파왔다.

잭은 빈 거실 한 구석에 라켓을 받쳐 두었다. "뭐 마실 거라도 꺼내올까? 와인 한 잔이나 맥주는 어때? 물이라도?"

난 고개를 내저었다.

"난 맥주라도 마셔야겠는걸, 밖이 덥네." 그가 말했다.

그를 따라 부엌으로 들어갔고, 잭이 냉장고 선반에서 맥주를 꺼내오는 것을 지켜보았다. 잭의 냉장고에는 맥주를 제외하고는 유당불내증이 있는 세 살짜리 아이의 것인 토르텔리니, 포도, 새끼 당근, 수십 개의 두유로 가득 채워져 있었다.

맥주병을 들어 입술에 가져다 대며 고개를 뒤로 젖히는 그의 모습을 바라보았다. 맥주를 삼킬 때마다 날카로운 그의 목젖이 완벽한 삼각형 모양을 만들면서 위아래로 움직였다.

"생각해 봤는데, 나 여기로 옮겨와서 당신이랑 살까 하는데." 내가 말했다.

잭은 맥주병을 식탁에 내려놓고 벨벳같이 부드러운 짙은 감청색 눈으로 날 바라봤다.

우리 두 사람은 입 밖에 내지는 않았지만 이런 대화를 나누었다. '당신이 날 떠날 거란 거 알아요. 그러지 말아요. 떠나지 말아요.'

그의 대답은 이랬다. '미안해, 에밀리아. 이렇게는 못하겠어. 이렇게 빨리 다른 누군가를 만나는 건 무리야. 캐럴린과의 결혼생활도 아직 정리 중이잖아. 지금 새로운 사람을 만나 다시 시작하기엔 아직 마음의 준비가 안 돼 있어.'

'하지만 날 사랑하잖아요.'

'그런 문제가 아니야. 그냥 지금은 못하겠어. 많이 혼란스러워. 많이 힘들어. 다른 사람을 만나기 전에 캐럴린과 윌리엄 없이 어떻게 살아가야 하는 건지부터 생각해 봐야겠어.'

입 밖에 내지 않은 두 사람의 대화는 계속됐다.

'당신은 내 사람이잖아요. 그러니 날 떠나면 안 돼요.'

'날 원하는 당신의 그 마음이 더 이상 감당이 안 돼. 그 소망이 어찌나 강한지, 버티기가 힘들어. 당신의 소망이 내 가정을 태워 버렸고, 나와 내 아이를 갈라놓았어. 이젠 당신이 나까지 태워 버릴까 봐 겁이 나. 당신이란 여자, 나한테도 불을 지를 테고, 결국 내겐 그을음과 재만 남을지도 몰라.'

'당신도 날 사랑하잖아. 당신도 날 원하잖아. 내가 당신의 가정을 불태웠다고요? 아니, 불을 낸 사람은 바로 당신인걸요.'

'그럴지도 모르지. 그리고 그렇다면 당신은 더더욱 날 떠나야할 테고. 어느 누가 이런 걸 바라겠어? 태워 버리고, 불을 지르고. 사랑이란 감정이 꼭 이런 식일 필요는 없다고 생각해. 사랑이란 건 시원하고 깔끔한 감정일 수도 있어. 사랑으로 새로움과 확신을 얻을 수 있어야지. 당신의 그 불씨를 거두고 이젠 제발 내 앞에서 사라져 달라고.'

다음은 입 밖에 내지 않은 대화의 뒷부분이다.

'내 아이가 당신을 사랑하지 않아.'

'상관없어요. 난 당신을 너무 사랑해요. 그런 나의 사랑이 황금빛이 되어 당신을 채워 주고도 남아 넘쳐 흐를 거예요. 당신을 향한 나의 사랑이 짙고 푸른 당신의 눈을 채워 주고, 아이를 향한 내 숨은 본심마저도 가려 줄 거예요.'

다음은 우리가 실제로 나눈 대화다.

잭이 말했다. "가구도 없는데 괜찮겠어?"

Chapter 23

일요일 밤 이후 잭과 나는 살얼음판을 걸으면서 우리의 자책의 무게로 얼음이 깨질까 봐 조심조심하듯 모든 대화에 목소리를 절제했다. 우리는 윌리엄이나 미르 호수, 그리고 두 사람이 차마 입에 담아서는 안 될 말을 하기 직전까지 갔던 이야기도 꺼내지 않았다. 서로의 주위를 살금살금 걸으며 말 한마디, 몸짓 하나에도 지나치게 조심을 해서 마치 침실 세 개짜리 최고급 피난처에 갇혀 있는 미치광이 두 사람 같았다. 커피 한 잔 더 마시라는 말에 괜찮다고 하는 것조차 갑자기 너무 아슬아슬해져서 아침식사를 하고 나면 완전히 지쳐 버렸고, 그래서 나는 잭이 출근하기가 무섭게 침대로 돌아가 기운을 차리려고 두 시간 정도 잠을 청했다. 잭이 로펌의 파트너로 일하는 게 좋은 점 중 하나는 평소보다 일이 많아서 늦었다는 흔한 변명도 필요 없이 밤 10시나 11시가 되어야 퇴근한다는 점이었다. 그 덕분에 적어도 사다 놓은 음식을 차려놓고 예의를 차려가며 저녁식사를 할 필요는 없다는 것이었다.

오늘 아침에는 잭이 일찍 일어나서 나를 깨웠다. 짙은 회색 슈트에 분홍색 셔츠를 말끔하고 멋지게 차려입고 나를 내려다보며 서 있는데, 샤워를 한 뒤라 머리는 젖어 있고, 금방 면도를 한 턱에서는 내가 사준 아스트린젠트 향이 풍겼다.

"일어났어?"

"응."

"잠은 잘 잤고?"

"응. 아주 잘 잤어."

"오후에 선서 증언이 있어서 윌리엄을 학교에 데리러 못 갈 거 같아."

"괜찮아."

"내 일 끝날 때까지만 소냐 좀 보내서 윌리엄 보게 해달라고 캐럴린한테 전화해 볼까?"

"아냐, 내가 데리러 갈게."

"괜찮겠어?"

"응."

"전화해도 별 문제 없는데."

"말했잖아. 내가 데리러 간다고." 예의바른 대화의 규칙을 어겨 버렸다. 그리고 움찔했다.

잭은 몸을 숙여 반짝거리는 검은색 구두코에 붙은 보이지도 않는 보푸라기를 닦아냈다. 구두를 쳐다보며 잭이 말했다. "애하고 오늘 뭐 할 건대?"

"모르겠어. 장난감 보트 가지고 노는 연못에 데려가든가. 얼어 있으면, 그때는 호수라도 데리고 가 볼까."

잭이 웃음기 가신 굳은 얼굴로 몸을 일으켜 세웠다.

"집으로 데리고 올게" 하고 내가 말했다. "유제품 아닌 과자 좀 주고, 당신이 올 때까지 레고나 공룡 장난감 가지고 놀게."

"DVD 빌려 봐도 되고."

"DVD는 안 빌려도 돼. 애는 TV 못 보게 돼 있잖아, 기억 안 나? 같이 잘 있을 거야."

"당신이 정말 그렇다면야."

"정말이야. 괜찮을 거야."

잭이 끄덕였다. 슈트 재킷의 단추를 잠그더니 다시 열었다. "공원에서 하는 그거에 대해서 생각해 봤는데. 그 추모의 걷기."

"그랬어?" 나는 생각을 안 해봤다. 전혀 생각해 보지 않고 있었다.

"아직도 가고 싶어?" 하고 그가 물었다. 그러고는 대답할 여유도 주지 않고 "내 생각엔 우리 가 봐야 할 것 같아. 우리 세 사람 다 같이. 그게 우리한테 좋을 것 같아. 다 함께 가야지" 하고 말했다.

"좋아." 내가 말했다.

그가 침대 위로 몸을 숙여 내 입술 조금 위에서 입술을 멈추었다. 내가 얼굴을 들어 사이를 좁혔다. 미르에서의 그 사건이 있기 이전에 우리가 싸운 그날 이후로 처음 하는 키스다. 특별히 부드럽거나 감미로운 키스는 아니고 그냥 평범한 키스지만 익숙하고 견고하다. "밤에 봐." 그가 말했다.

"걱정하지 말고. 윌리엄하고 잘 있을게."

물론 잘 있을 리는 없다. 빨강 반 앞에서 기다리고 있는 나를 보더니 윌리엄은 눈살을 찌푸렸다. 고개를 외로 꼬고 있는 것이 상황을 파악하면서 어떻게 하면 좋을지 고민하는 눈치다. 그러더니 내 쪽으로 걸어왔다.

"아줌마랑은 안 갈 거예요" 하고 아이가 말했다.

"오늘은 수요일이잖아, 윌리엄. 수요일에는 우리 집에 오는 거고."

"오늘은 아니에요."

"오늘이야. 오늘이 수요일이라고."

"아니에요, 에밀리아 아줌마." 윌리엄이 단호하게 고개를 저었다. "아줌마랑은 안 갈 거예요. 이젠 안 가요. 아줌마가 날 호수에 던져 버렸어요. 할렘에서요."

"할렘 미르였지. 그리고 내가 던져 버린 것도 아니고. 네가 미끄러졌잖아. 우리 둘 다 미끄러진 거지. 사고였다고. 사고란 건 생길 수도 있는 거잖니. 코트 입어라."

"싫어요!" 윌리엄이 소리를 질렀다.

셜린 선생이 아이의 격한 고함소리를 듣고는 빨강 반에서 고개를 내밀었다. "조용하게 말해야지, 윌리엄" 하고 그녀가 말했다.

"에밀리아 아줌마한테 내가 같이 안 갈 거라고 말 좀 해 주세요" 하고 말하며 아이가 문으로 뛰어갔다. 아이는 셜린 선생 팔 밑으로 헤집고 들어가 교실 안으로 들어가 버렸다.

"정말 미치겠네" 하고 중얼거리며 아이를 쫓아갔다. 보모 한두 명이 동정 어린 미소를 내게 지어 보인다. 자기들도 똑같은 입장이 되어 본 적이 있는 거다. 혼내지도 못하면서 책임만 져야 하는 고집스러운 아이를 다루는 게 어떤 건지 알고 있을 거다. 반면에 엄마들은 고개를 내저으며 내 방식이 못마땅하다는 표정을 짓고 있다. 내가 뭐기에 자기 엄마만을, 애초부터 자리를 뺏겨서는 안 됐을 자기의 진짜 엄마만 찾고 있는 어린애에게 떳떳지 못한 내 존재를 강요하느냐는 표정이다.

"죄송합니다" 하고 셜린 선생에게 말하며 교실 안으로 들어갔다. "이리 오렴, 윌리엄. 우리 가야지."

"윌리엄이 좀 힘든 하루를 보냈어요, 에밀리아" 하고 셜킨 선생이 말했다. "지난주에 공원에서 있었던 일을 어떻게 받아들여야 할지 생각해 보느라 힘들어했습니다."

이제는 더 이상 셜린 선생을 좋아하거나 존경하지 않을 것이다. 셜린 선생은 멍청이다. 어린애들을 가르칠 자격을 주면 안 된다.

"생각해 보고 자시고 할 것도 없어요. 미끄러져서 넘어진 것뿐이에요. 발이 젖었고. 별일 아니라고요."

"제 생각엔 윌리엄에겐 큰일이었던 것 같네요. 지금 당장은 에밀리아씨하고 있는 게 안전하다고 느끼지 못해서 힘들어하는 것 같습니다. 안심과 안전은 애들에게는 중요한 일이랍니다. 특히 부모의 이혼이나 다른 정신적 충격 내지 외상을 겪어서 불안정한 상태에 있는 아이들에게는 더더욱 말이죠."

셜린 선생은 서가 구석에서 윌리엄의 옆에 앉아 있었다. 아이는 커다란 공룡 백과사전을 꺼내 집게손가락에 침을 묻혀가며 보란 듯이 책장을 넘기면서 읽고 있는 중이다. 그 옆에서 나는 발을 동동 구르며 서 있었다. 겨울 코트를 입고 있어서 더웠다.

"윌리엄." 내가 말했다. "미르에서는 내가 미안해. 물에 젖게 만들어서 미안해. 다 미안해. 그냥 센트럴파크의 그 부분을 보여 주고 싶었던 거야. 할렘 미르는 내가 제일 좋아하는 곳 중 하나거든. 너도 나만큼 거길 좋아했으면 좋겠다고 생각했던 거란다."

윌리엄은 곁눈질을 슬쩍 하더니 책에 코를 더 파묻었다.

"윌리엄. 지금 나와 같이 가면 '비밀의 화원' 책 사줄게. 너한테 그 책이 별로 어렵지 않다는 걸 내게 보여줘야지. 그리고 다른 라일 책들도 사자. 우리 집에 있는 건 우리들의 영웅 라일뿐이잖아."

셜린 선생이 책장에 손을 가볍게 얹으며 말했다. "윌리엄, 에밀리아 아줌마랑 집에 갈 준비 됐니?"

"아니요." 아이가 말했다.

"금방 준비 될 거 같아?"

"아니요."

그녀는 손을 치웠다. "제 생각엔 잭이나 캐럴린한테 전화를 해야 할 것 같네요" 하고 그녀가 말했다. "애가 이렇게 예민해 있을 때는 강요하고 싶지 않습니다."

그렇다. 윌리엄은 미르 위쪽에 있던 절벽의 암석표면만큼이나 깨지기 쉬운 아이다.

"좋아요." 내가 말했다. "잭에게 전화 할게요." 하지만 잭이 사무실에 없다. 휴대폰으로도 연락이 되질 않았다. 메릴 린이 해준 말에 의하면 선서증언 하는 데 가 있어서 5시까지는 못 움직일 거란다.

"윌리엄은 오후 수업에는 등록을 안 했어요" 하고 셜린 선생이 말했다.

"윌리엄, 집으로 가자." 내가 말했다.

"싫어요!" 윌리엄이 고함을 질렀다.

"유감이지만 다른 수가 없는 것 같군요" 하고 셜린 선생이 말했다. "캐럴린에게 전화를 하겠습니다."

"당연히 그러셔야죠." 내가 말했다. "왜 안 그러시겠어요? 상황이 아직 완전히 바닥까지 간 건 아니죠. 아직도 내 체면이 한두 조각쯤은 남아 있으니까요. 캐럴린한테 전화하셔서 제 남은 체면도 깡그리 깎아 버리시는 게 좋겠네요."

"에밀리아, 이건 에밀리아에 대한 게 아니에요. 윌리엄에 대한 거라고요."

"당연하시겠죠." 내가 말했다.

나는 캐럴린이 오기를 기다렸다. 내가 마조히스트라거나 그녀가 괴롭힐 게 뻔하단 걸 알면서도 스스로 당해도 싸다고 생각해서가 아니라 오늘은 수요일이고 수요일은 잭이 윌리엄과 보내야 하는 날이기 때문이다. 한마디 해보지도 않고 아이를 적의 손에 넘겨주고 그냥 가 버릴 수는 없었다. 내가 발버둥치고 비명을 지르면서 침몰했다는 걸 잭이 알아주었으면 좋겠다.

캐럴린이 복수의 천사처럼 아니면 솜털 난 새끼를 구하러 오는 어미 매처럼 빨강 반으로 달려들어 왔다. 부드러운 머릿결과 부드러운 피부, 부드러운 입술과 길고 매끄러운 다리, 그리고 길고 매끄러운 캐시미어 코트까지 그녀는 온통 부드럽고 매끈하다. 내 자신이 더 작아지고 더 둥글둥글해지는 게 정말로 느껴졌다. 몇 분 후면 난 난쟁이가 돼 있을 거다.

그녀가 윌리엄을 자기의 좁고 빈약한 가슴에 끌어안으며 말했다. "윌리엄, 내아가. 괜찮니? 내 불쌍한 아가, 무서웠지?"

적절하지 못한 엄마로서의 걱정을 이렇게 과도하게 드러내 보이는 걸 보면서 셜린 선생이 낯 뜨거운 모양이었다. "애는 괜찮아요, 캐럴린. 이번 주 스케줄에 좀 어려움을 겪는 것뿐입니다. 그게 다예요."

'당연하지. 이제야 제정신이 돌아오는 모양이네, 이 배신자' 하고 속으로 내뱉었다.

"윌리엄, 아가, 아빠 집에 갈 필요 없어요" 하고 캐럴린이 말했다. "소냐가 로비에서 기다리고 있단다. 집으로 가자꾸나."

"오늘은 수요일이에요" 하고 문제가 있다는 투로 내가 달했다. 오늘이 무슨

요일인지 윌리엄이 헷갈리고 있다는 듯이, 그리고 마치 윌리엄이 갓 돌을 넘겼을 때부터 요일을 제 순서대로 외운 적이 없다는 듯이 말이다.

캐럴린이 악의에 찬 눈으로 나를 쏘아보더니 윌리엄을 안아 일으키고 문 밖으로 데리고 나가 버렸다. 나도 따라 나갔다. 나가는 길에 가족 그림들이 걸려 있는 빨랫줄을 지나쳤다. 윌리엄의 그림은 금방 알아볼 수 있다. 그림 중간을 테이프로 붙여 놓은 유일한 그림이기 때문이다. 살포시 그려 넣은 아기 천사를 찾아보려고 자세히 들여다보았다. 곱슬한 머리를 하고 빙그레 웃고 있다. 날개가 아주 정교한데, 소용돌이와 하트 모양 그리고 왜인지는 모르겠지만 달러 표시로 꾸며놓았다. 이사벨은 예쁜 천사 모양이다. 윌리엄이 아름답게 그려냈다.

"정말 사랑스럽죠?" 셜린 선생이 말했다.

"네" 하고 말하며 교실을 나섰다.

타고 있던 엘리베이터 문이 로비에서 열리자 캐럴린과 윌리엄도 다른 엘리베이터에서 막 내리고 있는 게 보였다. 못 믿겠기로 악명 높은 92번 거리 Y 유치원의 엘리베이터를 저주하면서 나는 마음을 단단히 먹고 그들을 따라간다. 캐럴린이 소녀에게 부스터 시트를 넘기고 윌리엄의 장갑 낀 손을 잡았다.

"안녕하세요, 소냐." 내가 말했다.

소냐가 끄덕이며 말했다. "안녕하세요, 에밀리아."

"정말 대단하시네." 캐럴린이 내게 말했다.

"뭐라고요?"

"정말 뭣같이 뻔뻔하다고. 내 아들한테 그런 일을 저지르고도 애한테 강요를 하다니. 정신병이야. 당신 정신병자라고. 그거 알아?"

92번 거리 Y 유치원의 로비는 운동하러 가는 사람, 노인센터에 가는 할머니들, 유치원 학부모들, 방과 후 프로그램에 다니는 조금 큰 아이들로 가득하다. 캐럴린의 목소리는 낮지만 사람들에게 들리기에는 충분하다. 우리는 작은 쇼 하나를 벌이고 있는 것이었다.

"윌리엄한테 아무 짓도 안 했어요. 그건 사고였다고요. 둘이서 미끄러졌고,

애 발이 젖어 버렸죠. 그건 그냥 물이라고요. 얼어 죽을. 무슨 염산이 아니라고요."

"어디서 감히!" 캐럴린이 예쁘장한 얼굴을 바짝 들이대며 내게 다가섰다. 그녀의 홍채는 연푸른색이다. 흰자위마저도 우윳빛으로 푸르게 물들어 있다.

"감히 뭐요?" 뒤로 약간 물러서면서 내가 말했다.

"당신이 애를 할렘에 데리고 갔잖아!" 그녀가 씩씩댔다. "그리고 내가 스케이트장 일도 모를 줄 알아? 헬멧도 없이 애를 얼음판 위에 내보냈지. 애가 안 죽은 게 다행인 줄 알아."

한숨이 나온다. 윌리엄이 고자질을 했군.

"당신 애가 할렘을 가는 데 무슨 불만이라도 있는 건가?" 우리의 대화에 끼어든 여자는 키가 140cm 이상으론 안 보였다. 나이가 들어서 허리가 구부정하고 지팡이를 무기처럼 휘두르고 있었다. 목소리는 깊게 갈라졌는데 그렇게 연약한 새 뼈 같은 체구에서 나오는 것 치고는 목소리에 노기가 많이 서려 있다. "할렘이 무슨 끔찍한 곳이라도 되는 것처럼 이야기하는데 말이야. 창피한 줄을 알아, 젊은 것아."

캐럴린이 내게서 몇 발짝 물러서면서 입을 딱 벌리고는 날 옹호해 주는 노파를 내려다보았다.

노파는 꼭 쭈글쭈글한 달처럼 얼굴을 우리에게 들이밀어 올리면서 말을 계속했다. "할렘에서 수많은 밤을 저녁을 먹고, 음악을 듣고, 춤을 추며 살았어. 혼자일 때도 있었고 친구들하고 같이 있을 때도 있었어. 차비도 없어서 걸어서 집에 가곤 했어. 그 길을 다 걸어서 말이야. 우리한테 손가락질하는 사람은 아무도 없었어. 그러니 할렘에 대해서 그따위 말들을 지껄이려면 다시 한 번 잘 생각해 보는 게 좋을 거야. 그리고 이거 하나 물어 보지." 노파는 쪼글쪼글한 손가락을 들어 캐럴린에게 흔드는데 키가 너무 작아서 캐럴린의 얼굴이 아니라 허리 근처에 손가락이 가 있다. "당신이 소리 지르고 있는 저 아가씨의 주민세는 내 주나? 저 아가씨 국민연금은 내 주고 있는가? 초과 시간 비용은? 당신 보모가 애한테 도시의 아름다운 구석구석을 보여준 걸 비난하는 대신에 차라리 오만방자한 살찐 고양이처럼 행동하는 당신 자신에 대해서나 한 번 더 생각해 보라고!"

"저 여자는 내 보모가 아니에요" 하고 캐럴린이 말했다. "내 남편의 아내예요. 그리고 당신의 망할 일이나 보시라고 정중하게 부탁하고 싶군요."

"이건 내 일이지, 이 친구야. 아이를 기르려면 온 마을이 다 나서야지. 당신도 그 책을 한 번 읽어봐야 해. 힐러리 클린턴이 쓴 책 말이야. 훌륭한 책이지. 당신이 좋아하건 말건 간에 난 당신 애를 키우는 데 필요한 마을이야." 노파는 지팡이를 짚고 뒤돌아 걸어갔다.

"난 그저 잭의 아내가 아니에요" 하고 내가 말했다. "윌리엄의 새엄마이기도 하다고요."

"그리고 그게 무슨 의미라도 있나요?" 하고 캐럴린이 말했다. "내가 말해 주지. 그건 아무 의미도 없어요. 내 아이에 대한 아무런 권리도 없다고. 아무것도. 아무것도, 내 말 알아들어? 한 번이라도 더 애를 다치게 하거나, 호수에 던져 버리거나, 할렘에 데리고 가거나, 스케이트를 타러 가거나, 아니면 심지어 센트럴 파크에 데려가기라도 하면, 하늘에 맹세하건대 당신을 아동학대로 집어 쳐 넣어 버릴 거야."

캐럴린이 아이스크림 얘기는 꺼내지 않았다. 아직 윌리엄도 지키고 싶은 비밀이 몇 가지 있는 게 분명하다.

캐럴린이 얼굴을 너무 바싹 갖다 대서, 그녀의 길고 고운 연갈색 머리카락 한 올이 건물 안의 열기와 그녀의 분노의 열기로 정전기를 띠어서 우리 사이에서 떠다니다가 내 입술에 달라붙는다. "내 아들한테서 떨어져." 그녀는 한마디 한 마디를 말할 때마다 내 얼굴에 침을 분무기처럼 튀겼다.

"캐럴린." 소녀가 매우 부드럽게 말했다. 소녀는 "솔 박사님. 캐럴린" 하고 말하며 캐럴린의 팔을 잡고는 내게서 그녀를 떼어놓았다. "애 앞에서는 그러지 마세요." 소녀가 윌리엄을 가리켰다. 아이는 아직 자기 엄마의 손을 잡고 있지만 수상스키 선수가 손잡이를 잡고 있는 것처럼 뒤로 몸을 쭉 빼고 서 있었다. 얼굴이 거의 수평이 되도록 바닥 쪽을 향해 있는데, 우리가 쳐다보자 눈물이 한 방울씩 떨어졌다. 아이는 미동도 없이 소리를 삼키며 울고 있다. 흐느낌으로 주저앉지도 않고, 눈물을 흘리며 떨지도 않고, 자기 엄마의 단단히 잡은 손에 매달려 있는 전선줄처럼 팽팽하게 몸을 당기면서 로비 바닥의 지저분한 석판 위로 눈물을 뚝뚝 흘리고 있었다.

소냐가 자기 고용주를 팔로 감싸 안아 달래며 그녀를 내게서 떼 놓았다. 그러고는 윌리엄의 손을 잡고 있는 캐럴린의 손을 풀어서 자기가 아이의 손을 잡았다. 이상하게도 캐럴린은 이 어린 아가씨의 온화한 권위에 굴복하면서 그녀가 하는 대로 내버려 두었다. 캐럴린은 물러서더니 소냐와 윌리엄과 나를 로비 한 가운데 약간 놀란 사람들 속에 내버려두고는 로비를 거칠게 가로질러 정문으로 나가 버렸다.

"고마워요." 내가 말했다.

소냐가 고개를 끄덕이고는 캐럴린이 바닥에 팽개쳐놓은 부스터 시트를 집어 들고 윌리엄을 데리고 문 밖으로 나갔다. 나도 따라가면서 두 사람이 시멘트 화분들 사이를 지나 캐럴린이 한 손을 엉덩이에 올린 채 초조하게 기다리고 있는 곳으로 가는 걸 지켜보았다. 캐럴린이 손가락을 튕겨 택시를 부르는 동안 나는 가능한 한 멀리 그들하고 떨어져서 출구 옆에 머물렀다. 그 무시무시한 부스터 시트를 가지고 있는데도 캐럴린은 나보다 운이 좋은가 보다. 그녀는 택시 문을 열고 소냐가 시트를 장착할 때까지 문을 잡아 주었다. 윌리엄이 올라타고, 소냐가 버클을 채워 주고는 끈이 충분히 조여졌는지 확인해 보았다. 캐럴린이 택시 안으로 몸을 숙여 기사에게 뭐라고 말을 했다. 그러고 나서 문을 세게 닫고는 다음 택시를 잡으려고 손을 들어 올렸다.

Chapter 24

택시 기사가 어디로 갈지를 묻는데 아파트로 돌아가서 아무 할 일도 없이 그저 잭을 기다리다가 그가 오면 무슨 일이 있었는지 고백할 생각을 하니 견딜 수가 없어서 머뭇거렸다. 대신 "매디슨 가 85번 거리의 르 팽 쿼티엔으로 가주세요" 하고 말했다.

또다시 여럿이 앉는 테이블에 앉았다. 아기들은 없었지만 윌리엄보다 몇 살 어려 보이는 남자아이가 있다. 아이가 초콜릿 컵케이크를 먹고 있는데 그게 무유지방 제품인지 궁금해졌다. 라테를 한 잔 시키고 윌리엄의 엄마를 만난 끔찍한 일 때문에 뒤틀려서 아픈 배를 달래려고 딸기 컵케이크를 주문하려다가 대신 윌리엄이 먹은 초콜릿 프로스팅을 얹은 무유지방 바닐라 컵케이크를 시켰다.

"라테에 두유를 넣어 드릴까요?" 웨이트리스가 물었다.

"아뇨." 내가 대답했다.

그녀는 좀 혼란스러운 듯 보이더니 노이로제에 걸린 이스트사이드 주부들의 복잡한 섭식 장애를 이해하는 데 이미 시간을 많이 들여서 더 이상은 시간 낭비하기 싫다고 결심한 듯 어깨를 으쓱해 보였다.

주문한 컵케이크가 나와 프로스팅을 한 번 핥은 다음 케이크를 한 입 베어 물었다. 버터가 안 들어간 빵 종류라서 기름기가 많을 줄 알았는데 산뜻하면서도 보슬거리는 것이 깜짝 놀랄 정도로 맛이 있다. 아무리 그래도 딸기 컵케이크보다는 맛이 덜하다던 윌리엄의 말이 맞다. 생각에 잠긴 채 초콜릿 프로스팅 위에 혀를 굴려가며 핥아 먹었다.

아이가 울 거라고는 생각도 못했다. 그런 상황에 부끄러움을 느끼기에는 너무 어린 데다 결국 그 상황은 아이가 원했던 것일 텐데 말이다. 캐럴린이 나한테서 자기를 구해주러 오길 그렇게 원했던 것 아닌가. 그런데 그녀가 정의롭게 불같이 화를 내면서 승리를 쟁취하자 아이는 울어 버렸다.

웨이트리스를 불렀다.

"지금 제빵사 계신가요?" 내가 물었다.

"아뇨." 하고 그녀가 대답했다. "정오 정도에 퇴근하시는데요."

"아."

"새벽 4시 정도에 출근하시거든요."

내가 실망하는 것을 비판이라고 잘못 받아들인 것 같은데 어떻게 그 오해를 풀어야 할지 모르겠다.

"사장님은 계신가요?"

"여긴 체인점이라서요. 왜 그러시는지요? 뭐 잘못된 거라도 있으신가요?"

"아, 아니요. 그런 게 아니에요. 다 너무 좋아요. 그냥…. 뭐 좀 건의할 게 있어서요."

그녀가 한숨을 내쉬더니 말했다. "매니저를 불러드리겠습니다."

매니저가 오는데 극도로 정중하면서도 단호하다. 불만을 표시하는 것이 권리이기 이전에 의무라고 생각하면서 본사 임원들 앞으로 가차 없는 비판의 편지를 쓰기도 하고, 사람이 북적대는 식당 안에서 신랄한 짜증을 부리며 가게에 손해를 끼치는 데 주저함이 없는 열성 고객을 다루는 데 익숙해져 있다는 듯한 태도다. 레스토랑의 위치 때문인 듯 이곳에는 그런 손님들이 많다.

"무엇을 도와드릴까요, 손님? 제가 도와드릴 무슨 문제라도 있으신지요?" 정확히 어디 출신인지는 알기 힘든 유럽계의 어투로 그가 말했다.

"아니요, 그런 건 전혀 없어요. 그냥 단지, 제 양아들이 유지방에 알레르기가 있거든요. 말하자면요. 어쨌든, 아이는 자기가 그렇다고 생각하고, 애 엄마도 애가 절대로 유지방을 입에 못 대게 하고요. 아이가 여기 비유지방 컵케이크를 엄청 좋아해요. 그런데 여기에서는 비유지방 컵케이크로는 바닐라하고 초콜릿 프로스팅 얹은 것밖에 안 팔아서요. 혹시 메뉴에 딸기 프로스팅 얹은 걸 추가해 주시면 안 될까 해서 여쭤 보려고요."

"아." 그가 말했다.

"애가 내 딸기 컵케이크를 한 입 먹어 본 적이 있는데, 너무 좋아했거든요."

"아이가 유지방에 알레르기가 있는데도 일반 컵케이크를 먹었다고요?" 매니저가 혼란스러워하는 것이 마치 머릿속으로 컵케이크 소송을 상상하면서 선서 증언과 비밀 요리법의 증거 요구, 유당불내증과 유지방 분해 효소의 소화능력에 관련된 다수의 박사학위를 가지고 있는 과학자의 증인 참석 요구 등을 떠올리고 있는 것 같다.

"애가 진짜 알레르기가 있는 건 아니고요. 그냥 자기가 그렇다고 생각을 해요."

"그럼에도 불구하고 손님께서는 애가 비유지방 컵케이크를 먹기를 바라시는 거고요?" 뭐, 사실 나야 그런 정신 나간 짓을 하고 싶지 않지. 애 엄마가 그렇다고 고집을 부리니 하는 수 없다는 거다. "네."

"아."

"그래서 비유지방 스트로베리 컵케이크를 만드는 것도 한번 고려해 주시면 좋겠다고 생각해 본 거고요."

"제빵사에게 말씀하신 제안을 전하도록 하겠습니다."

"감사합니다. 정말 감사해요."

"별 말씀을요, 손님. 주문하신 컵케이크 맛있게 드시길 바랍니다. 그러고 보니 지금 비유지방 제품을 드시고 계시네요."

"네. 시험 삼아 한 번 먹어 보느라고요."

"아."

"일반 컵케이크만큼 맛있는지 보고 싶어서요."

"어떠세요?"

"그렇진 않네요."

"아."

"아주 좋아요. 정말로요. 맛있어요. 단지, 무슨 말인지 아시죠? 진짜만큼 맛있지는 않네요."

케이크를 마저 먹으라고 매니저가 자리를 뜨고, 제빵사가 내 제안을 진지하게 받아들여서 비유지방 메뉴에 스트로베리 프로스팅을 추가해 준다면 윌리엄이 얼마나 기뻐할지 생각해 보았다. 아마 너무 기뻐서 유치원 로비에서 있었던 일을 잊어버릴지도 모른다. 자기 엄마와 내가 자기한테 어떤 감정을 느끼게 했는지 기억도 못하게 될 거다. 딸기 컵케이크의 축복에 눈이 멀어 자기 엄마가 나를 보면서 지었던 분노의 표정을 잊어버리게 될 거다. 그럴 수 있을 만큼 맛있는 컵케이크가 있다면 좋겠다.

나는 어떤 걸로 기억을 지울 수가 있을까? 궁금하다.

"윌리엄은 어디 있어?"

잭이 들어오자마자 한 첫마디였다. 문 밖 복도에 있는 높다란 양철통 주변에는 들고 온 우산에서 빗물이 아직 떨어지고 있고, 서류가방도 채 내려놓지 않고, 코트 역시 복도 옷장에 걸어 놓기도 전이었다.

"자기 엄마네 집에 있어."

현관 복도에 서서 무슨 일이 있었는지 설명하는데 잭이 점점 쪼그라드는 게 보였다. 검은색 긴 우비 코트가 느슨해지면서 바닥에 점점 늘어지고, 어깨 부분은 축 처지고, 소매 안으로 그의 손이 사라졌다. 내 눈앞에서 그가 작아지면서 오그라들었다. 절망으로 작아지는 거다. 그는 코트를 벗어서 바닥에 널브러뜨렸다. 서류가방은 그 위에 던져 놓았다. 바지 끝단에서 빗물을 떨어뜨리며 내 옆으로 지나갔다. 그를 따라 긴 복도를 지나 침실로 향했다.

"별일 없을 거야" 하고 내가 희망적으로 말했다. 그의 주위를 맴돌고는 있지만 손은 대지 않았다. 손대기가 두렵다. 우리 두 사람은 자석의 양 극이고, 우리 사이에 서로를 밀어내는 명백한 자기장이 있는 것 같았다. 어쩌면 나를 그한테 서 밀어낸다고 하는 게 더 맞을지도 모르겠다. 침대에 걸터앉았다. 양 발은 바닥에 가지런히 놓고, 등은 곧추세우고, 무릎은 꼭 붙이고 있다. 꾸지람을 기다리는 학생 같았다.

잭이 말했다. "이런 제기랄." 자기 손목시계를 보더니, 진짜 6시 17분인지 확인하려는 것처럼 침대탁자 위의 시계를 또 쳐다본다. "제기랄."

내가 말했다. "우리가 애를 데리러 가야 할 것 같아? 내 말은, 당신이. 당신이 데리러 가야 한다고. 데리러 가야 할 것 같아?"

"모르겠어."

집 전화 벨소리를 바꾸는 방법을 알아놔야겠다. 좀 덜 악의적인 걸로. "캐럴린" 하며 그렇게 크게 비명을 지르는 것 같은 소리 말고 다른 걸로.

"젠장." 잭이 말했다. 그의 "여보세요" 하는 소리가 너무 조심스러워서 웃기기까지 하다. 그가 안심하는 모습도 웃긴다. "당신 어머니시네" 하고 잭이 말하며 몇 마디 의무적이고 형식적인 인사를 나눈 다음 내게 전화기를 넘겼다.

"안녕, 엄마." 내가 말했다. 리지우드 가에서 엄마를 내버려두고 온 이후로 엄마하고 처음 이야기하는 거라 나는 엄마에게 사과할 마음의 준비를 했다.

"무슨 일 있니?"

"아니요. 아무 일 없어요. 잠깐만요. 지금 말이에요? 아니면 그때 그날 밤 말하는 거예요?"

엄마가 혀를 찼다. "그날 밤 일은 잊어버리자. 별로 중요한 일 아니잖니. 그냥 추모의 걷기에 아직 같이 가기로 한 게 맞는지 확인하려고 전화했다."

"그럼요. 내 말은, 내 생각에는 그런 거 같은데." 수화기를 손으로 가리고 말했다. "엄마가 우리 아직 추모의 걷기에 가기로 한 거 맞는지 확인하고 싶으시대."

잭이 침실 가운데에서 벗을지 말지 고민하는 것처럼 슈트 재킷의 옷깃을 쥐고 있다.

"왜?"

"엄마도 가고 싶으시대."

"응, 그러실테지. 가시면 좋지."

"엄마?" 내가 말했다. "스트로베리 필즈에서 네 시에 만나요."

"잠깐만. 좀 적을게" 하고 엄마가 말하는데 바로 착신 대기음이 울렸다.

"잠깐만요, 엄마" 하고 말하고는 플래시 버튼을 눌렀다. 이번에는 당연히 캐럴린이다.

"잭하고 전화를 좀 하고 싶은데요."

"안녕하세요, 캐럴린." 배알이 꼬여 있는데도 불구하고 침착한 목소리로 인사하는 내 스스로가 대단하게 느껴졌다. 괜히 아버지의 딸이 아닌 모양이다. "잠시만 기다리세요" 하고 말했다. 엄마에게 전화를 다시 돌렸다. "캐럴린이에요."

"끊어야 되니?"

"넵. 그럼 그때 봬요."

"그래. 음, 내 딸내미야?"

"나 진짜 끊어야 돼요."

"그래. 사랑한다, 애야."

"나도 사랑해요, 엄마."

전화기를 넘겼다. 불쌍한 잭. 그의 아들을 할렘 미르에 던져 버리고, 그의 전부인하고 한바탕 한 사람은 나지만, 고막을 뚫는 캐럴린의 목소리를 양말 바람으로 견뎌내야 하는 건 그 사람이다. 잭이 제법 내 번호를 잘해 주는 게 인상 깊다. 비록 내가 필요한 모든 실탄은 제공했지만 말이다. 그는 그의 비난에 내가 변호하느라 만들어 낸 말들을 그대로 반복하고 있다.

"그건 사고였잖아."

"서로 헛디뎌서 넘어진 거라고."

"그냥 물하고 진흙 좀 묻은 거야."

특히 그녀에게 너무 과잉반응이라고 말하는데 유난히 만족스럽다. 물을 병적으로 무서워하는 것 같아서 걱정된다고 캐럴린에게 말하는 부분은 오히려 나보다 훨씬 낫다. 혐오 요법이나 물세례 요법이라도 받아보는 게 어떻겠냐고 말하기를 기대해 보지만 잭은 그 정도까지 냉소적이지는 않다. 나는 기꺼이 자원해서 내 손으로 그 여자를 미르에 던져 버릴 준비가 되어 있다. 이런, 대화가 끝나갈 무렵이 되자 그는 사과를 하고 있었다. 그러면서 이렇게 말하는 것이었다. "뭐, 고마워. 그래 줘서 고마워. 정말 고맙게 생각해."

"고마워?" 기가 막혀서 내가 말했다. "뭐가? 뭐가 고마운데?"

그가 손을 올려 나를 조용히 시키더니 잠시 후에 전화를 끊었다.

"당신이 대체 그 인간한테 뭐가 고맙다는 건데?"

"그 사건에 대해서 말을 하려고 했던 건 아니었대. 분명히 그건 문제 삼지 않으려고 했었는데 윌리엄이 그렇게 화가 나 있는 걸 보고 다른 수가 없다고 생각했다는군."

"그 사건" 하고 나는 쓴웃음을 지었다. "그래서 마음을 바꿔 결국 당신에게 소리 지른 게 고맙다고 한 거야?"

"문제 삼지 않아서 고맙다고 한 거잖아. 겨우 달래고 있는 거라고, 에밀리아. 모르겠어? 그게 내가 해야 할 일이라는 걸 이해 못 하겠냐고. 캐럴린을 달래 줘야만 한다고. 아, 진짜. 난 당신이 그냥 좀 이해하고 넘어가 줬으면 해."

"왜? 나도 구슬려 달래 보시려고?"

"그런 소리가 아니잖아."

"하지만 그 뜻이잖아."

"우리 이쯤에서 그만하면 안 될까, 에밀리아?" 재킷을 벗어서 작은 팔걸이의자에 던져버렸다. 넥타이도 바로 던져버렸다. 셔츠의 맨 위 단추를 풀더니 내 옆으로 와 털썩 침대에 앉았다. 양손으로 거칠게 자기 얼굴을 비비면서 "이런 것들은 이제 정말 지긋지긋해" 하고 말했다.

나는 그의 손바닥을 내 뺨에 가져다 대고 얼굴을 기댔다. 손바닥이 부드럽다.

"윌리엄이 그 걷기 행사에 우리랑 같이 갈 수 있을 것 같아?" 하고 내가 말했다.

"뭐?"

"있잖아, 추모의 걷기. 우리 엄마가 전화하셨던 그거. 일요일 오후, 29일이야. 윤일, 아니 뭐라고 부르든지 간에 2월 마지막 날이야."

잭은 내 얼굴에서 손을 떼지는 않았지만 내 얼굴을 감싸 쥐지도 않았다. 나는 그래 주었으면 하고 바랐다. "아직도 아이가 같이 갔으면 좋겠어?" 하고 그가 말했다.

"윌리엄도 가는 게 나한테 필요해." 정말 그렇다. 윌리엄드 포함해서 우리 모두가 참여할 필요가 있다. 아니 윌리엄은 특히나 더 같이 가야 한다. 그래야만 윌리엄에게 내가 모든 일을 원래대로 되돌려 놓으려고, 그리고 자기를 얼음물에 떨어뜨리지 않는 그런 새엄마가 되려고 노력하고 있는 중이라는 걸 보여줄 수 있기 때문이다. 더럽힌 바지를 갈아입을 때도 믿고 맡길 수 있는 그런 사람 말이다. 윌리엄이 공원을 가로지르는 그 걷기 행사에 우리와 함께 가기만 한다면, 그걸 치유의 증표로 삼아 내 인생과 우리 가족을 다시 일으켜 세우는 출발점으로 만들 수 있다.

이런 말을 잭에게 하니 완전히 믿는 눈치는 아니지만 "애도 갈 거야" 하고 말했다.

"그렇지만 캐럴린이 애를 더 이상은 공원에 데려가지 말라고 했는걸."

"그건 캐럴린이 결정할 문제가 아니지."

Chapter 25

일요일인 2월 29일 늦은 오후 잭, 윌리엄 그리고 난 다운타운 스트로베리 필즈에 있는 흰색과 검은색의 원형 모자이크 비석을 향해 발걸음을 옮겼다. 그곳이 추모의 걷기 행사 시작점이었다. 참가 등록을 하려면 공란에 내 '소중한 아기'의 성명과 생일을 기입해야 한다기에 차례를 지켜가며 그들이 지시하는 대로 얌전히 따랐다. 연동제로 참가비를 걷는다기에 난 최고가인 20달러를 냈고, 그 외 행사 기념 티셔츠나 기타 위로 문구를 새긴 스웨트 셔츠 등은 사지 않겠다고 잘라 말했다.

이 행사에 얼마나 많은 사람들이 모일지는 모르겠다. 우리는 센트럴파크 서쪽 72번 거리로 갔고, 난 걷는 내내 지나가는 사람만 보이면 행사에 참여하러 가는지 두리번거리며 살폈다. 침울한 표정을 한 여자가 시름을 한 아름 앞세우고 걷고 있는데, 그 모습이 마치 허공에 대고 빈 유모차를 미는 것 같았다. 행사 참가자임이 분명하다고 생각했는데 내 예상과 달리 여자는 랭험 호텔의 차양을 향해 걸어가더니 이내 호텔 로비에서 새어나오는 따스한 빛 속으로 사라져 버렸다. 그것을 지켜보던 나는 많은 사람들이, 비록 나와는 사연이 다를지라도 저마다의 사연을 안고 살아가고 있다는 사실을 깨달았다. 스키용 파카 잠바를 입은 금발 여성 두 명의 뒤를 따라 우리도 공원으로 들어섰다. 비록 활기찬 말씨에 손에는 톨 사이즈 커피를 들고 있었지만 그들은 우리와 마찬가지로 행사에 참여하러 온 사람들이었다.

"이거 에밀리아 아줌마가 들어갈 게이트네요."

"그건 무슨 소리야?"

"숙녀용 게이트라고요. 원래 그래요. 웨스트 72번 거리에 있는 게이트는 숙녀용이래요."

윌리엄이 내 곁에서 쉬지 않고 떠들어 듣고 있기 거북했다. 내가 사랑해 마지 않는 공원에 대해서 아이가 상세하게 잘 알고 있단 사실에는 고마울 따름이지만, 곧 있을 행사에 온 정신을 뺏겨서인지 아이와 노닥거릴 기분이 아니었다.

스트로베리 필즈는 자식 잃은 사람들로 가득했다. 모자이크 비석 주변으로는 발 디딜 틈이 없을 정도로 많은 인파가 몰려 있었다. 사람들이 밀리고 밀려서, 비록 여름에는 잔디가 깔린 풀밭이지만, 오늘 같은 겨울 날씨에는 단단한 흙덩이만 가득한 공원벤치 뒤의 오솔길에까지 늘어서 있다. 헐벗은 등나무 시렁에까지도 사람들이 모여 있었다. 모자이크 비석의 정중앙에서는 클립보드를 들고 서 있는 여자가 참가자들의 출석 체크를 하고 있었다. 그 여자와 카드 보드지를 발밑에 두고 있는 두 명의 다른 여자들을 에워싸고 긴 행렬이 뱀처럼 늘어서 있었다.

"출석 체크는 내가 할게요." 나는 잭에게 말했다.

가서 줄을 서서 차례를 기다리고 있자니 여길 왜 왔나 싶었다. 막상 와보니 날씨도 추운 게 영 편치가 않다. 사람들은 서로에게 미소를 지어 보이며 지나치게 친절한 척들을 하고 있고, 겨울 코트 위에 큰 사이즈의 행사 티셔츠를 겹쳐 입은 여자들이 돌아다녔다. 티슈를 꺼내든 사람들이 행사장 주변을 빙빙 돌며 서성이고 있다. 많은 참가자들이 코트 위에 큰 별 모양의 명찰을 달고 있었다. 명찰마다 이름이 적혀 있는데 그걸 보고 나치 독일 시절의 노란별을 떠올린 사람이 나 하나뿐일지 궁금했다. 차례를 기다리면서 주위 사람들의 코트에 달린 명찰들을 자세히 살펴보았다. "제이콥 12/16/03," "탈룰라 리 3/3/01." 어떤 여자는 한 개가 넘는 별을 달고 있었다. 진분홍 코트에 터키옥 색깔 어그 부츠를 신은 여자는 화려한 옷차림과는 달리 명찰을 세 개나 달고 있었다. 궁금한 마음

에 명찰에 뭐가 적혀 있는지 힐끔 훔쳐보았다. 이름 세 개의 생년월일은 각각 3
개월과 6개월 간격으로 떨어져 있었다. 여자가 유산한 아이들에게 이름을 지어
주었단 사실에 난 경악하고 말았다. 헨리 마르쿠스, 잭슨 펠리페 그리고 루시 줄
리안. 대체 아이들 성별은 어떻게 알아낸 거지? 날짜들을 보면 초음파 검사를
하기에도 이른 시기였던 것 같은데.

  핑크색 옷을 걸친 저 의기양양한 금발의 여인을 비난하려 들어선 안 될 것이
다. 그건 너무 불공평하다. 임신한 아이를 지켜내려고 얼마나 고군분투했을까.
얼마나 고통스러운 경험인지 알기에 하는 말이다. 거듭된 유산으로 민디가 힘들
어하는 걸 곁에서 봐 왔기 때문에 잘 안다. 내가 보기에 저 여자는 아이들이 맘껏
뛰어놀 수 있도록 웨스트체스터나 뉴저지로 이사를 가고, 어번베이비 닷컴 같은
주부 전용 사이트에 적극적으로 참여하는 여자 같았다. 그리고 칠면조 가슴살은
신선도가 유지되게 아이스팩에 넣는 등 온갖 정성으로 맛깔스러운 영양만점 도
시락을 준비할 엄마, 멜론 볼러를 사용해 가며 아이들에게 아침에 먹일 파파야와
캔털루프를 준비하는 그런 완벽한 엄마일 것 같았다. 유산으로 잃은 자식에게 미
들네임을 지어 줬다는 사실로 그 여자를 욕할 권리가 내겐 없다.

  갑자기 꺼림칙한 생각이 떠올랐다. 민디도 유산으로 잃은 아이에게 이름을
지어 줬을까? 안 그러길 바랐다. 민디도 다른 여자들처럼 별 위에 오로지 생년
월일만 간략하게 기입하길 바랐다. 그걸로 충분하지 않은가.

  "아기 천사의 이름이 어떻게 되세요?"

  "네, 뭐라고 하셨죠?" 내가 물었다.

  "작은 별의 이름요, 아기 이름요." 클립보드를 들고 있는 여자가 고개를 한 쪽
으로 기울이며 눈썹을 가운데로 오므리고 슬픈 피에로 같은 표정으로 서 있다.
사이먼도 그런 표정을 보여 주었는데, 사이먼의 표정과 짜증이 날 정도로 비슷
하다. 다행스럽게도 여자의 목소리는 듣기 좋다. 선율이 있는 매끄러운 목소리
였다.

  "이사벨, 이사벨 울프요."

여자가 클립보드의 뒤페이지를 뒤적거리더니 뭔가에 확인 표시를 했다. 그런 다음 상자를 들고 있는 또 다른 여자를 가리켰다. "저분한테 가셔서 별을 받으세요. 하나는 명찰용, 다른 하나는 행사 마지막에 가서 연못에 띄워 보낼 때 쓸 거예요."

명찰을 찾던 중에 상자를 들고 있는 여자의 두꺼운 모직 더블 코트에도 별 모양의 명찰이 꽂혀 있는 게 보였다. 윌리엄 7/19/98.

"아" 하고 내가 말했다.

그 여자는 별을 가리켜 보이며 "저도 오래 전부터 참가해 왔어요" 하고 대꾸했다.

"아뇨, 그런 게 아니라요. 그냥 제 남편의 아들이랑 이름이 같아서요."

여자는 미소를 지었다. "좋은 이름이죠."

"네."

여자는 보들보들하고 매끈한 아기 머리칼을 쓰다듬어 주는 것처럼 별 모양의 명찰을 쓰다듬으며 말했다. "제 할아버지의 성함이었어요. 빌리는 할아버지를 따라 이름을 지었죠. 그런데도 우린 그냥 빌리라고 불렀어요. 윌리엄으로 부르자니 다 큰 어른을 부르는 것 같아서 뭔가 어색하기에요."

"어쩌다가…. 아니에요, 더 이상 여쭤 보면 그것도 실례죠."

"아뇨, 아니요. 정말 괜찮아요. 여기 온 사람들 전부 다 자식 일로 모인걸요. 자식 잃은 슬픔에 대해 맘 편히 털어놓아 보려고 모인 자리인걸요. 돌연사였어요. 우린 유아돌연사증후군으로 빌리를 잃었어요."

"우리 이사벨도요. 이사벨도 그랬어요."

여자는 내게 다가와 몸을 기울이고 고개를 숙이더니 다른 사람들은 엿듣지 못하게끔 속삭인다. "끔찍한 경험이죠. 자식을 잃었다는 것 자체도 끔찍하지만, 그 중에서도 유아 돌연사 증후군으로 잃는 건 정말 최악인 것 같아요. 물론 제 개인적인 생각이지만 전 제 말이 맞는다고 생각해요. 정확한 사인이 뭔지를 모르고 살아가야 하니까요."

은밀하고도 솔직한 여자의 고백에 내 몸이 거부반응을 일으켰다. 난 평상시에 대화하는 것과 같은 자연스러운 말투로 말을 돌렸다. "자녀분은 또 있으세요?"

내가 친밀감을 거부하는 바람에 기분이 상한 것 같았다. 그래도 여자는 내 물음에 대답을 했다. "물론이죠, 빌리가 우리 둘째였죠. 그 후에 아이 둘이 더 태어났고요. 아이가 전부 넷이랍니다. 빌리까지 포함해서요. 아이 셋은 잘 크고 있고요. 하던 일부터 마저 끝내야겠네요. 곧 행사가 시작될 거예요. 잊지 마시고 가족 모두 들도록 촛불을 꼭 챙기세요."

이사벨의 이름과 생년월일이 적힌 별 모양의 명찰을 집어 들었다. 성도 없이 이름만 덩그러니 있는 게 영 이상하다. 그냥 이사벨 그린리프라고만 적혀 있다. 그건 마치 잭이 아이의 일부가 아니라는 소리처럼 들렸다. 내 성인 그린리프를 아기의 미들네임으로 정했을 당시만 해도 아기가 성도 없이 이름과 미들네임만으로 불리게 될 줄은 몰랐다. 내 옷깃에 그 명찰을 달고 싶지가 않았다.

"에밀리아." 잭이 갑자기 나타나서 말했다. "부모님이 오셨어."

"엄마랑 아빠가?"

회색빛 어스름한 빛 속에 윌리엄의 손을 꼭 잡고 서 있는 아버지가 보였다. 아버지의 머쓱한 표정 속에 옅은 미소가 새어나왔다. 아버지의 미소가 내게 말을 걸었다. 보려무나. 이 정도면 나도 근사하고 멋진 남자잖니. 죽은 손녀딸을 위해 평소보다 일찍 퇴근해서 전 부인도 차로 모신 다음 곧장 조지 워싱턴 다리를 건너 이곳까지 왔잖니. 아버지는 무명시절의 클라크 켄트를 연상케 하는 온화한 인상을 가졌다. 아버지는 키가 한 170㎝ 정도에, 비록 이혼한 뒤로는 주로 레스토랑에서 끼니를 때워야 했고 아침은 크리스피 크림에 가서 해결하신 탓에 뱃살이 좀 는 것 같긴 하지만, 어쨌든 몸무게는 평균치다. 머리는 은발에 가까운 회갈색인데, 머리칼이 햇볕에 얼룩진 핑크빛 두피에 거센 바람이라도 불면 몽땅 날아갈 것 같이 간당간당하게 붙어 있다. 미국변호사협회 회장 직을 놓고 유세를 하던 때라든가 친구의 자녀들과 처음 만나는 그런 자리에서 본다면 아버지는 유쾌하고 활달한 사람이다. 평소에 아버지는 유쾌하고 낙천적인 사람이지만 때에 따라서는 특유의 격한 성격을 드러내기도 한다.

"늦어서 어쩌니" 하고 엄마가 말했다. "오는 길이 너무 막히더라. 이럴 줄은 또 몰랐네. 주차하기도 만만치 않더라. 네 아빠 알잖니. 무슨 주차를 하는데 하루 종일 걸리는지. 돌고 돌고 주차장에서만도 엄청 헤맸네 행사 참여도 못하는 건 아닌지 엄청 걱정했단다." 아버지의 등장 그리고 함께 온 두 분의 모습에 말문이 막혔다. 엄마는 빠른 속도로 말을 이어갔고, 난 그 틈에 마음을 가다듬었다.

"오늘인 건 어떻게 알고 오신 거예요?" 내가 물었다.

"제가 말씀드렸어요." 윌리엄이 당연하단 투로 대답했다. 아이는 줄넘기하듯 아버지의 팔에 매달려 있다. 어릴 적엔 나도 자주 하던 놀이다.

"윌리엄이 말씀드린 거라고?"

아버지가 말하셨다. "전날 통화했잖니. 윌리엄이 얘기 안 하든? 둘이서 소나무 숲 보러 간다고 하던데."

내가 말했다. "소나무 숲 보러 간다고 우리가 언제 그랬어요. 아버지가 우리에게 소나무 숲에 가보는 게 어떠냐고 하셨다면서요. 우린 그날 램블 산책로에 들렀다가 컨서버토리 가든으로 갔어요."

"그리고 할렘 미르에도요." 윌리엄이 불길한 뭔가를 입에 담았다는 투로 얘기했다. 이어서 무슨 스퀘어 댄스라도 추는 양 아버지의 팔을 가지고 오르락내리락했다.

아버지가 아이를 끌어안고 몇 번인가를 빙빙 돌리신다. 이곳에 깔깔거리고 춤추는 사람들은 딱 그 둘뿐이다. 저 두 사람도 그만 좀 멈췄으면 좋겠다.

"우리 꼬마 윌리엄 군이 이 행사에 대해 알려주더군. 네 엄마도 여길 가겠다기에 그린리프 집안의 어른인 나도 껴야겠다고 생각했단다. 촛불 행사도 구경할 겸 말이다."

"내 말이 그 말이에요!" 윌리엄이 소리쳤다. "제가 그랬잖아요, 촛불 켜는 거

보고 싶으니까 여기 가자고요."

"명찰은 왜 안 달았니, 얘야." 엄마가 말했다.

손에 쥐고 있던 별 모양 명찰을 내려다보았다. 너무 세게 쥐고 있었는지 한쪽 모서리에 구김이 가 있다. 펴 보려고도 했으나 구김이 사라지질 않았다. 가슴 근처에 명찰을 핀으로 꽂았는데 구김 간 부분이 보기 싫게 튀어나왔다.

"초가 네 개뿐인데요." 내가 말했다.

"내가 하나 더 구해 볼게." 잭이 말하고는 사라졌다 잠시 후에 돌아왔고, 우린 바람에 불이 꺼지지 않도록 콘 모양의 왁스 종이를 열심히 촛불에 둘렀다.

잠시 후 모여 있는 사람들 사이를 누군가가 헤치고 나오자 행사의 시작을 고대하던 사람들이 술렁였다. 클립보드를 들고 있던 그 여자, 우리 이사벨처럼 한밤중에 돌연사한 윌리엄의 엄마가 종소리처럼 맑은 목소리로 행사 안내를 시작했다. "특별한 도약의 해를 기념하는 추모의 걷기 행사에 오신 걸 환영합니다. 곧 행사를 진행하겠습니다. 우리는 동쪽 베데스다 분수까지 가서 거기서부터 북쪽 코스로 꺾어져 갈 예정입니다. 뒤처지신 분이나 기타 이유로 흩어지신 분들은 최종 목적지로 오셔서 다시 그룹과 합류하시면 됩니다. 최종 목적지는 한스 크리스티안 안데르센 동상 옆에 있는 모형 보트용 연못가입니다. 걷는 동안에는 가급적 침묵을 지켜 주시길 당부 드립니다. 걷기 행사 마지막에는 전통적인 시 낭독과 행사 의식이 열릴 예정입니다."

모여 있던 사람들이 천천히 똬리를 풀듯 흩어지면서 오솔길을 따라 퍼져나갔다. 아버지는 윌리엄의 손을 잡고 계셨다. 두 사람은 계속해서 귓속말을 주고받았다. 아버지와 귓속말을 주고받는 윌리엄의 속삭임은 셰익스피어 연극배우가 하는 속삭임 이상이다. 뒤편 발코니 석까지도 들리는 무대 독백과 별반 다르지 않다. 매부리코에 깔끔한 정장을 입은 중년 남자 한 명이 못마땅한 표정으로 우리를 쳐다보기 시작했다. 보다 못한 그 남자의 아내가 남편의 소매를 잡아끌었고, 노부부는 우리 가족과 우리의 비신사적인 행동거지를 피하려고 걸음을 재촉했다.

"쉿" 하며 난 아버지를 쳐다보았다.

"애가 대니얼 웹스터를 모르고 있구나!" 하고 아버지가 내게 속삭이셨다. 우리는 얼굴을 찡그린 그 웅변가의 키 큰 동상 옆을 지나갔다. 윌리엄이 재킷의 접은 옷깃에 손을 찔러 넣으면서 동상을 흉내 내자 아버지가 웃음보를 터트렸다. 아버지는 대니얼 웹스터의 열성팬이다. 아버지는 클레어런스 대로, 올리버 웬델 홈스, 루이스 나이저와 같은 유명 변호사들의 전기를 수집하신다.

"셸든." 엄마가 아빠에게 속삭이듯 말했다. "당신, 좀 조용히 하세요. 다른 사람들한테 방해라도 되면 어쩌요."

잭이 내 어깨를 감싸고 꼭 안더니 이마에 부드럽게 입맞춤을 했다. 그러고는 물의 천사 동상이 있는 데까지 데리고 갔다.

날이 어둑해지자 아르누보 루미나리에 조명등이 오렌지 빛으로 빛났다. 베데스다 테라스까지 이어지는 완만한 경사의 긴 계단은 얼음으로 덮여 있고 우리는 앞서 간 참가자들의 발자국을 따라 미끄러지지 않도록 조심해 가며 올라갔다. 뒤를 돌아보며 엄마를 찾았더니 바로 내 뒤에서 걷고 계셨다. 바닥이 두꺼운 고무재질인 겨울 부츠를 신고 계셔서 그런지 엄마가 젊은 나보다도 훨씬 잘 걸으신다.

분수대에 도착한 사람들은 걷기를 잠시 멈추었다. 사람들이 분수대를 둘러싸자 손에 든 촛불들이 분수대 수면 위에 비쳐 깜빡였다. 테라스 중앙에는 날개를 활짝 펼친 청동 여인상이 우뚝 서 있고 곱슬머리를 한, 그리고 참가자들과 내가 잃은 아이들을 연상케 하는 아기 천사 넷이 여인을 둘러싸고 있었다. 난 잭과 엄마 사이에 서서 마음이 움직이길, 날 변화시켜 줄 신을 영접하는 것 같은 치유에 의해 압도되길 기다렸다. 추워서 발을 동동 굴렀더니 들고 있던 초가 꺼졌다.

"이런, 망할" 하며 중얼거렸다.

잭이 자기 초를 숙여 심지를 내 초의 심지에 가져다 댔다.

뒤를 돌아 분수대를 보았더니 맞은편에서 행사 티셔츠를 입은 도우미들이 참가자들에게 티슈를 나눠 주느라 분주하게 움직이고 있다. 눈물로 얼룩진 얼굴들이 너무 많다. 심하다 싶을 정도로 흐느끼고 있는 사람들도 있다. 난 곧바로 아버지와 윌리엄부터 찾았다. 두 사람은 호숫가를 향해 돌멩이를 던지며 놀고 있었다. 다른 사람들은 모두 다음 코스를 향해 이동하고 있다. 나는 애써 마음 속 감정들에 집중해 보려고 했다. 더 늦기 전에, 빨리 뭔가를 느껴야 했다. 케케묵은 죄의식이 돌덩이처럼 굳은 채 내 목구멍을 틀어막고 있었다. 지금 이 자리에서 그것들과 함께 목이 턱하니 막히도록 힘들었던 지난날들을 모두 털어버려야만 했다. 이사벨의 얼굴을 떠올려 보지만 쉽지가 않았다. 대신 아직 윤곽이 덜 잡힌, 그래서 다른 아기들과 별로 다를 게 없는 모습만 떠올랐다. 이사벨을 생각해야 할 이 순간에 내 머릿속에는 앞에 서 있는 동상을 제작한 여류 조각가 에마 스테빈스가 떠올랐다. 그녀는 유방암으로 죽은 여배우이자 연인이었던 샬럿 커슈먼을 기리기 위해 물의 천사상을 만든 것이라고 했다. 들기로는 그래서 천사상이 저렇게 큰 받침대를 가지고 있는데, 19세기 유방절제술의 공포를 겪은 샬럿도 저런 받침대 위에 누워 봤기 때문이란다. 하지만 지금 내가 마음속으로 떠올릴 것은 샬럿 커슈먼의 가슴과 에마 스테빈스가 공들여 만든 조각상이 아니었다.

"우리도 출발해야지." 잭이 내 귓가에 속삭였다. 언제나처럼 세심하게 잭은 엄마와 손을 잡더니 우리 모녀를 이끌어 갔다. 테라스를 지나 북쪽으로 가려다가 아버지와 윌리엄이 따라오는지 확인했다. 두 사람 모두 보이지 않았다.

"두 사람은 어디로 간 거야?" 내가 말했다.

잭은 호숫가에서부터 테라스까지 훑어보았다.

"무슨 일이니?" 하고 엄마가 말했다. 다른 참가자들은 죄다 우리를 앞질러 모형보트 연못가 근처까지 가 있는데, 엄마는 왜 아직도 주변의 눈치를 살피며 내게 목소리를 죽여 속삭이는지 모르겠다.

"아버지!" 내가 부른다. "아빠! 윌리엄!"

"여기 있어 봐요" 하고 내게 말한 다음 잭은 윌리엄의 이름을 부르며 테라스를 향해 급히 뛰어올라 갔다. 오래 걸린 것도 아니었다. 불과 몇 분 정도 걸린 것 같다. 아버지와 윌리엄이 숨은 것도 아니었고 자기들끼리 어디로 멀리 가버린 것은 더더욱 아니었다. 두 사람은 테라스로 이어지는 계단 아래 터널에 있는 아케이드에 있었다.

"노노가 나랑 같이 라일 영화 찍으러 갈 거예요." 윌리엄이 말했다. 아이는 무릎을 올리더니 발을 쾅쾅 굴렀다. "우린 댄스 스텝 연습 중이에요."

"너도 어릴 적에 같이 라일과 발랜티 경 흉내를 내곤 했었는데, 네가 기억을 할는지 모르겠다." 아버지가 말하셨다.

"이제 우리도 앞사람들이랑 합류해야죠." 잭이 말했다.

"미안하네." 아버지가 말하셨다. "꼬마 윌리엄과 내가 잠시 한눈을 팔았구나." 아케이드 아래는 너무 어둡고 초는 모두 꺼진 지 오래였다.

오랜 시간을 두고 나를 갉아먹어 온 수치심이 내 안에서 울컥 하고 밀려 나오고 있었다. 난 뒤돌아서서 아버지를 노려보았다. 아버지도 당해 봐야 한다. "도대체 여기서 뭐하시는 거예요?" 하고 내가 물었다.

"엄숙해야 할 곳에 가서 야단법석을 떨어 방해하지 않으려고 이리로 온 거란다." 아버지는 이렇게 대답하셨다. "여기 아케이드에서 연습하는 편이 더 낫겠다 싶었지.

"아뇨. 여기에 왜 오신 거냐고요? 왜 오신 거예요?"

엄마와 윌리엄을 데리고 테라스로 향하던 잭이 멈춰 섰다. 잭은 지뢰 제거 임무를 맡은 장병처럼 미동도 없이 서 있었다. 그러고는 천천히, 아주 천천히 손을 뻗었다. 날 잡으려는 잭의 손을 내가 밀쳐낸다.

"여기까지 뭐 하러 오신 거냐고요?" 하며 난 재차 묻는다. 내 목소리가 커졌다.

아버지는 나와 내 뒤에 서 있는 잭을 번갈아 보시더니 엄마 쪽으로 시선을 돌리셨다. 날이 어두워서 아버지가 어떤 얼굴을 하고 계신지 잘 안 보였다. "내가 왜 왔는지는 너도 알잖아." 아버지가 말을 시작하셨다. "너희를 응원하려고 온 게 아니겠니."

"야밤에 공원에서 노닥거리시려고 온 건 아니고요."

아버지는 웃어넘기시려는 것 같은데 누가 봐도 영 어색하다. "애야, 그게 무슨 소리냐. 널 위해서 이 자리에 온 거잖니. 너희 부부와 이사벨을 위해서 말이야."

"어디서 감히." 난 이 말을 외치며 소리를 내질렀다. "그 애 이름 함부로 들먹이지 마시라고요!"

보다 못한 잭이 재빠르게 움직였다. 잭이 내 팔 윗부분을 거칠게 잡고 날 아케이드 밖으로 끌고 나온 다음 테라스 쪽으로 데리고 갔다. "가지." 그가 말했다. "윌리엄!" 잭이 뒤에 있는 윌리엄을 불렀다. "이제 아빠랑 걷자." 테라스를 나선 잭이 잠시 머뭇거렸다. 저 멀리 반짝이는 촛불을 따라갈지, 아니면 뒤돌아 집으로 갈지를 놓고 망설이고 있다는 게 눈에 보였다. 잭이 머뭇거리는 사이에 아버지가 우리에게로 성큼 다가오셨다.

아버지가 "에밀리아!" 하고 고함을 치며 날 불렀다. 아버지의 모자가 기울어져 있고 빠른 걸음걸이 탓에 호흡도 거칠게 내쉬고 계셨다. "아빠한테 그게 무슨 말버릇이냐."

나는 가슴이 분노로 가득 차서 턱을 들이밀며 고개를 쳐들었다. 분노를 터트리기 일보 직전에 엄마와 눈이 마주쳤다. 엄마는 아버지의 뒤를 쫓아오셨고, 센트럴파크의 노란 조명등 아래서도 엄마가 지금 무슨 생각을 하는지 알 것 같았다. 엄마에게는 너무나 익숙한 일이었다. 엄마는 내 분노의 힘에 체념을 하고 감내하시는 데 너무나 익숙하시다. 결국 엄마가 평생 해 오신 건 당신 자신의 행복이나, 심지어는 행복에 대한 희망조차도 주변 사람들의 변덕스러움, 그 중에서도 특히 딸의 변덕스러움에 맞춰 온 것 말고 뭐가 있었던가? 당신의 이해하기 힘든 이 남자와의 사랑을 내가 엉망으로 부숴 버리려고 하는데도, 엄마는 체념에 빠진 나머지 내게 이해하지도 못하는 것을 파괴할 권리가 있느냐고 물어 볼 생각조차 하지 못하셨다. 엄마는 당신이 쌓아올린 일종의 만족감이 피할 도리 없이 무너지려고 하는데도 그저 받아들이려 하고 계셨다.

이래선 안 되는 것을 안다. 뻔히 보인다. 하지만 이미 늦었다.

"제 말버릇이 마음에 안 드신다고요?" 아버지를 향해 소리쳤다.

"그래."

"그래요, 난 내 애 옆에서 얼쩡거리는 아버지가 마음에 안 들어요. 우리 윌리엄한테 손도 대지 말고, 말도 걸지 마세요. 아버지한테 그 스트리퍼들이 무슨 병을 옮겼는지 내가 알 도리가 없죠. 그러니까 아예 내 애 옆에 얼씬도 하지 말라고요."

어두운 불빛의 동굴 안에 갇힌 채 다이너마이트 오발 사고를 당하기라도 한 듯 아버지의 얼굴이 무너져 내린다. 입술을 악다무시며 눈을 질끈 감으셨다. 얼굴의 주름은 더 깊어졌다.

"에밀리아." 잭이 날 불렀다. "지금 뭐하는 거야?"

난 남편을 향해 몸을 돌렸다. "우리 부모님이 왜 이혼하신지 알아? 내 아버지란 작자가 러시아에서 온 스트리퍼한테 한 달에 몇 천 달러씩 갖다 바쳐서라고. 뉴저지 변호사협회 회장이신 셸든 그린리프씨가 섹스 중독이었다고. 이렇게 역겹고 더러운 경우가 어디 있겠냐고. 누가 알아. 우리 엄마랑 결혼해서 사는 내내 그랬는지도 모르지. 대낮부터 어린 여자 하나 끼고 공원에 있는 발토 동상엘 뻔질나게 다니셨는지 누가 알아. 거기서 오럴 섹스나 어떻게 한번 즐기려고 말이야."

우리는 정지 화면처럼 아무 소리 없이 오직 서로의 놀란 숨소리만을 들으며 굳어 있다. 그러다가 잭이 몸을 수그려 윌리엄을 팔로 감아올린다. 그러고는 큰 보폭으로 걸어간다. 순식간에 테라스를 지나더니 앞의 계단을 한 번에 두 단씩 밟아 올라간다. 잭의 모습이 사라지며 흐릿한 검은 윤곽만 남더니 곧이어 완전히 모습을 감추었다.

"이리 와요, 셸리." 엄마가 말했다. "택시를 잡아 주차장까지 가요." 엄마가 아버지의 팔에 손을 넣으셨고 두 분은 내 곁을 떠났다. 불현듯 엄마가 예순다섯 살인 아버지보다도 더 늙어 보인다. 얼마 못 가서 엄마는 나를 돌아다보았다.

"얼른 사람들 모인 곳으로 가지 않고 뭘 하니." 그러면서 이렇게 덧붙였다. "날도 어두운데 공원에 혼자 있진 말아라."

드디어 난 홀로 남겨졌다. 모형 보트 연못에 띄워야 할 두 번째 별을 찾아보려고 손을 주머니 안에 밀어 넣었다. 마음의 구원을 얻기에는 이미 늦어 버렸고, 걷기 행사를 통해 얻고자 했던 모든 바람들을 저주와 욕설을 퍼부으며 한참 멀리 쫓아내 버리긴 했지만 난 자식을 잃은 사람들을 향해 뛰기 시작했다. 베데스다 분수로부터 이스트 드라이브 방향의 모형 보트 연못까지는 여러 갈래의 길로 복잡하게 엉켜 있다. 사람들이 어느 길을 따라갔는지 알 수가 없었다. 촛불에서 흘러나온 흐릿한 빛도 더 이상 보이지 않았다. 하는 수 없이 무작정 길을 나서 한스 크리스티안 안데르센 동상으로 향하는 지름길로 들어섰다. 비록 공원의 지리를 잘 알고 있기는 하지만 어둠 속에서는 전혀 다르게 보였고, 완전히 새롭고 낯선 땅이 되어 버려 트레포일 아치를 보고 나서야 비로소 내가 어디쯤 가고 있는지 알아차렸다. 계단을 뛰어내려 아치의 어두운 구멍 속으로 달려가는데 발소리가 메아리처럼 크게 울려 퍼진다. 컴컴하고 무서운데 난 완연하게 혼자다. 어스름한 불빛 쪽으로 뛰어 들어가서 언덕으로 내달렸다. 길을 벗어난 듯하고, 진흙탕과 시들어 버린 잔디밭을 무작정 달리다 보니 마침내 오리와 책을 끼고 앉아 있는 한 남자의 청동상이 보였다.

사람들은 물가에 모여 있었다. 그리고 내가 도착했을 무렵에는 흐느낌에 떨리는 목소리로 내 시야에는 보이지 않는 누군가가 시의 마지막 행을 읽어가던 참이었다.

"너의 추억은 내 가슴에 달콤하게 남아 있구나. 부드러운 한 방울의 눈물로, 내 자궁 속의 꿈틀거림으로 남아 있구나. 너는 영원한 나의 아기, 영원한 나의 것. 눈송이같이, 한 송이 백합같이 너는 항상 활짝 피어 있단다."

난 질겁을 했다. 부모님과의 돌이킬 수 없는 한판, 그리고 유치한 시까지. 이건 정말이지 두고두고 추모할 건기다.

커플들과 가족들, 혹은 혼자 온 여자 몇몇이 그룹을 만들어 모형 보트 연못가로 다가간 다음 몸을 굽혀 잃은 자식들의 이름을 크게 부르며 아직 채 녹지 않은 연못 위에 별을 띄웠다. 연못의 일부는 아직 얼어 있는 채이지만, 비가 내린 덕에 별을 동동 띄울 정도로는 녹아 있는 상태였다. 난 잠시 그 장면을 구경했다. 대부분의 사람들이 울고 있고 커플들은 서로 부둥켜안고 남자들은 아내들이 주저앉아 울지 않도록 붙들어 주고 있었다. 티슈를 나눠 주는 행사 요원들은 티슈 박스를 이리저리 건네 가며 위로의 손길을 뻗느라 바쁘다. 쉽게 눈물을 보이는 그들이 부럽다. 주머니 속의 별을 만지작거린다. 이걸 집에 가져갈 이유는 없다. 이미 다른 하나는 내 코트자락에 붙어 있지 않은가. 지니고 있어 봐야 나중에 가서 이걸로 뭘 하겠다고.

연못가에 무릎을 숙이고 앉아 장갑을 벗은 다음 코트 소맷자락을 걷고 코트 아래 껴입은 스웨터 소매도 걷자 맨팔이 드러났다. 그런 다음 별을 쥐고 물가로 다가가 몸을 숙이고 손을 담가 차가운 물의 감촉을 느껴 보았다. 얼음장같이 차가워서 동상을 입은 듯 손마디가 얼얼해졌지만 이를 악물고 주먹을 꼭 쥔 채로 손을 물에 담그고 있었다. 빠르게 손이 마비되고 미약하게나마 손에 쥔 별이 말랑말랑해지면서 녹아드는 게 느껴졌다. 몇 초 정도 더 주먹 안에 둥글게 말아 쥐고 있자 이사벨의 별이 녹아서 사라지기 시작했다. 물에 담근 채 주먹 쥔 손을 펴자 손가락 사이로 모진 물의 냉기가 전해졌다. 더 이상은 참을 수가 없었다. 물에서 꺼내자 마비된 손이 마치 소매 끝에 죽은 것처럼 달려 있었다.

"클리넥스 드릴까요?" 하며 행사 티셔츠를 입은 여자가 말을 건넸다.

"아니요, 괜찮습니다"라고 대답하면서 난 팔목과 손을 코트 자락에 문질러 닦았다. 욱신거리는 손을 장갑에 쑤셔 넣었다.

"다들 모여서 이스트 72번 거리 쪽으로 나가시라고 하는군요" 하고 그녀가 말한다. "준비가 되시면."

"전 그냥 따로 가겠습니다." 내가 말했다. "전 웨스트사이드에 살아서요."

"아뇨, 그러지 마세요. 이 야심한 시간에 공원에 혼자 가시는 건 너무 위험합니다."

여자는 잘못 알고 있다. 요즘 들어서 센트럴파크는 야심한 밤에도 안전한 곳이 되었다. 이 공원은 설립된 첫해부터 살인사건이 일어나긴 했지만 이젠 예전과 다르다. 텅 빈 어둠 속으로 몸을 이끌면서 내가 왜 윌리엄에게 같은 이름을 가진 사람들 얘기를 해준 적이 없었는지 모르겠단 생각이 든다. 1870년도에 윌리엄 케인이란 이름을 가진 한 남자가 가톨릭 신자라는 오해를 받고 오렌지맨으로 알려진 개신교도 그룹에 여러 차례 칼에 찔린 다음 총살당해 죽었다. 윌리엄한테 이 이야기를 말해줄 생각을 왜 안 했는지를 모르겠다. 오렌지맨, 폭력 그리고 윌리엄이란 이름을 가진 남자의 이야기인데도 말이다. 그 윌리엄이란 남자가 죽은 장소가 어디인지부터 알아봐야겠다. 그곳을 찾아가 보면 내가 몰랐던 알려지지 않은 기념비가 있을지도 모른다. 어쩌면 윌리엄과 난 그곳을 순례하며 우리만의 추모의식을 하고 놀 수도 있다. 다음 주 수요일에 우리 둘이서 할 거리로 딱 맞다. 이런 계획들로 마음이 들뜬 나는 걸음을 서두르기 시작한다. 완전히 색다른 종류의 모험으로 오늘 저녁에 있었던 불상사에 대한 아이의 기억을 지울 수 있을 것이다.

공원을 질러가는 데 그리 오랜 시간이 걸리지는 않았다. 테라스 드라이브를 곧장 가로질러서 센트럴파크 서쪽으로 가면 되었다. 공원을 빠져나와 77번가로 들어서면서 윌리엄이 이곳을 보고 탐험가의 문이라고 했던 게 생각났다. 집에는 금세 도착했지만 몸이 냉기로 으스스하고 손과 발도 얼얼하게 얼어 있다. 특히 연못가의 찬물에 담갔던 손이 꽁꽁 얼어붙어 있다. 아직 집 열쇠에 익숙하지 않아서 아파트 문을 여는 데 온갖 부산을 다 떨었다. 코트와 부츠가 현관에 늘어서 있는 것을 보니 두 사람이 집에 있는 게 확실하다. 하지만 아무도 날 반기러 나오지 않았다. 망설이다 못해 불러 보지만 아무런 대답도 들리지 않는다.

윌리엄을 거실에서 찾았는데 생각지도 못한 일을 하고 있다.

"뭐 보니?" 내가 물었다.

"선사시대 동물들과의 산책요."

"재미있어?"

아이는 어깨를 한 번 으쓱하면서 화면 속에서 공룡들끼리 싸우는 장면을 눈도 안 떼고 보고 있다.

"조금 아까 공원에서 있었던 일은 미안해. 내가 제정신이 아니었던 거 같아."

아이는 다시 한 번 어깨를 으쓱했다.

"내가… 있잖니…. 우리 아버지한테 좀 화가 났었던 거 갈거든. 노노한테 말이야."

"말소리 때문에 영화가 안 들려요."

"아, 그래. 미안."

잭의 서재에 들어가 보니 잭은 거기에 없다. 우리 침실 문이 닫혀 있다. 꼭 노크라도 해야 할 것 같은 기분이 들어서 잠시 문 앞에서 망설였다.

잭은 다리를 꼬고 팔베개를 한 채 침대에 누워 있다. 두 눈을 감고 있고, 눈꺼풀은 침대 스탠드의 밝은 빛으로 살짝 투명하게 보이는데 분홍빛이 나면서도 핏줄이 섬세하게 얽혀 희미한 푸른빛이 돌고 있다. 여름이면 연한 갈색이 되어서, 빛나는 짙은 남색 눈동자에 완벽하게 어울리는 잭의 피부가 지금은 창백한 겨울빛이다. 정말 미남이다. 작지만 완벽한 패키지로 꽉 차 있고, 내게 꼭 맞는 사이즈다.

"미안해." 내가 말했다.

그가 눈을 뜬다. "더 이상은 못하겠어."

"미안해. 내가 제정신이 아니었어. 그냥 모든 게 다 미치겠더라고. 골판지 별이며, 자궁 외 임신에까지 이름을 지어놓은 것들 하며, 모든 게 다."

"그게 무죄방면 카드가 될 순 없잖아, 에밀리아. 이사벨이 죽었다는 게 당신이 하고 싶은 일을 다 하고, 하고 싶은 말을 다 하고, 상처 주고 싶은 사람은 다 상처 줄 수 있는 권리를 준 건 아니라고."

"그건 나도 알아."

"아니, 몰라."

나는 침대 발치에 서서 침대난간을 잡고 있다. 잭을 붙들 수가 없어서 대신 그걸 꽉 쥐고 있는 거다. 나를 근처에 오지 못하게 할 거라는 확신이 들었다. 이 친절한 남자는 그동안 정말 참을성이 많고 정말 구식일 만큼 신사적인 남편이었기 때문에 난 뒤통수를 한 대 맞은 기분이었다. 잭 울프라는 사람에 대한 나의 직관, 예측, 인식이 완전히 잘못 되었던 거다. 그가 얼마나 화가 나 있는지, 지난 몇 달 동안 내 편을 들어 주느라 얼마나 많은 말들을 아껴왔는지 전혀 생각해 보지 못했던 것이다.

"그동안 너무 어리석었어" 하고 잭이 말했다. "어떻게 내가 당신의 커다란 사랑이라고 착각할 수 있었던 걸까." 그는 빈정대며 공허하고 진부한 투로 말했다.

"착각이 아니야. 당신은 내 커다란 사랑 맞아." 나는 자신이 느끼는 감정에 합당한 고상함을 회복하기 위해서 노력해 보지만, 어떤 이유에선지 내 말도 그의 말만큼이나 어색하게 들린다.

"왜 나와 사랑에 빠졌는지 알기나 하는 거야?" 내가 떨며 서 있는 침대 끄트머리로 몸을 일으키며 잭이 말한다. 얼굴이 벌겋게 달아올라 면도를 안 해 푸르스름한 짧은 수염들과 뚜렷한 대비를 이룬다.

"무슨 소리를 하는 거야? 당신은 내 바스헤르트라고. 당신을 처음 봤을 때부터 사랑에 빠져 버렸는걸."

"그만 좀 해!" 하고 그가 소리를 벌컥 지른다. 놀라서 어깨가 움찔하며 고개가 뒤로 휙 젖혀졌다. 공원의 마른 나뭇가지들이 발밑에서 부러질 때 같은 소리가 났다.

"그 말도 안 되는 소리는 이제 좀 그만해. 그저 일 분만이라도 똑똑히 생각해 보라고. 그게 다야. 제발 단 한순간이라도, 에밀리아. 한번 해보라고. 알았어?"

"알았어." 기어들어가는 목소리로 내가 말했다.

"당신은 언제나 당신 아버지의 딸이었잖아, 아니야?"

너무 뻔한 수사적 표현이라 대답할 가치도 못 느낀다.

하지만 오늘만큼은 잭의 어떤 질문도 피할 수가 없다. "아니야?" 하고 그가 다시 물었다.

"그래."

"아버지처럼 변호사가 됐지."

"그래."

"당신이 공원을 좋아하는 것도 아버지가 좋아하시니까 그렇지."

"그래."

"그리고 이제는, 아버지가 어머니와 결혼생활을 망치시고 나니 당신도 똑같은 사람이라는 걸 증명하려 하는 거라고."

나는 침대에서 벗어나 방구석에 있는 작은 안락의자까지 뒷걸음질친다. 앉지는 않았지만 의자가 종아리에 닿는 게 느껴진다.

"대답해 봐." 잭이 말하면서 다리를 휘둘러 침대 가장자리에 걸터앉는다.

"지금 심문하는 거야?"

"아니, 그런 거 아니야."

"맞아, 그런 거야. 지금 유도 심문하고 있잖아. 나를 무슨 상대측의 증인처럼 다루고 있다고."

"지금 내 질문을 피하고 있잖아. 진실에서 도망치려고 하고 있다고. 당신 아버지가 당신 어머니 몰래 바람을 피웠고 당신은 거기에 유부남하고 얽히는 걸로 응대한 거 아니냐고. 당신은 당신도 아버지처럼 나쁜 사람이라는 걸 보여주고 싶어 한 거야."

"그렇지 않아." 내가 말했다. 내 숨소리가 거칠어지면서 코에서 김이 나고 이를 너무 악물어서 턱이 아파온다.

"당신은 매일 참고만 사는 엄마 같은 사람이 아니라 오히려 아버지 같은 사람이라는 걸 증명하려고 지금껏 평생을 바쳐 살아온 거야. 그래서 아버지가 무슨 일을 하면 당신도 똑같이 하면서 살아온 거라고."

"아니야."

"당신은 자기가 무슨 피해자인 것처럼 행동하고 있어. 그 스트리퍼랑 자면서 아버지가 어머니를 배신한 게 아니라 자기를 배신했다고 여기는 것처럼 행동한다고. 질투하고 있는 거야."

"그렇지 않아!"

"생각해 봐."

그리고 생각을 해보니, 당연히 그의 말이 옳다는 걸 깨닫는다. 나는 아버지에게 화가 나 있다. 엄마가 그 얘기를 해준 순간부터 아버지가 엄마를 배신했다는 사실보다도 나를 배신했다는 사실에 분노를 느끼고 있었다. 그렇게 싸구려에 구역질나는 남자가 돼 버림으로써, 아버지는 당신의 성욕에 대한 질척하고 음란한 진실을 내 면전에 던졌고, 우리 관계의 순수한 로맨스를 영원히 더럽혀 버렸다. 이후로는 절대로 아버지의 손을 잡지 못할 거고, 라빈 거리를 함께 산책하는 일도 없을 거고, 소풍을 나가 오래된 붉은 떡갈나무 아래 담요를 깔고 점심을 먹을 수도 없을 것이고, 레스토랑에서 와인 잔 너머로 미소를 나누며 함께 앉아 있지도 못 할 것이다. 다른 딸들과 달리, 나는 내 아버지의 손이 어디를 더듬고 있었는지 알고 있기 때문이다. 나보다 열 살이나 어린 소녀의 허벅지 사이로 미끄러져 들어가는 그 손이 너무도 쉽게 눈앞에 그려진다. 사이가 좋은 아버지와 딸의 관계에는 엘렉트라와 아가멤논의 사이처럼 아련한 로맨스 같은 무언가가 있다는 생각이 든다. 이런 사이에서 도덕적으로 옳지 못한 일을 막아주는 것은 조금이라도 성적인 요소가 개입하지 않도록 끊임없이 주의를 기울이는 것이다. 이런 가능성이 우리 사이에서는 사라져 버렸다. 아버지는 돈다발을 옥사나의 속옷에 넣어주면서 그 가능성을 앗아가 버렸다. 엄마는 아버지의 일을 내게 털어놓음으로써 그 가능성을 뺏어가 버리셨다. 나는 푹신한 안락의자에 주저앉아 버렸다. 그것은 잭이 날 위해 사준 의자다. 택시에 안 들어가는 크기로 배달에 5일이 걸린다기에 너무 마음에 들어 도저히 못 기다리겠다고 했더니 잭이 직접 등에 지고 집으로 가지고 온 것이다. 푹신한 깃털 쿠션 안에 몸을 기대면서 떨고 있는 손가락으로 다 헤진 팔걸이를 눌러 본다.

목소리를 간신히 가다듬을 수 있게 되자 나는 마침내 "그건 사실이 아니야" 하고 말을 꺼냈다.

"사실이야. 당신이 누구랑 결혼을 하려고 했는지 봐" 하며 그가 쓴웃음을 지었다. "키 작은 뉴욕 출신의 유대인 변호사라고. 맙소사. 난 그저 조금 나이 적은 당신 아버지나 마찬가지라고. 울프 노인네지."

"아니야. 당신은 그렇지 않아. 아버지하고는 전혀 달라."

"아, 그래서 문제인거야, 에밀리아? 충분히 당신 아버지를 닮지 않아서? 내가 뉴저지의 그 러시아 댄서하고 그 짓을 하면 그제야 당신이 더 행복해질지도 모르겠네."

"어떻게 그런 말을 할 수가 있어? 제정신이야?"

"내가 제정신이냐고? 당신은 어떻고, 에밀리아?"

그가 갑자기 자리에서 일어서더니 손을 머리칼 속에 꾸겨 넣고 방안을 왔다 갔다 하기 시작했다.

"내가 아들한테 이런 짓을 하다니 믿을 수가 없군" 하고 그가 말했다. "이따위 것 때문에 내 아들의 인생을 망쳐 버렸다니 믿을 수가 없어. 이따위 것 때문에." 그가 방 한가운데 갑자기 멈추더니 방 전체에 자신의 혐오감을 채워 넣듯이 양팔을 휘둘렀다. "결국 아무것도 아닌 걸로 내 아들이 당신이란 사람을 겪게 만들어 버렸어. 아무것도 아닌 걸로 말이야."

"어떻게 그런 말을 할 수가 있어?" 하며 나도 자리에서 일어났다. 드디어 나도 그 사람만큼이나 화가 치밀어 올랐다. "나를 겪게 만들었다는 게 대체 무슨 뜻이야? 그게 무슨 소리냐고?"

"무슨 뜻인 거 같아?" 그가 말했다. "소중하게 생각해 주지도 않는 사람하고 같이 지내라고 애한테 강요했다는 말이야. 사랑해 주지도 않는 사람하고 같이 살라고 애한테 강요했다고." 윌리엄이 들을까 봐 작은 목소리를 낮춰서 얘기하고 있지만, 그의 얼굴은 벌겋게 달아올라 있었다.

"당신은 내가 윌리엄한테 어떤 감정을 느끼는지 아무것도 몰라! 아무것도 모른다고!"

"그럼 말해 봐. 애를 사랑한다면 그렇다고 말해 보라고."

"말도 안 되는 얘기 하지 마, 잭. 당신이 말하란다고 내가 말을 하면 그게 무슨 의미가 있어."

"말해 봐! 애를 사랑한다고 말해 보라고."

"웃기지 마! 안 해. 당신이 하란다고 말하지는 않을 거야."

그는 방 안을 돌았다. 침실 문 옆에는 툴루즈 로트레크의 빨간 술 달린 페티코트를 입은 캉캉 댄서 그림이 그려진 조그만 철제 쓰레기통이 놓여 있다. 잭이 그 쓰레기통을 걷어차서 벽으로 날려 버렸다. 그러더니 찌그러져서 접혀 버릴 때까지 차고 또 찼다. 발이 접힌 틈에 끼어 버렸다. 그의 어깨가 떨리고 있었다.

나는 내 작고 예쁜 안락의자에 도로 앉았다. "그래" 하고 내가 말했다.

"그래? 뭐가 그렇다는 건데?" 그는 고개도 들지 않고 말했다.

"그래. 내가 완전히 제정신이 아니야."

그는 잠시 아무런 대답도 하지 않더니 이렇게 말했다. "지옥으로 꺼져 버려, 에밀리아."

"벌써 지옥이야."

"아, 환장하겠군."

"이사벨이 죽었을 때부터 난 지옥에 와 있었어."

"이건 이사벨하고 상관없는 일이잖아."

"상관있어! 상관있다고!"

그가 무릎으로 주저앉더니 방을 가로질러 왔다. 내 뺨을 잡고는 자기 얼굴을 보게 했다. "에밀리아, 당신이 지옥에 있다면 그건 당신 스스로가 지옥으로 빠져서 그런 거야. 당신은 우리 모두를 지옥으로 빠뜨리고 있어. 아이를 잃어 본 여자가 세상에 당신만 있는 건 아니잖아. 이사벨을 잃어서 내 마음도 아파. 하지만 그렇다고 세상이 끝나는 건 아니라고. 삶이 끝난 게 아니잖아. 계속 살아가야지. 에밀리아, 우리는 우리 아기를 잃어버린 거야. 우리 삶이 아니고."

"나는 아이를 잃은 게 아니야."

"뭐?"

우리 얼굴은 아주 가까이 붙어 있었다. 내가 그의 눈을 쳐다보도록 그의 손이 내 뺨을 붙잡고 있었다. 그의 숨결이 내 입술에 느껴졌다. 그가 오늘 마신 커피 향과 점심식사에 들어간 양파 냄새와 그가 씹은 껌의 계피 향을 맡을 수가 있었다.

"이사벨을 잃은 게 아니야. 내가 이사벨을 죽인 거야."

이렇게 해서 나는 내 진짜 범죄를 그에게 털어놓았다. 이 일에 비하니 아버지에 대해 어떤 감정을 느끼고 있든 아무 상관없이 느껴졌다. 나는 잭과 함께 2003년 11월 17일 밤으로 거슬러 올라갔다. 나는 침대에 누워 있었고, 내 팔에는 우리 아기가 안겨 있었다. 아기가 요란스러운 소리를 내며 간신히 젖을 빨게 되었다. 잭에게 그때는 몇 시간 동안 어쩔 줄 몰라 하며 우느라 너무 피곤했었다고 말했다. 눈꺼풀이 감겨오고 고개가 무거워졌다. 왼손 두 손가락으로 이사벨이 숨 막히지 않게 내 무거운 살덩이를 잡아당겨 주고 있었다. 그러려면 왼쪽 팔꿈치를 높이 쳐들고 있어야 해서 팔이 아파왔다. 자세가 이상하고 불편했기 때문에 깨어 있는 것이, 그리고 아기를 보고 있는 것이 당연했을 텐데도 너무 피곤했다. 깜빡 잠이 들면서 팔이 몸 옆으로 떨어졌다. 그러다가 정신을 차리고는 다시 살을 당겨 아기가 숨을 쉴 수 있도록 코 주위를 막지 않게 했다. 그러고 나서 깜빡 다시 잠이 들었고, 팔꿈치가 다시 옆으로 떨어지고, 손가락이 느슨해졌다. 다시 잠이 깼는데 아기가 편안하게 쪽쪽거리고 꿀꺽거리며 젖을 빨고 있는 소리가 들렸다. 아무런 문제도 없었다. 숨이 막히면 알아서 얼굴을 뗐을 것이다. 어떻게 하는지 알고 있을 터였다. 그건 반사작용이고 동물적인 본능이었다. 나는 아기를 오른팔로 바짝 끌어안고 다시 잠이 들었다. 아기의 머리를 제 위치에 놓고 움직이지 않게 잘 안았다. 아기의 코와 입은 내 따뜻하고 둥글고 젖이 가득 든 가슴에 꼭 파묻혀 있었다.

이 이야기를 하는 동안 잭이 천천히 기어서 내게서 멀어져 가는 게 보였다. 이야기를 마치자 잭이 나를 뚫어져라 쳐다본다. 그는 내게서 한 발치나 그보다 조금 더 떨어져 있다. 우리 사이의 공기가 얼어붙어서 다른 모든 것들을 밖으로 뱉어내고 있었다.

"아니야." 그가 말했다.

"맞아."

"당신이 아기를 질식시킨 게 아니야. 부검 보고서에서는 아기가 자연사했다고 했어. 유아 돌연사 증후군 때문에 죽었다고 했다고."

"사인을 찾을 수가 없다고 했어. 의료 감식원은 아기가 숨을 멈췄다고 했어. 그리고 아기가 숨을 멈춘 이유는, 잭, 숨을 쉴 수가 없었기 때문이야. 왜냐하면 내 가슴이 막고 있어서 공기가 통하지 않았던 거라고."

"아기가 눌려 죽지는 않았어. 부검 보고서가 압사는 아니라고 분명히 얘기했다고."

"나는 아기를 압사시켰다고는 말 안 했어. 압사시킨 건 아니야. 질식시킨 거지."

잭이 무릎을 꿇은 채 남청색 눈을 크게 뜨고 나를 쳐다보고 있는데, 내 말을 믿고 있다는 걸 느낄 수 있었다. 그리고 놀랐다. 왜냐하면 이 이야기를 잭에게 고백하면 그가 나를 구원해 줄지도 모른다고 바라마지 않던 내 자신을 이제야 깨달았기 때문이다. 잭은 어쨌거나 변호사가 아닌가. 그는 반대 심문을 하고, 구두 변론을 하고, 말을 만들어 내고, 사실들로부터 이야기를 만들어 내는 분야에서는 전문가이다. 말을 이리저리 꼬고 비틀어서 사람을 설득시킨다. 그는 마술사다. 내가 아버지에 대해서 느끼는 감정을 심문해 내고 그가 보여주기 전까지는 모르고 있었던 진실을 깨닫게 해주었던 바로 그런 것처럼, 내가 틀렸다고, 슬픔과 비탄으로 내가 잘못 기억하고 있다고, 이사벨이 내 가슴의 살덩이에서 얼굴을 떼어 내느라 고군분투하다 죽었다는 사실을 내가 알고 있을 리가 없다고 그렇게 나를 설득시켜 주길 원하고 있었다.

그러나 잭은 아무 말도 하지 않았다. 무릎을 꿇고 나를 쳐다보면서 내가 한 말을 곧이곧대로 믿고 있었다. 그러면서 무엇이 되었든 내가 매달리려고 한 그 마지막 희망 한 자락이 말려 올라가 날아가 버렸다.

그가 입을 열려다가 다시 다물었다.

"아니야" 하고 내가 말했다. "여긴 당신 아파트잖아. 윌리엄의 아파트고. 애물건이 여기 다 있잖아. 당신이 여기서 나가는 건 말이 안 돼."

마음이 찢어지고 뼈가 모두 녹아내리고 있다는 걸 감안해 보면 내가 얼마나 침착한지 놀라울 정도였다. 눈물조차 나오지 않았다. 오히려 짐들을 어떻게 처리해야 할지 합리적으로 판단하고 있었다. 앙증맞은 케이트 스페이드 가방보다는 바퀴 달린 슈트케이스가 낫겠다. 짐이 좀 더 많이 들어가기 때문이다. 휴대폰 충전기와 탐폰, 악취 방지제와 여분의 콘택트렌즈를 챙겼다. 실용적인 인간의 전형이다. 청바지며 스커트, 심지어는 드레스까지. 하의를 하나도 안 챙겼다는 걸 깨달았지만 그때 나는 이미 엘리베이터 안에서 주먹으로 입을 틀어막은 채 웅크리고 있었다.

Chapter 26

포트 오소리티 버스 터미널이 얼마나 생기가 없는지는 말로 다 설명할 수가 없다. 지린내 진동하는 그 으스스함이 너무 완벽하고 절대적이라서 그 자체가 조롱거리에 가깝다. 그 어떤 카페도 이곳의 카페처럼 그렇게 끔찍한 색깔의 플라스틱 탁자가 놓여 있고, 그토록 무책임한 단골손님들이 지독하게 시큼한 커피 위에 웅크리고서 돈 한 푼 없는 비참한 삶을 곱씹고 한탄하는 곳은 없다. 심지어는 주중에 버겐필드나 마와의 부자 동네로 돌아가는 변호사나 사무원들, 은행원이나 부동산 중개업자들조차 포트 오소리티의 현관을 들어서는 순간 짧게나마 언짢은 실망감을 각오하는 듯하다. 난 이곳이 정말 싫다.

고약한 냄새 때문에 코를 찡그리며 현관 로비에 서서 엄마 집으로 가면 어떤 광경이 나를 기다릴지 상상해 보았다. 최근 들어 얼마나 자주 엄마의 치마폭으로 살금살금 기어 숨어들어 갔는지 모른다. 오늘 밤에는 엄마 말고 또 누가 와 있을까? 부모님이 외설적인 랩 댄스를 재현하면서 즐거워하고 있을지 모른다는 생각만으로도 벌써 속이 쓰려온다. 용서할 수 없는 배신의 독약으로 회복불능상태에 빠졌어야 할 쓰라리고 비참한 관계를 두 분이서 가까스로 구조해내고 있는 것처럼 보일지도 모른다는 생각을 하니 더 끔찍하다. 내 결혼, 내 아름다운 결혼, 내게 소중한 그 결혼, 기꺼이 모든 것을 해내고, 모든 것을 바치고, 모든 것을 버리고, 모든 것을 파괴해서라도 이루려 했던 그 결혼은 이제 구조할 수 없는 난파선이 되어 버렸는데 말이다.

슈트케이스를 끌며 거리로 나갔다. 오로지 자기 연민이라는 타고난 드라마에 빠져 난 사이먼의 집으로 가기로 결심했다. 사이먼은 런던 터라스에 산다. 사이먼이 스타이브샌트에 있는 내 집 소파에서 자는 걸 견디지 못해 결국 내가 구해 준 아파트다. 젊은 게이 남자가 뉴욕에서 얻는 첫 번째 아파트로 첼시에서 제일 큰 건물을 고르겠다고 진부한 소리를 늘어놓는데도 불구하고 나는 사이먼에게 그 아파트를 고르라고 설득했다. "햇빛 드는 테라스도 있어" 하고 내가 말했다. "그리고 거기 수영장은 1930년대부터 남자애들이 바글바글한 걸로 유명하다고."

포트 오소리티에서 런던 테라스까지는 거의 20블록이나 가야 해서 도착할 때쯤에는 추위로 몸이 꽁꽁 얼어붙었지만, 최소한 남편하고 헤어져서 미친 듯이 울어댄 사람의 몰골은 아니었다. 그런데도 아파트 도어맨은 내가 열쇠를 가지고 있음에도 불구하고 여전히 들여보내 주려 하질 않는다. 한창 실랑이를 벌이고 있는데 사이먼이 들어왔다.

"잘했어요, 프란시스코" 하고 사이먼이 말했다. "이 여자는 위험한 사람이죠. 내 아파트에서 무슨 짓을 했을지 아무도 모를 거예요."

나는 "잭하고 헤어졌어. 그리고 하의를 잊어먹고 몽땅 노 두고 왔어" 하고 말하고는 눈물을 터뜨렸다.

사이먼이 길쭉한 팔다리로 비싼 코트를 휘날리며 내 옆으로 달려왔다. 나를 안아 주기에 그의 텁수룩한 가슴에 머리를 묻고 흐느끼면서 내 아파트 엘리베이터에서 울었던 것처럼 펑펑 눈물을 쏟았다. 너무 심하게 우는 바람에 우리가 게걸음으로 로비 가운데를 빠져나와서 우편함 쪽으로 걸어가고 있다는 것도 몰랐다.

"왜 아무 거라도 속에 입지 그랬어?" 우는 게 잦아들자 사이먼이 조용히 말했다.

"입고 있어, 바보야. 다른 것들을 가방에 싸는 걸 잊어버렸다고."

그는 나를 다시 안아 주면서 "우리 내일 쇼핑하러 가자" 하고 웅얼거리며 엘리베이터로 데리고 갔다.

그리고 우린 당연히 쇼핑을 하러 갔다. 사이먼은 내 가장 사랑스러운 친구이기 때문이다. 그는 또 한 번 자기 일보다 나를 먼저 생각해 주었다. 이번에는 217 구역 배관공 협회 소속 게이 회원 네 명이 성추행 당한 사건을 머릿속에서 제쳐 놓고 내 걱정만 하기로 한 것이다. 그러고는 바니스 매장 8층에 가득 쌓여 있는 청바지들을 들춰 보며 나를 도와주고 있었다. 난 간밤에 예방 차원에서 수면제를 좀 많이 먹고 잔 데다 새벽 5시에 깨는 바람에 놀라서 한 알을 더 먹은 탓인지 유난히 푹 쉰 느낌이었다. 사이먼과 같이 나가서 아침을 먹었기 때문에 배도 든든하다. 난 팬케이크와 베이컨을 먹고 사이먼이 반이나 남긴 오트밀도 먹어 치웠다. 결혼생활이 망가진 여자는 눈 밑에 다크 서클이 생긴 채 생기 없고 창백해 보이기 마련이다. 그래서 난 뺨에 파우더를 바르고 경주에 나가기 전에 잔뜩 겁을 먹은 그레이하운드보다 더 바짝 긴장하고 있었다.

"이거 입어 봐." 짙은 남색 플레어 진 한 벌을 들고 사이먼이 말했다.

"그건 기장이 180㎝는 돼 보이는 걸."

"수선하면 돼."

일단 받아 들어 본다.

"그 옷은 잘 안 어울리실 거예요" 하고 젊은 여자가 말했다.

"네?"

그 여자가 두 손을 깡마른 엉덩이에 올리고 몸을 숙여 내 엉덩이 사이즈를 가늠해 보았다. 그녀의 엉덩이는 윌리엄의 엉덩이보다 작았다.

"그 바지는 너무 작아요. 게다가 잘 늘어나는 소재도 아니고요. 세븐 진을 한번 입어 보시겠어요? 정말 잘 빠졌어요. 그리고 뒷주머니가 약간 위쪽으로 달려서 엉덩이가 작아 보이게 해준 답니다."

15분 뒤 나는 드레싱 룸 앞에서 비록 발 끄트머리 부분이 좀 웃기게 펄럭거리기는 하지만 내 엉덩이와 뒤태에 꼭 맞는 청바지 두 벌을 들고 서 있었다. 청바지에 대해서 잘 알고 있는 그 유능한, 명령조의 매장 아가씨에게 굴복하는 게 기분이 나쁘지만은 않았다. 퉁명스럽기는 하지만 기분 상하지 않게, 내가 늘어진 뱃살을 하고서 꼭 끼는 청바지를 입고 싶어 하지는 않을 거라고 일러 주었다.

"그런 걸 입으면 날씬해 보일 거라고 생각하시겠지만 그렇지 않아요. 허리 부분이 손님 엉덩이에 딱 걸치는 걸 입으셔야 해요" 하고 그녀는 말했다. "바지 위쪽이 불룩하게 나오면 보기 흉해요. 하지만 여기 이렇게 걸치는 옷을 입으면 섹시해 보이죠."

나는 거울에 모습을 비춰보았다. 이렇게 뚫어져라 내 몸을 보는 게 정말 오랜만이다. 처음에 사이먼하고 청바지를 집어 들면서 이사벨이 내 몸매를 늘려 놓기 전의 사이즈로 골라 들었다는 걸 깨달았다. 지금의 나는 그때와는 사뭇 달라 보인다. 배 쪽이 더 두툼해지고 물렁해져 있다. 엉덩이는 굴곡이 더 많아지고 배도 원래보다 더 나와 있다. 허리는 원래대로 여전하지만 그 아래쪽은 뭔가 다 느슨해 보였다. 이렇게 망가진 모습이 안 없어지는 건 아닌지, 내 몸매가 이사벨이 잠깐 들어와 살았다는 사실을 계속해서 보여주게 되는 건 아닌지 걱정이 됐다.

"수선해 주실 수 있나요? 제 말은, 아시는지 모르겠지만 좀 길어 보이네요" 하고 사이먼이 말했다.

"물론이죠" 하고 우리의 판매원 아가씨가 말했다. "수선하시는 분을 바로 오라고 하겠습니다. 보통은 한 일주일 정도 걸리는데 제가 급한 주문으로 올려놓으면 목요일이나 금요일쯤에는 받아보실 수 있을 거예요."

다음 주 내내 똑같은 바지만 입고 다닐 수는 없기 때문에 사이먼은 30분을 더 같이 옷을 골라 주었다. 스웨이드 치마를 하나 골랐는데 세일 중이라고 하는데도 내가 생각한 것보다 훨씬 비쌌다. 내 카드로 계산을 해 본 지가 꽤 오래돼서 더 그렇게 느껴지는 것 같았다. 계산서에 사인을 하면서 잭이 이 영수증을 보면 어떤 표정을 지을까 상상해 보았다. 짐을 싸서 집을 나간 바로 다음 날 아침에 쇼핑에 푹 빠져 있는 나를 이상하게 생각할까? 어쩌면 내가 사소한 방법으로 스스로를 위안한 거라고 생각해 버릴지도 모르겠다. 이렇게 필사적으로 위안거리를 찾는 내 모습에 도리어 기뻐할지도 모른다. 그렇다면 이 치마에 어울리는 부츠 한 켤레를 사는 것도 괜찮겠다 싶었다.

바니스를 나온 다음 걸어서 사이먼을 회사에 데려다 주고는 지하철을 타고 시내로 향했다. 내 집에 있을 때는 '슬픔'이라는 문패를 달아 놓고 아무리 게으름을 부려도 이상하지 않았다. 그런데 지금은 대낮에 시내를 어슬렁거리려니 너무 창피한 생각이 들었다. 민디한테 전화를 걸어 볼까 하다가 우리 둘 사이를 그녀의 임신이 가로막고 있다는 사실을 떠올렸다. 사이먼의 집으로 돌아가서 텔레비전을 보는 대신 지하철을 타고 업타운으로 이사 가기 전에 사이먼하고 자주 갔던 이스트 빌리지의 작은 책방으로 향했다.

내 얼굴이 책 안에 파묻힐 만큼 두꺼운 러시아 소설책을 한 권 집어 들었다. 지금 겪고 있는 외로움이 주는 좋은 점은 더 이상 클래식 소설을 읽는다고 거짓말할 필요가 없다는 점이다. 윌리엄이 읽을 만한 모던 라이브러리에서 나온 '비밀의 화원'하고 아이가 안 가지고 있을 것 같은 라일 책을 골랐다. 그러고 나서 육아 코너로 갔다.

우리 엄마의 책장에는 의붓부모 되는 법에 관한 손때 묻은 책들이 한가득 쌓여 있다. 관련 책이 새로 나올 때마다 엄마는 바로바로 사서 앨리슨과 루시 두 언니들과 좋은 관계를 맺을 수 있는 비결이 담겨 있지는 뒤져 보셨다. 엄마는 그 책들을 게걸스럽게 탐독했지만, 그 어떤 책에도 언니들이 엄마를 사랑하게 만드는 비법은 나와 있지 않았다.

나는 의붓엄마가 되는 법에 관한 책을 사 본 적이 한 번도 없다. 오히려 삐딱한 마음으로 그런 책을 멀리했다. 이제 나는 그런 책들을 한 권 한 권 꺼내 보았다. 종류가 정말 많다.

'가볍게 다가가기: 의붓엄마를 위한 조언', '의붓엄마의 단계', '의붓엄마: 좌절하거나 외톨이가 되거나 사악해지지 않고 살아남기', '초보 새엄마의 따뜻한 말하기', '깨어 있는 의붓엄마', '성공적인 의붓엄마 되는 비결', '의붓자녀의 마음을 얻는 법', '좋은 새엄마 되기' 그리고 마지막으로, 부끄러운 제목이지만 '유명 인사들의 따뜻하고 훌륭한 의붓어머니들'.

한 권 한 권 훑어보면서 어떤 책이 제일 좋고, 내가 원하는 질문에 대답해 주는 책이 어떤 건지 찾아보았다. 그러다가 결국 충동적으로 그 책들을 양 팔에 다 안아 들어 버렸다.

점원이 책들을 포장할 건지 물어보는데 잠시 머뭇거렸다. 윌리엄에게 선물로 줄 책은 언제 주게 될지도 모르는 데다가 화려한 포장지가 만든 억지 유쾌함이 엉뚱한 결과를 가져올까 봐 걱정이 되었기 때문이다. 하지만 윌리엄이 좋아할 만한 공룡들이 그려진 포장지가 보여 점원에게 '비밀의 화원'은 포장하고 나머지는 봉투에 넣어달라고 부탁했다. 그러고 나서 근처의 카페로 갔다.

주문한 커피를 들고 작은 탁자에 앉아 코트를 벗고 책 읽기 편한 자세를 취했다. 카페는 이른 월요일 오후인데도 놀랄 만큼 사람이 많다. 다행히도 유모차를 밀어대는 사람들은 없는 곳이다. 손님들 가운데 몇몇은 학생 같아 보이지만 대부분은 나만큼 나태한 사람들이다. 이 사람들은 직장도 없는 건가? 노트북을 두드리는 사람들도 있고 신문을 읽는 사람들도 있고 두어 명은 그저 커피를 홀짝이며 허공을 멍하니 쳐다보고 있다. 책방에서 가져온 봉투를 끌어당겨서는 내가 읽으려고 산 러시아 소설을 꺼내는 대신 '사랑스러운 라일'을 꺼내 들었다. 라일이 자기를 싫어한다는 편지들을 받는 내용인데 끝부분에서 라일이 궁지에서 벗어나는 부분이 나올 때까지는 내용이 좀 우울하다. 라일 시리즈 중에서 이 편은 기억이 나질 않는다. 아버지가 처음 두 번째 시리즈까지 읽어주시고 그 다음 편들도 읽어주셨는지 확실치가 않다. 아버지가 내 옆에 앉아 계시던 방식 하며, 책이 내 침대 스탠드 쪽으로 기울어져 있던 모양 하며, 아버지가 내게 책을 읽어주시던 모습은 꽤 생생히 기억이 났다. 책들마다 다양한 등장인물들에 맞춰서 여러 목소리로 읽어 주시던 것도 기억났다. 하지만 잠자리에서 책을 읽어주시는 걸 언제 그만두셨는지는 기억이 안 났다. 언젠가 스스로 책을 읽을 줄 알게 됐고, 그게 아버지가 책 읽어주시기를 그만두신 때였다. 윌리엇은 다른 애들보다 일찍 책을 읽을 줄 알게 되었는데도 잭은 여전히 아이에게 책을 읽어준다. 둘은 참고 서적이라든가 윌리엄이 읽고 있는 책이 있으면 읽고 있던 부분을 같이 읽는다. 윌리엄은 행운아다.

라일 책을 다시 봉투에 집어넣고 고골리 책을 꺼냈다. 머리말 부분을 열심히 훑어보고 있는데 "이 의자 좀 써도 될까요?" 하고 누가 와서 말을 걸었다.

올려다보니 내 또래의 남자가 서 있었다. 거의 다듬지 않은 딱 달라붙는 곱슬머리에 밤색 피부를 하고 있는데 30대 초반 정도 되어 보인다.

"네, 그러세요."

한 손가락으로 가볍게 의자를 들더니 내 책을 흘끔 쳐다본다.

그가 "대학 때 그 책을 읽어 봤죠. 정말 재미있어요. 어둡긴 한데, 그래도 재미있어요" 하고 말했다.

"영문학 전공이셨나 봐요?"

그가 고개를 저었다. "아니요. 러시아 문학 수업을 들었거든요. 그쪽은요?"

"제 전공이 뭐냐고요?" 눈썹을 올리며 장난스럽게 되물었다. 꼬리를 친 것이다.

그가 웃으며 말했다. "물론이죠. 혹시 제가 만든 에칭 작품이 있는데 한번 구경해 보실래요?"

내가 이 카페에서 캐러멜 색의 귀여운 눈을 가진 이 남자에게 같이 앉으라고 권하고 나면 내 인생이 어떻게 바뀔지 잠시 궁금해졌다. 난 다른 사람이 되어 버릴까? 내 삶이 완전히 달라지고 다른 것들로 가득 차서 부가부 유모차를 끌고 다니는 여자들에게 시선을 돌리지 않을 수 있고, 그들의 존재에 마음이 무너지지 않고 아무런 느낌도 받지 않게 될 수 있을까? 별안간 잭과 이사벨과 윌리엄을 그리워하지 않게 될까?

나는 내 왼손 약지에 끼워져 있는 금색 반지를 흘끗 쳐다보았다. 의자를 들고 서 있는 그 잘생긴 남자의 시선도 내 시선을 따라왔다.

"책 재미있게 읽으세요." 그가 말했다.

고개를 끄덕였지만 러시아 소설은 봉투에 도로 집어넣었다. 대신 의붓엄마 되는 법에 대한 책들을 테이블 위에 넘어질 것처럼 높다랗게 쌓아 놓았다. 책을 읽는 동안 커피가 식어서 시큼해졌다. 책에는 온통 의붓엄마가 겪는 혼란과 스트레스가 쓰여 있다. 모든 책들이 의붓엄마들의 잘못된 기대에 대한 설명으로 채워져 있다. 모든 책들이 내게 복합가정의 복잡한 성격을 사실 그대로 마주하라고 강요했다. 그리고 그 말들을 곱씹어 보았다. 내가 어렸을 때 엄마가 그러셨던 것처럼 나도 게걸스럽게 책들을 읽어 내려갔다. 하지만 이제는 엄마가 해답을 찾기 위해서가 아니라 이야기 상대를 구하는 심정으로 이런 책들을 읽으셨다는 걸 알겠다. 그 손때 묻은 참고 서적들은 엄마의 위안이었지 구원이 아니었던 거다. 이 책들은 내게 어떻게 하면 더 나은 의붓엄마가 될 수 있는지를 가르쳐줄 수는 없지만, 내가 혼자가 아니라는 사실을 알게 해줌으로써 크나큰 위안을 줄 수 있는 것이었다.

제일 마음에 드는 책은 생각했던 것과는 달리 '유명 인사들의 따뜻하고 훌륭한 의붓어머니들'이다. 기대했던 것보다 훨씬 재미있는 데다 커피를 마시고 있는 옆 사람들에게 그 부끄러운 제목을 숨기기 위해서 체조에 가까운 몸동작을 할 만한 가치가 충분히 있다. 특히 가증스러운 어린 황실 매춘부 엘리자베스 1세의 이야기가 마음에 들었다. 그녀는 의붓어머니가 자신에게 정말 헌신적이고 친절했음에도 불구하고 의붓어머니가 임신을 하고 있는 동안 의붓어머니의 남편과 잠자리를 같이했다. 또 존 제임스 오듀번의 이야기도 재미있다. 선장과 하녀 사이에서 태어난 사생아인 그는 관대하고 참을성 많은 의붓어머니한테서 자랐다. 이런 의붓어머니들의 헌신에 약간의 과장이 담겨 있다 하더라도 난 이런 헌신적인 의붓어머니들의 이야기가 좋다. 헌신이라는 면에 있어서 나를 비난할 사람은 없을 것이다. 헌신적인 의붓어머니를 훌륭한 롤 모델로 삼을 수 있을 것 같았다.

Chapter 27

목요일에 사이먼이 출근한 다음 나는 케케묵은 카펫을 진공청소기로 밀고, 케케묵은 소파 위의 케케묵은 베개를 다림질하며 이미 티끌 하나 없이 깨끗한 사이먼의 집을 청소한다고 설쳐댔다. 어떤 이유에선지 새로 산 청바지를 가지러 나갈 마음이 내키지가 않았다. 그렇게 하면 그 새 바지들이 필요하다는 말이 되고, 결국 정말로 집을 나와서 다시 돌아갈 일이 없다는 뜻이 되기 때문인 걸까? 이건 바보 같은 생각이라고 혼자 대답했다. 진짜로 잭과 내가 끝이 난 거라면 당연히 잭이 내 물건들을 싸서 새로 옷을 살 필요가 없게끔 내게 보내주지 않았을까? 그렇다면 새로 산 청바지들은 우리가 영원히 갈라섰다는 상징이라기보다는 사실 재결합의 가능성을 보여주는 일종의 징표인 거다. 아마도 새 바지들이 허리둘레 31사이즈인데 내가 다시 29사이즈로 돌아갈 수 없다는 걸 인정할 수 없기 때문에 그것들을 가지러 가기 싫은 건지도 모른다.

다리가 아플 때까지 아파트를 청소하고, 의붓엄마 지침서 두 권을 다시 읽고, 새 러시아 소설 두 장을 대충 훑어보고 나자 오후가 조금 지났고 배가 너무 고파왔다. 사이먼의 냉장고에 들어 있는 음식들은 가구들만큼이나 케케묵은 것들이다.

저녁을 먹으러 그리스 식당으로 향하는데 중간쯤 가고 나서야 오늘이 3월 첫째 주 목요일이라는 사실이 생각났다. 길 가운데 서서 어찌할지 결정을 못 내린다. 배는 고프고 집도 나왔고 결혼생활도 그만두었지만 해놓은 약속이 있다. 결국 전화기를 꺼내 소녀의 번호를 찾아보았다. 소녀는 바로 전화를 받았다. 그런데 전화기 너머로 주변 소리가 너무 크게 들려서 그녀의 목소리가 거의 안 들렸다.

"에밀리아예요"라고 소리를 질렀다.

"에밀리아예요?"

"네" 하고는 오늘이 '우리들의 영웅 라일'의 동물원 장면을 찍는 그 첫 번째 목요일이라는 사실을 설명하려고 애를 써보는데 소녀가 계속 "뭐라고요?" 하고 되묻기만 했다.

마침내 그녀가 "미안해요. 잘 안 들려요. 여기 사람들이 너무 많아서요. 무슨 영화를 찍고 있는데 확성기를 시끄럽게 틀어놨네요" 하고 말했다.

"영화 촬영하는 데에 있다고요? 센트럴파크에요?"

"죄송한데 무슨 말인지 들을 수가 없어요" 하고는 소녀가 전화를 끊어 버렸다.

낮에는 전철을 타는 것이 훨씬 빠르다. 이 점을 알고 있는 덕분에 20분 만에 공원에 도착했다. 더 놀라운, 아니 기적 같은 일은 델라코르테 시계 아래 서 있는 그들을 찾았다는 것이다. 도착하자 시계가 두 시를 알리는 종을 치면서 동물들이 튀어나와 춤을 추기 시작했다. 갈색 원숭이들은 망치로 종을 두드리고, 곰이 탬버린을 치고, 펭귄은 드럼, 하마는 바이올린, 캥거루는 나팔, 염소는 파이프를 그리고 내가 제일 좋아하는 코끼리는 콘서티나를 연주했다. '메리의 어린 양' 멜로디가 나오면서 나는 울기 시작했다. 내가 운 건 윌리엄이 동물들이 원을 그리며 돌아가는 걸 보면서 흥분해서 펄쩍펄쩍 뛰고 있는 게 보였기 때문이다. 이 공원의 이 동물원, 바로 이 자리에서 우리가 만났던 그 첫날이 기억났다. 자기 아빠의 어깨 위에 올라타고 있던 아이는 정말 조그마했다. 그 후로 지난 2년 간 내가 이 아이의 삶에 가져다 준 거라곤 재앙 그 이상 무엇이 있단 말인가? 처음에는 그 아이의 가족을 파괴해 버렸다. 비록 문제가 많고 사랑의 부재와 오해, 고통으로 뒤얽혀 있다 해도 그건 아이의 가족이었다. 그리고 나서는 내가 앗아가 버린 아이의 삶이 어떻게든 다시 형성될 수 있도록 대신 올바른 새 가정을 함께 만들어 갔어야 했는데 나는 그러기를 거부했다. 그리고 이제는 우리의 거짓

가족에 대한 환상마저 쪼개고 부순 다음 아예 영원히 산산조각을 내 버리고 말
았다.

소녀가 나를 보더니 "에밀리아, 오늘은 당신이 오는 날이 아니에요. 오늘은 오
면 안 돼요. 솔 박사님이 여기에 오신 걸 보면 무척 화내실 거예요" 하고 말했다.

"괜찮을 거예요." 나는 마치 정말 그럴 것이라고 자신하듯 말했다.

"제 생각에는 지금 집으로 가시는 게 좋을 것 같은데요, 에밀리아" 하고 소녀
가 말했다. "오늘은 당신이 맡는 날이 아니고, 사람들도 영화에서 우는 사람이
나오는 걸 보고 싶어 하지는 않을 거예요. 윌리엄은 제가 데리고 영화에 나갈게
요. 당신은 집으로 가세요."

소녀에게 잭이 나를 떠나서, 떠난 건 사실 나이긴 하지만, 집으로 갈 수 없다
고 말하고 싶었다. 하지만 소녀는 이 모든 일에 넌더리가 나 있다는 게 눈에 보였
다. 미국인들과 그들의 자기중심적인 연기에 넌덜머리가 난 것이다. 찔찔 짜고
소리 지르는 걸 보는 게 이제는 지긋지긋하다는 것이다. 과대망상과 자기학대를
보는 게 지겨워진 거다. 자기학대도 과대망상의 일종이긴 하지만. 소녀는 그런
것보다는 경제가 너무 안 좋아서 십대 소녀들이 돈을 벌기 위해 몸을 팔고 다닌
다거나, 수십 년간 핵을 제대로 관리하지 못해서 환경이 쓰레기장이 되어 버렸다
든가 하는 보다 실질적인 문제들로 우리가 고민하기를 바라고 있는 것이었다. 아
니면 소녀가 진짜로 지긋지긋해하는 건 그저 나일지도 모를 일이다.

이곳 동물들이 춤추는 델라코르테 시계 아래서 나는 기쁨을 주어야 할 그 시
계가 윌리엄에게는 아무런 기쁨도 주지 못해 왔다는 사실을 비로소 깨달았다.
그 중요한 사실을 다시는 아이를 볼 수 없을지도 모르는 지금에 와서야 비로소
깨닫게 됐다고 아이에게 말해야만 할 거라는 게 너무 슬펐다.

정각을 알리는 시계 소리가 멈추자 나는 주저앉아 버렸다. 윌리엄이 모자를
벗는데 엷은 갈색머리가 정전기로 딱딱거렸다. 뭔가 아이의 눈이 좀 달라보여서
얼굴을 유심히 쳐다보았다. 좀 더 짙어지고 부드러워진 것이 잉크색이나 벨벳
색 같아졌다.

"윌리엄." 나는 눈물과 콧물이 범벅이 돼 있는 얼굴을 거칠게 닦아내며 아이를 불렀다.

"왜 울고 있어요?" 하고 아이가 차분하게 호기심어린 태도로 물었다.

"딱 하나만 말할게. 알았지? 너희 아빠랑 나 사이에 무슨 일이 있더라도…."

"무슨 말인지 못 알아듣겠어요. 코 좀 푸셔야 할 것 같은데요."

"윌리엄, 꼭 해야 하는 말이 있으니까 잠깐만 좀 조용히 해봐. 내가 하려는 말은 네가 정말로 좋은 아이란 거야. 그리고 무슨 일이 있더라도, 언제나 그렇게 생각할 거야."

하지만 윌리엄은 내 말을 듣는 대신 내 어깨너머를 쳐다보고 있다. "노노!" 하고 아이가 소리쳤다. "에밀리아도 여기 있어요. 제 프레첼에 머스터드 소스 발라 주셨죠?"

아버지가 장갑을 벗으시며 쭉 핀 손가락 끝에 프레첼 세 개를 올려놓으셨다. 나를 보고 망설이시듯 간청하시듯 그렇게 미소를 지으셨다. 그 미소로 아버지 얼굴 표정이 부드러워지면서 뺨과 눈가에 깊은 주름이 파인다. 무척 연세 들어 보였다.

"잘 지냈니? 얘야" 하고 말씀을 건네신다.

"네."

여기서 뭐 하고 계시는 거냐고 물으려는데 아버지가 "윌리엄하고 나하고 여기 영화 촬영하는데 같이 오기로 했었잖니. 기억나니? 잭이 내가 애 엄마한테 전화를 걸어도 괜찮다고 말하더구나."

"캐럴린이 아버지가 윌리엄을 데리고 와도 괜찮다고 했어요?"

"그래."

"진짜요?"

아버지가 고개를 한 쪽으로 돌리시며 조금 슬픈 표정으로 얼굴을 찡그리시는 것이, 마치 내가 당신을 뭐라고 생각하는 건지, 거짓말이라도 했다고 생각하는 건지 물으시는 것 같다. 그러더니 프레첼을 윌리엄과 소녀에게 나눠 주셨다. 세 번째 프레첼을 반으로 자르고는 "자" 하며 내게 더 큰 쪽을 건네셨다. 그걸 받아 들었다. 뜨겁고 부드럽다. 머스터드 향이 코를 훅 찌른다. 정말 너무 배가 고픈 참이어서 그런지 내가 지금껏 먹어 본 중에 제일 맛있는 프레첼이다.

"고마워요" 하고 입안 가득히 프레첼을 물고 내가 말했다.

"뭘, 입에 머스터드 묻었구나" 하며 냅킨을 건네주신다.

"아직 서명 안 하신 엑스트라께서는 펭귄 우리 앞쪽의 동물원에 모이시기 바랍니다"라며 확성기에서 목소리가 울려 퍼진다. "서명하신 엑스트라께서는 어린이 동물원 안에 있는 카이만 악어 수조로 가주세요."

"어서요!" 윌리엄이 소리를 지르면서 아버지의 손을 잡았다. "우리도 가요!"

소녀가 나를 보며 얼굴을 찌푸렸다.

"괜찮아요, 소냐" 하고 아버지가 말씀하셨다. "캐럴린이 별로 신경 안 쓸 거라고 내가 장담할게요."

소냐는 잠시 생각을 하더니 날 대할 때와는 달리 아버지의 권위를 인정하기로 한 듯 보인다. 윌리엄에게 끌려서 우리는 어린이 동물원의 시계 쪽으로 향했다. 카이만 악어 수조 주위로 카메라들이 설치되어 있었다. 컨서버토리 가든에서 본 젊은이들이 보이는 것도 같은데 헤드셋을 끼고 여기저기로 사람들을 이동시키느라 분주한 스태프들이 거의 다 그 세 사람을 복제해 놓은 것 같아서 확실히는 모르겠다.

"진짜 악어들은 어디에 있니?" 내가 윌리엄에게 물었다.

"센트럴파크 동물원에는 진짜 악어가 없어요" 하고 아이가 설명했다.

"그러면 좀 문제가 될 거라는 생각 안 드니? 책의 주인공은 진짜 악어지 카이만 악어가 아니잖아. 주인공을 바꿔야 하는 거 아니야?"

아이가 짜증스럽다는 듯 고개를 저으며 말했다. "특수 효과를 쓸 거라고요. CGI라고 못 들어 봤어요?"

그 후 두 시간 동안 우리는 카이만 수조 앞에서 앞으로 갔다 뒤로 갔다를 반복하고 있었다. 윌리엄은 라일이 물구나무를 서거나 탭댄스를 추고 있는 컴퓨터 영상이 펼쳐질 공터에다 대고 너무 표나게 소리를 질러대는 바람에 엑스트라 관리자를 지쳐 나가떨어지게 만들었다. 소녀와 아버지, 나는 별다른 말을 하지 않았다. 오후에 동물원에 아이들을 데리고 나와서 비교적 표정 없는 얼굴로 말없이 동물 우리들과 공연을 구경하는 뉴요커 역을 꽤 잘 연기하는 셈이었다.

두 시간이 지나자 윌리엄도 지겨운 듯 보였다. 소녀가 자기들은 이제 집으로 가야 할 시간인 것 같다고 이야기하자 아이도 소녀 말대로 하고 싶은 것 같아 보였다.

"가는 길에 르 팽 쿼티엔에 들러도 돼요?" 아이가 말했다.

잠시 생각하더니 소녀가 고개를 끄덕였다.

"스트로베리 컵케이크 있냐고 한 번 물어봐" 하고 내가 말했다. "무유지방제품으로 그 맛도 이제는 팔고 있는지 한번 보려무나."

"저희랑 함께 가실래요?" 하고 소녀가 물어보는데 인사치레인 게 확연하다.

"아니, 괜찮아요" 하고 아버지가 말했다. "다리 쪽을 지나서 가는 게 더 좋을 거요."

소녀와 윌리엄이 저무는 햇살 속에서 떠나가는 걸 지켜보았다. 더 이상 보이지 않게 되자 뒤로 돌아섰다. 공원 건너편에 내 아파트가, 실은 잭의 아파트가 있다. 그리고 잿빛과 녹색의 광대한 벌판 사이에는 램블 산책로와 바위들, 잔디와 정원들이 놓여 있다. 나무와 돌, 쇠로 된 멋스러운 다리들이 있고, 맹금류와 딱따구리, 딱새, 솔새 그리고 언제나 보이는 비둘기들이 있다. 소나무 묘목들과 수많은 가로등이 있다. 공원, 내 공원이다.

아버지가 "좀 걸을래?" 하고 말하셨다.

"그래요."

우리는 말없이 나란히 북쪽으로 걸어가다가 영웅 썰매개 발토의 동상이 있는 곳에 다다랐다. 맬러뮤트 동상 앞에서 잠시 쉬는데, 일요일에 내가 내뱉은 말들이 아버지의 귓가에도 나한테처럼 생생하게 들리고 있는지 궁금해졌다.

우리는 다시 걸음을 옮기고 여전히 말은 없다. 공원의 수많은 아치들 중 하나를 지나가는데 아버지가 말문을 여셨다. "잭이 네가 집을 나갔다고 하더라."

대답 대신 발치의 조약돌을 걷어찬다.

"영화 찍는데 윌리엄을 데리고 가려고 전화를 했더니 그러더라."

나는 여전히 입을 다물고 있다.

우리는 계속해서 걸었고 이제 작가들의 동상을 지나갔다. 셰익스피어, 월터 스콧 경이 서있다. 로버트 번스 동상 앞을 지나는데 아버지가 말한다. "내가 한 것 같은 실수는 하지 말거라, 에밀리아."

"어떤 실수요?"

아버지가 한숨을 내쉬셨다.

"죄송해요." 아버지를 보기가 힘들어서 술에 취한, 바람기 많은 스코틀랜드 시인의 동상에 대고 말했다.

"잭은 좋은 남자야."

"알아요."

우리는 십메도의 남쪽 길을 따라 다시 계속 걸었다.

"1930년대까지는 언덕을 따라 쭉 양들이 있었지." 이미 백 번도 더 들은 얘기를 또 하신다. "쫓겨날 때쯤 양들은 완전히 자기들끼리 짝짓기를 하고 있었어."

"끔찍한 양들." 나도 이 말을 백 번도 더 했다.

"사람들은 거기 있던 목동을 동물원의 사자 우리에서 일하도록 보냈단다. 불쌍한 녀석. 어땠을지 생각해 봐라. 자기가 돌보던 양들을 이제는 새로 돌보는 사자에게 먹이로 주게 됐겠지. 우리 뭐 좀 마실까?"

"어디서요?"

가리키시는 곳을 보니 태번 온 더 그린 레스토랑의 불빛이 축제같이 환하게 밝혀져 있다.

"정말요?" 하고 내가 물었다. 아버지는 태번 온 더 그린이 관광객들이나 돈 많은 상류층 미망인들이나 가는 곳이라고 늘 말씀해 왔다.

"그냥 목만 추기지 뭐." 아버지가 말하셨다.

레스토랑으로 올라갔다. 안에 들어와 본 적은 한 번도 없었는데 꼭 티파니 유리와 여닫이 거울로 만들어진 빅토리아 풍의 거대한 초콜릿 상자 같았다. 곧바로 고릴라며 순록 모양의 큼지막한 정원 장식의 정체가 눈에 들어왔다. 이 미친 듯한 불빛이 만들어 놓은 작품들이었다. 아버지는 글랜피딕 위스키와 소다를 시키셨는데 아버지가 이걸 마시는 건 처음 보았다. 아마도 번스 시인을 보고 마음이 동하셨나 보다. 나는 주변 분위기에 좀 더 잘 어울리는 된가 엉뚱하면서도 고급스러운 게 당겼다. 압생트가 들어간 것으로 하고 싶어서 퀴 로열로 정했다.

우리는 주문한 음료를 홀짝였다. 살아오면서 아버지와 내가 이렇게 오래 말없이 있어 본 건 처음인 것 같았다. 보통은 우리 둘 다 서로 굉장히 수다스럽다. 법이나 정치, 아니면 언니들 얘기 따위를 했다. 아버지가 한 일을 알고 나서도 대화가 끊기지는 않았는데 내가 아무리 고집을 부려도 아버지는 잘 참고 들어주는 편이었다.

샴페인 거품이 입천장을 간질이고 퀴가 달콤하게 혀를 적셨다. 말할 준비를 하며 한 모금 크게 들이켰다. 막 입을 떼려는데 아버지가 건저 말을 꺼내셨다. "나는 그리 좋은 남편은 아니었단다."

내가 동의할 시간도 주지 않고 말을 이어가셨다. "이혼하게 된 그 사건 때문에 하는 말은 아니야." 그리고 이것이 아버지가 저지른 바로 그 일에 대해 말하는 데 우리가 최대한으로 가깝게 다가갈 수 있는 한계였다. "달리 말하면 난 네 엄마를 위해서 살아온 게 아니었다. 루시하고 앨리슨을 위해 살아왔던 거지."

퀴를 한 모금 더 들이켠 다음 나는 이렇게 말했다. "이런 얘기는 나한테 하실 필요 없어요, 아빠."

아버지는 어깨를 으쓱이며 말하셨다. "그래, 너도 같이 죽었으니까."

"아니요, 그런 말이 아니라 저한테 설명하실 필요 없다고요. 내가 그런 말을 할 자격은 없었어요. 아빠한테 그렇게 화낼 자격도 없고요. 이건 엄마와 아빠의 문제잖아요. 나랑은 아무 상관없는 일이에요. 내 문제가 아니죠."

아버지는 얼굴을 찡그리고 빨대를 손가락 사이에 꼬며 말하셨다. "어떤 면에

선 그 말도 맞다. 부분적으로는 네 엄마와 나 사이의 일인거지. 하지만 너한테도 일정 부분 영향을 미치니까. 우리 사이에 생긴 문제지만 너한테도 영향을 주지. 아무래도 영향이 있는 거야."

이젠 내 커를 다 마셨고 알코올 때문인지 머리가 웅웅거린다. "죄송해요, 아빠. 그날 밤에 너무 버릇없이 굴어서 죄송해요. 잭하고 윌리엄 앞이었는데. 정말 죄송해요."

"괜찮다, 얘야." 우리는 나란히 앉아 있었는데 아버지가 팔을 둘러 주셨다. "넌 내 딸이잖니."

머리를 아버지 어깨 위에 기댔다. 내 머리를 어루만지면서 슬픈 목소리로 말씀하셨다. "넌 나랑 정말 많이 닮았다, 딸아."

난 몸을 세웠다. 난 아버지랑 다르다고 말하고 싶은데, 그 말이 사실이라는 걸 서로 알고 있다. 아버지는 엄마를 배신하고, 할 수 있는 가장 저열하고 끔찍한 방법으로 엄마를 모욕했다. 엄마가 너무 힘들어서 나를 믿고 이야기를 하면 그 순간에 나는 아버지와 내가 비슷하다는 걸 증명해 버렸다. 엄마가 가슴 아프게 부끄러운 자신의 일을 내게 말해 주면서 아버지에 대한 내 사랑을 부숴 버렸을 때 내 반응은 어땠던가? 난 아버지처럼 한 남자를, 자신의 아이를 사랑하던 남자, 그 작고 단단한 변호사를 유혹하고 덫을 쳐서 잡아 버렸던 것이 아닌가? 맙소사. 손톱으로 잭을 후벼 파고, 그의 가족과 결혼을 망쳐 버리고, 그와 나 자신을 배신자로 만들어 버렸다. 내 아버지가 한 것과 똑같이 말이다.

그러고 나서 나는 벌을 받았다. 벌을 받고 또 받았다.

아, 이사벨. 아, 잭. 아, 윌리엄. 내가 이 사람들에게 무슨 짓을 한 건가?

아버지가 말하셨다. "넌 정말 사랑에 대해서는 대책 없이 비현실적이다. 방식은 조금 다르지만 나만큼이나 바보 같구나."

"그게 무슨 말이에요?" 눈물이 나는 것을 참느라 내 목소리가 의도했던 것보다 더 사납게 들렸다.

"네가 가지고 있는 환상이 내 것만큼이나 비현실적이라서, 결국 나랑 똑같은 꼴이 되고 말 거 같구나."

"내 환상요?"

"네 할머니가 말하시던 그 늙은 아내들의 이야기 말이다. 바스헤르트 이야기." 아버지의 목소리가 부드럽게 조롱조를 띠었다. "넌 잭과 첫눈에 사랑에 빠졌지. 그 녀석은 너의 영혼의 동반자이자 만나기로 되어 있던 사람인 거고. 너희 둘은 함께할 운명이었던 거지. 네가 그 사람을 어떻게 처음 만났는지 얼마나 많이 얘기했는지 알고 있니, 에밀리아? 프리드먼 태프트의 사무실 복도에서 무릎을 꿇고 있던 잭 얘기를? 첫눈에 반하는 사랑, 첫눈에 반하는 사랑. 정말로 사랑이 그런 거라고 생각하니?"

"네" 하고 조용히 대답했다.

"아니다." 아버지가 단호하게 말하셨다. 내 양 어깨를 붙잡고 짧지만 단호하게 고개를 저으며 말하셨다. "아니란다. 그건 환상에 지나지 않다, 애야. 사랑과 결혼이란 노력과 양보를 뜻하는 거다. 사람을 있는 그대로 바라보는 것이고, 서로에게 실망하면서도 어떻게든 함께 붙어 있는 거란다. 헌신과 위안인 거지, 무슨 갑작스럽고 말도 안 되게 첫눈에 알아보는 그런 게 아니란다."

"그런 건 내가 원하는 게 아니에요. 실망과 위안 같은 건 원하지 않는다고요."

"어째서? 마법 같고 신비로운 걸 기대하고 있어서? 노력하고 싶지 않아서?"

"왜 마법 같으면 안 돼요? 왜 신비로우면 안 되냐고요?"

"왜냐하면 마법이나 신비주의에 기대면, 에밀리아야, 안 좋은 일이 닥치거나, 인생에 방해를 받는 일이 생기는 순간, 아니면 네 의붓아들이 버릇없게 굴거나 네 남편의 전 부인이 성깔을 부리는 순간, 아니면 네 아기가 죽는 순간, 이런 일들이 일어나는 순간, 그런 마법은 순식간에 자취를 감추고 네게는 아무것도 남지 않게 되기 때문이란다. 마법이라는 것은 믿을 것이 못된다. 에밀리아. 아빠는 그걸 안단다. 내 말을 믿으렴. 사랑하는 내 딸아, 마법은 믿을 것이 못된단다."

다행스럽게도 아버지는 상황을 다루는 데 익숙하시다. 그러셔야 할 거다. 왜 안 그러시겠는가? 나와 언니들은 우리가 두 살 때부터 공공장소에서 싸움질을 해왔다. 내가 눈물을 참지 못해서 점점 큰 소리로 울면 아버지는 큼지막한 손수건을 꺼내시고는 마치 고집 센 황소를 앞에 둔 투우사처럼 내 얼굴 앞에서 펄럭이셨다. 바텐더와 웨이터들은 우리의 작은 테이블을 피해 갔고 다른 손님들은 내가 겨우 고개를 들고 숨을 고를 때까지 시선을 피했다. 시간이 조금 지난 다음에도 여전히 나는 울고 있었지만, 더 이상 창문이 흔들리고 바 뒤에 가지런히 걸려 있는 유리잔들이 깨질까 봐 입을 가리고 울음을 참아야 할 정도는 아니었다.

"미안하다, 얘야." 아버지가 말하셨다.

"괜찮아요, 아빠." 눈물을 삼키며 겨우 말을 했다. "난 그냥…난 잭을 사랑해요. 정말 사랑해요."

"당연히 사랑하지. 네가 잭을 사랑하지 않는다는 뜻이 아니란다. 그리고 잭도 너를 사랑하고."

"내가 일을 다 망쳐놨어요."

"괜찮아. 그래도 나만큼은 아니잖니, 아가. 이런 말이 네 기분을 좀 나아지게 할 수 있다면 말이다."

눈가를 훔치며 말했다. "음, 솔직히 말하면 그 정도는 아니죠."

잠시 말을 멈추시더니 아버지가 웃음을 터뜨리셨다. "그래, 그런 것 같구나."

"사랑해요, 아빠."

"나도 사랑한다, 내 딸아."

Chapter 28

"아이, 진짜. 정말 너무하네!" 나는 이렇게 투덜거렸다. 새로 장만한 스웨이드 소재의 스커트를 발목까지 내린 채로 난 레스토랑 화장실의 변기에 앉아 있었다.

"뭐라고요?" 하고 옆 칸 변기에 앉아 있는 여자가 대꾸했다. 내가 성질을 부렸는데도 전혀 동요하지 않는 것을 보니 이 여자에겐 공중화장실에서 욕먹고 다니는 일이 하루 일과인가 보다.

내가 이렇게 말하면 여자의 반응이 어떨지 무지 궁금하다 뭐냐고요? 옆 변기에 앉아 있는 분은 그럼 들어 보세요. 난 남편에게 자식을 죽인 사람이 바로 나라는 끔찍한 고백을 했고, 남편은 아무 의심 없이 그 말을 믿었어요. 그제야 남편은 자기가 악마 같은 여자랑 결혼했다는 사실을 깨달았고, 다 필요 없으니 집에서 나가라는 요구를 했어요. 그 말은 결국 내 결혼생활이 아버지란 작자가 저지른 불륜을 프로이트 식으로 재연한 연극에 불과했다는 소리였어요. 의붓아들에게 알레르기를 일으키는 음식을 먹이고, 위험한 곳에 아무런 보호 없이 방치해 두고, 그것도 모자라 꽁꽁 언 물에다 아이를 내동댕이친 사람이 바로 나예요. 그리고 이미 늦어 버린 지금에서야 이 모든 생난리의 피해자가 다른 어느 누구도 아닌 내 의붓아들이라는 사실을 깨달았어요. 프로이트는 우연이란 없다고 했지만, 옆 변기에 앉은 분께서 만약에 이런 일을 우연히 저질렀다면 뭘 어떻게 처리하실 건가요? 말을 좀 해보라고요. 우선 지금 깜박이고 있는 이 전화 발신자를 어떻게 처리하실 거냐고요?

미리 예상하고 있었어야 했다. 최악인 상황의 마지막 피날레는 곧 전화선을 통해 날아들 상냥하지만 빠른 어조의 맹공격일 것이라는 사실을.

난 "됐어요" 하며 옆 칸의 여자에게 대꾸를 해준 다음 핸드폰에다 대고 "헬로, 캐럴린" 하고 말했다.

"그쪽하고 좀 만나고 싶은데요."

"그래요." 그럼 그렇지. 왜 안 만나고 싶으시겠어?

"제 사무실로 오세요. 오늘 저녁에도 가능한가요? 환자 몇 분만 더 진찰하면 될 것 같은데요. 제 사무실은…."

"어딘지는 알고 있어요." 도대체 그녀가 무슨 생각으로 이런 말을 하는 걸까? 수개월을 잭과 만나면서 그가 제발 자신이 기혼자란 사실을 망각해 주길 바라며 지냈는데, 그 사이에 내가 그곳 주소도 확인을 안 해 봤을 거라고 생각하는 건가? 내가 9자리 숫자로 이루어진 우편번호를 통해 그녀에게 얼마나 텔레파시를 보내 댔는데 말이야.

"늦지는 말아 주세요. 내일 아침 7시부터 수술 예약이 있어요. 그래서 오늘은 되도록 정시에 퇴근하고 싶네요."

내 사형 집행장에 내가 늦어서 좋을 거야 없겠지?

우아한 디자인의 가죽 카우치에 앉아 있는 두 명의 임산부들을 포함해서 캐럴린이 일하는 곳의 대기실은 상상한 그대로였다. 임산부 중 한 명은 육아지 '페어런팅'에 나온 아기 이름 짓기 기사를 읽고 있는데, 호르몬 불균형을 탓하려 해 보아도 이건 영 아니다 싶을 정도로 얼굴에 온갖 번민이 가득하다. 다른 한 명은 온몸에서 임신한 여자에게서만 보이는 환희에 찬 표정을 하고 있는데 너무 지나치다 싶어 오히려 짜증날 정도였다. 이사벨을 낳은 이후로 오늘을 제외하고는 산부인과에 온 적이 없다. 닥터 브루스터와 잡은 산후 6주간의 정기검진도, 병원에서 걸려오는 전화들도 모두 무시해 버렸다. 막상 병원에 와 보니 의외로 견딜 만한 게 임산부를 보고 있어도 예전만큼 화가 치밀거나 하진 않았다. 자기가 무슨 성모 마리아라도 되는 줄 아는 저 바른생활녀에겐 짜증이 나지만, 뭔가를 골똘히 생각하고 있는 옆의 임산부에 대해서는 그다지 신경이 쓰이지 않았다. 어쩜 캐럴린과의 면담을 앞두고 너무 긴장한 나머지 다른 것들은 눈에 안 들어 오는 건지도 모르겠다.

"걱정하지 마세요. 잘될 거예요." 바른생활녀가 난데없이 내게 말을 걸었다.

"네?"

"아기요. 아기를 가질 수 있을 거예요. 저도 6년의 기다림 끝에 곧 쌍둥이 엄 마가 된답니다. 저와 비슷한 일을 겪는 다른 사람들을 보면 전 늘 걱정 말라고 얘길 해줘요. 닥터 솔이야말로 이 분야 최고세요. 선생님께선 불임치료로 워낙 정평이 나 있는 분이시라서요. 걱정 마세요. 정말이라고요."

임신과 태아 상실에 관한 불문율에 위배되는 이 같은 돌출발언에 난 너무 놀 랐다. 흔히들 우리는 뚱뚱한 여자에게 함부로 임신 여부를 묻는 것은 결례라고 알고 있다. 그런데 왜 엉망인 몰골을 하고 산부인과를 찾은 여자에겐 아무렇지 도 않게 임신 이야기를 꺼내도 무방하다는 걸까? 이것이야말로 결례가 아니고 뭘까?

"저도 뇌수종으로 생후 19주 된 아기를 잃었어요. 그 후에 유산을 네 번 했고 요. 체외수정만도 세 번을 했답니다. 그렇게 6년이란 세월을 보냈죠. 그러다 쌍 둥이를 가졌고요. 우리 핀과 에밋의 출산예정일은 6월 19일이랍니다. 아시겠 죠? 이건 정말이지 시간상의 문제인 거죠. 닥터 솔께서 도와주실 테니 염려 놓 으세요. 기적을 행하시는 분이랍니다."

"그린리프씨?" 연보라색상에 보라색 땡땡이 무늬가 있는 수술복을 입은 간호 사가 진료실 문 앞에서 날 불렀다. "이쪽이요."

자기만족에 한껏 도취되어 있는 바른생활녀에게 난 "축하드려요" 하고 말해 주었다. 비록 미신이지만 나서기 전에 문지방을 엄지발가락으로 세 번 두드렸 다. 낳기도 전에 아이 이름부터 짓는 사람들의 주장에는 동의해 줄 수가 없다.

태어날 아기를 두고 온갖 추측을 하며 시끄럽게 구는 것은 악마의 눈길을 끌기에 딱 좋은 행동이다. 그토록 고대하던 아이가 첫 숨을 트기도 전에 죽을지도 모르는데. 그렇다고 이사벨이란 이름 대신에 "여자애"라고 불렀더라면 내 아이가 살아 있었을 거란 소리는 아니다.

진료를 받기 위해 옷을 벗고 일회용 가운을 입는 상상을 해본다. 말도 안 되는 상상을 하던 나는 간호사가 인도한 곳이 검사실이 아닌 캐럴린의 사무실이란 사실에 안도의 한숨을 내쉰다. 다 알고 있었으면서도 그랬다. 사무실 안은 뭔가 친숙하면서도 부담스러운 느낌을 전해 준다. 그 이유를 알아내는 데 그리 오래 걸리진 않았다. 묘한 기분을 느꼈던 이유는 캐럴린 사무실의 가구들이 잭의 사무실에 있는 것들과 똑같기 때문이었다. 우선 윤기 흐르는 흑단 색 월넛 데스크가 보였고, 그 다음에는 심플한 장식의 책장, 우아하게 맞물려 있는 기하학 패턴의 방문자용 의자가 두 개, 낸터켓의 해변에서 찍은 윌리엄의 어릴 적 사진도 보였는데 아장거리는 아기의 다리에는 모래가 묻어 있고 기저귀는 엉덩이 아래 축 처져 있다. 이럴 수가, 진열장과 최고급 의자인 에이런 체어도 보인다.

"아버님 되시는 분과 윌리엄이 영화촬영장에 가는 자리에 당신이 낄 생각이었다면 미리 연락을 해주셨어야죠." 캐럴린이 말했다. 캐럴린은 자신의 소유지가 맞지만 소유지를 걷고 있다는 티를 너무 심하게 내며 출입문을 지나 방으로 걸어 들어왔다. 검은색의 슬림한 정장 스커트를 입고 하이칼라 스웨터에 부츠도 블랙으로 통일해 입은 그녀의 모습은 우아함 그 자체였다. 고급 울 스웨터로 가린 배 아랫부분이 작은 공처럼 부풀어 있다. 나도 저런 고가 의상을 사서 입기도 했다. 하지만 그녀 남편의 돈을 내게 아무리 퍼부어 보아도 내가 캐럴린 솔처럼 보일 수 있는 날은 오지 않을 것이다. 아쉽게도 그녀의 말이 옳았다. 잭은 나와 결혼함으로써 중산층의 마수에 빠진 것이다. 난 윌리엄의 친엄마처럼 세련된 여자가 못 된다.

"만약 미리 알려줬다면, 그래도 윌리엄이 그곳에 가서 놀 수 있게끔 허락해 줬을까요?"

"그건 아니죠."

그녀는 책상 뒤에 앉아 의자를 앞뒤로 흔들고 있다. 깍지를 끼고 있는데, 엄지와 새끼손가락이 서로 맞물려 있다. 역시 내가 상상했던 그대로다. 캐럴린의 손톱은 깔끔하게 정리정돈이 되어 있다.

캐럴린이 말했다. "잭이 말하길 집을 나오셨다고요. 이사벨이 사망한 날 밤 있었던 일들도 들려주더군요."

충격으로 순간 멍해졌지만, 이내 회피보다는 수긍을 하는 편을 택했다. 내가 그를 배신한 거라고 잭은 느꼈을 테고 그 역시도 내게 최대한 상처를 주기로 한 것이다.

"솔직하게 말할게요. 잭이 이런 반응을 보인 것도 저로서는 처음이네요, 에밀리아. 잭은 극도로 혼란스러워하고 있어요."

"그이랑은 언제 그런 이야기를 한 거죠?" 갈라진 내 목소리에 스스로도 놀랐다.

"월요일 밤이에요. 당신이 여행 가방을 들고 나가는 걸 보고 윌리엄이 매우 놀란 거죠. 그래서 난 잭에게 전화를 했고 잭은 그날 밤 딸아이가 죽은 일을 두고 당신이 어떤 생각을 해왔는지에 대해 들려주더군요. 잭이 그런 일이 가능하긴 한 거냐고 물었어요. 당신이 정말로 아이를 가슴에 파묻어 질식시켰을 가능성이 있는 거냐고요."

"잭이 그걸 캐럴린한테 묻더라고요?"

"내 판단을 믿는 거죠. 의학적인 판단을 말하는 거예요. 그 이상도 이하도 아니고요."

"그래서 어떻게 대답하셨는데요?"

평정을 유지하던 그녀의 자세가 살짝 무너진다. 그녀는 새끼손가락이 새하얘질 정도로 꽉 쥐고 있다. 오므라뜨린 그녀의 얇은 입술에는 주름이 자글자글하다. "난 잭에게 충분히 있을 법한 소리라고 했어요. 네, 당신이라면 실수로라도 충분히 그럴 수 있다고 말했어요. 윌리엄을 대하는 당신을 봐선 아이에게 젖을 먹인답시고 자기가 잠이 들고도 남을 사람이라고 했어요."

캐럴린의 태도에는 의사로서의 객관성을 유지하며 나타나는 초연함과 그간 억눌러 왔음에도 배신당한 전처이자 아이 엄마였던 그녀의 입장에선 좀처럼 가시지 않았던 분노가 한데 뒤섞여 있고, 그런 태도가 그녀의 언어에 강한 확신을 부여해 주었다. 반면 그와 같은 초연함도, 분노 표출의 타당성도 갖추지 못한 나는 그녀의 가시 돋친 비난의 말들을 마냥 듣고만 있을 뿐이었다.

"이러지 마세요." 캐럴린이 말했다.

뭘 하지 말라는 걸까? 난 속으로 궁금했다.

캐럴린은 널따란 책상 위에 있는 티슈 박스를 내 쪽으로 밀어준다. 난 끊임없이 흐르는 눈물에 당황하고 놀라며 손으로 뺨을 비벼 문지른다.

"내가 여기까지 와달라고 부탁한 이유는 따로 있어요. 나도 내가 한 말에 대해 스스로 떳떳하지가 못한답니다. 그런 심한 말을 내뱉은 걸 부끄럽게도 생각해요. 윌리엄이 그런 제 잘못을 지적해 주기까지 아무것도 깨닫지 못했다는 사실이 가장 부끄럽고요."

"윌리엄이요? 아이도 안다는 거예요?"

그녀는 고개를 끄덕였다. "우리가 통화하는 걸 아이도 들은 거죠. 그 점은 나도 안타깝게 생각해요. 제가 사는 곳이 그리 넓은 편이 못 돼서요."

그녀가 사는 곳은 1930년대 아르데코 양식의 높고 큰 건물이다. 도대체 소리를 얼마나 고래고래 질러댄 건지 궁금하다.

도자기보다 미끄러운 캐럴린의 뺨 아래로 연분홍빛 홍조가 희미하게 퍼졌다. 난 캐럴린이 화를 내는 모습은 봤지만 무안해하는 모습은 처음 보는 것 같다. "전화를 끊고 보니 아이가 기간토사우루스와 책을 손에 쥔 채로 제 뒤에 서 있더군요. 책을 읽어 주기로 약속했었거든요."

"무슨 책요?"

그녀는 완벽하게 아름다운 아치형 눈썹을 찌푸려 보이며 물었다. "뭐라고 했죠?"

"무슨 책이었는지 궁금해서요."

내가 그런 것에 관심을 가지리라고는 예상하지 않았나 보다. "우리들의 영웅 라일요" 하고 그녀가 대답했다.

난 미소를 머금었다.

"윌리엄은 몹시 충실한 아이예요, 에밀리아." 캐럴린이 말했다.

굳이 내게 말해 주지 않아도 다 안다. 지난 2년 동안을 아이는 친엄마에게 충실한 백기사가 되어 줬잖은가.

캐럴린이 말했다. "당신에 대해 엄마인 내가 그런 말을 했다며 아이가 화를 냈답니다. 내 아이의 말에 의하면, 당신이 이사벨을 무척 사랑했었다고, 그런 당신이 아이에게 그런 짓을 했을 리가 없다고 하더군요."

믿어지지 않는다. 그러니까 캐럴린이 윌리엄은 충실한 아이라고 말했고, 그 충성심의 대상이 바로 나라는 소린가? 윌리엄이 날 감싸고 들었다니? 그것도 자기 엄마에게 대항해서, 정말로 그랬단 말인가?

"그래서 아이에겐 뭐라고 해주셨어요?" 하고 물었다.

캐럴린은 잠시 호흡을 가다듬었다. 진실을 말할 것인가 달 것인가를 두고 고민하는 것 같았다. "전 윌리엄에게 당신이 아기를 죽였단 소리는 아니라고, 하지만 실수로 그랬을 수는 있다고 했죠. 당신이 실수로 윌리엄을 강물에 던졌던 것처럼 말입니다."

"헉."

"제 아이는 그것도 사실이 아니라고 했고요."

"사실이 아니라뇨?"

"아이는 그건 할렘 미르지 강물이 아니었다고 지적하더군요. 강물은 남쪽으로 더 한참 내려가서 저수지 아래쪽에 있다고요. 그리고 미르란 단어는 본래 네덜란드어로 '작은 바다'를 뜻한다고 하더군요."

이어서 놀라운 일이 벌어졌다. 이 여자의 아들에게 나란 존재가 등장한 이래 처음으로 있는 일이다. 두 여자 모두 회심의 미소를 보이는 한편 마음 속으로는 뿌듯해하고 있다. 어린 것이 어찌나 똑똑한지. 두 사람 모두 아이의 영특함에 우쭐해하고 있는 것이었다.

캐럴린이 내 대신 티슈를 뽑아 들었다. 난 지금 스스로를 챙길 여력이 없다. 캐럴린이 내 손에 티슈를 건네며 말했다. "제 아들이 저더러 당신을 도와달라더니, 엄마가 의사인 이상 이사벨에게 무슨 일이 일어난 건지를 좀 알아봐 달라고 했습니다."

난 티슈로 코를 풀었다.

"이사벨을 담당했던 소아과 의사가 부검보고서를 가지고 있어요."

"알아요." 내가 말했다.

"어제 담당 소아과 의사의 사무실로 전화를 해서 저도 한 부를 받아 보았어요. 그리고 스탠퍼드에 있는 제 동창과 함께 보고서를 직접 검토해 보았어요. 그 친구는 병리학 전공인데 그 중에서도 신생아 사망 케이스를 주로 맡고 있어요. 범죄 재판에서도 여러 번 증언을 한 경험도 있는 사람이고요. 그 친구가 이번 건의 검시 최종 판결을 내렸는데요. 그 친구의 최종 결과를 보면, 이사벨이 질식으로 사망했다고 여길 일말의 증거도 찾을 수 없었다고 하는군요. 질식사의 경우에는 특정 단서가 남아 있게 되어 있죠. 예를 들어 상순 표피에 남은 상흔, 자세성 질식의 징후, 폐에 남은 혈점 등을 들 수 있죠. 이사벨의 경우는 질식사로 추정할 아무런 단서도 찾지 못했어요. 그 말은 당신이 아기를 질식시킨 게 아니란 소리죠. 당신이 아기를 사망에 이르게 한 게 아니라고요. 이사벨은 유아돌연사증후군(SIDS)으로 숨을 거둔 겁니다." 캐럴린의 목소리가 차츰 부드러워졌다. "그저 운이 나빴던 거예요. 에밀리아는 아기가 죽을 시점에 아기를 안고 있었던 것뿐이에요."

"친구 분이 병리학자라고요?"

"네."

"유아 전문가요?"

"네."

"그리고 그분이 직접 부검 보고서를 검토한 거고요?"

"네."

"그리고 그분이 말하길…" 하고 말하는 내 목소리는 점점 작아졌다. 난 캐럴린이 지금까지 해준 말을 다시 확인하려 들었다. 다시 들어보고 싶었다. 캐럴린은 그런 나의 마음을 이해하는 듯했다.

그녀는 아주 천천히 그 말을 되풀이해 주었다. "병리학자인 제 동창은 이사벨이 질식에 의해 사망했다고 볼 근거가 전혀 없다고 판정했어요. 그 친구가 말하길, 시신 발굴을 통해 재부검을 해보는 방법도 있긴 하지만 모든 정황으로 볼 때 재부검 절차까지 밟아 볼 것을 추천하고 싶진 않다고 하더군요. 한마디로 그 친구는 이사벨의 사망 원인이 유아돌연사증후군이라고 확신하고 있어요. 에밀리아가 제 친구로부터 직접 들어보고 싶다거나 혹은 여타 질문이 있을 때는 얼마든지 돕겠다고 하더군요."

이제야 어번베이비닷컴 사이트를 찾는 여자들이 왜 닥터 솔을 그렇게 좋아하는지, 왜 캐럴린의 능력과 자상한 손길을 그토록 신뢰하는지 이해가 됐다. 내 남편의 전 부인은 내가 울음을 멈추고 이사벨이 죽은 이유가 나의 부주의와 태만 탓이 아니라고 스스로 믿을 때까지 천천히 분명하게, 부드러운 어조로 인내심을 갖고 같은 설명을 되풀이해 주었다. 그녀는 그건 간혹 유아들에게 일어나는 일이며 아기들을 그냥 그렇게 잃기도 한다며, 미스터리 같은 원인에 의해, 아무런 이유도 없이 그냥 심장 박동이 멈춰 버리고 닫혀 버리는 경우가 있다는 의학적 설명을 몇 번이고 반복해서 들려주었다.

Chapter 29

행복에 겨워하며 캐럴린의 사무실을 나섰다. 무지하게 기뻤지만 안도감이라고 표현하는 게 더 맞을 것이다. 이젠 집에 갈 수 있다. 집으로 가야만 한다. 그리고 잭에게 이 사실을, 오늘 들은 얘기를, 그리고 그의 전 부인과 내 친아버지가 깨우쳐 준 것들에 대해 말해 줘야 한다. 내가 이토록 기분 좋은 데는 또 한 가지 이유가 있었다. 사무실을 나서는 내게 캐럴린이 결혼 소식을 들려 준 것이다.

"축하드려요." 나는 말했다. "결혼식은 언제 해요?"

"지금으로선 격식을 차린 결혼식은 피할 생각이에요. 남편 될 사람의 사촌이 판사인 관계로 그분 사무실에서 간략한 식을 올린 다음 아담한 비스토로에서 조촐하게 디너파티를 할 생각이죠. 다음 주 금요일이에요."

"그렇게 빨리요!" 하고 놀라며 되물었다.

그녀는 미소를 지으며 작은 드럼을 두드리듯이 배를 토닥여 보였다.

캐럴린 사무실 로비에서 흘러나온 온기가 채 사라지기도 전에 난 잭에게 전화부터 걸었다.

그는 전화를 받더니 아무런 말도 하지 않는다.

불필요한 말인 줄 알면서도 "저예요" 하고 말했다.

"어떻게 지내?"

"잘 지내요. 나 할 얘기가 있는데. 지금 어디예요? 아직 회사죠?"

"응."

"나올 수 있어요? 아님 바빠요?"

갑자기 우리는 만날 장소를 두고 딜레마에 빠졌다. 마릴린이 코앞에 붙어 있는 잭의 사무실에서 이런 이야기를 하고 싶지는 않았다. 그렇다고 집으로 가자니 상징하는 바가 너무 크고 말이다. 아직 저녁식사를 하기에는 이른 시간이지만 어쨌든 우리는 잭의 사무실 가까이에 있는 레스토랑에서 만나기로 했다. 시간 여유가 있으니 매디슨가 바니스로 가서 청바지나 찾아올까도 했지만 곧 생각을 바꿨다. 내 몸에 완벽하게 어울리는 청바지이긴 하지만 당장 그것들이 필요한 건 아니었다. 계산까지 다 마쳤지만 집에만 들어가면 당장 입을 수 있는 청바지들이 몇 벌이고 쌓여 있다. 곧 집으로 돌아갈 텐데 급할 이유가 없잖아. 그래, 집으로 돌아갈 건데.

잭보다 먼저 레스토랑에 왔다. 그리고 벽 쪽 창유리와 나란히 붙어 있는 작은 테이블 가운데서 레스토랑 입구가 잘 보일 만한 곳에 앉았다. 아직 이른 시간이라 몇몇 자리에서만 식사를 하고 있었고 난 아무런 방해 없이 주변을 살펴보았다. 잭을 보는 순간 현기증을 느꼈다. 추락하는 꿈을 꾸다 갑자기 깼을 때 느끼는 현기증 같은 것이었다. 그가 입고 있는 짙은 색 오버코트의 뒷자락이 펄럭이고 목도리는 길게 늘어져 있다. 추위로 얼어붙어 빨갛게 상기 된 뺨이 창문을 통해서도 보였다. 그의 혈색은 백설공주를 연상케 했다. 루비 입술, 칠흑 같은 머리에 장밋빛 뺨과 푸르디푸른 눈동자.

성큼성큼 다가오는 그의 입술을 보고 내 얼굴이 붉게 상기되었다. 우리의 포옹은 서운할 정도로 짧았고, 그가 스카프와 코트를 벗기 전까지 그의 몸에 어색하게 매달려 있던 내 모습을 발견했다. 잭은 주변을 맴돌던 웨이터에게 옷을 건넨 다음 음료를 주문했다.

"보드카 마티니는 언제부터 마신 거예요?" 내가 물었다.

"안 마셔." 그가 말했다. "그냥 떠올라서 처음으로 한번 시켜 본 거야. 당신은 뭐 할래?"

당신요. 난 당신이 필요해요. "그냥 물. 아니다, 나 레드와인이나 한 잔 할까 봐. 그냥 이 가게에 있는 것들 중에 아무거나 한 잔만요."

친절한 웨이터는 원하는 와인 종류를 묻는 등의 질문으로 번거롭게 하지도 않았고, 곧바로 우리만의 자리를 만들어 주었다.

"오늘 캐럴린을 봤어요." 난 우리가 본격적으로 대화에 들어가기 전에 그 얘기부터 꺼냈다. "그리고 아버지도요. 두 사람 다 만났어요. 아버지랑 캐럴린."

"응?"

"아니 동시에 같이 만난 건 아니고. 아버지부터 만났고 그 다음에 캐럴린을 만나러 갔어요. 캐럴린이 나한테 먼저 전화를 해서."

그가 무슨 생각을 하고 있는 건지 도무지 모르겠다. 평소에 잭은 무엇을 느끼면 날 향해 감정을 외치기라도 하듯이 얼굴에, 심지어 자신에겐 속삭임에 불과한 감정조차도, 바로 드러내 보이는 남자다. 그런 이유로 표정만 보고도 그의 마음을 금세 알아챘는데 지금의 그에게선 내가 이제껏 배워 본 적 없는 외국어를 구사하는 사람과 같은 느낌을 받았다. 수수께끼 마스크 아래 가려진 그의 본심을 읽으려고 애쓰는 대신에 난 무작정 밀고 나갔다. 난 병리학자인 캐럴린의 동창 친구와 존재하지 않는다는 판정을 받은 신체적 징후들에 대한 말을 꺼냈다. 그의 전 부인이 어떻게 나의 무죄를 입증해 주었는지에 대해 열심히 설명했다.

드디어 난 "내가 그런 게 아니래" 하고 말했다. "내가 저지른 일이 아니래요."

"알아." 대답하는 그는 나의 시선을 피하고 있다. 그 대신에 테이블 모서리 혹은 무거운 은식기나 백조 모양으로 접어놓은 냅킨을 응시하고 있다.

"알다니요, 그게 무슨 소리예요? 어떻게 알았어요? 캐럴린이 전화한 거예요?"

그 순간 웨이터가 주문한 음료를 가지고 왔고 음료를 내려놓는 동안 우리는 침묵을 유지했다.

"캐럴린이 전화를 한 거예요?" 웨이터가 가자 내가 다시 물었다.

잭은 칵테일을 한 모금 입에 머금더니 인상을 썼다. 그리고 올리브를 집어 한 입 베어 물었다. "아니, 지난 며칠 간 서로 연락하고 그런 건 없었지."

"그럼 어떻게 알았는데?"

그는 한숨을 내쉬더니 올리브 씨를 조심스레 손바닥에 뱉어냈다. "에밀리아, 난 단 한 번도 당신이 아기를 죽였다고 생각하지 않았어."

"아뇨, 당신은 그렇게 생각했어요."

"아니, 안 그랬어." 그는 잠시 말을 멈추더니 칵테일 잔을 흔들었다. 이어서 "당신이 처음 그 이야기를 했을 땐 말이야, 그랬을 수도 있단 생각을 실은 나도 잠시 했어. 당신이 너무 확고하게 말을 해서. 그러다가 캐럴린하고 이야기를 해보니…" 하고 말했다.

그 순간 웨이터가 식사 주문을 받으러 왔고 레어 혹은 미디움, 소테 혹은 그릴 등의 질문을 거쳐 주문을 마치고 나서야 난 잭이 하다만 이야기를 마저 들을 수 있었다. 주문을 마친 웨이터가 자리를 비켜 주고 잭이 칵테일 잔을 비우는 것을 보고서야 난 다시 대화를 시도했다. "캐럴린도 처음에는 내가 그랬을 거라고 했다면서요. 윌리엄을 엉망으로 대하는 내 태도를 봐서는 자기 자식한테도 그랬을 수 있다고 했다면서요."

그는 어깨를 한번 들어 보였다.

"이해가 안 돼요." 내가 말했다.

"사실 캐럴린의 반응은 내가 예상했던 그대로였어. 캐럴린은 화가 난 상태였고, 화가 날 때는 이성이고 뭐고 없을 때도 있거든. 그런 캐럴린이 하는 말들을 듣고 있으니 오히려 정말 터무니없고 말도 안 되는 소리라는 생각이 들더군. 내가 놀란 건 그런 후에 캐럴린이 직접 전화를 해가며 당신을 배려해 줬단 사실이야. 놀라워."

"정말 다행이란 생각은 안 들어요?"

"당신이 마음의 짐을 덜게 됐으니 다행이라고 생각해. 당신이 죄책감에서 벗어나게 된 걸 다행이라고 생각해. 그런 의미에서라면, 당신 말대로 나도 이 모든 게 참 다행이라고 생각해. 그렇다고 이사벨의 죽음이 모두 당신 탓이자 책임이라고 생각했던 건 아니야. 애초부터 당신이 아니란 증거 같은 건 필요도 없었다고."

이걸 어떻게 받아들여야 하나? 그의 신념과 나를 향한 믿음에 고마울 따름이지만, 동시에 난 잭이 날 살인자로 여겼길 바랐던 것 같다. 내가 용서받을 수 있도록.

테이블 맞은편에 따로 떨어져 앉아 냉정함을 유지하고 있는 그의 모습에 난 긴장을 했다. 이 긴장감을 옆으로 제쳐 버릴 방법을, 이 모든 것을 멈추게 할 방법을 얼른 찾았으면 한다.

"아버지께도 미안하다고 했어요." 내가 말했다.

"잘했네."

"아버지랑 많은 이야기를 나눴어요. 그동안 부모님을 대하던 나의 태도나, 그걸 가지고 인간관계를 보는 내 관점을 가지고 당신이 한 말들 있잖아. 생각해 보니 맞는 말이더라고요." 내가 삐뚤어진 시선을 가진 채로 완벽이란 것을 찾아다녔으며, 그게 나의 인간관계를 오염시켰다는 것을 이제 깨달았으며, 앞으로는 잭과 나 자신을 좀 더 공정하게 대할 생각이라며 일장 연설을 늘어놓으려는 순간 잭이 느닷없이 내 손을 잡았다.

"에밀리아, 이러지 마."

"근데…."

"다 부질없어."

"뭐가요?"

"미안해. 그리고 나 당신을 사랑해. 에밀리아, 정말로 사랑해. 하지만 더 이상은 힘들 것 같아. 윌리엄을 생각하면 더는 못 하겠어."

느닷없이 날아온 펀치에 한방 먹은 기분이었다. 놀란 배가 뒤틀리고, 목구멍이 막혀 오고, 숨이 턱하니 막혔다. 아니, 호흡이 빨라졌다. 모르겠다. 이 남자는 왜 툭하면 밥 먹는 식당에서 이러는 거야? 예전에 당해 봤으면서도 또 식당에서 만나자고 했으니. 길가에서 만나 핫도그나 먹자고 할걸 그랬다.

순간 잭이 계속 말을 하고 있다는 걸 깨달았다.

난 사그라지는 목소리로 "뭐라고요?" 하고 물었다.

"아이에게 너무 불공평하다고 했어. 내 자식이야. 아이를 최우선으로 생각하고 살아야 했어. 내가 원하는 다른 모든 것들은 그 다음에 챙겼어야 했어. 이제라도 윌리엄에게 최선인 길을 택하려고."

목소리를 겨우 되찾았다. "그게 날 떠나는 거랑 무슨 관련이 있어요?"

잭이 의자를 당기며 다가와 앉았고 그의 손으로 내 손을 잡는다. 그의 표정에서 아이를 대하는 어른과 같은 자상함이 엿보였다. 응석을 받아 주는 듯, 온화하게, 아랫사람을 겸손하게 대하는 듯한 표정이다. "에밀리아 당신은 이제 겨우 서른둘이야. 당장 가정이란 짐을 질 이유가 당신에겐 없어. 학교 들어갈 나이가 된 아이, 늙은 남편. 말도 안 되는 소리잖아. 당신은 젊어, 그러기엔 아직 한창이야."

"그딴 설교나 늘어놓기엔 좀 늦은 것 같지 않아?"

"실수였어. 우린 실수한 거야."

"날 사랑한다고 했잖아요."

잭은 손을 내밀어 내 뺨을 어루만졌다. "나 당신을 사랑해. 참 사랑스러운 사람이야."

웨이터가 내 앞에 가자미 요리를 내려놓는 바로 그 순간에 난 잭을 뿌리치며 역겹다는 듯이 코웃음을 치면서 주위 모두에게 아직 미성숙한 내 자아를 드러내 보였다. 깜짝 놀란 웨이터가 내려놓으려던 접시가 살짝 기울었지만, 웨이터는 익숙한 손놀림으로 리넨 냅킨을 이용해 뵈르 블랑 소스가 튀려던 것을 막아 냈다.

"마담?" 웨이터가 말했다.

"전 괜찮아요." 내가 말했다. "고맙습니다."

잭이 주문한 로스트램 요리를 가져온 웨이터가 가고 난 다음 잭에게 말했다. "우리는 실수한 게 아니에요."

잭은 포크와 나이프를 양손에 쥐고 있지만 음식을 먹으려 들지는 않았다.

난 거듭 말했다. "우리는 실수한 게 아니야. 적어도 난 실수로 그런 게 아니었어. 당신이란 사람이 내겐 가족이라고요, 당신과 함께 있고 싶어."

그가 실버 나이프와 포크를 내려놓더니 부드러운 어투로 "윌리엄이야말로 내 가족이야" 하고 대답했다.

"그리고 나도요. 윌리엄하고 나말이야."

"당신은 아니…."

"나도요, 잭. 나도 윌리엄을 사랑한다고요." 내가 듣기에도 가식적이고 절망적으로 들린다. 이혼만은 막아 보려고 내뱉은 말일 거라고 잭이 생각한다는 것을 안다. 내가 거짓으로 윌리엄을 사랑한다고 잭이 생각한다는 것도 안다.

하지만 내가 한 말들은 거짓처럼 들리는 동시에 모두 사실이었다. 이거야말로 사람을 돌게 만드는 모순일 것이다. 어른 입장에선 짜증날 정도로 조숙하면서도 아직은 이기적인 꼬마에 불과한 아이, 공룡과 갖가지 수호 인형들을 가지고 놀면서 자전거용 헬멧을 고집하고 유당불내증이란 알다가도 모를 알레르기를 앓고 있는 이 아이가 어느 순간부터 내 마음 속을 헤집고 들어와 있다는 사실을 나는 이미 늦어 버린 지금에야 뼈저리게 깨달았다. 그게 다가 아니다. 다른 누구도 아닌 자기 엄마를 졸라서 날 도와준 아이가 아닌가. 마음을 좀먹는 수치심과 죄의식으로부터 내가 벗어날 수 있도록 도와준 아이가 아닌가. 의도했건 아니건 간에 윌리엄은 내가 지금 이 자리에 남편과 함께 앉을 수 있도록 도와준 장본인이다. 마음 한편에서는 나한테 유리할 게 전혀 없는 이런 상황에 오히려 아이를 향한 내 마음이 더욱 애틋해지도록 하다니 역시나 꼬마 윌리엄답다는 생각을 한다.

나는 이렇게 말했다. "다시 한 번 기회를 줘요."

잭이 말했다. "미안해."

"다시 기회를 달라고요."

"난 못 하겠어."

"그게 무슨 소리예요? 당연히 할 수 있죠. 할 수 있잖아요."

그가 고개를 흔들었다. 난 그제야 그의 눈이 젖어 있다는 것을 발견했다.

"이러지 말아요" 하고 난 말했다. 아니, 그런 말을 한 건지 안 한 건지조차 사실은 모르겠다.

"에밀리아, 이제 난 당신을 못 믿겠어. 에밀리아, 더 이상은 못 하겠어."

이제 어떻게 해야 하나? 우린 아직 음식 값을 계산하지도 않았다. 종업원이 접시를 치워주길 기다려야 하고 코트를 가져올 때까지도 기다려야 한다. 레스토랑 밖에 나란히 서서 택시를 잡아야 한다. 작별키스를 해야 할지 고민도 해봐야 하고, 만약 할 거라면 어떤 식으로 해야 하는지, 대충 정중하게, 혹은 뺨에만 살짝 해야 하는지도 결정해야 한다. 그냥 사라져버리는 편이 한결 쉬울 것 같았다.

택시에 타고서 나는 지리학적 위기에 맞닥뜨렸다. 교통 체증으로 인해 나와 운전기사는 트럭 뒤에 붙어 선 채 옴짝달싹 못하고 갇혀 있고, 그 와중에 난 어디서 내려야 할지를 고민하며 수십 번 더 마음을 바꾸었다. 이 넓은 도시에서 갈 곳이야 무수히 많지만, 진정 내가 가고 싶은 곳은 단 한 곳뿐이니 말이다. 난 내가 사랑하는 남자가 사는 그곳으로 가고 싶다. 한 남자와 한 아이가 사는 그곳으로.

이대로 사라지고 싶지 않았다. 이렇게 내몰릴 순 없다. 내가 무엇을 잃게 될 것인지를 마침내 깨달았다. 어떤 방법으로든 잭과 그의 아들은 나의 가족이란 사실을, 마찬가지로 난 그들의 가족이란 사실을 잭에게 증명해 보이고 말겠다. 우리는 함께여야만 한다.

문제는 그때까지 입을 옷이 하나도 없다는 것이었다. 그러니 그 망할 놈의 청바지나 찾으러 가는 수밖에.

"그냥 바니스 백화점으로 가주세요." 내가 말했다. "메디슨 61번가로요."

정말 긴 한 주고 사이먼의 집은 이보다 깨끗한 적이 없었을 것이다. 매일 아침 나는 색다른 일거리를 찾아 나섰다. 창틀과 문 사이에 낀 때를 청소하고, 욕실의 타일 사이를 깨끗이 닦아내고, 부엌의 대리석을 반짝거리게 광을 낸 다음 책장에 꽂혀 있는 책 뒤의 먼지 뭉치를 치웠다. 책 먼지를 치우다가 사이먼의 포르노 DVD 모음을 발견하고는 아침 내내 전자레인지 팝콘을 먹으며 남자 둘이서 기하학적으로 불가능해 보이는 자세로 뒹구는 걸 구경하며 보냈다. 뭔가 새로운 걸 배우는 느낌이었는데, 잭이 나를 다시 받아들여 주기만 한다면 잭이 후회는 하지 않을 것 같다.

오후에는 의붓엄마 지침서들을 보며 많은 메모를 했다. 그러다 그것이 지루해지면 집 밖으로 나와 거리를 서성거렸다. 한두 번은 북쪽으로 걸어서 공원에 가 볼까도 생각해 봤지만 실행에 옮길 수 있을 것 같지는 않았다. 흙과 잔디로 덮인 길 대신에 콘크리트로 포장된 도로를 걸었다. 그리고 나무와 기념비들 대신에 가게 창 안에 진열된 물건들을 보았다. 이 거리를 걷다 보면 윌리엄과 잭을 위해 사주고픈 물건들이 보이지만 이런 사치를 스스로 용납하기는 어렵다. 비겁한 짓처럼 보일 수 있기 때문이다. 물론 윌리엄은 별로 상관 안 할 거라는 것도 알고, 내가 자기 환심을 사려고 하는 건 아닐까 우려하기는커녕 그저 카스모사우루스 해골 모형을 조립하며 행복해할 거란 것도 안다. 그리고 잭의 발에 딱 맞을, 제일 작은 남자 사이즈로 하나 남은 자주색 캐시미어 양말도 잠시 망설였지만 그냥 지나쳐 버렸다.

많이 먹었다. 아니 많이 먹는 정도가 아니라 커피를 마시면서 머핀과 모닝 빵, 햄버거 그리고 베트남 국수 대짜를 먹었다. 창틀에 주황색 물새 장식이 달린 싸구려 차이나타운 중국식당에 가서 두 명이서 먹기 충분한 양의 음식을 시켜 놓고는 깨끗이 비워 버렸다. 오전 10시에 길거리 핫도그 간이 판매점에서 핫도그 판매 카트의 물이 끓어올라 증기가 자욱해지기 전부터 기다리고 있다가 핫도그를 사먹었다. 관광객을 상대로 끔찍하게 바가지를 씌우는 리틀 이탈리아 식당에서 뜨거운 치즈와 진하게 졸인 화이트소스로 버무린 파스타를 한 접시 시켰다. 내가 먹은 식사 중에서 유일하게 다 끝내지 못한 건 이 파스타가 처음이다. 하지만 그 후 조의 우유판매점에서 모차렐라 치즈 조각을 여러 개 사서 못다 채운 배의 허기를 달랜다. 사이먼의 체중계는 내가 그의 아파트에서 유일하게 청소하지 않는 물건인데 먼지떨이나 스펀지를 들고 있어도 가까이 가기조차 꺼려지기 때문이다. 만에 하나 실수로라도 그 위에 넘어지는 바람에, 로어 맨해튼에서 귀양살이를 하면서 어떻게 하면 남편이 나를 도로 데리고 가게 할 수 있을까를 고민하는 동안 살이 6㎏이나 쪘다는 사실을 대면하고 싶지는 않기 때문이다.

목요일 밤, 길거리를 돌아다니고 카페에 앉아 우화에나 나올 법한 미친 거지 여자처럼 의붓엄마 지침서에 밑줄을 그어 대며 하루를 보낸 다음 사이먼을 위해 정성스럽게 식사를 준비했다. 사이먼은 집에 오자마자 장미 무늬 자기그릇과 리넨 냅킨이 차려진 식탁과 샤프란으로 향을 낸 생선 수프가 스토브 위 버너에서 보글보글 끓는 광경을 마주했다. 나는 그의 부엌 조리대 위에서 마늘과 파슬리를 빻아 양념을 만드는 중이었다.

"지금 뭐하고 있는 거야?" 그가 말했다.

"걱정 마. 화강암이라 빻아도 안 부서져. 마늘 마요네즈 양념을 만들고 있었어. 빵을 구울 시간은 없어서 딘 앤드 루카 빵집에서 올리브 빵 하나 사왔어. 샐러드 잎 좀 씻어 줄래?"

"와" 하고 감탄하면서 넥타이를 푼다. "무슨 일이 있기에 이렇게 열심이야?"

"전화할 데가 있어."

사이먼은 한 쪽 눈썹을 치켜 떴다.

"계속 미뤄왔어."

사이먼이 아루굴라를 씻어서 페이퍼타월로 닦는 동안 난 전화기를 들어 이른 오후부터 걸기로 마음먹었던 번호를 눌렀다. 모든 의붓엄마 지침서들이 의붓엄마를 위한 하나의 선택으로 치료요법을 권하고, 괴로움을 겪고 있는 가족관계를 위해서는 가족 치료요법을 권고하고 있다. 그 중 두 책에서는 심지어 의붓엄마에게 의붓아이의 치료사와 개인적으로 이야기할 것을 권유했다. 의심의 여지 없이 모든 아이들이 전문치료사를 하나쯤 두고 있다는 투다.

난 윌리엄의 치료사인 저명한 아동심리학자 바르톨로뮤 앨러튼 박사와 이야기를 나눠 본 적이 한 번도 없다. 사실 그를 비웃을 때 빼고는 그에 대해 언급해 본 적조차 없다. 하지만 난 윌리엄이 그를 믿는다는 걸 알고 있다. 박사를 만나고 와서 윌리엄이 하는 얘기는 온통 스트라테고 놀이를 한 것이지만, 매주 그의 사무실에 있는, 추측건대 아주 작은 소파에 앉아 둘이서 단순히 스트라테고 게임만 끝도 없이 하고 있지는 않았을 거라는 것 정도는 나도 안다. 앨러튼 박사는 윌리엄에 대해 잘 알고 있고 또한 복잡하게 얽힌 우리 망할 가족사도 다 꿰뚫고 있을 것이 틀림없다. 만약 앨러튼 박사를 만난다면, 우리 가족을 구원할 수 있는 방법을 내게 알려줄지도 모른다고 생각했다.

자동응답기의 삐 소리가 울리자마자 말을 시작했다. "안녕하세요, 앨러튼 선생님, 에밀리아 그린리프입니다. 에밀리아 울프 그린리프요. 잭 울프씨의 아내고 윌리엄 울프의 의붓엄마 됩니다. 다름이 아니라 선생님께서도 아마 아시겠지만 저희 가족에게 좀 문제가 있어서요. 그래서 혹시 한번 말씀을 나눠 주실 수 있는지, 시간 약속을 잡을 수 있는지 궁금해서, 그래 주셨으면 해서 전화 드렸습니다. 그러니까 아시겠지만 꼭 그러고 싶어서요. 제 말은 저는 언제든 만날 준비가 돼 있어서요." 좀 오래 말이 끊긴다. "아니면 잭이 그러라고만 해준다면…만나 뵐 수 있을 것 같아서요…" 다시 한 번 오래 말을 끊었더니 자동응답기의 녹음이 끝나는 삐 소리와 함께 전화가 끊어졌다.

"젠장." 나는 다시 전화를 걸었다. "안녕하세요, 박사님. 방금 전화 드린 에밀리아 그린리프입니다. 윌리엄 울프의 의붓엄마예요. 전 그냥 정말 어떻게 하면 윌리엄과 좀…더 잘…지낼 수 있는지 그리고 아이한테 필요한 것들을 해줄 수 있는지 좀 배우고 싶어서요. 아니면 최소한 어떻게 하면 아이에게 상처를 주지 않을 수 있는지 같은 거요. 그냥 박사님과 이야기를 나누면 윌리엄에 대해서라든가 윌리엄의 감정에 대해서 더 잘 이해하고, 알 수 있을 것 같다는 기분이 들어서요. 아니면 뭔가…." 다시 말이 끊기면서 녹음의 끝을 알리는 응답기의 삐 소리와 함께 전화가 끊어져 버렸다.

"이런 제기랄." 나는 전화를 다시 걸었다. "안녕하세요, 또 에밀리아 그린리프입니다. 지금 이러는 게 조금 이상하기는 합니다만, 이미 선생님도 아시다시피 잭과 제가 일종의 별거 상태라서 말이죠. 그렇다고 잭 몰래 무슨 일을 꾸미려고 한다거나 그런 건 아니고요. 그냥 무슨 일이 생기더라도 윌리엄하고의 관계는 계속 유지하고 싶네요. 그래서 제 생각엔 어쩌면 선생님께서 그래도 괜찮을지, 아니면 어떻게 하면 그렇게 할 수 있을지, 아니면 지금 문제들을 고쳐나갈 수 있는 방도가 혹시 있는지 조언을 해주실 수 있지 않을까 싶네요. 왜냐하면 윌리엄은 너무 좋은 아이라서요. 그리고 저도 알고 있지만…." 또다시 삐.

"에밀리아?" 사이먼이 불렀다.

"왜?" 한손에 수화기를 들고 다른 손으로 번호를 다시 누르며 말했다.

"혹시 '금지 명령'이라는 단어 스펠이 어떻게 되는지 알아?"

잠시 멈추고, 수화기를 반쯤 떼고 말했다. "내가 너무 과한 건가?"

"오, 알긴 아네."

"젠장."

내 휴대폰 전화벨이 울렸다.

"젠장." 다시 이렇게 내뱉었다.

"받아 봐" 하고 사이먼이 말했다.

발신자표시를 확인해 보았다. "그 의사선생이네."

"받아 봐!"

"싫어. 아마 나를 사이코라고 생각할걸."

"제발 정말 사이코 짓 그만하고 그 망할 전화 좀 받을래?"

앨러튼 박사의 사무실은 상태가 아주 안 좋은 정서 장애아들을 염두에 두고 흠잡을 데 없이 이것저것 잘 꾸며져 있었다. 대기실의 소파와 의자들은 얼룩에 강하면서도 여전히 고급스러운 소재로 되어 있고, 장난감들은 다 새것처럼 보였다. 플라스틱 레고 상자는 넘칠 만큼 꽉 차 있고, 인형들의 머리카락은 윤기가 흐르고 단정하며, 게임이나 퍼즐이 담긴 종이 상자들도 찢어지거나 상하지 않고 새것처럼 보였다. 이 저명한 아동심리학자께서 매 주마다 한 번씩 대기실을 새로 꾸미는 것이든가 아니면 여기 오는 아이들이 너무 사기가 꺾이고 우울해서 놀 기운도 없든가 둘 중 하나가 분명하다.

오전 7시가 되려면 아직 몇 분 정도 남은 시각이고 나는 그의 첫 진료환자다. 어젯밤에 전화통화를 하면서 앨러튼 박사는 내가 너무 걱정이 된다며 서둘러 나를 만나겠다고 했다. 내가 남긴 메시지가 '사이코' 같고 '제정신이 아닌' 사람같이 들렸던 거다. 나는 내가 제정신이 아닌 건 아니라는 점을 설명하려고 애를 썼다. 결국 나는 어느 정도 내 의사를 분명히 할 수 있었고, 박사를 만나서 조언을 구하고 싶어 하는 이유를 분명하게 이야기했다. 다소 혼란스러운 몇 분간의 대화 끝에 우리는 내가 직접 박사 사무실로 찾아가서 내가 바라는 게 정확하게 무엇인지 직접 대면하고 얘기를 나누는 게 좋겠다는 결론을 내렸다.

정확히 7시 정각이 되자 사무실 끝 쪽의 문이 열리면서 작은 남자 하나가 대기실로 머리를 내밀었다. 머리는 페르시아 양털 코사크 모자처럼 딱 붙고 윤기나는 검은색 곱슬머리로 덮여 있고, 회색 턱수염이 목을 타고 셔츠의 열린 첫 단추 부분까지 내려와서 가슴에 난 털까지 이어져 있었다. 윌리엄이 자기 치료 의사가 이렇게 털이 수북하다는 사실을 말해 준 적이 한 번도 없다는 것이 놀랍다.

"그린리프 부인이시죠?" 하고 그가 말했다. "들어오세요."

앨러튼 박사는 내게 소파 쪽을 가리키며 짙은 갈색의 임즈 의자에 앉았다. 나는 소파에 앉아 코트를 벗었다. 스카프는 목 주위에 느슨하게 두른 채 내버려 두었다. 나는 뺨을 부드러운 스카프의 양모 주름 속에 파묻었다.

"자" 하고 의사가 말했다. "제가 어떻게 도와드릴까요?"

나는 그의 자동응답기에 남겼던 말, 윌리엄을 좀 더 잘 이해할 수 있게, 그래서 좀 더 나은 의붓엄마가 될 수 있도록 도와 주셨으면 한다는 이야기를 좀 더 길게 늘어놓기 시작했다. 지금 잭과의 관계가 위기이고 이 문제를 풀지 못하면 결혼 생활이 끝장이 날 거라는 말도 털어놓았다.

"음." 내가 다 털어놓고 나자 의사가 말했다.

이런 대답을 듣겠다고 내가 새벽 6시부터 일어난 건가?

"음." 그가 다시 소리를 내며 턱수염을 긁적였다.

"에밀리아" 하고 그가 말했다. "제가 에밀리아라고 불러도 될까요?"

"네."

"에밀리아, 윌리엄과 스스로를 위해서 그래야 하기 때문에 더 나은 의붓엄마가 되고 싶은 건가요, 아니면 더 나은 의붓엄마가 되지 못하면 남편이 에밀리아를 떠날까 봐 두려워서 그런 건가요?"

이 사무실은 춥다. 나는 뺨을 스카프에 파묻었다.

그는 대답을 기다렸다.

"둘 다요." 내가 이렇게 대답했다.

그는 고개를 끄덕였다. "의붓엄마가 되는 일반적인 지침을 드릴 수는 있어요. 이 문제나 의붓가정 재단에서 나온 아주 좋은 책들을 소개시켜 드릴 수도 있고요. 전문 상담가들이 해주는 몇 가지 조언을 드릴 수도 있습니다. 하지만 제가 걱정되는 부분은 에밀리아가 정말로 그 상황을 개선시켜 보겠다는 마음이 있어서라기보다는 잭에게 뭔가를 증명해 보이기 위해서 저를 찾아온 게 아닌가 하는 것입니다."

나는 잭에 대해서, 그리고 내가 잭을 얼마나 원하고 있는지에 대해서 생각을 해보았다. 내가 여기에 온 이유가 잭에게 나도 그가 원하는 그런 사람이 될 수 있다는 걸, 그리고 윌리엄이 필요로 하는 그런 사람이 될 수 있다는 걸 증명해 보이기 위해서라는 것은 알고 있다. 그렇지만 그게 다일까? 윌리엄 생각이 났다. 아이의 좁은 얼굴과 솔직한 목소리, 푸른 눈을 생각해 봤다. 울먼 링크의 얼음판 위에서 겁을 내면서도 앞으로 나아가면서 단호하게 얘기하던 그 아이, 그리고 몸무게를 간신히 지탱하면서 떨고 있던 아이의 무릎이 눈에 선하다.

"에밀리아, 의붓엄마가 된다는 것은 고통스러울 만큼 어려운 일이에요. 의붓아들한테 분노를 느끼고 화가 나는 것은 자연스러운 현상입니다. 가끔씩 아이가 싫어지는 것조차도 당연한 일이에요. 자기 자신이 이런 감정들에서 자유로울 수 있다고 기대할 수는 없는 것이고, 남편께서도 당신이 그러기를 기대하면 안 됩니다. 자기감정을 통제한다거나 다른 사람을 통제하는 건 불가능해요. 스스로 통제할 수 있는 유일한 것은 어떻게 행동할 것인가, 그리고 피할 수 없는 스트레스에 어떻게 반응할 것인가 하는 부분입니다. 만약 에밀리아가 그러기를 원한다면 말이죠."

"원해요. 진심으로 그러기를 원해요. 그저…."

"뭐죠?"

"그저 잘 모르겠어요. 만일 윌리엄이…어떻게 윌리엄이…." 나는 몸이 오싹해지는 것을 숨기려고 뺨을 스카프에 다시 묻어 버렸다.

앨러튼 박사가 한숨을 내쉰다. "윌리엄이 당신에 대해서 어떻게 느끼는지 물어 보시는 건가요? 그것 때문에 이 자리에 오신 겁니까?"

"아니요. 당연히 아니에요. 그런 건 아니에요. 제 말은. 아이가 저에 대해서 말을 하던가요?"

"에밀리아는 아이가 어떻게 느낄 거라고 생각합니까?"

윌리엄이 자기 엄마 앞에서 나를 변호하기 위해서 감수했을 위험에 대해서, 아이가 내게 준 면죄부라는 선물에 대해서 생각해 보았다. 아이가 한손에는 낡아 헤진 '우리들의 영웅 라일' 책을 들고, 다른 손에는 키 60㎝짜리 기간토사우루스 인형을 들고서 자기 엄마 앞에 서 있는 게 눈에 보인다.

"잘 모르겠어요" 하고 나는 거짓말을 했다.

금요일에 난 캐널 거리를 걸으며 오후 간식으로 쿠치프리토를 먹을까 모폰고를 먹을까 고민하고 있다. 사실 어떤 것이든 별로 상관없지만, 둘 다 어떤 의미에선 이름이 매혹적이다. 그때 내 휴대폰 전화벨이 울렸다. 발신자 이름을 보니 잭이라서 너무 기뻐 아무것도 시키지 않고 도미니크 레스토랑을 그냥 뛰쳐나왔다.

"잭!"

"좀 도와 줘."

잭은 링컨 타운 카를 타고 연방 재판소 주위를 돌고 있었다. 윌리엄도 같이 있는데 세계정상급의 떼를 쓰고 있었다. 아이는 어떤 이유어선지 나를 보겠다고 우겨댔는데 그게 일을 망칠 수 있는 확실한 방법이라고 자신한 게 분명했다. 잘했다, 꼬마.

오늘은 캐럴린의 결혼식 날이고 그래서 윌리엄은 기분이 언짢다. 아침에 유치원 가는 길에 성질을 있는 대로 부려서 아이의 기분이 엉망이라는 게 분명히 드러났다. 유치원에 가서는 같은 반 친구를 깨물고 옥상 놀이터에서 의자를 집어 던지려고 했다. 옥상 놀이터 주변이 펜스로 둘러싸여 있기 때문에 헛수고로 끝났지만, 결과보다 그런 행동을 했다는 사실이 문제였다. 거기서 멈추지 않고 방과 후엔 소녀의 정강이를 힘껏 걷어차서 그녀가 평정심을 잃게 하는 데 성공했다. 솔직히 말하자면 나는 그게 무엇보다 놀라웠다.

집에 돌아와서는 옷을 입지 않겠다고 난리를 쳐서 결국 말쑥한 옷차림을 갖출 수가 없었다. 아이는 아빠한테 전화하겠다고 고집을 부렸고 캐럴린이 그 말을 들어 주면서 기분이 어땠을지 눈에 선하다. 잭이 해준 말에 따르면 윌리엄은 아빠하고 통화하고 싶다고 졸랐고, 그래서 캐럴린은 아이한테 전화를 하도록 허락해 주었다. 그런 다음 캐럴린은 잭의 부하 직원에게 전화로 윌리엄이 결혼식에 참석하도록 설득 좀 해달라고 부탁했다는 것이다. 장담컨대 캐럴린은 그러면서 이를 갈았을 게 틀림없다. 그녀가 딱하다는 생각이 들었다. 솔직히 그랬다. 단순히 그녀가 최근 들어 내 위안이 되어 주고 있기 때문만은 아니다. 아들을 제발 진정시켜서 결혼식이 무사히 진행될 수 있도록 해달라고 전 남편에게 도움을 구해야만 하는 상황이 얼마나 짜증이 날지 상상이 갔다.

잭도 별 소용이 없었다. 그도 윌리엄을 완전히 달랠 수 없었다. 윌리엄은 울음을 터트렸지만 왜 우는지는 말하지 않았다. 윌리엄은 아빠가 보고 싶다고 했고, 결혼식에 가기 싫다고 하면서 무조건 아빠가 데리러 오라고 떼를 썼다. 아이가 결국 옷을 입기는 했지만 잭이 다운타운까지 차로 데려다 준다는 조건으로 그렇게 했다. 법원에 도착하고서도 윌리엄은 차에서 내리지 않겠다고 고집을 부렸다. 잭이 아이를 구워삶아 보려고 애를 썼지만, 소리를 질러 대는 아이를 법원 안으로 억지로 끌고 들어가는 건 아이를 어떻게 좀 해보라며 도움을 청한 캐럴린의 뜻과는 거리가 멀다고 생각했다. 울어 대던 윌리엄이 갑자기 잭더러 나를 불러내서, 나와 얘기를 할 수 있게 해준다면 결혼식에 갈 거라고 선언했다.

"윌리엄 좀 바꿔 줘요." 내가 말했다.

"윌리엄은 당신을 직접 보고 싶어 해."

"시간이 얼마나 남았어?"

"결혼식은 5시에 시작해."

시계를 보았다. "시간은 충분하네. 전철로 한 정거장이야."

모든 것이 내 편이다. 개찰구를 막 통과하는데 전철이 정류장으로 들어와서 문이 닫히기 직전에 가까스로 올라탔다. 한 정거장이라는 짧은 시간은 생각을 정리하기엔 충분치가 않다. 윌리엄은 왜 하필 자기 부모가 가장 불편해할 이 시점에, 그리고 캐럴린이 짜놓은 계획을 망치기 가장 좋은 때에 나를 찾는 걸까? 분명히 그녀의 계획을 망치려고 나를 부른 거겠지만, 여태 날 좋게 보지 않으면서 왜, 내게 윌리엄이 필요한 바로 그 시점에, 윌리엄이 나를 그토록 필요로 하는 걸까? 그리고 내가 윌리엄에게 도움이 못 돼 주면 어떻게 하지?

전철역에서 나오자 잭의 차가 모퉁이를 막 돌고 있다. 나는 차 문을 확 열어 젖혔다. 윌리엄은 눈물과 콧물로 얼굴이 범벅이 된 채 아빠 무릎 위에 앉아 있었다. 잭의 코트와 재킷은 둘둘 말려서 옆자리에 놓여 있다. 셔츠 첫 단추는 풀어져 있고 넥타이는 비스듬히 매어져 있다. 정말 멋져 보였다.

"안녕, 친구들. 별일들 없으신지?"

잭은 농담할 때가 아니라는 표정을 지어 보였다. 내가 온 이유가 자기 때문이라는 사실을 잊었는지 윌리엄은 날 보자마자 놀란 표정을 짓더니 훌쩍거리기 시작했다.

"안으로 들어가 봐" 하고 말하며 차에 올라탔다.

운전기사가 백미러를 보면서 "한 바퀴 더 돌까요, 미스터 울프?" 하고 물었다.

"그래요, 헨리. 괜찮다면 그렇게 해줘요."

난 잭과 윌리엄이 더 잘 보이도록 등을 가죽 시트에 기댔다. "친구!" 하고 내가 말했다. "멋있는걸! 부스터 시트가 없잖아."

"그런 건 생각할 겨를도 없었어"라고 잭이 말했다.

"잘했어." 나는 마치 오후의 이 모든 소동이 부스터 시트를 집어다 두고 오게 하려는 잘 짜여진 계획이라는 걸 아는 사람이 나 혼자뿐이라는 듯 의미심장하게 머리를 끄덕이며 윌리엄에게 말했다. 윌리엄은 입가에 살짝 미소를 띠기 시작하더니 이내 입술을 도로 굳게 다물었다.

"그래, 무슨 일이니, 윌리엄? 왜 나를 보자고 한 거야?"

윌리엄이 어깨를 으쓱해 보였다.

"진짜로. 난 아무 상관없는데, 곧 있으면 경찰들이 불쌍한 헨리 아저씨를 연방 건물을 노리는 테러리스트로 의심하고 차를 강제로 세울지도 몰라. 그리고 네 엄마가 지금 저 안에서 얼마나 화를 내고 있을지 아무도 몰라. 그러니 슬슬 얘기를 해야 될 때라고."

윌리엄은 주먹으로 퍼석해진 코를 문지르더니 이번엔 비싼 바지춤에다가 손을 닦았다. 그저 내가 윌리엄을 결혼식장에 데리고 가는 데 성공만 하면, 아이 엄마가 그 콧물쯤은 모른 척해 주길 바랄 뿐이다.

"엄마가 네 치과 선생님이랑 결혼하는 게 싫구나" 하고 내가 말했다.

아이가 고개를 내저으며 속삭였다. "네."

"뭐, 솔직하게, 누군들 좋겠어? 내 말은, 치과의사잖아." 난 몸을 부르르 떨었다. "하지만 넌 보통 사람들하고는 다르잖니, 윌리엄. 넌 좀 특이하잖아, 기억 안 나? 넌 그 아저씰 좋아하잖아. 나한테 그렇게 말하지 않았나? 그 의사선생님이 좋다고 나한테 말했었잖아."

"네."

"마음이 바뀐 거야?"

"아니요."

잭은 이 대화 상황을 못 견디겠다는 듯이 머리를 시트 뒤에 기대며 눈을 감는다.

"그러면 뭐가 문젠데?"

"모르겠어요."

"난 알 것 같은데."

"정말요?"

"만약 너의 엄마가 치과 선생님이랑 결혼하고, 너의 아빠가 나랑 결혼하면 일단 일이 끝나는 거야, 그렇지? 그러면 엄마 아빠가 다시는 서로 같이 살 일이 없어지는 걸 테고. 그러면 넌 예전으로 돌아가서 살 수는 없게 될 테지. 너희 아빠와 엄마와 너 이렇게 말이야."

윌리엄의 눈에 다시 눈물이 고이지만 이내 눈을 비빈다. 윌리엄이 벌써 남자답게 눈물을 참으려고 하는 게 좀 슬프다. 쉽게 울음을 터트리는 작은 꼬마임에도 불구하고, 뭔가가 아이에게 울면 안 된다고, 울지 않는 편이 낫다고, 여기에 굴복하면 창피한 일이라고 말해 주고 있는 거다. 최소한 지금만큼은 아이가 울어

버리고 싶은 그 유혹에 굴복하지 않으려고 애를 쓰고 있다는 걸 알 수 있다.

윌리엄이 말했다. "내가 아기였을 때는 아빠가 아줌마랑 결혼한 걸 그만두면 아빠랑 엄마가 이혼한 것도 그만둘 수 있는 거라고 생각했어요."

"그랬니?"

"네, 이혼을 그만두면 아빠가 집으로 돌아오실 거라고 생각했어요."

"아빠가 너랑 엄마랑 같이 살았을 때 일들이 많이 기억 나?"

아이가 눈썹을 찡그리고 얼굴을 구기면서 열심히 생각힜다. "조금은요. 아빠가 밤에 책을 읽어 주던 건 기억나요. 아빠가 우리랑 같이 여름에 낸터켓에 온 것도 기억나요. 그런 것들은 기억이 나는데, 대부분은 잘 기억 안 나요."

"엄마 아빠가 이혼했을 때는 네가 꽤 어렸었잖아."

윌리엄이 작은 등을 아빠의 단단한 가슴에 기댄다.

"윌리엄, 내가 지난주에 집에서 나갔을 때 아빠가 엄마하고 다시 같이 살지도 모른다고 생각했었니?"

잭의 몸이 긴장하는 게 느껴진다. 윌리엄이 등을 통해 그 긴장을 느꼈을 거란 걸 안다. 잭과 나는 둘 다 윌리엄의 대답을 기다리고 있다.

윌리엄이 으쓱하더니 조그맣게 속삭였다. "어느 정도는요."

"그리고 그래서 오늘 그렇게 화가 난 거니? 엄마가 아빠 대신 치과 선생님이랑 결혼한다고 해서?"

윌리엄이 고개를 끄덕인다

난 몸을 기울여서 끈적거리는 아이의 작은 손을 잡았다. "그러면, 아가, 나를 보고 싶다고 한 건 왜 그랬어? 잘 모르겠네. 난 네가 날 절대 보고 싶어 하지 않을 거라고 생각했었거든."

윌리엄이 아빠의 무릎 위에서 주춤주춤 내려오더니, 내 다리를 넘어 기어온다. 다시 울기 시작하면서 내 무릎에 머리를 기댄다. "몰라요." 아이가 말한다. "나도 몰라요."

나는 윌리엄을 내 무릎 위에 끌어올려 앉히고 자세를 돌려준다. 생각해 보니 윌리엄을 내 무릎에 앉혀 본 적이 없다. 무릎은 툭 튀어나오고 팔다리는 대롱거려서 나는 윌리엄이 편하게 앉을 수 있게 잠시 자세를 잡았다. 윌리엄의 머리를 다듬어 주며 부드럽게 아이를 흔들어 주었다. "괜찮아, 윌리엄. 괜찮아" 하고 나는 웅얼거렸다.

"그냥, 있잖아요. 다 안 좋아요." 윌리엄이 울먹인다. "모든 게 엉망진창이에요. 그냥 다 되돌려 놔요. 다 되돌려 놔요." 윌리엄은 거의 숨까지 헐떡이며 우느라 몸을 떨고 있다. 난 있는 힘껏 꼭 안아 주며 말한다.

"미안하다, 윌리엄." 아이를 흔들어 주며 말했다. "나는 못해."

"아줌마는 왜 이제 우리랑 같이 안 살아요?"

난 잠시 숨을 멈추며 무얼 기다리는지도 모르면서 뭔가를 기다린다. 잭이 말을 꺼냈다. "에밀리아 아줌마랑 난 그냥 이것저것 생각을 좀 해보는 중이란다. 이해하기 어렵다는 건 아빠도 안다."

정말 그렇다.

내가 말했다. "있잖니, 라일이랑 비슷한 거야. 라일은 이스트 88번 거리 집에서 살아야 할까, 아니면 다른 악어들과 함께 동물원에서 살아야 할까? 그런 비슷한 문제야. 우리는 생각 중인 거지."

윌리엄이 내 무릎에서 내려와 잭과 나 사이에 바로 앉았다. "그건 진짜 바보 같아요, 에밀리아 아줌마" 하고 아이가 단호하게 말했다. "아줌마도 그럼프씨가 라일을 동물원에 보내 버린 거란 걸 알잖아요. 라일은 동물원 하고는 안 맞아요. 이스트 88번 거리에 있는 자기 가족들한테 속해 있는 거라고요."

"그건 그렇지. 하지만 그건 꾸며낸 이야기잖아. 현실에서 악어들은 가족이 없지. 사람들한테 있는 그런 가족 말이야. 악어들은 센트럴파크 동물원에 있는 다른 악어들과 살잖아."

"센트럴파크 동물원에는 진짜 악어는 없어요. 카이만 악어밖에 없다고요."

"그건 그냥 은유야, 윌리엄. 내가 말하고 싶은 건 내 처지가 라일과 비슷하다는 거야. 어쩌면 나는 너랑 달라서 너나 네 아빠하고는 어울리지 않을지도 몰

라. 내 이빨은 너무 날카롭고 그리고… 꼬리는 너무 길어." 마지막 부분은 좀 말이 안 되지만 그래도 윌리엄은 내가 무슨 말을 하는지 알아듣는다. 최소한 그랬기를 바란다. 지금 난 잭이 해줘야 할 일을 대신하고 있다. 그리고 더 이상은 하기가 힘들다. 눈물이 나오려는 걸 꾹 참고 있지만 더는 버티지 못 할 것 같다.

"라일은 진짜로 가족들하고 어울려요. 가족들은 라일이 악어인데도 사랑하잖아요."

윌리엄을 똑바로 쳐다본다. 아이가 지금 내가 생각하는 그 말을 한 건지 확실하지가 않다. 아이가 지금 나를 사랑한다고 말한 건가? 아니면, 다섯 살은 은유적으로 이야기를 하기엔 너무 어린 걸까? 그냥 바보 같은 동화책 얘기를 한 것일까? 상관없다. 어찌되었든 난 윌리엄을 꼭 안아 주었다. 그리고 곧 잭도 함께해서, 우린 갑자기 좁아진 링컨 타워 차 뒷자리에서 서로를 부둥켜안고 있었다.

헨리가 물었다. "한 바퀴 더 돌까요, 미스터 울프?"

"아니요." 내가 말했다. "이제 나갈 준비 됐어요."

윌리엄이 놀란 표정으로 얼굴을 들었다. 아이가 머리를 절레절레 흔들기 시작했다.

"착하지, 예쁜이" 하고 내가 말했다. "늦은 데다 네 엄마는 우리가 있든 없든 결혼식을 올릴 거야. 엄마한테 중요한 날인데 우리 망치지 말자."

손가방을 뒤적여 그래도 쓸 만한 휴지 한 장을 찾아냈다. 윌리엄을 최대한 깨끗이 닦아주고 나서 잭의 넥타이를 바로 매 주었다. 우리는 연방 법원으로 뛰어가듯 들어갔다.

캐럴린은 자기만큼이나 흥분해 보이는 몇몇 사람들과 함께 금속 탐지기 앞에 기다리고 있었다. 보아하니 이번에는 작달막한 유대인과 결혼하는 실수를 저지르진 않은 것 같다. 신랑이 될 치과 선생은 훤칠한 키에 금발이고 분명히 북유럽계 사람이다. 잭이 코알라라면 그는 북극곰이다. 나 같은 경우엔 작은 종류에 더 끌린다.

우리가 도착하는 걸 보더니 캐럴린은 어느 정도 놀라기는 하지만 대체로 안

도하는 모습이었다.

"다행이네." 캐럴린이 윌리엄의 손을 내게서 낚아채며 말했다.

"무슨 일이 있었던 거예요? 에밀리아, 당신이 여기서…. 아 상관없어요. 얼른 갑시다. 도티 판사님 방에 5시까지 가야만 해요."

시계를 보니 이미 5시 11분이다.

캐럴린과 스칸디나비아나 아니면 아이슬란드 출신의 신랑 될 의사는 몇몇 손님들과 함께 서둘러 금속 탐지기를 통과했다. 윌리엄이 엄마한테 잡힌 쪽 반대 손을 체념한 듯 흔들며 우리에게 인사를 했다. 그 무리가 엘리베이터 안으로 사라지자 잭과 나는 안도감으로 서로에게 축 처져 기댔다.

"얼른 나가자고." 잭이 말했다.

Chapter 31

헨리가 업타운에 있는 캐럴린의 빌딩까지 우리를 바래다 주었고, 우리는 그곳 로비에서 윌리엄을 위해 소냐가 미리 챙겨서 맡겨둔 가방을 받았다. 우리는 어디로 갈지 아직 정하지 않았고 난 헨리에게 76번가에서 내려달라고 했다. 공원 입구의 이름들에 대해서 사람들은 잘 모른다. 돌담 한가운데 붙어 있는 그곳은 입구 중에서는 드물게 직업을 토대로 짓지 않은 이름이 붙어 있다. 다른 문들은 학자의 문, 선원의 문, 발명가의 문, 곧학자의 문, 벌목가의 문, 예술가의 문과 같은 명칭이 붙어 있다. 그곳은 아이들의 문이라고 불린다. 이런 이야기는 모두 윌리엄한테서 들은 것이다.

차에서 내리자 바람이 차다. 난 스카프로 몸을 감싸고 발이 얼어붙지 않도록 몇 번이고 동동 굴렀다.

"혹시 가고 싶은 데라도 있어?" 하고 잭이 물었다.

"그냥 좀 걸을까요?"

"그럼, 램블 산책로에 있는 작은 오두막은 어때?"

"거긴 못 가요. 그 거지 같은 오두막을 찾을 수가 없어요. 지금은 어둡기까지 해서 더 힘들 것 같은데. 밝은 날에도 못 찾는걸요."

"가는 길은 내가 알아."

"응? 그걸 당신이 어떻게 알아요?"

단정하고 윤기가 흐르는 짙은 색상의 코트를 입은 잭은 나를 등진 채 공원을 바라보았다. 그는 무늬 없는 녹색 스카프를 대충 걸치고 있었는데, 스카프의 한쪽 끝이 허리 부근에서 흔들리고 있었다. 길에는 나뭇가지와 마른 낙엽이 수북하고 조심해서 걷는데도 발걸음을 내디딜 때마다 발 아래서 바스락거리는 소리가 났다. 분명 잭도 그 소리를 들었을 텐데 뒤를 돌아다보지 않았다. 그에게 다가가서 두 팔을 그의 허리에 감고 뺨을 그의 등에 기댔다. 입을 그의 등에다 대고 속삭였다. "오두막이 있는 곳은 어떻게 알아낸 거야?"

"수요일 오후에 윌리엄이랑."

"그래서 찾았다고요? 어떻게? 난 공원을 온종일 누비고 다녔는데도 못 찾았는데."

"데어리에서 공원 지도를 하나 샀어."

"아, 지도? 흠…. 그렇다면 정정당당하게 찾은 건 아닌데." 나도 데어리에서 지도를 살걸 그랬다. 그랬더라면 잭이 한 것처럼 나와 윌리엄도 램블 산책로에 숨어 있는 그 오두막을 쉽게 찾았을지도 모르는데 말이다. 그리고 그날 오두막을 찾았더라면 할렘 미르에 가지도 않았을 것이고 그 난리를 치지도 않았을 것이다. 하긴 그랬더라면 캐럴린이 내게 이사벨의 죽음과 관련된 이야기를 해준 일이나 오늘같이 윌리엄이 나를 찾아 도움을 청하는 일과 같은 그간의 사건들도 모두 일어나지 않았을 테지만.

세찬 바람을 맞으며 우리는 흔들리는 나무 아래로 난 꾸불꾸불한 길을 따라 걸었다. 바람은 꼴사나운 몰골로 시멘트 바닥에 떨어진 몇 개의 연 뭉치 같은 우리를 등 뒤에서 밀어 주고 있었다. 북쪽으로 걸으며 램블 산책로와 다리로 이어지는 서쪽 길을 찾고 있는데 아이들의 목소리가 점점 크게 들리기 시작했다. 이곳 77번 거리에는 놀이터가 하나 있다. 센트럴파크 여느 놀이터들과 마찬가지로 이 놀이터에도 옹기종기 모여 있는 아이들과 엄마들, 코코아 빛 피부를 한 유모들 그리고 유모차에 매달려 있는 장난감을 작은 고사리손으로 팡팡 내리치고 있는 아기들로 가득하다. 놀이터를 지나며 잭이 잠시 내 표정을 살핀다. 난 유모차 안을 들여다보았다. 유모차에는 네댓 살 정도 된 남자아기가 타고 있다.

핸들을 가지고 장난을 치고 있는 아기의 몸집이 너무 작아서 아이의 모습이 자세히 보이거나 하진 않았다. 흥분을 한 아기가 비명을 내지른다. 어린 형이 아기의 유모차를 밀어 주었고, 이에 신이 난 아기는 까르륵거리며 웃는다. 두 형제의 어머니는 유모차가 길을 벗어나지 않도록 방향을 잡아주며 아이들 곁에서 걷고 있다.

윌리엄과 이사벨을 떠올렸다. 윌리엄이 이사벨이 탄 데님 소재로 만든 부가부 유모차를 밀어주는 상상을 해본다. 캐럴린에게서 곧 태어날 아기에 대한 생각도 해본다. 그럼 우리 윌리엄에게도 이제 여동생이나 남동생이 생기는 것이다. 공상에서 깨어난 나는 잭의 손을 잡았고 우리는 서쪽 램블을 향해 계속 걸어 나갔다.

오르막길에서 우리가 공기 중으로 내뿜는 입김만 응시하며 한동안 아무 말 없이 걷기만 했다. 여기서부터 오두막까지는 10분에서 15분 정도 거리였다. 지난번에는 영 엉뚱한 방향에서 출발을 했던 것 같다. 강가 쪽으로 걷다가 다시 북쪽으로 꺾어지기만 하면 되는데. 거기서부터는 단번에 찾을 수 있는 곳이었다.

오두막은 목재로 지은 작은 구조물인데, 널빤지 지붕에 양 옆은 아치형으로 휘어져 있는 일종의 정자 같은 페르골라식 건물이다. 벽은 특이하게 생긴 가는 통나무로 만들었다. 정말 오두막이란 표현이 딱 맞는 집이지만 사방으로 길이 열려 있어 실망스러울 정도로 개방된 곳이다.

"이렇게 가까운 곳에 있었다는 게 믿기지 않아." 나는 이렇게 말했다.

"이걸 여태 못 찾았다니 믿을 수가 없어."

잭이 다가와서 내 코트자락을 여며 주었다. 밖에 서 있는 편이 오두막 안에 들어와 있는 것보다 덜 추운 것 같다.

우린 작고 낡은 벤치들 중에서 하나를 골라 앉았다. 난 바닥에 깔려 있는 자갈을 향해 다리를 뻗었다. 잭도 나를 따라 다리를 뻗는데 그의 다리는 내 것보다 더 멀리 뻗어진다. 잭의 키는 작은 편에 속하지만 그래도 나보단 항상 크다. 우린 잘 어울리는 한 쌍이겠지, 잘 만난 거겠지. 우리는 마법처럼 만난 한 쌍이기도 한 걸까? 내가 잭에게 늘 이야기했던 것처럼 그가 나의 바스헤르트일까? 중세 유대교 카발라에서 말하는 것처럼 마법과 운명으로 만나 평생에 걸쳐 천사의 축복을 받는다는 바로 그 바스헤르트일까?

아무래도 아버지의 말씀이 맞는 것 같다. 나 역시 아버지가 그간 쫓아다니신 환상들과 다를 바가 전혀 없는 망상의 거미줄을 치고 살아 왔다.

서로에게 입힌 상처를 변명하고자 난 우리의 사랑을 미신화하고 신비롭게 포장했다. 기적과 같은 이야기를 내세워 우리의 약속, 맹세, 신뢰 그리고 우리의 아이들을 등한시해 버렸던 것이다. 잭과 난 바스헤르트이고 그러니 우리 주변에서 있던 사람들이 불꽃 세례를 맞는 것에 대해선 달리 어쩔 도리가 없다는 식이었다. 우리는 선택이 아닌 운명의 장난에 의해 만난 연인이고, 그러니 운명 앞에선 한없이 나약할 수밖에 없는 우리를 비난해서는 안 된다는 식이었다.

그러나 내가 엄마가 되어 보기도 전에 잭은 한 아이의 아버지로 살아 왔다. 아버지로서의 죄의식은 강력한 중력과 같은 작용을 하여 잭을 계속해서 끌어당겼다. 졸지에 기구 조종사가 된 나는 어떻게든 기구를 띄워 보려고 끊임없이 열기구를 손질하고 풍선 안에 뜨거운 공기를 주입해 댔다. 결국 열기구의 실크 천이 찢어지며 나의 서툰 기술은 실패로 끝나고 말았다. 우리는 세차게 추락하며 온몸의 뼈와 팔다리가 부서지는 부상을 당하고 만 것이다.

이제 난 우리의 사랑이 신의 뜻으로 기록된 고대 신비서에나 나올 법한 이야기의 일부가 아니란 걸 인정한다. 여느 남자와 여자가 만나 서로 사랑에 빠지듯이 우리도 그렇게 만나 사랑한 것이다. 힘겨운 과제와 두려움을 극복해 가며, 노력과 시행착오를 거치며, 순간의 평안함을 경험하며 말이다. 그리고 드디어 신뢰를 회복하게 되는 것이다. 이 마지막 단계는 반드시 그렇게 되게 되어 있다.

난 우리가 그동안 어떻게 사랑했는지, 앞으로 우리의 사랑이 어떻게 되어야 하는지, 그리고 내가 왜 이렇게 됐는지 설명하고 나의 속마음을 그에게 보여주려고 입을 열었다. 하지만 막상 먼저 말을 꺼낸 사람은 잭이었다.

"새로 산 그 청바지 당신한테 잘 어울리는걸" 하고 그가 말했다. "히프가 완전 돌보여.”

“그 와중에 히프를 훔쳐 볼 여유는 있었던 거야?”

“그런 여유야 늘 있지.”

난 웃으며 그의 다리 위에 한쪽 다리를 얹었다. 잭이 날 감싸더니 그토록 칭찬하는 내 히프에 손을 올렸다.

할 말과 사과할 것들 그리고 약속하고 싶은 것들이 너무ㄴ 많았다. 그러나 우리는 아무 말도 하지 않았다. 하늘이 어둠으로 희미해지기 시작하고 공원의 어두운 한 모퉁이를 루미나리에 조명과 사방에서 공원을 감싸그 있는 도시의 불빛이 밝혀주고 있었다.

한참 후에야 잭이 다시 말을 꺼냈다. “이제 그만 집으로 갈까. 오늘 엄청 추운걸.”

나는 윌리엄을 기다리고 있다. 9월 치고는 날씨가 더워서 에티컬 컬처 스쿨 교실 앞에 서 있는데 땀이 송골송골 맺힌다. 아이들을 기다리는 다른 엄마들에게서 조금 떨어져 서 있는데 초등학교 엄마들도 유치원 엄마들만큼이나 두 번째 부인에 대해 곱지 않은 시선을 보내기 때문이기도 하지만, 사실 그보다는 누가 뛰다가 부딪치기라도 해서 내가 가져온 이 물건을 망가뜨리기라도 하면 어쩌나 걱정이 되었기 때문이다. 조심해서 다루어야 하는 물건인데 난 다섯 살짜리 꼬마들을 믿지 않는다.

"어, 오늘은 수요일 아니잖아요." 윌리엄이 나를 보더니 말했다.

"하지만 오늘은 네 행운의 날이잖아."

"왜 일하러 안 갔어요?"

"오늘 하루 쉬기로 했어."

앨리슨 언니가 리걸 에이드의 항소 파트에 내 일자리를 마련해 주었다. 서면 작성하는 게 내가 하는 일이다. 형부와 그의 동료들이 자기들이 맡은 젊은 고객이 희망 없는 거리를 계속 배회할 수 있도록 풀어 달라고 배심원들을 설득하는 데 실패하면, 내가 나서서 재판관들을 설득한다. 나는 이 일이 정말 마음에 들고 소질도 있는 것 같다. 서면 작성이야말로 내가 제일 잘하는 법률 분야이다.

"소냐는 어디 갔어요?"

"소냐도 오늘 쉬어."

"그건 뭐예요?"

"계란 프라이야."

"정말 뭐예요?"

"뭐처럼 보이는데?"

"배요. 무선 배 장난감요."

"딱 맞혔네." 난 윌리엄이 잘 볼 수 있게 배를 내려놓았다. 천으로 만든 돛과 목재 마스트가 달린 큰 모형 배다. 갑판 위에는 아주 작은 허적 하나가 타고 있다. 애꾸눈이다. 이 배는 거의 200달러 정도 하는데 가게 안에서 제일 비싼 배는 아니다. 어림도 없다.

"해적선이다!"

"그렇지. 자, 가볼까?"

"어디로 가는 거예요?"

"뻔하지."

"모형 배 연못으로요?"

"빙고."

"좋아요." 윌리엄이 말했다. "가방하고 런치 박스 챙겨 올게요."

"모형 배 연못의 진짜 이름은 컨서버토리 워터예요." 고여 있는 녹색 물 위에 배를 띄우며 윌리엄이 말했다.

"대부분의 사람들은 그걸 몰라요."

윌리엄은 모형 조종 솜씨를 타고났다. 나는 뒤에 서서 연못 주변을 둘러보았다. 길 위쪽으로 조그만 아이들이 이상한 나라의 앨리스 동상을 기어오르면서, 동상의 어깨를 희고 검은 끈끈이로 더럽혀 놓는 비둘기들을 쫓는 게 눈에 들어온다.

"굉장해요." 윌리엄이 말했다. 연못가를 따라 배를 달리게 하더니 연못 중간으로 몰고 간다.

"거기 멈추게, 친구." 내가 말했다.

"어어이. 어어이 거기, 친구."

"어어이."

윌리엄이 내게 순서를 넘겨서 나도 최선을 다해 보았지만, 아이만큼 깔끔하게 하지는 못하겠다. 그러나 배가 뒤집힐까 봐 우리 둘 다 걱정스러워한다.

"아줌마 배 정말 좋아요."

"너 주려고 산거야."

"진짜로요? 저한테요? 진짜 끝내줘요." 윌리엄이 위험한 8자 항해를 시도한다.

"생일 선물이야."

"제 생일은 다음 달인데요." 아이가 찡그리며 말했다. "그럼 진짜 생일에는 선물 안 주실 거예요?"

"네 생일 선물이 아니야. 네 선물이고, 생일 선물이지만, 네 생일 선물은 아니야. 무슨 말인지 알겠어?"

"아니요."

"생각해 봐." 나는 연못 끝자락 콘크리트 위에 연못을 등지고 앉아서 윌리엄을 보며 말했다.

"생각해 봐."

"블레어요" 하고 마침내 아이가 말했다.

"맞았어."

캐럴린이 오늘 아침 병원 가는 길에 잭에게 전화를 했다. 진통 중인데, 아이만 데리고 집에 며칠 있을 수 있게 윌리엄을 하루 이틀만 우리가 맡아 달라고 했다.

"내가 학교에 있는 동안 태어난 거예요?"

"지금 태어나는 중일 거야. 아니면 곧 태어나든가. 아기가 태어나면 바로 네 치과 선생님이 아빠한테 전화해 줄 거야."

윌리엄이 말했다. "아이의 이름은 블레어 솔 도티라고 지을 거래요. 로마어로 솔은 처음이란 뜻이에요. 그리고 나는 윌리엄 솔 울프고요. 우리는 미들네임이 같아요. 그리고 둘 다 첫째예요."

"알아. 벌써 나한테 한 600번은 말했을걸. 멋진 이름이야. 둘 다 멋진 이름이야."

"블레어도 집어넣어서 가족 그림을 또 하나 그려야겠어요." 윌리엄이 또 한 번 날카로운 커브 운전을 시도하며 말한다. "제가 유치원에서 그린 가족그림 못 보셨죠?"

"봤어." 난 앞으로 다리를 꼬고 얼굴에 햇빛을 한가득 받는다. 햇볕이 뺨에 따스하게 와 닿았다. 우린 찬란한 9월의 인디언 서머를 즐기는 중이다. 눈을 감았다. "정말 예쁘더구나."

"이사벨을 천사로 그려 줬어요."

눈을 뜬다. "알아."

"그건 에밀리아 아줌마를 위한 거였어요."

"무슨 말이야?"

"그 천사는 에밀리아 아줌마를 위한 거였어요. 전 솔직히 천사를 안 믿어요. 죽으면 가는 천당 같은 데도 있다고 생각 안 해요. 하지만 그래도 이사벨이 날개를 단 작은 천사라서 아줌마 머리 위를 맴돈다고 생각하면 아줌마 기분이 좋아질 거라고 생각했어요."

나는 윌리엄의 머리를 쓰다듬어 주었다. 아이는 잠시 내가 만지도록 내버려 두더니 곧 모형 배로 돌아갔다. 내가 말했다. "정말 그랬어. 그림 때문에 기분이 좋아졌단다."

"사람이 죽으면 어디로 간다고 생각해요? 에밀리아 아줌마는 천사를 믿어요?"

난 빛나는 날개를 단 천사 이사벨이 내 머리 위에서 팔랑거리는 상상을 해본다. "아니, 안 믿어."

"유대인들은 안 믿어요. 특히 정통파 유대인들은요. 제 말은, 천국에서 온 천사 같은 걸 믿지 않아요. 제가 정통파 유대인이었다고 했던 거 기억나죠?"

"응, 기억 나."

"하지만 정말 정통파 유대인은 아니에요."

"알아, 윌리엄."

"감리교회 신자들은 천사들과 천국을 믿는데, 난 감리교회 신자도 아닌 것 같아요."

"그래?"

"네. 전 어쩌면 불교신자라는 생각이 들어요. 불교신자는 윤회를 믿어요. 그 말은 아줌마가 다른 사람으로 환생하는 걸 말해요. 아니면 다른 동물이나. 그런 거 믿으세요? 이사벨이 동물로 환생할 수도 있다고 믿어요? 모형 배 연못 속의 물고기라거나 어쩌면 센트럴파크 동물원의 펭귄? 아니면 어쩌면 이사벨은 블레어로 환생할지도 몰라요. 그러면 이제 여동생이 아니라 남동생이 되는 거죠."

이 말에 생각이 멈춘다. 이사벨이 정녕 너무 살고 싶어서 다른 엄마의 아이로 환생할 수도 있는 걸까? 캐럴린의 아이로? 어쩌면 언젠간 다시 갖게 될 내 아이로? 조만간이 될 텐데. 난 윌리엄의 유치원생다운 불교신자의 확신에 희망을 걸어본다. "잘 모르겠네, 윌리엄. 난 윤회라는 걸 진짜로 믿는 것 같지는 않아."

윌리엄은 떠다니는 잎사귀를 향해 배를 몰았다. 그러다가 연못가 근처에서 배를 기울이며 도는데 어찌나 날카롭게 도는지 배의 마스터가 거의 45도로 기울어진다.

"그럼 에밀리아는 이사벨이 죽어서 어떻게 됐을 거라고 생각해요?" 아이가 말했다.

"내 생각에는 이사벨은 그냥 떠나간 거라고 믿어. 이사벨이 원래 어떤 사람이었든, 남들과 다른 어떤 특징을 가졌든 죽으면서 그냥 사라진 거야.

"그럼 아무것도 믿지 않는 거네요." 윌리엄은 마치 아무것도 믿지 않는다는 말을 전에 어디서 들어본 것처럼 이야기한다. 아무것도 믿지 않는다는 개념을 이해하고 있는 모양이다.

"모르겠어, 윌리엄. 그냥 몰라."

윌리엄이 무선 조종기의 다이얼을 돌리자 배가 미친 듯이 방향을 틀며 거의 뒤집어질 만큼 한 쪽으로 쏠리다가 다시 똑바로 선다. "뭐, 저는 불교신자예요."

"계속 믿어 보렴."

"제가 이사벨을 찾게 되면 알려 드릴게요."

"그래 주렴. 네가 그래 줄 거라고 생각하니 기분이 한결 좋아지는구나." 조종기를 만지는 윌리엄을 본다. 아이는 자신감이 넘친다. "이제 슬슬 배를 가지고 나와야지."

"한 바퀴만 더요."

윌리엄은 연못 주위로 시간을 끌며 배를 최대한 천천히 돌렸다. 아이가 배를 선착장에 정박시키자, 나는 물속에서 꺼내 물기를 털어냈다.

윌리엄이 배를 달라고 팔을 쭉 내밀었다. 아이가 들고 가기에는 너무 큰 것 같지만, 그냥 그렇게 하라고 주었다. 무선 조종 장치는 내 손가방 안에 넣었다.

"이 배 정말 마음에 들어요, 에밀리아 아줌마. 생일 선물 고맙습니다."

"천만에, 윌리엄 솔 울프 첫째. 블레어의 생일을 축하해. 사랑한다."

난 정말로 이 아이를 사랑한다. 지나칠 만큼 조숙하고, 부끄러울 만큼 자기중심적이면서도 수도승 같은 세계관을 가지고서 모든 것을 다 알고 있는 듯 행동하는 이 자그마한 아이를 사랑한다. 아이의 아빠에게 느꼈던 즉흥적이고 자발적인 열정으로 미친 듯이 히스테리를 부리면서 사랑하게 된 것과는 달리, 울퉁불퉁한 자갈길 위를 지나가는 세발 수레처럼 흔들거리고 삐걱거리면서 천천히 이 아이와 사랑에 빠졌다. 절벽에서 떨어져 내리는 것처럼 이 사랑에 뛰어든 것이다. 돌에 부딪쳐 손톱이 부러지고, 무릎은 찢어지고, 발 디딜 구멍과 손잡을 구멍을 찾아 온몸을 뻗쳐가며 이 사랑을 찾아 맨해튼의 울퉁불퉁한 바위산 한 쪽면을 타고 오른 거다.

이 사랑은 알아보기가 정말 힘들었지만 마침내 그게 무엇인지 볼 수 있게 되었다. 그것은 은총이다. 은총이란 우리가 누릴 만한 것 이상의 아름다움이며, 마땅히 그래야 할 것보다도 더 우아하고 사랑스러운 것이다. 은총은 센트럴파크 같다. 조사원, 흙 나르는 사람, 도로 공사 인부, 채석공, 대장장이, 벽돌공 등 수천 명의 사람들이 참여한 광대한 건설 프로젝트를 통해 암석과 늪지, 자갈과 덤불 위에 새겨진 843에이커의 은총이다. 센트럴파크는 나스닥에 빠진 주식중개인, 파키스탄의 카라치 대학에서 법학 학위를 받은 택시기사, 어퍼웨스트에 사는 쌍둥이 엄마, 아니면 8백만 명에 달하는 다양한 부류의 뉴요커들이 누리는 것보다 훨씬 더 사랑스러운 곳이다. 그곳에 가면 이끼 가득한 연못 위로 늘어진 수양버들과 부드러운 아치를 그리는 다리들 그리고 청회색 휘파람새들을 만난다. 다른 도시의 시민들도 분명히 우리만큼 멋지고, 우리만큼 특별하며, 우리만큼 피난처를 얻을 자격이 있을 것이다. 어쨌든 우리는 우리의 은총을 가지고 있고, 대부분의 다른 도시인들도 조금씩은 우리와 같은 은총을 누리고 있을 것이다.

센트럴파크 동물원 밖에서 아빠의 어깨 위에 다리를 대롱거리며 앉아 있는 윌리엄을 봤을 때, 난 그 아이가 천사들의 완벽한 계획을 이루는 데 방해가 될 거라고 생각했다. 하지만 내 생각이 틀렸다. 삶의 찬란함은 우연한 아름다움 속에 찾아온다. 그것은 설명할 수 없는 은총으로 찾아온다. 아이 하나가 당신의 삶에 가져다주는 계획하지 않은 마법 같은 은총으로 말이다.

윌리엄 솔 울프, 내가 청하지 않았지만 뜻밖에 찾아온 나의 은총이여.